NOS VEMOS AYER

RACHEL LYNN SOLOMON

NOS VEMOS AYER

Traducción de Lidia Rosa González Torres

TITANIA

Argentina • Chile • Colombia • España
Estados Unidos • México • Perú • Uruguay

Título original: *See You Yesterday*
Editor original: Simon & Schuster BFYR.
An imprint of Simon & Schuster Children's Publishing Division
Traducción: Lidia Rosa González Torres

1ª. edición Mayo 2023

Copyright © 2022 *by* Rachel Lynn Solomon
Translation rights arranged by Taryn Fagerness Agency and Sandra Bruna Agencia Literaria, SL
All Rights Reserved
© 2023 de la traducción *by* Lidia Rosa Gonzáles Torres
© 2023 *by* Ediciones Urano, S.A.U.
Plaza de los Reyes Magos, 8, piso 1.º C y D – 28007 Madrid
www.titania.org
atencion@titania.org

ISBN: 978-84-19131-16-4
E-ISBN: 978-84-19497-92-5
Depósito legal: B-4.455-2023

Fotocomposición: Ediciones Urano, S.A.U.
Impreso por Romanyà Valls, S.A. – Verdaguer, 1 – 08786 Capellades (Barcelona)

Impreso en España – *Printed in Spain*

Para Rachel Griffin y Tara Tsai.
Quedaría con vosotras en la cafetería librería
una y otra vez.

Si somos el uno para el otro, lo somos
en cualquier sitio, en cualquier lugar, en cualquier momento.

—NENA

MIÉRCOLES, 21 DE SEPTIEMBRE

DÍA UNO

/

Capítulo 1

—Tiene que ser un error.

Subo la sábana extralarga para taparme las orejas y aplasto la cabeza contra la almohada. Es demasiado temprano para las voces. Demasiado temprano para una acusación.

A medida que se me aclara la mente, me golpea la realidad: *hay alguien en mi habitación.*

Cuando me dormí anoche después de poner a prueba los límites del bufé libre de pasta de mi residencia, lo cual implicó una misión sigilosa para colar arriba algunos platos que no se podían sacar del comedor, estaba sola. Y cuestionando las elecciones que he tomado en mi vida. Todas esas charlas sobre la seguridad del campus, el pequeño bote rojo de espray de pimienta que mi madre me obligó a comprar, y ahora hay una persona extraña en mi habitación. Antes de las siete de la mañana. El primer día de clase.

—No es un error —dice otra voz en un tono un poco más bajo que la anterior, imagino que por respeto al bulto bajo la manta que soy yo—. Hemos subestimado nuestra capacidad este año y hemos tenido que hacer algunos cambios de última hora. La mayoría de los de primer año están en habitaciones triples.

—¿Y no pensasteis que me sería útil saberlo antes de instalarme?

Esa voz, la primera voz, deja de sonarme extraña. Me resulta familiar. Pija. De superioridad. Salvo que... es imposible que sea suya. Es una voz que pensaba que había dejado atrás en el instituto junto con todos los profesores que lanzaron suspiros de alivio cuando el director me entregó mi diploma. *Menos mal que ya hemos acabado con ella*, dijo con toda probabilidad mi tutor del periódico durante una *happy hour* de celebración mientras chocaba su copa de champán con mi profesor de matemáticas. *Estoy más que preparado para jubilarme.*

—Hablemos en el pasillo —dice la segunda persona. Unos segundos más tarde, la puerta se cierra, lo que hace que algo se caiga sobre la alfombra.

Me giro y abro un ojo cauteloso. La pizarra blanca que colgué el domingo, cuando todavía soñaba con las notas y los garabatos que nos escribiríamos mi compañera de habitación y yo la una a la otra, está en el suelo. Un bolso de viaje de diseño ha reclamado la otra cama. Lucho contra un escalofrío, en parte causado por el pánico, en parte causado por el frío. El árbol que bloquea la ventana promete una carencia tanto de calor como de luz natural.

Olmsted Hall es una residencia solo para estudiantes de primer año y la más antigua del campus, y su demolición está prevista para el verano que viene.

—Tienes mucha suerte —me dijo la residente encargada de la novena planta, Paige, cuando me instalé—. Perteneces al último grupo de estudiantes que va a vivir aquí.

Esa suerte rezuma, a veces incluso literalmente, de las paredes de color grisáceo, las estanterías que se tambalean y la inquietante ducha común con bombillas que titilan y charcos sospechosos *por todas partes*. Hogar, dulce prisión de hormigón.

Fui la primera en llegar, y cuando pasaron dos, tres, cuatro días sin que apareciera Christina Dearborn, de Lincoln, Nebraska, la compañera que me habían asignado, temí que hubiera habido una confusión y que me hubieran dado una habitación individual. Mi madre y su compañera de habitación siguen siendo amigas, y siempre había tenido la esperanza de que me ocurriría lo mismo. Una habitación simple sería otro golpe de mala suerte después de muchos años de infortunios, aunque una diminuta parte de mí se preguntaba si, quizá, esto era lo mejor. A lo mejor a eso se refería la residente encargada.

La puerta se abre, y Paige vuelve a entrar con la chica que hizo que el instituto fuera un infierno para mí.

Varios miles de estudiantes de primer año, y voy a dormir a un metro y medio de mi mayor archienemiga. La universidad es tan grande que asumí que no iríamos a cruzarnos la una con la otra nunca. No es solo mala suerte, tiene que ser una especie de broma cósmica.

—Hola, compi —digo mientras fuerzo una sonrisa y me siento en la cama, quitándome mi Súper Pelo Judío de la cara con la esperanza de que esté menos caótico de lo que suele estar por las mañanas.

Lucie Lamont, exeditora jefa del *Navigator* del Instituto Island, me lanza una mirada gélida. Es pretenciosa, bajita y aterradora, y estoy plenamente convencida de que podría matar a un hombre con sus propias manos.

—Barrett Bloom. —Acto seguido, se recompone y suaviza la mirada, como si le preocupara cuánto he oído de esa conversación—. Esto sí que es... una sorpresa.

Es una de las cosas más amables que alguien me ha dicho últimamente.

Debería llevar otra cosa que no fueran los pantalones cortos con búhos del pijama y una camiseta demasiado cara de la Universidad de Washington que compré en la tienda del campus. Una cota de malla medieval, tal vez. Una orquesta debería estar tocando algo épico y premonitorio.

—¡Oh, Lucy! Yo también te he echado de menos. Han pasado, ¿cuántos?, ¿tres meses?

Con una mano, agarra la maleta de diseño a juego con más fuerza, y con la otra aprieta el bolso. Se le está soltando la cola de caballo. Ni me imagino el estrés que le ha provocado mi aparición, pobrecita.

—Tres meses —repite—. Y ahora estamos aquí. Juntas.

—Bueno, ¡os dejo para que os conozcáis! —canturrea Paige—. O... os volváis a conocer.

Tras eso, se despide de nosotras con un gesto exagerado y sale. *¡Si necesitáis algo, de día o de noche, llamad a mi puerta!*, dijo la primera noche, cuando nos engañó para que jugáramos a juegos para romper el hielo mientras nos hacíamos *s'mores* en el microondas. La universidad es una red de mentiras.

Señalo la puerta con el pulgar.

—Es genial. Unas habilidades de mediación increíbles. —Espero que eso haga reír a Lucie. No lo hace.

—Esto es increíble. —Observa la habitación con aspecto de estar tan impresionada con ella como lo estaba yo cuando me instalé. Su mirada se detiene en la pila de revistas que he colocado en el estante que hay encima de mi portátil. Es posible que no necesitara traérmelas todas, pero quería tener mis artículos favoritos cerca. Para inspirarme—. Se suponía que iba a tener una habitación individual en Lamphere Hall —dice—. Esto me ha pillado desprevenida. Voy a hablar con la directora de la residencia más tarde para intentar resolverlo.

—Podrías haber tenido más suerte si te hubieras instalado este fin de semana, cuando todo el mundo se suponía que tenía que hacerlo.

—Estaba en Santa Cruz. Hubo una tormenta tropical y no pudimos subirnos al avión de vuelta.

Es increíble que Lucie Lamont, heredera de la empresa de medios de comunicación de sus padres, pueda salirse con la suya diciendo estas cosas y, sin embargo, yo era la paria del *Navigator*.

También increíble: el hecho de que, durante dos años, ella y yo fuimos algo así como amigas.

Deja el bolso sobre el escritorio y casi tira uno de mis boles de pasta. Raviolis de espinacas, por lo que parece.

—Hay bufé libre de pasta. —Me levanto para recoger los boles y los apilo en mi parte de la habitación—. Pensaba que me dirían que no podía comer más después de cinco platos, pero no, el «libre» de «bufé libre» va en serio.

—Huele como en un Olive Garden.

—Mi intención era transmitir su misma energía de «cuando estás aquí, eres de la familia».

Retiro lo que he dicho sobre matar a un hombre con sus propias manos. Estoy bastante segura de que Lucie Lamont podría hacerlo solo con los ojos.

—Te juro que no suelo ser tan desordenada —continúo—. He estado sola los últimos días, y toda esa libertad se me ha debido de subir a la cabeza. Pensaba que iba a compartir habitación con una chica de Nebraska, pero no ha aparecido, así que...

Ambas nos quedamos en silencio. Cada vez que fantaseaba con la universidad, mi compañera de habitación era alguien que acabaría convirtiéndose en una amiga de por vida. Haríamos viajes de chicas, iríamos a retiros de yoga y daríamos discursos en la boda de la otra. Me sorprendería que Lucie Lamont fuera a mi funeral.

Se deja caer en la silla de plástico de su escritorio y empieza a hacer las técnicas de respiración que enseñó al equipo del *Navigator*. Inhalaciones profundas, exhalaciones largas.

—Si de verdad vamos a ser compañeras de habitación —dice—, aunque sea solo hasta que me trasladen a otro sitio, necesitamos unas reglas básicas.

Como me siento desaliñada al lado de Lucie y su chándal de alta costura, me pongo la chaqueta de punto gris que tengo colgada en la silla. Por desgracia, creo que no hace más que aumentar mi desaliño, pero al menos ya no estoy temblando. Siempre me he sentido *menos* al lado de Lucie, como cuando colaboramos en un artículo sobre lo misógino que era el código de vestimenta de nuestro instituto para el periódico que estábamos convencidas de que era el epítome del periodismo contundente. *Por Lucie Lamont*, decía el titular, ya que nuestro profesor elevó el estatus de Lucie por encima del mío, y en letra pequeña: *con Barrett Bloom*. La Lucie de trece años se indignó por mí. No obstante, cualquier vínculo que hubiera existido alguna vez entre nosotras había desaparecido al final de noveno grado.

—Vale, solo me traeré a chicos para enrollarme con ellos una noche sí y una no, y pondré este calcetín en la puerta para que sepas que la habitación está ocupada. —Me acerco al armario, que apenas es más ancho que una tabla de planchar, y le tiro un par de calcetines que dicen DIRECTORA DEL CIRCO DESASTRE. Bueno, solo un calcetín. La secadora de la novena planta se tragó uno ayer, y todavía estoy de luto—. Y solo me masturbaré cuando esté cien por cien segura de que estás dormida.

Lucie parpadea un par de veces, lo que se podía interpretar como una falta de apreciación a mi calcetín del circo desastre, un miedo visceral a la palabra que empieza por M o espanto ante la idea de que alguien quiera enrollarse conmigo. Como si no hubiera oído lo que pasó el año pasado después del baile de fin de curso ni se hubiera reído sobre ello en la sala de prensa con el resto del *Navigator*.

—¿Alguna vez piensas antes de hablar?

—¿Sinceramente? No mucho.

—Yo estaba pensando más bien en algo como mantener la habitación limpia. Soy alérgica al polvo. Nada de boles de pasta ni ropa ni nada por el suelo. —Con un pie calzado con una sandalia, señala debajo de mi escritorio—. Nada de papeleras llenas hasta arriba.

Me muerdo el interior de la mejilla con fuerza y, cuando me paso demasiado tiempo sin decir nada, Lucie alza una de sus finas cejas.

—¡Dios, Barrett! No creo que esté pidiendo mucho.

—Lo siento. Estaba pensando antes de hablar. ¿No ha sido la cantidad de pensamiento correcta? ¿Podrías ponerme un temporizador la próxima vez?

—Me está dando migraña —contesta—. Y que Dios me asista por tener que confirmar esto, pero creo que es de buena educación no... Ya sabes. Darle el gusto a esa rama particular del amor propio cuando hay alguien en la habitación. Esté durmiendo o no.

—Puedo ser bastante silenciosa —ofrezco.

Lucie parece que está a punto de combustionar. Es demasiado fácil, en serio.

—No sabía que esto era tan importante para ti.

—¡Es algo muy normal tener que gestionarnos como compañeras de habitación! Estoy cuidando de las dos.

—Con suerte, para la semana que viene dejaremos de ser compañeras de habitación. —Se mueve hacia su maleta y abre la cremallera de un compartimento para sacar su portátil, luego desenrolla el cargador y se agacha para buscar un enchufe. Con vergüenza, le enseño que los únicos enchufes que hay están debajo de mi escritorio, y descubrimos que es imposible que escriba en su escritorio sin convertir su cargador en una cuerda floja. Con un gruñido, vuelve junto a su maleta—. No quiero ni pensar en cuáles habrían sido tus prioridades como editora jefa. Menos mal que lo evitamos.

Tras decir eso, saca una placa de madera que me es familiar y la coloca en su escritorio. EDITORA JEFA, declara, riéndose de mí.

Era ridículo pensar que tenía la oportunidad de ser editora cuando el hecho de preguntarle a la gente si podía entrevistarla era a veces como preguntarles si podía hacerles una endodoncia de aficionada.

Me digo que no importa. Más tarde voy a tener una entrevista para optar a uno de los puestos como periodista de primer año en el *Washingtonian*. A nadie le importará el *Navigator* o los artículos que escribí, y tampoco les importará la placa de Lucie.

—Mira, a mí tampoco me entusiasma especialmente esto —digo—. Pero a lo mejor podríamos olvidarnos de todo, no sé. —No quiero acarrear con esto en la universidad, a pesar de que me ha seguido hasta aquí. A lo mejor no seremos nunca la clase de amigas que se van a un retiro de yoga, pero no tenemos por qué ser enemigas. Podríamos simplemente coexistir.

—Claro —responde Lucie, y me animo, creyéndola—. Podemos olvidar tu intento de sabotear nuestro instituto. Nos trenzaremos el pelo y haremos fiestas en nuestra habitación y nos reiremos cuando le contemos a la gente que aniquilaste alegremente a un equipo deportivo entero y arruinaste la posibilidad que tenía Blaine de conseguir una beca.

Vale, está exagerando. En gran parte. Su exnovio Blaine, uno de los antiguos jugadores estrella de tenis del Island, echó a perder sus posibilidades de conseguir una beca. Lo único que hice yo fue señalar con el dedo.

Además, estoy bastante segura de que los Blaine del mundo acabaron ganando de todas formas.

—Solo tengo una pregunta más —digo, apartando el recuerdo antes de que me clave las uñas—. ¿Es incómodo sentarse?

Mira la silla, su ropa, con la frente arrugada por la confusión.

—¿Cómo?

Puede que Lucie Lamont sea una zorra, pero, por desgracia para ella, yo también lo soy.

—Con ese palo que tienes metido en el culo. ¿Es incómodo?

Todavía me estoy riendo cuando cierra la puerta de un portazo.

ᘛ ᘛ ᘛ

Se suponía que la universidad era sinónimo de empezar de cero.

Es lo que he estado esperando con ansia desde que en mi bandeja de entrada apareció el correo electrónico de aceptación, y había mantenido la esperanza de que una reinvención real, de esas que nunca habría sido capaz de lograr en instituto, estaba a la vuelta de la esquina. Y a pesar de la debacle de la compañera de habitación, estoy decidida a amarla. Nuevo año, nueva Barrett, mejores decisiones.

Tras una ducha rápida, durante la cual evito por los pelos caer en un charco que estoy medio segura de que es de agua, me pongo mis vaqueros favoritos de cintura alta, mi chaqueta de punto y una camiseta *vintage* de Britney Spears que solía ser de mi madre. Los vaqueros se deslizan sin problema sobre mis caderas anchas y no me aprietan la barriga tanto como de costumbre. Esto debe de ser una señal del universo de que ya he soportado suficientes penurias por un día. Nunca he sido pequeña, y lloraría si tuviera que deshacerme de estos vaqueros, con su bragueta de botones a la vista y suaves como la mantequilla. Me he estrujado los rizos oscuros, que crecen hacia fuera en vez de hacia abajo, y les he aplicado espuma sin sulfato. Me he pasado años intentando luchar contra ellos con una plancha, y ahora debo trabajar mano a mano con mi SPJ en lugar de contra él. Por último, agarro mis gafas ovaladas con montura de alambre, de las cuales me enamoré porque me daban aspecto de no pertenecer a este siglo, y a veces vivir en otro siglo era lo más atractivo que podía imaginarme.

Me quedé corta cuando le dije a Lucie que la libertad se me había subido a la cabeza. Cada dos horas me asalta una sensación que es una mezcla de oportunidad y terror. La Universidad de Washington está a solo treinta minutos de casa sin tráfico y, si bien es cierto que durante años me imaginé en este sitio, no pensé que me sentiría tan a la deriva una vez que me instalara. Desde el domingo he estado arrastrando los pies de una actividad de bienvenida a otra, evitando a cualquiera que haya estudiado en el Island, a la espera de que la universidad me cambie la vida.

Pero hay algo por lo que mantenerse optimista: parece que no importa que comas sola en el comedor, pese a que me recuerdo a mí misma que soy la nueva Barrett, quien va a hacer algunos amigos con los que reírse sobre el bufé de pasta y la Ovoxtravagancia de Olmsted aunque acabe con ella.

Después de desayunar, atravieso el patio, con sus edificios históricos y pintorescos y sus cerezos que no florecerán hasta la primavera y donde los *slackliners* y los *skaters* ya han reclamado su espacio. Este siempre ha sido mi sitio favorito del campus, el panorama universitario perfecto. Pasado el patio está la Red Square, una plaza repleta de *food trucks* y clubes y, en una esquina, un grupo de bailarines de *swing*. Las ocho de la mañana me parece un poco temprano para bailar, pero a pesar de ello les hago una inclinación de cabeza en plan «Vosotros a lo vuestro».

Entonces, cometo un error fatal: hago contacto visual con una chica que está sola en una mesa frente a la Biblioteca Odegaard.

—¡Hola! —me dice—. Estamos intentando concienciar sobre la tuza de Mazama.

Me detengo.

—¿La qué?

Cuando me sonríe, es evidente que he caído en su trampa. Es alta y tiene el pelo castaño recogido en un moño alto con una cinta morada y dorada de la Universidad de Washington.

—La tuza de Mazama. Son nativas de los condados de Pierce y Thurston, y solo se encuentran en el estado de Washington. Más del noventa por ciento de su hábitat ha sido destruido por el desarrollo comercial.

Me coloca un panfleto en las manos.

—Es adorable —digo, y me doy cuenta de que es la misma imagen que tiene impresa en la camiseta—. ¡Qué carita!

—¿No se merece comer tanta hierba como desee su pequeño corazón? —Le da un golpecito al papel—. Este es Guillermo. Te cabría en la palma de la mano. Estamos organizando una campaña para redactar cartas dirigidas a los funcionarios del gobierno local esta tarde a las tres y media, y nos encantaría verte allí.

Me enfada lo que provoca su «nos encantaría verte allí» en mi alma necesitada de compañerismo.

—¡Oh! Lo siento —contesto—. No es que no me importen... esto... las tuzas, pero no puedo. —Mi entrevista con la editora jefa del *Washingtonian* es a las cuatro, después de mi última clase.

Cuando intento devolverle el panfleto, niega con la cabeza.

—Quédatelo. Investiga un poco. Necesitan nuestra ayuda.

Así pues, me lo meto en el bolsillo trasero y le prometo que lo haré.

El edificio de física está mucho más lejos de lo que parecía en el mapa del campus que tengo en el móvil y al que sigo echando miradas furtivas, a pesar de que una de cada tres personas con las que me cruzo está haciendo lo mismo. No sería tan malo si estuviera entusiasmada con la clase. Mi intención era cambiarla (la inscripción fue una experiencia horrible y todo se llenaba muy rápido, así que escogí una de las primeras clases abiertas que vi), pero ¡a la mierda!, la nueva Barrett sigue las reglas, así que aquí estoy, cruzando el campus hacia Física 101. Lunes, miércoles y viernes, ocho y media de la mañana.

Para cuando veo el edificio, la camiseta se me ha pegado a la espalda y los botones de mis vaqueros perfectos se me están clavando en la barriga. Aun así, me obligo a mantener la esperanza. Lo más probable es que esto no sea un presagio. No creo que los presagios suelan sudar tanto.

En mi bolsillo, mi móvil vibra justo cuando estoy subiendo los escalones de entrada.

Mamá: ¿Cómo te amo? ¡Joss y yo te deseamos MUCHÍSIMA SUERTE hoy!

El texto es de hace cuarenta y cinco minutos, lo que atribuyo al servicio mediocre de la universidad, y hay una foto adjunta: mi madre y su novia, Jocelyn, con las batas de felpa a juego que les regalé el año pasado en Janucá e inclinando sus tazas de café hacia mí.

Mi madre rompió aguas en su clase de Poesía Británica, en el segundo año, y, como resultado, me pusieron mi nombre por Elizabeth Barrett Browning, mayormente conocida por «¿Cómo te amo? Déjame que lo enumere». La universidad es donde tuvieron lugar los dos mayores eventos de la vida de mi madre: yo y el grado en empresariales que le permitió abrir la papelería que nos ha mantenido durante años. Siempre me ha dicho lo mucho que voy a amar la universidad, y me he aferrado a la esperanza de que, al menos, una de esas cuarenta mil personas está destinada a considerarme alguien fascinante en vez de odiosa, interesante en vez de desagradable.

—Estoy muy emocionada por ti, Barrett —me dijo mi madre cuando me ayudó a mudarme. Quería aferrarme a su falda y dejar que me arrastrara de vuelta al coche, a Mercer Island, al ¿CÓMO TE AMO? bordado que tengo colgado en la habitación. Porque, a pesar de que me había sentido sola en el instituto, al menos esa soledad me resultaba familiar. Lo desconocido siempre da más miedo, y quizá es por eso por lo que era tan fácil fingir que me dio igual cuando todo el instituto decidió que no era de fiar tras el artículo del *Navigator* que lo cambió todo—. Ya lo verás. Estos cuatro o cinco años van a ser los mejores de tu vida. Pero, por favor, no te quedes embarazada.

¡Dios! Ojalá tenga razón.

Capítulo 2

Física 101: donde todo (y todos) tiene potencial, declara el PowerPoint. Debajo del texto hay una imagen de un pato diciendo «¡Cuark!». Aprecio un buen juego de palabras, pero dos en una diapositiva puede que sea una llamada de auxilio.

El aire del aula está impregnado del aroma a productos para el pelo y café, y todo el mundo está charlando sobre sus horarios de clase y las peticiones que han firmado en la Red Square. La profesora está trasteando un conjunto de cables detrás del podio. Es uno de los auditorios más grandes del campus y caben casi trescientos estudiantes, aunque de momento solo está lleno una cuarta parte. O tres cuartos vacío, pero este año intento no ser pesimista.

Nunca he sido de las que se sientan en la parte de atrás del aula, a pesar de lo mucho que algunos de mis antiguos profesores hubieran deseado que lo fuera, así que subo las escaleras y me detengo junto a un asiento vacío situado al final de la quinta fila y al lado de un asiático alto y delgado que está mirando fijamente su portátil.

—Hola —saludo, todavía un poco sin aliento—. ¿Se lo estás guardando a alguien?

—Todo tuyo —responde con la voz plana y sin levantar la vista de la pantalla.

¡Yupi! Un amigo.

Me quito el jersey y saco el ordenador. Debo de hacer mucho ruido, porque el chico suelta un suspiro.

—¿Sabes cuál es la contraseña del wifi? —pregunto.

Sigue sin mirarme a los ojos. Incluso el cuello de su camisa de franela roja de cuadros parece estar muy enfadado conmigo.

—En la pizarra.

—¡Oh! Gracias.

Por suerte, no tengo más ocasiones para molestarlo antes de que la profesora, una mujer asiática de mediana edad con una chaqueta naranja y el pelo negro cortado hasta la barbilla, encienda el micrófono del podio. Las ocho y media en punto.

—Buenos días —dice—. Soy la Dra. Sumi Okamoto y me gustaría daros la bienvenida al espectacular mundo de la física.

Abro un nuevo documento de Word y empiezo a escribir. La nueva Barrett, mejor Barrett, toma notas incluso en una clase que no le ha convencido todavía.

—Tenía diecinueve años cuando la física entró en mi vida —continúa mientras su mirada viaja a lo largo de las filas del auditorio—. Era el último semestre antes de tener que elegir una especialización y, diciéndolo suavemente, estaba estresada. Nunca me había considerado una persona de ciencias. Empecé la universidad sin tener muy claro lo que iba a estudiar, y la clase introductoria me cambió la vida. Algo hizo clic en mí, algo que no había pasado en las otras clases. Había poesía en la física, belleza en aprender a entender el mundo que me rodea.

La manera que tiene de hablar refleja una sinceridad clara. La clase está cautivada, y yo me siento medio obligada a quedarme.

—Esta asignatura va a ser dura...

Vale, retiro lo dicho.

—Pero eso no significa que no debáis hablar si necesitáis ayuda —añade—. Puede que sea una clase introductoria, pero espero que os la toméis en serio. Soy profesora fija, no tengo por qué dar clases introductorias. De hecho, la mayoría de las personas que se encuentran en mi posición no tocarían esta clase ni con un péndulo de tres metros. —Risas, supongo que de quienes entienden el chiste—. Pero yo sí, y solo la imparto un trimestre al año. Física 101 suele ser una asignatura de repaso para quienes no se están especializando en ciencias, pero no como la enseño yo. Algunos estáis aquí porque queréis estudiar Física. Algunos probablemente estáis aquí solo por un crédito de ciencias. Sea cual sea la razón, lo que quiero que os llevéis de esta clase es la capacidad de seguir haciéndoos preguntas. De preguntaros *por qué*. No, no voy a quejarme si esta clase acaba siendo una pequeña parte de vuestro viaje hacia, digamos, un doctorado en Física. —Se permite soltar una risita—. Pero consideraré que he tenido éxito si he conseguido que penséis en los *porqués* de nuestro universo más de lo que lo hacíais antes del día de hoy.

»Pasando a algo básico: esta universidad tiene una política de tolerancia cero ante el plagio...

—¿Estás tomando notas de esto? —me pregunta el chico de al lado, lo que hace que mis manos queden congeladas sobre el teclado. Miro fijamente lo que he escrito. *Algo sobre un péndulo. Preguntas: bien. Asignatura: difícil. Plagio: malo.*

—¿Estás mirándome la pantalla? —siseo—. Estoy intentando prestar atención. Tú eres el que ha estado en Reddit todo este tiempo. Creo que... —Estiro el cuello—. r/PanGrapadoAÁrboles estará bien sin ti.

—Conque estabas mirando *mi* pantalla.

Deslizo la mano por el espacio que separa nuestros asientos.

—Es imposible no hacerlo.

—Entonces seguro que sabes que es un subreddit muy creativo e inspirador.

La Dra. Okamoto sube las escaleras por el lado opuesto del pasillo, repartiendo la guía didáctica de la asignatura.

—No me hace falta —digo cuando mi encantador vecino me tiende una, aunque la tomo de todas formas—. Voy a cambiarme.

—¡Qué pena! Debe de saber que, a pesar de la innegable chispa que ha saltado entre nosotros, puede que nuestro amor no resista la separación.

Se ríe; un sonido ronco entre dientes.

—Tanto tomar apuntes, ¿y te vas a cambiar?

—Hice Física AP el año pasado, así que... —Y saqué un dos en el examen; cosa que no hace falta que sepa.

—Lo siento, no me había dado cuenta de que estaba en presencia de una exestudiante de Física AP. —Le da un toquecito a la guía didáctica—. Entonces estoy seguro de que ya sabes todo sobre el electromagnetismo. Y los fenómenos cuánticos.

Este chico debe de haber ido también a la Escuela de los Increíblemente Estirados de Lucie Lamont y haberse especializado en Tomárselo Todo Como Algo Personal. No se me ocurre otra explicación para que esté tan combativo a las 8:47 de la mañana. ¿En esta economía? ¿Quién tiene energía para eso?

—¿Sabes? Mi cerebro todavía se está despertando, así que voy a tener que dejarlo para otro día.

No parece impresionado. Me he dado cuenta de que sus orejas sobresalen un poco.

—Mi... La Dra. Okamoto ha dicho que solo da esta clase una vez al año. Hay lista de espera. Para quienes se especializan en Física.

—Que imagino que es donde entras tú —aventuro.

—Déjame adivinar: estás indecisa.

Estoy a punto de decirle que, de hecho, ya me he decidido, solo que todavía no lo he declarado. Pero la Dra. Okamoto vuelve al podio y empieza la clase de hoy, que trata sobre qué es la física y qué no es la física.

—No soy de esas profesoras que se conforman con hablarles a sus estudiantes durante cincuenta minutos seguidos —dice—. Prefiero estimular la participación en clase, aunque no se tenga la respuesta correcta. De hecho, muchas veces puede que ni siquiera haya una respuesta correcta, por no hablar de *una única* respuesta correcta. —Nos dedica una sonrisa de gato de Cheshire—. Y este es el momento en el que le rezo a Newton, Galileo y Einstein para que más de dos de vosotros hayáis leído lo que os mandé por correo electrónico la semana pasada. Empecemos por lo más básico. ¿Quién puede decirme en qué consiste el estudio de la física?

La lectura que envió por correo electrónico la semana pasada. La que supongo que está en la bandeja de entrada del correo electrónico académico en el que todavía no me he metido porque hubo una confusión con otro B. Bloom, y la Universidad de Washington me asignó un nuevo nombre de usuario ayer: *babloom,* que creo que es el sonido que uno hace al darse cuenta de que no ha leído lo que le han mandado.

El chico de al lado lanza el brazo al aire como si fuera un niño de infantil desesperado por ir al baño. Si no consigo entrar en otra asignatura de inmediato, la próxima vez elegiré otro asiento.

—Ella ha estado tomando notas muy meticulosas —dice—. Tengo curiosidad por oír lo que tiene que decir.

Y me está señalando *a mí.*

¿Qué narices?

La profesora le lanza una mirada extraña antes de responderle.

—Muy bien. Tu nombre, por favor.

Mierda. Me planteo la opción de darle un nombre falso, pero lo único que se me ocurre es Barrett Blam. La improvisación se me daría increíble.

—Barrett. Barrett Bloom.

—Hola, Barrett Bloom. —Camina por el escenario, dejando el micrófono en el podio. Su voz es lo suficientemente fuerte como para continuar sin él—. ¿En qué consiste el estudio de la física? Suponiendo, por supuesto, que hayas hecho la lectura.

—Bueno... —Ese dos en Física AP no me está sirviendo de nada. Me ajusto las gafas, como si ver mejor me ayudara de alguna forma a encontrar la respuesta—. ¿El estudio de los objetos físicos? —Incluso mientras lo digo, sé que no es correcto. El año pasado estudiamos muchas cosas intangibles—. ¿Y... de objetos no físicos también?

Alguien detrás de mí suelta una carcajada, pero la Dra. Okamoto alza una mano.

—¿Podrías ser más específica?

—La verdad es que no estoy segura de poder.

—Por eso empezamos por aquí. Miles, ¿puedes ampliarlo?

El chico que tengo al lado se mueve para colocarse en el borde de su asiento. Pues claro que la profesora ya sabe cómo se llama. Seguro que ha llegado pronto, le ha traído un café y una magdalena, y le ha dicho lo mucho que le ha gustado la lectura asignada.

—La física es el estudio de la materia y la energía y de cómo se relacionan entre sí. Se utiliza para entender cómo actúa el universo y predecir cómo podría comportarse en el futuro.

—Perfecto —contesta la Dra. Okamoto, y prácticamente siento el calor que desprende Miles de lo satisfecho que está consigo mismo.

Al final de la clase, que la Dra. Okamoto concluye a las 9:20 exactas, me duele el cuello de obligarme a mirar hacia el frente todo el rato, nunca hacia la derecha.

Miles se toma su tiempo para meterlo todo en la mochila. LA FÍSICA IMPORTA, dice una de las pegatinas que tiene en el portátil. Está claro que no hay escasez de juegos de palabras sobre esta rama de la ciencia.

—No fuiste al Instituto Island, ¿verdad? —le pregunto. Es posible que no me acuerde de él y que me guarde el mismo rencor que la mayoría de mis compañeros.

—No. West Seattle. —¡Ah! Un chico de ciudad.

—No sé qué he hecho para ofenderte, aparte de insinuar suavemente que no estoy enamorada de la física, pero hay un setenta por ciento de posibilidades de que mi compañera de habitación me eche crema depilatoria en el champú, así que ha sido un día un poco duro. Y lo que has hecho lo ha empeorado.

Su rostro se tuerce de una forma extraña; sus ojos oscuros no parpadean.

—Sí. Ya somos dos —dice en voz baja al tiempo que se pasa la mano por un mechón de pelo oscuro—. Me refiero a lo del día duro. No a lo de la crema depilatoria.

—Seguro que ha sido todo un reto decidir cuál iba a ser el sitio que mejor te posicionaría como candidato más prometedor a lameculo del año.

—Y, aun así, has sido tú la que se ha sentado a mi lado.

—Un error que no volveré a cometer. —Agarro mi mochila y le miro con los ojos entrecerrados, esperando a que su fachada se resquebraje. Debería sentirme aliviada, ya que he encontrado a la única persona a la que probablemente le cueste más que a mí hacer amigos. No soy ajena a la hostilidad, pero ¿tanta, tan pronto y de alguien que no conozco? Eso es nuevo—. Bueno, te diría que nos vemos en clase el viernes, pero voy de camino a ver a un consejero, así que todo apunta a que esta va a ser la última vez que nuestros caminos se crucen. —Recorro el aula con la mano—. Que te lo pases genial entendiendo el universo.

☽ ☽ ☽

Otra cosa que abunda en la universidad: las colas. En el comedor, en el baño, en el centro de orientación para estudiantes de primer año mientras todos los que metimos la pata durante la inscripción esperamos para conocer nuestro destino. Cuando por fin soy la primera, tengo que rellenar un formulario y comprobar mi correo electrónico *babloom* para ver si me lo han aprobado.

Mi clase de dos horas de la tarde es una asignatura obligatoria de Inglés de primer año, impartida por un alumno de postgrado al que la universidad ha contratado como profesor auxiliar y con pinta de estar aburrido, pero con un atractivo desenfadado, y que se pasa la mitad del tiempo diagramando frases. Tengo la sensación de que la mayoría de los profesores no son tan animados como la Dra. Okamoto, lo que hace que me sienta un poco culpable por haberme cambiado, pero no lo suficiente como para quedarme.

Lo que he estado esperando de verdad es mi entrevista para el *Washingtonian*, ya que las clases de Periodismo se llenaron muy rápido de estudiantes de cursos superiores y puede que no tenga la oportunidad de matricularme en ninguna hasta que avance más el año. El edificio de periodismo está justo al lado del patio interior, cerca del Olmsted Hall, lo que parece una señal prometedora. De camino hacia allí, veo cómo un *skater* que hace caso omiso a los carteles de PROHIBIDO HACER SKATE de la Red Square se choca contra el grupo de bailarines de *swing* y, al más puro estilo del noroeste del Pacífico, reacio a los conflictos, todos acaban disculpándose entre sí.

Subo tres tramos de escaleras empinadas y acumulo tres veces más sudor del que me gustaría antes de llegar a la sala de redacción, situada en la última planta. Según mi móvil, fuera hace casi veinticuatro grados, un calor inusual para estar a finales de septiembre en Seattle. Tengo que parar en el baño para asegurarme de que no se me ha derretido el maquillaje.

La puerta de la sala de redacción está abierta y el interior ya está hirviendo, a pesar de que hay algunos ventiladores en marcha. Dentro hay varios grupos de ordenadores divididos en función de las secciones del periódico; los equipos más sofisticados que hay en una esquina son para los videógrafos y los monitores más grandes que hay en el centro de la sala, para los diseñadores. Y luego están las paredes, pintadas de naranja y garabateadas con rotuladores Sharpie, de cuya historia me enteré en la sesión informativa a la que asistí ayer. Si no me hubiera comprometido ya conmigo misma a trabajar para este periódico, las paredes lo habrían hecho. Cada frase escrita es una cita atribuida, sin contexto, a alguien que solía trabajar para el *Washingtonian*, y al menos un tercio de ellas son sexuales. La norma de la sala de redacción es que, si dices algo que alguien cree que merece la pena, gritan: *¡Ponlo en la pared!* Se convirtió en mi sueño al instante: decir algo tan ingenioso que quedara inmortalizado con un Sharpie.

—Hola —digo con torpeza a nadie en particular—. Vengo a una entrevista con Annabel Costa. ¿La editora jefa?

Una chica rubia con el pelo muy corto que está usando uno de los ordenadores de los diseñadores gira la cabeza en mi dirección.

—¿Barrett? Te recuerdo de la sesión informativa. Fuiste la que hizo todas las preguntas.

Contengo una mueca.

—Lo siento.

—¡Dios, no te disculpes! Hacer preguntas es el sesenta por ciento de ser periodista. Ya vas bien.

Me lleva hasta un despacho situado en un lateral de la sala y se recoge su vestido largo negro debajo de ella mientras se sienta. El vestido es sencillo, lleva unas gafas grandes de carey y va sin maquillar. Sin embargo, hay algo en ella que hace que parezca mucho mayor que una estudiante de primer o segundo año. Más sofisticada, como si hubiera tenido tiempo de descubrir la verdadera esencia de Annabel Costa. Desprende una calidez que no me ha mostrado nadie en mucho tiempo, ni en el Island, ni Lucie, ni el fanático de la física de Miles. Me tranquiliza de inmediato.

—Ayer conociste lo básico, ¿no? —inquiere Annabel—. Antes sacábamos número a diario, pero ahora sacamos número los lunes y los miércoles debido a los recortes presupuestarios. Solemos incorporar media docena de periodistas nuevos cada trimestre de otoño, dependiendo de cómo sea nuestra plantilla para cada sección. —Se echa hacia atrás en su silla para ver si la ventana que tiene detrás se abre más y suspira cuando no lo hace—. Estas entrevistas siempre son más divertidas cuando son un poco informales. No voy a sentarme aquí y a pedirte que me digas dónde te ves dentro de cinco años. Tengo tu currículum y los enlaces a los reportajes que hiciste para... —lo comprueba— el *Navigator*. Realmente impresionante. Escribiste... ¿casi cincuenta artículos en cuatro años? ¿Para un periódico mensual? —Deja escapar un silbido bajo.

—No tenía muchos amigos —contesto, y su risa vale más que haber arrastrado mi propia autoestima.

—¿Qué te atrajo en un principio al periodismo? —Arruga la nariz y se sube las gafas—. Lo siento, supongo que es una de las preguntas típicas de entrevista, ¡pero te juro que tengo mucha curiosidad!

Le devuelvo la sonrisa. Annabel y yo podríamos ser compañeras de trabajo, podríamos ser incluso *amigas*.

—Como ya hemos establecido, soy extremadamente odiosa. Casan a la perfección. —Se ríe otra vez y continúo—: Cuando era pequeña, mi madre y yo estábamos obsesionadas con los perfiles de famosos, esos que hacen que veas a alguien de una forma completamente diferente.

Algunos de mis favoritos: una entrevista de hace una década a Chris Evans en *GQ* que hace que el lector se pregunte si la escritora tuvo una relación íntima con él. Una entrevista grabada de *Legally Blonde*. Y, por supuesto, «Frank Sinatra Has a Cold», de Gay Talese, posiblemente la pieza más impactante del periodismo de la cultura pop. Sinatra se negó a hablar con él, pero aun así Talese lo siguió durante tres meses, simplemente observando, hablando con cualquier persona cercana a Sinatra que se lo permitiera.

El resultado fue una pieza narrativa que sacudió el mundo del periodismo: una historia vívida y personal que parecía ficción, pero que no lo era.

—Me encantan los reportajes que escogen a alguien intocable y lo hacen *real* —continúo—. Bajo la superficie hay mucho oculto que la mayoría de nosotros no llegamos a ver con frecuencia.

Nada de eso es mentira, pero oculta una verdad incómoda: nunca he sabido cómo hablar con la gente con la facilidad que tienen otros. Durante toda mi vida he tenido una relación más cercana con mi madre que con cualquier otra persona. En primaria, lo usaba para evitar hacer otros amigos: *Tengo a mi madre; ¡no necesito pasar el tiempo con otros chicos y chicas de diez años!* Como me tuvo tan joven, mi madre tampoco encajaba con los demás padres.

Cuando llegué a secundaria, me di cuenta de que tener a mi madre como mejor amiga no me hacía exactamente una persona guay, a pesar de que no me daba esa sensación cuando nos quedábamos despiertas hasta tarde apuntando todas las ideas que se nos ocurrían de tarjetas de felicitación poco apropiadas que nunca iba a vender en su tienda o cuando hacíamos maratones de películas siguiendo una temática («Judy Greer salva la noche», «Finde de la Austen actual»). Heredé tanto su gusto por la cultura pop como su humor irónico. Para cuando pensé en la posibilidad de querer que otras personas entraran en mi vida, todo el mundo tenía sus grupos de amigos sólidamente establecidos, y era como si me hubieran dejado atrás. Como si me hubiera perdido el hacer esas conexiones cuando era más joven, cuando se suponía que tenía que hacerlas todo el mundo.

Y entonces descubrí el periodismo. En séptimo, estaba comiendo sola en la biblioteca cuando un chico al que no conocía se acercó a mi mesa. Era de octavo.

—¡Hola! —me dijo—. ¿Puedo hacerte unas preguntas?

—Creo... que no nos conocemos —respondí.

Se rio; la risa llena de confianza propia de un alumno de último curso que no almorzaba en la biblioteca.

—Lo sé. Es para el periódico escolar.

El artículo del chico era uno insignificante sobre la biblioteca remodelada que incluía algunas cabezas parlantes, entre las que salía yo diciendo: *¡Me encanta almorzar aquí!,* junto con una foto parpadeando. Cuando llegó el momento de matricularme en las clases del siguiente semestre, elegí el periódico, y lo que empezó como una especie de experimento social se convirtió en un profundo amor por la narración de historias.

Satisfecha con mi respuesta, Annabel me hace unas cuantas preguntas básicas antes de ponerse más específica.

—Tenemos vacantes en todas las secciones: noticias, artículos, arte, deportes... —informa—. ¿Tienes alguna preferencia?

—Hice un puñado de noticias y artículos. Bueno, tantas «noticias» como se pueden tener en el instituto, que normalmente era un nuevo ingrediente en la *pizza* del menú de la cafetería —respondo—. Sinceramente, informaría sobre el sistema de alcantarillado de la universidad si me quisieras en el equipo.

—Es un tema muy demandado. —En su ordenador, señala algo que no veo—. Por lo que de verdad siento curiosidad es por un artículo que hiciste hace un par de años sobre el equipo de tenis.

—¿Segura? Porque creo que «Por el desagüe: Secretos del sistema de alcantarillado» podría ser un periodismo muy contundente. Estoy lista para ponerme con ello.

La sonrisa de Annabel flaquea. Por mucho encanto que tenga, está desvaneciéndose.

—Aquí hay una nota que dice que los comentarios están desactivados —continúa—, lo que no parece ser el caso de otros artículos.

Me obligo a respirar hondo unas cuantas veces. No es que me avergüence del artículo en sí. Es todo lo que ocurrió después en lo que no puedo permitir que mi mente se detenga. Y no lo haré. No aquí.

—Me enteré de que un grupo de jugadores de tenis había copiado en un examen —explico, esforzándome por mantener la voz calmada y eligiendo las palabras con cuidado—. Había un examen trimestral de trigonometría que era imposible, casi nadie sacaba más de un notable bajo. Pero todos los jugadores de tenis de mi clase se las apañaron para sacar sobresaliente y, cuando empecé a indagar, me di cuenta de que ocurrió lo mismo en todas las clases de esa profesora.

Mercer Island: un suburbio pudiente de Seattle en el que las escuelas públicas eran como escuelas privadas. Como tenemos un tiempo inestable, básicamente tienes que pertenecer a un club para jugar al tenis, y los clubes eran caros. Los jugadores de tenis eran los dueños del Instituto Island, con sus raquetas brillantes, polos y pancartas del campeonato del distrito. Cuando ganaron el estatal la primera vez en la primavera de mi primer año, el instituto canceló las clases durante medio día y les organizó una asamblea especial.

La Sra. Murphy tenía una cara de póquer terrible y, cuando la encaré, confesó al momento. Lo más ridículo era que, de hecho, me sentí *orgullosa* cuando saqué el artículo. Me imaginé ganando premios de periodismo estudiantil, quizá hasta becas, durante unos cinco minutos. Las pruebas eran tan irrefutables que el Island fue descalificado y una docena de jugadores acabaron en la escuela de verano. Blaine, el novio de Lucie por aquel entonces, fue uno de ellos, y ella me echó a mí la culpa de que rompieran más tarde. Dejó de hablarme, excepto cuando era necesario. Se aseguró de que sus amigos ricos y poderosos hicieran lo mismo.

Y así fue como puse a todo el instituto en mi contra.

—Sí, me enteré de eso —dice Annabel—. Fui a Bellevue, pero todo el mundo hablaba de ello.

Tiene que ser un logro que mi notoriedad se extendiera a escuelas a las que ni siquiera había ido.

—Las secuelas fueron un poco duras, como puedes imaginar. —Suelto un suspiro tembloroso, y entonces puedo continuar. Si llego al final de la semana con todos los botones de estos vaqueros intactos, será la prueba de que existe un dios—. Pero creo que me ayudó a ser mejor periodista.

—¿Y eso?

—Para empezar, no me da miedo hacer enemigos.

Annabel frunce el ceño.

—Puede que seamos un periódico estudiantil, pero este es un entorno profesional. No queremos que nadie utilice nuestro nombre para manchar nuestra reputación.

—No me he expresado bien —digo, deseando volver a encauzar la entrevista—. Lo que quiero decir es que... no tengo ningún problema en irritar a algunos por el bien de un artículo. Si necesitas a alguien que salga ahí y haga las preguntas que nadie hace, aunque eso signifique comportarse como una completa idiota, soy tu chica.

—Fuerzo una carcajada en un intento por sonar autocrítica—. Tengo mucha experiencia con gente que me odia. Por ejemplo, mi compañera de habitación...

—¿Tu compañera de habitación ya te odia?

—No, no —me apresuro a responder. *Echa el freno*—. Bueno, sí, pero solo porque fuimos al mismo instituto. Es... difícil de explicar.

Y, no sé cómo, pero lo he empeorado.

—¡Ah! —La mirada de Annabel se desvía hacia una pila de papeles que descansa en su escritorio. Currículums de otros estudiantes. ¡Mierda! La estoy perdiendo. Decirle a alguien que eres capaz de comportarte como una completa idiota: una gran estrategia para una entrevista.

Seguro que mi reputación del instituto no puede aferrarse a mí para siempre. Me pasé muchas noches autoconvenciéndome de ello mientras rebuscaba en los archivos de *Vanity Fair*, muchos días caminando por los pasillos con una armadura metafórica. Lógicamente, sabía que no a todo el mundo le importaba el equipo de tenis, pero, ¡madre mía!, esa era la sensación. Tuve que actuar como si no me importara una mierda, no cuando los chicos hacían como que golpeaban pelotas de tenis en mi dirección, no cuando se detenían en mi mesa cuando entregaban un examen para asegurarme que no se habían copiado. Ni cuando un profesor de Historia me asignó un informe sobre Benedict Arnold y mis compañeros murmuraron «traidora» en voz baja cuando me levanté para presentarlo.

Porque la alternativa, dejar que me destrozaran una y otra vez, era... mucho peor.

Durante meses me pregunté si había hecho lo correcto, pero siempre acababa en el mismo punto: esto era una vista previa de lo que iba a tener que afrontar como periodista de verdad. Se me tenía que endurecer la piel. A pesar de que me había llevado adonde me llevó, mi amor por el periodismo no ha flaqueado nunca, y sigo perteneciendo a ese número cada vez menor de personas que están suscritas al *New York Times* y al *Entertainment Weekly*. Obtener un trabajo en este periódico significaría que la nueva Barrett sí que es una mejora del modelo anterior. Que el periodismo es el lugar adecuado para mí.

—Ha sido muy esclarecedor, Barrett —dice Annabel después de un par de preguntas más, pero noto que no le interesa. Se levanta y extiende una mano por encima de la mesa—. Tal y como he dicho, solo tenemos unos pocos puestos vacantes, y podría ser competitivo, así que... te mantendremos al tanto.

Juego, set y partido.

Capítulo 3

Hacer otra cola en el comedor me atrae lo mismo que el acto acrobá-
tico que supone depilarme las piernas en la ducha microscópica de
Olmsted. En vez de eso, doy un largo paseo por el campus, donde el
follaje casi otoñal y los edificios centenarios de ladrillo contrastan
con los más nuevos y de bajo consumo con sus ángulos agudos y sus
paredes de cristal.

Siempre me pareció mágico cuando mi madre me traía aquí de
niña, me señalaba sus lugares favoritos y se detenía junto al edificio
en el que se encontraba cuando se puso de parto. La relación entre
mi madre y mi padre no duró mucho más que el embarazo, y él no
estaba interesado en ser padre. Pero mi madre es todo lo que siempre he necesitado. Fue duro terminar la carrera con un bebé recién
nacido, pero con algo de ayuda de sus padres lo consiguió, y siempre
la he admirado por ello.

—Esta universidad está en tu ADN —me decía. Una parte de mí
pensaba que era cursi, pero la creía. La universidad y yo teníamos
una conexión.

Ahora lo único que siento es lo asombrosamente fácil que es
mezclarse con los demás. El *Washingtonian* era lo único de lo que
estaba segura, y la he cagado. Porque, por algún motivo, incluso
cuando sabía que se estaba descarrilando, no podía parar de hablar.

Mi madre me llama mientras deambulo, pero dejo que salte el buzón de voz. Acto seguido, me manda un mensaje, y me siento culpable por no contestarle.

> **Mamá:** Si todavía echas de menos a tu querida madre, ¿qué te parece pedir comida tailandesa esta noche? Me muero por saber cómo te ha ido el primer día.

> **Mamá:** Vale, soy yo. Soy yo la que te echa de menos.

Lo primero que quiero hacer es contarle lo que ha pasado, pero no sabe todo lo que supuso el instituto para mí. Nunca me ha sobreprotegido demasiado, y no quería que la caza de brujas del Island que tuvo lugar después de lo del equipo de tenis cambiara eso. Si se metía e intentaba resolver mis problemas, podría romper el equilibrio que hay entre nosotras.

> **Barrett:** Hasta arriba de deberes. El día ha estado bien. ¿Y si lo dejamos para el fin de semana?

Está atardeciendo cuando vuelvo a la residencia. No me esperaba el puro deleite que me invade cuando abro la puerta y me encuentro a Lucie en nuestra habitación con un montón de maquillaje y de ropa esparcidos por su cama y por los dos escritorios, a pesar del sermón sobre el tema de la limpieza que me dio esta mañana. Un alargador conecta su rizador de pelo a los enchufes que hay debajo de mi escritorio, y tiene puesto a todo volumen algo que no reconozco.

Lucie Lamont también puede ser un desastre. Pienso usarlo para meterme con ella.

Se maquilla un ojo con delineador líquido.

—No te preocupes —le dice al espejo que ha pegado en su trozo de armario—. Ya mismo me voy y entonces podrás realizar cualquier ritual de sacrificio que tengas planeado.

—La verdad es que ayuda mucho si primero consigo un mechón de tu pelo. —Cierro la puerta y nos movemos torpemente alrededor de la otra antes de dejarme caer en la cama.

—¿Un día duro?

—Se podría decir que sí —murmuro contra la almohada—. No tenemos que hablar solo porque estemos en la misma habitación.

—Como quieras. —Su buen humor es inesperado y un poco alarmante.

—¿Has hablado con la directora de la residencia? ¿Nuestros días juntas están contados?

—Todavía mejor —responde—. Voy a unirme a una hermandad.

—O sea, que no has podido conseguir una habitación individual.

Su tono alegre vacila.

—Tenía pensado apuntarme de todas formas. Pertenezco a un legado. Mi madre es una Gamma Tau. Y... no he podido conseguir una habitación individual.

Me giro para no aplastar el móvil. Me lo saco del bolsillo, pero nadie me escribe. Nadie me llama.

—En fin —continúa Lucie al tiempo que enrolla un mechón de pelo rojo alrededor del rizador—, el reclutamiento es esta semana, y he quedado con unas chicas para ir a una fiesta en Greek Row. Pero creo que esta noche van a poner una película en el patio, si todavía estás buscando algo que hacer. *Atrapado en el tiempo**, creo.

—¿Das por hecho que no tengo ya planeada una noche de miércoles loca?

—Ambas sabemos que tu idea de diversión implica ver *Veronica Mars* con tu madre.

Mi madre compartía conmigo todas sus series favoritas y, durante nuestra breve amistad, Lucie incluso venía a verlas con nosotras.

---

* N. de la T.: *Groundhog Day* en inglés. En Chile, Venezuela, México y Argentina se tradujo como *El día de la marmota* y en el resto de Hispanoamérica, como *Hechizo del tiempo*.

Acabábamos de cerrar la brecha entre conocidas de clase y amigas de toda la vida. El hecho de que lo mencione hace que me pregunte si ella también se acuerda.

—No metas a *Veronica Mars*. Es un clásico de mediados de los 2000. —Hago un gesto en dirección a la camisa *oversize* de mangas acampanadas que lleva Lucie, la cual ha combinado con unos *leggings* negros de aspecto caro que puede que estén hechos de cuero—. Es una fiesta temática, ¿no? ¿Vas como tu padre fundador favorito? ¿O como el padre fundador menos racista?

—Estoy bastante segura de que todos eran racistas. Y el tema es «¡vete a la mierda!» —contesta con dulzura, pero se remanga y se desabrocha la camisa para anudársela a la altura del ombligo.

—Puede que lo haga. Después de todo, es una noche de miércoles loca.

Puede que sea una ilusión mía, pero creo que ahoga una carcajada.

Hay un momento en el que casi me siento *decepcionada* porque va a unirse a una hermandad, a pesar de que sé que su minuto de decencia se ha debido únicamente a que sabe que no va a vivir conmigo. Durante un segundo, incluso quiero preguntarle si también ha hecho la entrevista para el *Washingtonian*, pero me da miedo saber que ha ganado el puesto que ansío.

También cabe la posibilidad de que el día simplemente haya sido demasiado y que mis emociones se estén manifestando de formas extrañas. Eso suena mucho más realista.

—La fiesta es en Zeta Kappa —dice—. Es esa fraternidad grande que hay en Fiftieth Street, la que tiene esas estatuas enormes de huskies fuera. —El husky es la mascota de la Universidad de Washington, y durante los eventos deportivos pasean a un cachorro llamado Dubs. Es la clase de cosa que podría motivarme a asistir a un evento deportivo.

He pasado muchas veces por delante de esa fraternidad. Es la más llamativa.

—¿Por qué me lo cuentas?

—No... lo sé. —Lucie desenchufa el rizador. Tiene el pelo tan liso que le cuesta mantener las ondas—. Somos compañeras de habitación. Por ahora, al menos. Si una de nosotras sale del campus por la noche, tiene sentido decirlo.

—Vale. —Busco mi espray de pimienta en el bolso—. ¿Quieres llevarte esto?

Abre un bolso de mano metálico y saca su propio bote.

—Ya está controlado. —Tras ordenar la habitación, vuelve a mirarse en el espejo y se ahueca el pelo en un último intento por darle volumen—. Bueno, buenas noches.

Suelto un gruñido a modo de respuesta y, cuando se marcha, se me ocurre una idea: una forma de salvar, si no toda mi experiencia universitaria, al menos este primer día desastroso.

$$\cup\,\cup\,\cup$$

Menos mal que no le presté a Lucie mi espray de pimienta, porque tengo una mano sobre él mientras recorro el campus dirección norte. ¿Sé cómo usarlo si alguien sale de entre los arbustos y me exige los siete dólares que llevo en la cartera? No. ¿Confío en que mi cerebro reaccione adecuadamente a la situación y pulse el botón rojo en vez de gritar, salir corriendo y tropezar inevitablemente con algo? Tampoco.

El camino es cuesta arriba, y al minuto ya estoy jadeando. La universidad o bien me va a acabar matando o bien me va a convertir en una marchadora de primera división. Llevaré a la Universidad de Washington a nuestro primer campeonato. Las empresas de calzado de todo el mundo me rogarán que las patrocine. *¿Cómo lo hiciste?*, querrán saber. *Perseverancia*, diré. *Perseverancia, coraje y el par de zapatillas adecuado.*

—¿Barrett? —me llama una voz masculina.

Me doy la vuelta y veo una figura sombría acercándose. No sé de dónde ha salido ni quién es ni cómo sabe mi nombre, pero tiene las manos delante de la cara y yo tengo el dedo sobre el gatillo y aprieto los ojos y probablemente debería haber leído las instrucciones y...

—Espera... No soy...

Me sobresalto tanto que se me cae el bote de espray de pimienta.

—¡Madre mía, madre mía, madre mía! Lo siento mucho.

—Casi me rocías con espray de pimienta.

—Lo siento —repito, con las manos todavía temblándome, y entonces lo veo y quizá no lo sienta tanto. Miles, Don LA FÍSICA IMPORTA. ¿Quién mejor para encontrarte en un camino oscuro a las...?, bueno, solo son las nueve y cuarto, pero aun así. La única hora ideal para encontrarte con alguien que te humilló públicamente es nunca.

—El campus puede ser peligroso por la noche —dice—. No deberías ir sola.

Lleva una camiseta azul marino lisa y tiene el pelo oscuro despeinado, como si se hubiera estado pasando las manos por él. La forma en la que le sobresalen las orejas no es tan dramática como para ser lo primero en lo que me fijé de él, pero basta para que me pregunte si los abusones le hicieron la vida imposible en algún momento. Y, a pesar de que es alto, mucho más alto que mi metro sesenta, no usa su altura como algo imponente. Tal vez es por cómo la luz de la calle capta los ángulos de su rostro, pero desprende un cansancio del que no me percaté en clase. Una resignación.

—A lo mejor los desconocidos no deberían gritar mi nombre y darme un susto de muerte, ¿no crees?

—Tienes razón. Lo siento. —Y sí que parece un poco arrepentido mientras se pasa una mano por el pelo, lo que confirma mi teoría: Miles, quienquiera que sea, es de los que no paran de mover las manos y los dedos para toquetear y juguetear con todo.

—Y, además, tengo esto. —Saco mi fiel bote rojo y lo sostengo en alto. Juro que voy a acabar rociándome a mí misma en la cara.

—Por favor, no agites esa cosa —dice, y tiene razón, así que me lo meto en el bolso—. ¿Adónde vas?

—A una fiesta. ¿Y tú?

—He quedado con una amiga.

Ha refrescado, por lo que me ciño más el jersey. El edificio de Arte Dramático está a nuestra derecha; la Facultad de Empresariales, a nuestra izquierda. Si nos estamos yendo del campus por el mismo camino, nos vemos obligados a caminar juntos.

—Bueno, ¿al final te has quitado de Física? —pregunta justo cuando el silencio está a punto de volverse insoportable. Está moviendo las manos otra vez, ahora jugueteando con el reloj inteligente que tiene en la muñeca.

—Todavía no. He tenido que rellenar un formulario, y ahora supongo que les rezo a los dioses de la gente que no lee las lecturas asignadas para que lo aprueben.

—¡Ah! Esos dioses. Creo que suelen estar bastante ocupados impidiendo que llamen a esas personas en clase, pero con suerte encuentran un hueco para ayudarte.

Su sentido del humor me pilla desprevenida.

—Hablando de que te llamen en clase —empiezo—, ¿no vas a disculparte por lo que ha pasado hoy en Física?

—Refréscame la memoria.

Dejo de caminar.

—¿En serio? Levantaste la mano y le dijiste a la profesora que querías escuchar lo que tenía que decir sobre el estudio de la física. El *primer día*. Y, por alguna razón, ¡la profesora te escuchó!

Miles parpadea, como si de verdad necesitara refrescarle la memoria, pero, venga ya, ha ocurrido hace solo unas horas. En su rostro se plasma algo que podría ser arrepentimiento, y frunce las cejas y se aplaca.

—Tienes razón. Fue una cagada por mi parte, y lo siento. Ha sido... una semana rara.

Tal vez sea la conmoción que supone que un chico admita haber hecho algo malo, pero puede que lo perdone. Lo más probable es que hubiera encontrado otra forma de humillarme a mí misma si él no hubiera acelerado el proceso.

Aunque no da más detalles sobre su semana rara, suelto un suspiro de resignación. Vale, puede caminar conmigo. No, *conmigo* no, a mi lado.

Miro el mapa en el móvil cuando llegamos al primer cruce que hay en la entrada del campus, el que tiene la W gigante de bronce. Cruzamos la calle juntos, aunque tengo que acelerar el paso para seguir sus zancadas más largas. No pienso perder mi título de marchadora.

—¿Dónde vive tu amiga? —inquiero.

Vuelve a rascarse la muñeca.

—A un par de manzanas.

Y aun así no toma otro camino distinto al mío, ni siquiera cuando llegamos a la casa que tiene las estatuas de huskies delante.

Me detengo.

Se detiene.

Ambos nos giramos para subir.

—Creía que habías dicho que habías quedado con una amiga —digo.

—Así es. En una fiesta.

Con tanto dramatismo como me es posible, extiendo los brazos para indicarle que vaya delante de mí y, tras un momento de vacilación, lo hace. Pues claro que acabamos en la misma fiesta. Pues claro que el universo encontraría esta situación divertidísima.

—¿Venís juntos? —pregunta el chico que hay en la puerta cuando Miles se acerca, estirando el cuello para mirarme. Me pregunto si ser portero es un trabajo para alguien situado muy arriba o muy abajo en la jerarquía de la fraternidad—. Estamos intentando mantener un equilibrio. No queremos más chicos que chicas. No puedo dejarte entrar si no vienes con ella.

Miles me lanza una mirada suplicante, y no sé qué está haciendo aquí, si uno de estos pillados de la fraternidad es su amigo o si, simplemente, quiere emborracharse después de una «semana rara». Tampoco quiero entrar en esta basura de la distribución binaria por géneros.

—Viene conmigo. —El chico da un paso atrás para dejarnos pasar—. Me debes una —le siseo a Miles mientras entramos.

—Seré tu tutor de física —contesta con una pequeña sonrisa. Un paréntesis cortado por la mitad.

Y, tras eso, desaparece por suerte entre la multitud.

En mi imaginación, Zeta Kappa era un caos de luces negras y centelleantes, gente liándose contra la pared, alcohol por todas partes. En realidad, es una casa que por fuera es vieja y encantadora y a la que nadie ha dado suficiente cariño por dentro. Ninguno de los muebles hace juego y la mayoría se cae a pedazos. La gente bebe, baila y juega al *beer pong* en pequeños grupos. Hay gente con camisetas de la Universidad de Washington, gente con vestido y gente que, simplemente, lleva unos vaqueros y una camiseta, y la sala está llena de fotos de la fraternidad a lo largo de los años. Casi tantos chicos blancos como en el Comité Nacional Republicano.

Mi misión: una experiencia universitaria normal. Eso significa que tengo que hablar con alguien. Entablaré una conversación cortés, haré que se ría y después nos seguiremos en Instagram. Llevo solo cuatro días en el campus y ya veo este año extendiéndose frente a mí, un facsímil del año pasado y del anterior, y así sucesivamente. He esperado demasiado como para que este año no sea diferente.

Me dirijo a la cocina y dejo que un chico me llene un vaso de cerveza de un barril. Puedo ser una universitaria normal desahogándose en una fiesta. Puedo hablar con *una* persona como el ser humano equilibrado que hace tiempo sospecho que no soy.

Excepto que no conozco a nadie, y puede que esto sea una revelación sorprendente, pero no fui a muchas fiestas en el instituto. De hecho, fui a una, después del baile de fin de curso. Debería haberlo sabido, debería haber sabido que Cole Walker, quien me besó con dulzura en la pista de baile y más tarde debajo de las sábanas en la habitación de un hotel, quien me hizo pensar que igual yo no era un suplicio después de todo, lo había hecho como una broma. He desvirgado a Barrett Bloom, escribió en un mensaje por un chat grupal que se extendió por todo el instituto, junto con una serie de emojis de flores. #desflorada*, le respondió uno de sus horribles amigos.

Cuando abrí mi taquilla el lunes después del baile, se desparramaron rosas, tulipanes y margaritas. Siempre me había gustado mi apellido, muy judío, pero durante el último mes de clases me había dado una reputación nueva, una que me abría en canal y que amenazaba con dejar salir todas las emociones que había guardado bajo llave durante años.

En el Island había casi dos mil chicos y chicas, y más de una docena tenían el apellido Walker. Y mi cita para el baile de fin de curso resultó ser el hermano de Blaine Walker, quien había perdido su beca universitaria después de que mi artículo anulara la victoria del equipo de tenis.

Aparto todo eso antes de que mis pulmones se tensen demasiado, pego la espalda a la pared y finjo que me sé la canción que todo el mundo está cantando a gritos mientras deseo de manera absorta que el gusto musical de mi madre fuera más actual. Y, en ese momento, hago el truco de la chica solitaria: saco el móvil y voy alternando entre darle un sorbo a la cerveza y hojear mis aplicaciones de noticias: el *New York Times*, CNN, la BBC. Y, a regañadientes, Elsewhere. Porque sí, es una página de noticias que está dirigida por la gente que creó a Lucie, pero tienen algunos periodistas muy buenos en plantilla con reportajes extensos que han ganado múltiples premios, incluyendo una entrevista grabada de *The O.C.* que tanto mi madre como yo devoramos el año pasado.

—Hola.

Miro al chico que está apoyado en la pared de enfrente y cuyo pelo rubio y rizado le llega por debajo de las orejas. Lleva una camiseta morada de Zeta Kappa.

---

* N. de la T.: En el original, el *hashtag* es «*debloomed*», de manera que se hace un juego de palabras con el apellido de Barrett, Bloom, cuyo significado en español es «florecer».

—Hola. ¿Es tu casa?

—Sí que lo es —responde—. Genial, ¿verdad?

Alzo mi vaso de cerveza caliente.

—Mis felicitaciones a vuestro sumiller.

Cuando se ríe, se le arruga el extremo de los ojos.

—Eres graciosa. Soy Kyle.

—Barrett.

No es un nombre demasiado común, así que la expresión que adopta su rostro, con las cejas fruncidas durante unos segundos, no es del todo inusual.

—¿En plan... barrer?

—Si eso te ayuda a recordarlo, claro. —Sueno demasiado combativa. No estoy haciendo una audición para ser la nueva chica malhumorada con un pasado oscuro en una serie de la CW. Intento gustarle a alguien. Así pues, cambio de tema y finjo que es una persona muy interesante a la que estoy entrevistando para la portada del *Entertainment Weekly*—. ¿Qué te llevó a estar en la fraternidad Zeta Kappa?

—Todos los hombres de mi familia estuvieron aquí, así que casi que se daba por hecho.

—¿Por qué romper con la tradición, verdad?

—Exacto. —Otra sonrisa—. Me gustan las chicas gruesas —dice en voz baja, y abandono cualquier esperanza de que esto se convierta en una amistad—. En plan, eso es lo que la gente concienciada y eso dice hoy en día, ¿verdad? ¿O estáis reclamando la palabra *gorda*? Puede que haya leído algo sobre eso en Internet.

Lo dice como si fuera una conversación normal. *Estáis*. Como si yo fuera la representante de todo el grupo y acabáramos de celebrar nuestra convención anual de gordas, durante la cual hemos discutido nuestra terminología favorita.

—Tengo que vomitar —anuncio, y él se encoge contra la pared.

La casa está cada vez más llena, hace más calor, hay demasiados cuerpos sudorosos apretados unos contra otros. No tengo ni idea de dónde se ha metido Miles ni de qué hacer ahora.

Me escabullo por el vestíbulo, haciendo todo lo posible por aparentar que encajo, y casi me atraganto con el resto de mi terrible cerveza cuando veo a Lucie jugando al *flip cup* en la sala de juegos. Está con un grupo grande y, aunque solo le veo media cara, estoy segura de que se lo está pasando en grande, dado lo escandalosa que es la habitación, llena de vítores y risas y abrazos y bailes. Hacen que parezca increíblemente fácil, como si fuera natural entrar en una casa como extraños y tener mejores amigos nuevos en menos de una hora.

Alguien detrás de mí me empuja hacia dentro, y cuando la cabeza de Lucie se vuelve hacia la puerta, me escapo tan rápido como puedo.

Acabo en el patio trasero, donde una hilera de antorchas Tiki ilumina el camino, porque no es una fiesta universitaria sin un poco de apropiación cultural. Hay gente jugando al voleibol y gente asando hamburguesas, y todo el mundo parece sentirse tan *bien* en este entorno que me duele el pecho. Normalmente no me lo permito, pero esta noche no tengo energía para resistirme.

Son las diez y cuarto, la luna es un fragmento plateado en el cielo. Lógicamente, sé que este no es mi lugar. Pensaba que ese lugar sería la sala de redacción, pero quizá la triste realidad de mi vida es que no encajo en ningún sitio, lo cual solo queda brillante y dolorosamente claro en las raras ocasiones en las que intento forzarlo. Me aferré a la esperanza de que la universidad iba a ser diferente, pero no estoy segura de cómo hacer que eso ocurra cuando el pasado se empeña en seguirme.

Aunque, como me había enterado de esta fiesta por Lucie, quizá soy yo la que lo está siguiendo.

—¡Cuidado! —grita alguien mientras una pelota de voleibol se precipita hacia mí junto con un chico sin camiseta persiguiéndola.

Retrocedo, intentando por todos los medios no ser aplastada por ninguno de ellos, y tropiezo con algo largo, alto y cálido.

Una antorcha Tiki.

Suaviza mi caída, pero solo un poco, y aterrizo con un gruñido, amortiguada por mi trasero aprobado por la Convención de Chicas Gordas. Tengo el estómago cubierto de cerveza y mi vaso está a unos cuantos centímetros de distancia. Al menos, aterrizo en la hierba... mientras la antorcha se balancea de un lado a otro.

No, no, no, no, no.

Me pongo de pie, pero es demasiado tarde. Parece suceder a cámara lenta y de golpe: la antorcha se vuelca, el oro líquido se abre paso en la oscuridad a medida que una brisa levanta nubes de humo blanco en el aire. Un arbusto de rododendro se prende fuego, y luego la hiedra que se retuerce por el lateral de la casa, cuyas hojas se ennegrecen a medida que las llamas suben más y más...

Durante unos segundos, lo único que puedo hacer es mirar.

Acabo de incendiar una fraternidad.

Capítulo 4

—¡Fuera de la casa! —grita alguien. La gente sale a raudales a la calle, y algunos corren hacia el patio trasero para ver qué pasa mientras que la mayoría se mantiene a distancia. Ahí está Kyle, con el brazo alrededor de una chica probablemente menos desagradable que yo. No veo a Lucie. No veo a Miles.

Suena una alarma de incendios, y su alarido atrae a los fiesteros de las casas vecinas. Todos gritan y una chica llora porque no encuentra a su hermana. Las llamas avanzan por el lateral de Zeta Kappa, convirtiendo el aire en humo. Pueden haber pasado cinco segundos o cinco minutos antes de que mi mente empiece a funcionar de nuevo, y me pongo de pie justo cuando un par de mentes jóvenes y brillantes empiezan a sofocar el fuego con sus bebidas.

—¡El alcohol lo empeora! —grito, indecisa entre intentar ayudar, aunque no tengo ni idea de cómo, o desaparecer en la noche. La multitud es pequeña, el fuego parpadea en los cristales de las gafas y en las pantallas de los móviles.

El corazón me golpea la caja torácica mientras busco si hay alguna nevera cerca para sacar agua embotellada. Esto no puede ser real. No puedo haber prendido fuego a un edificio en una fiesta a la que no estaba invitada, con Dios sabe cuánta gente todavía dentro.

A lo lejos, un camión de bomberos aúlla.

—¿Cómo cojones ha pasado esto? —pregunta un chico alto y fornido que lleva una camiseta de la Facultad de Empresariales y que se está abriendo paso a codazos entre el enredo de curiosos.

—Ha sido ella. —Una chica me señala justo cuando mi mano se cierra en torno a una botella de Dasani—. Ha tirado la antorcha.

Saco el agua y me la llevo al pecho como un escudo.

—No... Lo siento... Ha sido un accidente...

La multitud se aprieta entre sí, como si estuviera tomando la decisión colectiva de impedirme escapar. Veo a Miles a más de diez metros, cerca de la frontera entre esta propiedad y la siguiente. Por alguna razón, no parece tan preocupado como el resto del grupo. Está dándole sorbos tranquilamente al contenido de un vaso rojo, simplemente... observando.

Lo añadiré a la lista de cosas sobre Miles que no tienen sentido y que no me importan lo suficiente como para investigar. Y menos ahora.

—¿Quién diablos es esta? —inquiere el primero mientras me señala con el pulgar—. ¿Alguien conoce a esta tía? Porque yo no la he visto en mi vida.

Una oleada de murmullos recorre la multitud. Nadie me conoce. No debería escocer este recordatorio de que soy una intrusa y, sin embargo, lo hace. Una intrusa que ha irrumpido en el interior y está en proceso de destruir algo que muchas de estas personas amaban.

—¿Barrett? —Lucie se abre paso a empujones hasta llegar al frente de la multitud. Se le han caído todas las ondas que tenía y el pelo le cuelga sin fuerza sobre los hombros—. ¿Qué narices? ¿No te podías haber colado en otra fiesta?

El alivio de saber que está bien se ve subyugado al instante por un feroz sentimiento de traición. Lucie es la única persona que puede empeorar esta noche, porque hasta hace unos segundos yo era anónima.

—No estaba colándome —contesto con unas palabras afiladas por la rabia. Con cada una, le apunto directamente a ella—. Solo estaba...

—¿La conoces? —pregunta el primer chico. El presidente de la fraternidad, tal vez.

Miro a Lucie a los ojos con la esperanza de que vea el pánico en los míos. Con la esperanza de que le importe, aunque sea lo más mínimo. *Por favor*, intento transmitirle. *No digas nada.*

—Barrett Bloom —responde con suavidad, claramente encantada de echarme a los lobos—. Fuimos juntas al instituto. Por desgracia.

Al parecer, ese momento que tuvimos en nuestra habitación no significó nada.

—La policía está ahí fuera —informa otro chico—. Quieren hablar con cualquier testigo que haya.

No. Esto *no puede* estar pasando, mi primer día de universidad literalmente en llamas.

No pienso. Solo corro.

ひ ひ ひ

En mi primer año de instituto, corrí un kilómetro y medio en dieciséis minutos. Cuando crucé la línea de meta, con las piernas ardiendo y la garganta seca, el profesor de gimnasia, que también era el entrenador de tenis, abrió unas estadísticas en su móvil.

—Enhorabuena —me dijo, y me puso la pantalla en la cara—. Has corrido tan rápido como una persona de setenta años.

No obstante, cabe destacar el tema de la adrenalina. Porque esta noche estoy bastante segura de que podría dejar atrás a esos septuagenarios. Atravieso Greek Row a toda velocidad, pasando junto a otras casas que están celebrando el primer día, los nuevos amigos y el seductor placer de la independencia. Mis pies golpean el pavimento, y no sé adónde voy, solo sé que tengo que alejarme lo máximo posible de Zeta Kappa.

Me fuerzo a correr cuesta arriba por University Way, la calle que bordea la Universidad de Washington y que todo el mundo llama «la avenida». De niña, cuando mi madre y yo veníamos a visitarla, siempre desprendía cierta magia, con todos esos restaurantes baratos, tiendas bonitas y cafeterías llenas de universitarios estudiando con un aspecto imposiblemente maduro y sofisticado. Esta noche no hay nada de eso.

Ha sido un accidente. Sé que yo no tengo la culpa, y creo —¡Dios! *Espero*— que todos han tenido suficiente tiempo para salir de la casa. Si me hubiera quedado, la policía me habría interrogado y con suerte se habría creído que había sido un accidente. No habría pruebas de que había hecho algo delictivo. Pero todas esas miradas acusadoras, la forma en la que la multitud entera se ha vuelto contra mí...

Bueno, me he sentido como si hubiera vuelto al instituto.

Al final me acaban fallando las piernas. Me agacho y me agarro las rodillas, jadeando. Sigo aferrada a la botella de agua y me bebo la mitad de un trago. Me arden los muslos y la tela vaquera me roza la piel en las peores zonas. En noticias relacionadas, ya no son mis vaqueros favoritos. Al menos, no me persigue nadie, pero estoy segura de que me he perdido. A mi móvil le queda un 3 % de batería y se apaga justo cuando abro Google Maps.

Me siento como una puta fugitiva. Esto es absurdo. Más que absurdo. No tengo ni idea de cómo este día ha pasado de una situación incómoda con una compañera de habitación a una *casa en llamas*. El desastre siempre me ha encontrado, pero esto es ya otro nivel. Un desastre que se graduó en Harvard, se unió a Mensa y ganó un Premio Nobel.

Me obligo a tomar bocanadas profundas del aire de la noche, me esfuerzo por calmar mi corazón acelerado. No puedo dejarme llevar por el pánico. Todavía no.

Sigo los números de las casas y los carteles de las calles, decido que tengo que ir hacia el sur y, tras una docena de manzanas más..., *ahí*. Ahí está el límite del campus, y ahí está la gran W de bronce que me grita: *¿Qué acabas de hacer?*, *¿A quién pretendes engañar?* y *¿Por qué pensabas que la universidad iba a ser diferente?*

No lo sé, no lo sé, no lo sé.

Para cuando paso la tarjeta de estudiante en Olmsted, ya no siento pánico, sino tristeza. Me desplomo contra la pared del ascensor, donde me veo reflejada, y parezco tan destrozada como me siento. Con el rímel corrido por las mejillas, las gafas emborronadas y la cara de un tono más claro que el tomate frito. Tengo el pelo hecho un lío de nudos que no va a ser divertido desenredar mañana, pero al menos mañana significará que el día de hoy ha terminado.

Introduzco la llave en la cerradura, y es cierto que la poca cerveza que he bebido y la vigorizante carrera nocturna han hecho que todo esté un poco borroso. Sin embargo, la puerta de la habitación 908 no se mueve. Pongo todo mi peso sobre ella y giro la llave con todas mis fuerzas.

Ha echado el cerrojo. ¡Mierda! O corrió a casa antes que llegara yo o he estado fuera mucho más tiempo de lo que pensaba.

—¡Lucie! —medio susurro medio grito mientras golpeo la puerta. Imagino que el nuevo Olmsted no tendrá cerrojos de seguridad, los cuales, según me contó Paige, instalaron durante las protestas de los años sesenta para mantener a salvo a los estudiantes—. Lucie... Vamos, abre.

No hay respuesta.

—Lucie. Por favor. —Me reiría si no estuviera a punto de llorar. Estoy tan cerca de la histeria que haría ambas cosas si tuviera energía.

En vez de eso, tras unos minutos más golpeando sin éxito, me arrastro hasta la sala común, situada en el extremo opuesto de la planta y donde hay dos sofás maltrechos, una televisión y un montón de mantas cuestionables. Es imposible que alguien no haya tenido relaciones sexuales aquí.

Elijo el sofá menos maltrecho, pero aun así raído, el cual chirría cuando me hundo en él, como si incluso los muebles se estuvieran quejando de Barrett Bloom. Lo más seguro es que nada de esto habría pasado si me hubiera alojado con Christina Dearborn of Lincoln, de Nebraska, como se suponía que tenía que haber hecho. O tal vez tendrían que haber destrozado este edificio durante el verano en vez de hacernos sufrir a todos de esta manera.

Una cosa que esta habitación tiene a su favor: un punto de carga universal. Mi mente no se calma, así que conecto el móvil, me limpio las gafas con el borde de la camiseta y empiezo a pasar una cantidad excesiva de tiempo leyendo noticias negativas. La buena noticia es que todos los medios que han informado sobre el incendio indican que no ha habido heridos, solo la pérdida de algunas reliquias de Zeta Kappa. Eso alivia un poco la tensión que se ha formado en mi retorcido cuerpo. La mala noticia es que me han etiquetado. En un número no insignificante de fotos. Algunas están hechas mientras el fuego seguía ardiendo y salgo yo desde los ángulos que menos me favorecen. Otras las han sacado de mi perfil de Instagram, que hago privado al momento, pero ya es demasiado tarde. Las fotos van acompañadas de palabras como VETADA DE POR VIDA y PIRÓMANA y VAMOS A ENCONTRARTE, BARRETT BLOOM. Y esas son las bonitas.

Me tiemblan las manos y se me forma un nudo en la garganta. Todo esto hace que vuelva al instituto, a esa semana catastrófica que siguió al baile de fin de curso. *#desflorada* por todo mi Instagram junto con la foto de mi anuario de primer año. Un dolor de estómago persistente y amargo que me siguió hasta la graduación. Una de las publicaciones de Cole explicaba cómo, después de que Blaine perdiera su beca, sus padres le quitaron el coche y se pasó un año en una universidad comunitaria, luchando por levantar cabeza. Cuando solicitó el traslado, estaba tan falto de práctica que no pudo entrar en ningún equipo de tenis, ni siquiera en la universidad de tercera división en la que acabó. Había arruinado la vida de su hermano, escribía Cole. Así que, al parecer, era lógico que él arruinara la mía.

Cada vez que denunciaba una de esas publicaciones por acoso, Instagram me decía que no violaba sus normas comunitarias. Si bajo, siguen ahí, el registro digital de lo que la gente del instituto pensaba de mí. Tengo que detenerme a mí misma antes de mirar demasiado o nunca seré capaz de dormirme, ya que mis pulmones demasiado contraídos y mi respiración demasiado superficial me mantendrán despierta como lo hicieron casi todo mayo y junio, algo de julio y solo un poco de agosto. Pensaba que estaba mejorando. Que estaba dejando todo esto atrás.

La manera en la que me trataron Lucie y el resto de mis compañeros y compañeras del Island después del artículo... eso podía superarlo. Podía mantenerme firme en cuanto a mi investigación y saber que había hecho lo correcto. Pero las flores en la taquilla, las publicaciones y el *hashtag* eran algo diferente. No sabía que mi corazón era capaz de romperse de esa forma tan específica, y por eso es crucial que nadie vea nunca esos pedazos rotos.

Durante los últimos meses he practicado a guardarlo todo en el rincón más oscuro de mi mente, donde pertenece. Se suponía que hoy iba a significar un nuevo comienzo y, sin embargo, aquí estoy, en medio de otro desastre. Nunca me había parado a pensar en la posibilidad de que la universidad fuera peor que el instituto.

Mi móvil golpea el suelo con un ruido sordo cuando hundo la cabeza en una almohada blanda y gris.

Soy el mismo desastre de persona que siempre he sido, da igual lo mucho que desee dejarla en el pasado.

DÍA DOS

||

Capítulo 5

—Tiene que ser un error.

¡Dios! Eso espero.

Me giro, anticipando las extremidades doloridas y el roce áspero del sofá contra la cara. Recuerdo haber sacado un bote enorme de paracetamol de la maleta, pero no estoy segura de dónde lo puse. Si Lucie no ha quitado el pestillo de la puerta, puede que tenga que llamar a la residente encargada. Y luego me enfrentaré a mis clases de los jueves, recibiré un «Gracias, pero no» a modo de rechazo del *Washingtonian*. Lidiaré con mi notoriedad en las redes sociales.

Pensándolo bien, podría asentarme aquí.

Aunque... algo no va bien. La superficie que tengo debajo, si bien no es exactamente cómoda, es mucho más suave que el sofá en el que me quedé dormida en la sala común.

Está claro que no es donde me encuentro ahora mismo.

—No es un error. Hemos subestimado nuestra capacidad este año y hemos tenido que hacer algunos cambios de última hora. La mayoría de los de primer año están en habitaciones triples.

—¿Y no pensasteis que me sería útil saberlo antes de instalarme?

58

Retiro las sábanas, mis sábanas. Mi cama. Mi habitación de la residencia. Busco las gafas en el escritorio que hay junto a la cama y me las pongo torcidas.

—¿Se puede saber qué está pasando?

Lucie Lamont y Paige, la residente encargada, se giran para mirarme.

—Lo siento mucho —dice Paige—. Espero que no te hayamos despertado. Estaba a punto de decirle a Lucie que deberíamos hablar en el pasillo.

Lucie, que está ahí de pie con el chándal que llevaba ayer, con una mano en la maleta, su bolso de viaje en la otra cama deshecha.

—Al parecer —empieza, y su mirada gélida me provoca un escalofrío que no tiene nada que ver con ella—, somos compañeras de habitación.

Estoy demasiado conmocionada como para formular una respuesta. Cuando salen al pasillo y Lucie da un portazo, la pizarra se estremece antes de caer al suelo. Otra vez.

¿Pero qué...?

Parpadeo una y otra vez y examino la habitación, sin creer lo que ven mis ojos y mi cerebro. Ahí están los boles de pasta de anteayer, esos que se suponía que no tenía que haber sacado del comedor, iluminados por una rendija de luz diminuta que deja pasar la ventana. La estantería repleta de números de *Vanity Fair* y de *Rolling Stone*. ¿Es posible que haya vuelto sonámbula a mi habitación? Salvo que... llevo puesta mi camiseta de la Universidad de Washington, no la camiseta de Britney ni los vaqueros perfectos-imperfectos que llevaba ayer, y no huele a ceniza ni a sueños aplastados. Cuando agarro el móvil y abro Instagram, no hay nada. Ni publicaciones, ni etiquetas, ni órdenes de arresto.

Y la fecha, mirándome fijamente como una alerta de última hora: 21 de septiembre, 7:02 a. m.

Ayer.

Un hilo de inquietud me recorre la columna vertebral mientras miro mi trifecta de aplicaciones de noticias en busca de señales de... ¿qué? ¿Una especie de alienígenas que aterrizó en mitad de la noche y borró la memoria de Lucie, pero no la mía? ¿Un hackeo generalizado de las noticias o un fallo de Android? Sea lo que sea lo que espero ver, no lo encuentro.

A lo mejor todavía sigo dormida; es lo único que tiene sentido. Las otras posibilidades son casi demasiado aterradoras como para considerarlas. A lo mejor bebí más de lo que pensaba, o a lo mejor (¡madre mía!) alguien me echó algo en la bebida. O me resbalé y me caí mientras corría, me golpeé la cabeza y ahora estoy suspendida en una especie de sitio que no se encuentra ni en la vida ni en la muerte. En mi opinión, es algo que existe.

Vale. Veámoslo desde un punto de vista lógico. Vuelvo sobre mis pasos mentalmente. Recuerdo volver a la residencia y a Lucie echándole el cerrojo a la puerta. Recuerdo hundirme en ese sofá destartalado. Recuerdo la tristeza abyecta que me asfixiaba mientras me quedaba dormida.

La puerta se abre, y ahí está Lucie y su ceño fruncido del veintiuno de septiembre.

—No entiendo cómo es posible esto —digo, y me pellizco las muñecas e intento palparme la cabeza en busca de golpes o heridas. Ahora mismo parece real, lo que hace que me pregunte si lo de ayer fue el sueño. Pero fue muy vívido, demasiado vívido, y nunca he sido capaz de recordar un sueño con tanto detalle.

Tal vez simplemente estoy perdiendo la cabeza.

—Ya somos dos. —Lucie agarra la maleta con fuerza y su coleta parece tan indignada como ayer.

Paige sonríe, pero ahora veo los claros signos de *demasiado incómodo, debo huir.*

—Bueno, ¡os dejo para que os conozcáis! U... os volváis a conocer.

Cuando se va, me quedo mirando fijamente. A la puerta. A la pizarra caída. A mis boles de pasta.

—No estás parpadeando —dice Lucie, que camina hacia su cama con pasos vacilantes—. ¿Y qué te estás haciendo en la cabeza?

Dejo caer las manos.

—Nada. Estoy bien.

—Estoy tan disgustada como tú —afirma—. Se suponía que iba a tener una habitación individual en Lamphere Hall. Esto me ha pillado desprevenida. Voy a hablar con la directora de la residencia más tarde y a intentar resolverlo.

—Pero estabas en Santa Cruz —digo en voz baja—. Hubo una tormenta tropical.

Arquea una de sus cejas.

—¿Has estado cotilleándome las redes sociales?

—No, yo... —*¿Me lo dijiste ayer?*—. Sí. Me gusta estar al tanto de mi gente favorita del Island.

Deja el bolso sobre el escritorio y casi vuelca uno de los boles. De hace dos días. Cuando me mira, pidiéndome una explicación que ya le he dado, balbuceo:

—Bufé de pasta. Me pasé un poco con la fiesta.

—Huele como en un...

—¿Olive Garden? —adivino. Puede que esté temblando. Mi corazón nunca ha trabajado tan duro, ni siquiera cuando corrí ese kilómetro y medio en dieciséis minutos.

Lucie se ablanda un poco solo.

—Me encanta la ensalada y los palitos de pan infinitos tanto como a cualquiera, pero esto es ridículo. Si de verdad vamos a ser compañeras de habitación, aunque sea solo hasta que me trasladen a otro sitio, necesitamos unas reglas básicas.

—Reglas básicas. Claro. —Y aquí fue cuando hice una broma subida de tono que no apreció. Estoy medio tentada a hacerla otra vez, pero lo único que quiero ahora es apaciguarla. Ponerle fin a esta conversación para poder estar un rato a solas y averiguar por qué narices parecen haberse borrado las últimas veinticuatro horas cuando yo sigo teniéndolas impresas en la memoria con tanta claridad—. Lo limpiaré todo. Lo siento.

Mi conformidad parece aturdirla. Como si quisiera que nos peleáramos. Lo hizo ayer, después de todo.

—¡Oh! Bueno, vale. Bien.

Antes de que abra la maleta y descubra que los únicos enchufes están debajo de mi escritorio, salgo de la cama y agarro mi cesta para la ducha.

—Voy a ducharme —digo, y salgo dando tumbos por el pasillo.

☽ ☽ ☽

No encuentro respuestas ni en la lechada ni en la mugre. No estoy segura de cuánto tiempo paso echándome champú y acondicionador, restregándome cada poro del cuerpo, pero cuando vuelvo a la habitación, Lucie se ha ido.

Con el pelo recogido en una toalla, subo el portátil a la cama y me apoyo en la pared. Tiene que haber una explicación racional para lo que está pasando. Soy periodista, puedo averiguarlo.

Intento algunas búsquedas: *me he despertado el mismo día, nadie se acuerda de ayer, el día se repite*. La mayoría de lo que aparece es pura ficción, películas y programas de televisión sobre viajes en el tiempo. Hipotéticos. Un artículo de BuzzFeed: «Diecisiete cosas que hacer si estás atrapado en un bucle temporal».

Bucle temporal.

Me atraganto con una carcajada. Así de absurda es la teoría. Y, sin embargo, se me instala un nudo de pánico en la garganta cuando leo un hilo de Reddit con el título «¿Puede que estés atrapado en un bucle temporal?».

Cierro el portátil.

No. No es posible. No estoy en un puto bucle temporal.

Todo esto que está pasando... no puede ser real. Quizá haya habido una fuga de gas en el edificio; seguro que algún producto químico puede provocar sueños ultravívidos. O tal vez estoy en coma y mi cerebro está haciendo todo lo que puede para volver a funcionar. Podría estar desconectada de mi cuerpo real, reviviendo este día dentro de los límites surrealistas, pero seguros, de mi propia cabeza.

Es una locura, pero es lo único que tiene sentido. Me limitaré a... dejar que el sueño siga su curso.

Cuando abro el armario, algo me impide agarrar la camiseta de Britney Spears que me puse ayer. Si sigo haciendo lo mismo, voy a perder todavía más la cabeza. Así pues, opto por una falda larga y una camiseta de flores. Pendientes con borlas. Luego, en vez de hacer cola en el comedor para la Ovoxtravagancia de Olmsted, me compro un burrito para desayunar en un *food truck* de la Red Square.

Entre bocado y bocado, llamo a mi madre.

—Hola —contesta al primer tono—. Estaba a punto de escribirte.

—¿Va todo bien? —Intento que mi voz no suene agitada, pero las palabras salen un poco entrecortadas. Si hay alguien que puede tranquilizarme, es mi madre. Siempre ha sido capaz de manejar con facilidad una rodilla raspada o un ego magullado, con la excepción de lo que no le conté sobre el baile de fin de curso.

Cierto, si se trata de una versión soñada de mi madre, no sabrá nada que yo no sepa.

—¡Hola, Barrett! —exclama Jocelyn de fondo—. ¡Te echamos de menos!

—Yo también os echo de menos —contesto mientras un escalofrío me recorre la columna.

Me imagino a la Mollie Bloom de ayer, no a este fragmento creado por mi subconsciente, preparándose para irse a trabajar a Tinta & Papel, la tienda que regenta en el centro de Mercer Island y en la que expone el trabajo de artistas locales, así como tarjetas, artesanía y otros *tchotchkes* de todo el noroeste del Pacífico. Lo más probable es que estuviera escuchando un pódcast de cultura pop con Jocelyn mientras se cambiaba la bata por unos vaqueros y una camiseta con algún diseño. Me tranquiliza pensar en ella untando crema de queso en un *bagel* y jurándome que algún día experimentaré la alegría pura que supone un *bagel* neoyorquino y que entonces y solo entonces entenderé mis raíces judías.

—¿Por qué no iba a ir todo bien? —inquiere, y una parte de mí se desanima. Suena normal, como alguien que no se ha despertado un veintiuno de septiembre por segunda vez consecutiva. *No*, me digo a mí misma. *Estás soñando, ¿recuerdas?*—. ¿Están hablando los nervios del primer día?

—Probablemente. —Me aparto para esquivar a un par de bailarines de *swing* que están dando vueltas a lo largo de la plaza—. Supongo que... quería oír tu voz, nada más. Menuda cursilería, ¿no?

—Sí, bastante, pero sigues gustándome. ¿Me contarás cómo va todo hoy?

—Sí, claro.

Cuando cuelgo, me tropiezo con una chica que está agitando un montón de folletos.

—¡Hola! Estamos intentando concienciar sobre la tuza de Mazama...

¡Qué raro que mi sueño-alucinación la haya traído de vuelta!

—Lo siento, no puedo. ¡Pero buena suerte!

Me tomo mi tiempo para recorrer el campus, asegurándome de que no estaré sudada cuando llegue al edificio de Física. Aunque nada de esto es real, una parte de mí está segura de que es en Física donde debo estar. No hay nadie en la primera fila y, a pesar de que imagino que sentarse en la primera fila de un aula con varios cientos de personas conlleva alguna clase de estigma de empollona, me siento. La profesora dijo que era una clase seria, así que aquí estoy, tomándomela en serio.

Física 101: donde todos y todo tiene potencial.

Cada detalle, perfectamente recreado.

Casi jadeo cuando caigo en la cuenta de que a lo mejor mi subconsciente me está dando la oportunidad de arreglar lo que hice ayer. Tal vez una vez que lo haga, me despertaré en una cama de hospital, con mi madre diciéndome que fue una suerte que saliera de Olmsted antes de que todo se derrumbara.

Sí. Tiene que ser eso.

Excepto cuando Miles entra con la misma camisa de franela roja que llevaba ayer y el pelo húmedo por la ducha y recorre la sala antes de posar su mirada en mí, con la boca torcida en una sonrisa diminuta. Casi como si (y me doy cuenta de que es ridículo incluso mientras lo pienso) me estuviera buscando y no esperara que estuviera en primera fila.

A pesar de que hay otros doscientos asientos vacíos, Miles se dirige directamente hacia mí, y mi estómago se prepara para librar una batalla con el burrito del desayuno.

—¿Este sitio está ocupado? —pregunta, jugueteando con la correa deshilachada de su mochila.

—La fila entera, de hecho. —Hago todo lo posible por actuar con normalidad, una Barrett tranquila y serena que no permitirá que este chico me meta en problemas con la profesora, ni siquiera dentro de un sueño—. Tengo muchos amigos. La popularidad es una carga.

Se le tuerce la mandíbula.

—Vale. —Eso es todo lo que dice antes de sentarse en la fila justo detrás de mí.

La Dra. Okamoto repite su introducción y esta vez no tomo notas. Y menos ahora que Miles tiene una visión clara de mi portátil. Me emparanoia lo que pueda ver mi versión subconsciente de él, por lo que me muevo en el asiento para ocultárselo.

—¿Secretos gubernamentales? —pregunta en un susurro cuando el PowerPoint de la Dra. Okamoto se congela durante medio minuto, igual que ayer.

—Muchísimos —susurro. No estoy provocando a Miles, a pesar de que fue él quien me provocó a mí primero: esa es una forma de hacer esto bien.

En ese momento, la diapositiva se descongela y Miles no dice nada durante el resto de la clase.

Bien. Tengo cosas más importantes de las que preocuparme.

Capítulo 6

A pesar de que me he convencido de que lo de hoy es una elaborada alucinación barra sueño barra experiencia extracorporal, eso no hace que sea menos inquietante. Me siento llena de contradicciones: tengo la mente borrosa mientras que, delante de mí, hay demasiados detalles pintados con los colores más llamativos, exactamente iguales a los de ayer. La chica de la tuza. Los clubes y los *food trucks*. Los bailarines de *swing* en la Red Square.

Aun así, estoy empeñada en demostrarle a mi subconsciente, o a la parte de mí que esté al mando, que puedo hacerlo bien. No voy al centro de orientación para intentar cambiar Física por otra asignatura, e incluso levanto la mano en la clase de Inglés.

—Empalme con coma —digo, y el profesor auxiliar, un alumno de postgrado con unas pestañas espectaculares llamado Grant, sale de su confusión inducida por el sueño o la marihuana y me dedica una media sonrisa.

—Perfecto —contesta desde su silla al otro lado del círculo. Así fue como nos pidió a los veinte que nos sentáramos; nada de pupitres. *Soy un profesor auxiliar guay*, dijo—. Barrett, ¿verdad?

La forma en la que dice mi nombre no es como lo decían los profesores en el Island: *¡Oh! Barrett*, acompañado de una sonrisa forzada, un fruncimiento en la frente. Así pues, solo por diversión, levanto la mano unos minutos más tarde y respondo a otra pregunta.

Sin embargo, para cuando estoy subiendo las escaleras del edificio de Periodismo después de haber visto a ese *skater* chocarse una vez más con el grupo de bailarines de *swing*, el *déjà vu* es tan intenso que la confusión ha dado paso a un dolor de cabeza en toda regla, una leve pero insistente punzada justo en el entrecejo.

—Te recuerdo de la sesión informativa —me dice Annabel Costa cuando me presento—. Fuiste la que hizo todas las preguntas.

—Es, al menos, el sesenta por ciento de ser periodista, ¿no?

Por su rostro pasa un destello de *algo*.

—Justo lo que iba a decir. Hablemos en mi despacho.

Y ahí estamos, acorraladas por las paredes naranja llenas de pintadas hechas con rotuladores Sharpie, Annabel con pinta de estar tan cómoda como ayer mientras se mete el vestido negro por debajo. Es inquietante estar tan cerca de ella, anticipando cada movimiento que hace. Hasta me acuerdo del momento en el que se cansa de su flequillo largo y rubio y busca una horquilla en el cajón del escritorio.

—Ayer conociste lo básico, ¿no? —inquiere mientras se pone la horquilla en el pelo.

—¿Ayer? —repito, preguntándome si está hablando del ayer real, el que ninguno de estos seres oníricos recuerda.

—¿La sesión informativa? Hemos hablado sobre ella hace cinco segundos.

—Sí. Claro —respondo—. Los reporteros son asignados a distintas secciones: noticias, deportes, artículos, arte... Y el periódico saca número los lunes y los miércoles.

Annabel asiente.

—Los recortes presupuestarios han sido duros. Pero seguimos adelante, y creo que la calidad de nuestros reportajes es la mejor de la historia. Hace dos años, la Sociedad de Periodistas Profesionales nos nombró el mejor periódico universitario no diario. —Frunce el ceño—. ¿Estás bien?

En ese momento, me doy cuenta de que, sin explicación alguna, he estado dándole golpecitos a la pata de la silla con el pie. Haciendo ruido.

Sé normal, joder, me digo, y me lo repito en mi cabeza como si fuera un mantra. A lo mejor eso es lo que se supone que tengo que hacer aquí: nada de bromas, nada de extravagancias, solo una Barrett Bloom que vive y muere por y para escribir.

—Lo siento. Estoy un poco nerviosa —admito. No es algo que diría de normal, y hace que Annabel se ablande. De repente, me parece perfectamente válido que mi mente haya recreado este escenario para que pudiera salir airosa de la entrevista. Me despertaré, volveré al edificio de Periodismo y convenceré a Annabel para que me dé otra oportunidad. Tiene que ser eso.

—No te preocupes —dice—. Estas entrevistas siempre son más divertidas cuando son un poco informales. No voy a sentarme aquí y a pedirte que me digas dónde te ves dentro de cinco años. Tengo tu currículum y los enlaces a los reportajes que hiciste para... —Le echa un vistazo a la pantalla—. El *Navigator*. Escribiste... ¿casi cincuenta artículos en cuatro años? ¿Para un periódico mensual? ¡Guau! —Un silbido bajo.

Ayer le dije que era porque no tenía muchos amigos. Esta vez voy a optar por otro punto de vista. Nada de autocrítica.

—El periodismo es mi vida. —Hablo con toda la seriedad que me es posible y, aun así, suena robótico—. Siempre ando buscando la verdad, ¿sabes? Me encanta escribir perfiles y conocer a gente que de otro modo no podría... mmm... conocer. Me gusta... escuchar lo que la gente tiene que decir. Esa es la belleza.

Si le dieras una máquina de escribir a una tuza y le preguntaras qué opina del periodismo, seguro que te diría algo mejor que eso.

—¿La belleza de...?

—Del periodismo —respondo, y al instante quiero arrojarme al sol.

La presión entre los ojos se vuelve más despiadada. Un treinta por ciento de mí está en la sala de redacción con Annabel, mientras el resto descifra una ecuación imposible. Tengo muy buena memoria, pero es imposible que pueda recrearlo todo hasta este punto. No le estoy dando suficiente crédito a mi cerebro por eso.

Se me está asentando algo inquietante en el estómago, una extraña sensación de que nada de esto es inventado.

La sonrisa de Annabel flaquea, y aunque el ímpetu es diferente, la reacción es la misma. Reconocible.

—Vale. Bueno, no queremos que trabajes en exceso. La mayoría de nuestros periodistas nuevos empiezan con un artículo cada dos semanas más o menos.

Me hace las mismas preguntas que ayer: qué me atrajo al periodismo, mis temas favoritos sobre los que escribir, qué espero conseguir trabajando en el *Washingtonian*. Y cada vez me cuesta más hilvanar una frase, como si estuviera hablando entre fragmentos de cristal.

—Siento mucha curiosidad por un artículo que hiciste hace un par de años sobre el equipo de tenis —dice al final, señalando la pantalla del ordenador—. Aquí hay una nota que dice que los comentarios están desactivados, lo que no parece ser el caso de otros artículos.

—Un escándalo por copiar en un examen. —Intento mantener la voz lo más calmada posible—. Fue devastador, de verdad. Fue su mejor temporada en mucho tiempo. Pero tenía que seguir la verdad. —Seguro que, si sigo mencionando «la verdad», una de estas veces le atribuiré algún significado importante.

Debería hablarle de mi artículo favorito para el *Navigator*, el que escribí sobre el conserje que trabajó como extra en casi todas las películas famosas rodadas en Seattle. Pero la cabeza está a punto de estallarme y el dolor me tiene apretando los dientes. Me quito las gafas y me presiono la frente con la palma de la mano.

—¿Seguro que estás bien? —inquiere Annabel, y no, no lo estoy.

—Lo siento... —Me interrumpo cuando otra ráfaga de dolor me atraviesa el cráneo—. ¿Me... disculpas un segundo?

Y, una vez que llego al pasillo, corro todo el trayecto de vuelta a la residencia.

☺ ☺ ☺

Estoy siguiendo mi verdad (léase: tumbada boca abajo en la cama y con la cabeza empezando a fundirse con la almohada), cuando Lucie entra en la habitación con el móvil pegado a la oreja.

—Y yo creo que si... ¿Hola? ¿Te he perdido? —Con un suspiro, cuelga y maldice en voz baja.

—Esto es zona sin cobertura —digo, principalmente contra la almohada. El dolor de cabeza ha disminuido un poco, pero sigue ahí.

Se sobresalta.

—¿Barrett? Lo siento, no te había visto. —Mira algo en el móvil y se lo acerca a la oreja. Gime—. Una razón más para salir de Antro de Mala Muerte Hall.

—No está tan mal —contesto, y me doy la vuelta para señalar una mancha de agua que hay en el techo—. ¿Ves eso? No mucha gente lo sabe, pero no es una mancha de agua. En realidad, formaba parte del diseño original del edificio. Los arquitectos pensaron que le daría un aspecto más acogedor.

Y esboza una sonrisa. Una pequeña sonrisa. Claro: esta es la Lucie feliz, la Lucie que va a unirse a una hermandad y que me va a dejar sola en Olmsted. La pequeña cueva del caos que me ha roto el cerebro.

Porque desde que volví a la residencia y me desplomé en la cama, ha habido un único pensamiento que me ha estado rondando por la cabeza:

Esto es real.

De alguna manera, lo noto en los huesos.

No sé cómo ni por qué, solo sé que es un fuerte destello de certeza que se está volviendo imposible de ignorar. Este mundo tiene demasiados detalles, demasiado color, demasiado *sentimiento*. Cabe añadir el simple hecho de que nunca ha parecido un sueño, a pesar de lo que me obligué a creer hace unas horas, cuando todo era demasiado como para asimilarlo.

Puede que esté perdiendo el control de la realidad o que todo el campus me esté gastando una broma, pero ahora mismo estoy demasiado agotada como para encontrarle sentido.

Lucie señala la silla del escritorio, donde he dejado la mochila.

—¿Un día duro?

Le respondo con un suspiro quejumbroso.

—¿Y el tuyo? —pregunto en un intento por que reine la paz entre nosotras. Esta mañana no he sido tan desagradable con ella, y parece que Lucie también se está mostrando menos combativa.

—Ha estado bien. —Lo dice con desdén, como si no fuera propio de Lucie Lamont tener algo menos que un buen día. Va vestida para la ocasión: jersey negro de cuello alto, falda vaquera corta, pelo castaño liso recogido a un lado—. De hecho, voy a unirme a una hermandad, así que...

—Así que nuestros días juntas están contados.

—Sí. —Lucie busca arrugas en su jersey y aparta una pelusa. Se hace un silencio entre nosotras que hace que me sea demasiado fácil evocar un recuerdo.

Cuando éramos estudiantes de primer año, nos quedábamos hasta tarde para corregir el periódico, lo que significaba un curso intensivo del *AP Stylebook*. Nadie más quería encargarse del trabajo, y nos pasábamos horas preguntándonos la una a la otra sobre reglas gramaticales y de puntuación que nos costaba comprender.

—El periódico de nuestro instituto, coma, el *Navigator*, coma —expliqué—, porque solo tenemos un periódico escolar. Así que puedes deshacerte de lo que hay dentro de las comas y la frase sigue teniendo sentido.

—Mi amiga sin coma Barrett sin coma, porque tengo más de un amigo —dijo Lucie.

Mi amiga, coma, Lucie, coma, pensé, pero no lo dije. Durante el resto de la semana, decíamos «coma» cuando hablábamos entre nosotras. Nunca había tenido una broma interna con otra persona que no fuera mi madre.

En una línea temporal alternativa, quizá Lucie Lamont y yo podríamos haber seguido siendo amigas.

—Es extraño —dice ahora—. No estoy acostumbrada a verte así de...

—¿Patética?

—Iba a decir triste, pero sí.

A pesar de todo, suelto una carcajada mientras ruedo hacia un lado para reajustarme la falda y buscar las gafas que abandoné sobre el escritorio.

—Supongo que la universidad no es... exactamente lo que imaginaba, por ahora.

Y esa es la verdad, ¿no? Sí, acaba de empezar el trimestre, y tampoco es que pensara que la gente iba a estar clamando por ser mi amiga, pero no pensaba que fuera a ser *así*. En algún momento entre la exposición del equipo de tenis y ahora, perdí la capacidad de conectar con otras personas. Mi confianza cayó en picado, y lo único que he podido hacer ha sido fingir que siempre he tenido mucha. Si soy Demasiado, al menos, puedo decir que tengo un exceso de *algo*.

—Puede que me arrepienta de esto —empieza Lucie mientras se arrodilla y tantea una regleta para enchufar el rizador—, pero esta noche voy a una fiesta en Zeta Kappa. ¿Esa fraternidad grande que hay en Fiftieth Street, la que tiene esas estatuas enormes de huskies fuera? Puedes venirte. Si quieres.

La miro, perpleja. Mi intención era encerrarme en esta caja de hormigón lo que quedaba de noche. Si lo de hoy va en serio, lo lógico es que, ya sabes, no prenda fuego a un edificio por segunda vez. A lo mejor esa es la razón por la que estoy aquí: se supone que tengo que salvar a Zeta Kappa, aunque incluso en mi cabeza suena un poco exagerado.

Lo último que me esperaba era que Lucie me invitara.

—No sé si puedo.

Lucie alza una ceja, y me da mucha envidia que tenga dominado ese gesto. Llevo toda mi vida queriendo ser capaz de hacer eso.

—¿Tienes algún plan loco para el miércoles noche?

—No exactamente, pero...

Lucie se vuelve hacia su mitad del armario, buscando lo que sé que es una camisa blanca *oversize*.

—Estamos en la *universidad* —dice—. Esto es lo que se supone que tenemos que hacer, Barrett. Sin padres. Sin toque de queda. Es la *libertad*.

—Suena falsa.

No sabría contar las veces que deseé esta clase de invitación en el instituto. Primero cuando Lucie dejó de hablarme y de responder a mis mensajes. La veía con sus amigos durante el almuerzo y deseaba saber de qué se estaban riendo; excepto cuando sus miradas se desviaban hacia mí, y sabía exactamente de qué se estaban riendo. O cuando Lucie, como editora jefa, me asignaba los artículos que nadie más quería escribir y, aun así, yo hacía lo mejor que podía.

Pasé mucho tiempo diciéndome a mí misma que no me afectaba la situación. Que no me afectaban los empujones que recibía en el pasillo, tan metida en un mar de estudiantes que casi podía convencerme de que me lo había imaginado. Que no me afectaban las rosas rojas que aparecieron en mi pupitre todos los días después del baile de fin de curso. Fingiendo que no me encontraba físicamente mal con cada nueva publicación que se subía con ese *hashtag*. En serio, nuestros administradores eran unos monstruos por programar el baile de fin de curso todo un mes antes de la graduación.

Y aquí está la oportunidad de convertirme en otra persona, de encajar, y la estoy rechazando.

—¿No acabas de decir que por ahora la universidad no es lo que habías imaginado? —Lucie parece no creerse todo el esfuerzo que está poniendo en alguien que le desagrada tanto—. En plan, no voy a rogarte. Depende de ti. Puedes ser alguien nuevo en la universidad o puedes ser... —Sus ojos me recorren de pies a cabeza. Pero no termina la frase.

Puedes ser... nada. Un espacio en blanco.

Y, así de fácil, me ha convencido.

—¿Debería cambiarme? —pregunto y, aunque hago un gesto en dirección a mi ropa, me pregunto si en realidad estoy haciendo una pregunta totalmente diferente.

A las nueve, Lucie lleva puesto lo mismo que ayer y yo me he cambiado la camiseta por una nueva, ya que sudé durante la entrevista en el *Washingtonian*, algo que Lucie no tiene por qué saber. Casi me olvido de la sensación constante de *déjà vu* a medida que recorremos el campus dirección norte. He de decir que es mejor que ir sola.

Esta versión de la fiesta será diferente. Voy a ser simpática y agradable y voy a tener cuidado con las antorchas Tiki, y... No. No voy ni a salir. Y voy a estar con Lucie, que con la extraña habilidad que tiene para encajar al instante es la mejor clase de armadura social que puedo imaginar.

Salvo algún intercambio ocasional, caminamos en relativo silencio. Prueba de que no somos amigas, de que esto no es más que un último adiós como compañeras de habitación antes de que sea absorbida por el sistema griego. Las pequeñas botas de tacón de Lucie repiquetean contra la acera, y me siento demasiado alta caminando a su lado.

No hemos recorrido ni la mitad del camino cuando se para de repente.

—¿Qué es eso? —dice.

—¿El qué?

Me agarra el brazo con más fuerza de la que esperaba.

—Hay algo en los arbustos —responde mientras señala una hilera de matorrales, y yo también lo oigo. Un susurro. El sonido de alguien respirando.

Lentamente, agarro el bote de espray de pimienta que llevo en el bolso. En ese momento, antes de que pueda procesar lo que está pasando, las hojas se separan y el corazón me golpea las costillas y el grito de Lucie atraviesa la noche.

Esta vez, aprieto el gatillo con fuerza.

Y esta vez, lanza una ráfaga de color naranja directo a la cara de Miles.

Capítulo 7

Miles se lleva las manos a la cara mientras cierra los ojos con fuerza y suelta un gemido bajo.

—¡Madre mía, madre mía, madre mía! —Vuelvo a meter el bote en el bolso—. ¡Lo siento mucho!

A mi lado, Lucie está pálida como un fantasma, congelada en el sitio.

—¿Seguro que no lo has hecho a propósito? —Miles se agacha y deja caer las manos sobre las rodillas. Eso hace que acabe justo en la trayectoria de una farola, que ilumina el espray rojo anaranjado que tiene alrededor de los ojos y en el puente de la nariz—. ¡Dios! Cómo escuece.

—¿A propósito? —En esta versión del veintiuno de septiembre, Miles y yo apenas hemos interactuado. Y no hemos sido más que cordiales el uno con el otro—. ¿Por qué iba a...? Apenas te conozco. —Corrijo la afirmación al instante—. *No* te conozco.

—Vale, bien. —Una mueca distorsiona sus palabras. Todavía no ha abierto los ojos—. Soy Miles. Diría que es un placer conocerte, pero...

Lucie alza el móvil con una mano temblorosa.

—¿Deberíamos llamar al 911? —pregunta, con los ojos azules muy abiertos y preocupados.

—No... No lo hagas —responde Miles justo antes de volver a gemir y maldecir en voz baja.

—Lo siento muchísimo. —Se lo repito unas cien veces más por si acaso—. Está oscuro y no te esperábamos ahí y mi madre me dijo que llevara encima este espray de pimienta... No pensaba que fuera a usarlo tan pronto.

Una exhalación débil.

—Mmm.

—Tenemos que llevarte a un hospital. O a, no sé, ¿control de envenenamiento o algo así? —Me saco el móvil del bolsillo de la falda—. ¿Qué deberías hacer si te rocían con gas pimienta? —le pregunto al aparato.

—Lo siento, no lo he entendido —responde la voz cálida y robótica. Para que luego digan que la tecnología nos va a sustituir a todos algún día.

Lucie está a un segundo de desmayarse o de correr lo más lejos posible de nosotros.

—Tú vete a la fiesta —le digo—. Yo le ayudo.

—¿Segura? —inquiere. Tras asentirle con la cabeza, se hace el nudo de la camisa a la altura del ombligo y se marcha, demasiado ansiosa por desaparecer en la noche.

Y, entonces, nos quedamos Miles y yo y un par de grupos de estudiantes en el lado opuesto de la calle, demasiado absortos en sus propios mundos como para darse cuenta.

Intento recordar la técnica de respiración que nos enseñó Lucie en el Island. Dijo que se llamaba «respiración de caja». Cerrar los ojos, inspirar profundamente por la nariz, aguantar cuatro segundos, exhalar... o algo así. Fuera como fuese, no me está funcionando.

—¿Te duele? —pregunto.

Finalmente, Miles abre los ojos. El blanco se ha vuelto de un doloroso color rosa.

—¿Tú qué crees? —Parpadea varias veces. Entrecierra los ojos—. Estaré bien en una hora o así. Puedes irte a la fiesta con tu amiga si quieres.

—¿Te han rociado con gas pimienta antes o qué?

—No... No exactamente.

—Parece algo que uno recordaría.

Una pausa, y luego:

—Bien. —Señala el móvil con la cabeza—. ¿Qué se supone que tenemos que hacer?

—Dice que, para empezar, no hay que frotarse los ojos. «Lávate la cara con agua corriente y con jabón no abrasivo durante, al menos, quince minutos» —leo en Google—. Supongo que la leche también ayuda a la irritación o... mmm... ¿champú diluido para bebés?

—Perfecto, en mi habitación tengo una caja entera de eso. Para todos los bebés que viven en mi planta.

Me contengo para no poner los ojos en blanco. Acaba de pasar por una experiencia traumática. Se ha ganado con creces el derecho a ser sarcástico.

Leo unos cuantos consejos más antes de escribir «¿Es posible ir a la cárcel por rociar a alguien con gas pimienta?». No es que esté preocupada, pero viene bien saber estas cosas.

—Volvamos a las residencias —digo—. Podemos recoger leche del comedor.

—Estoy en Olmsted. Bajando ese monte.

—¡Anda! Yo también. Supongo que no te he visto por allí. —Aunque, claro, nos acabamos de instalar—. ¿Puedes caminar bien?

—Bueno, no veo.

—Claro, claro. —Suelto un suspiro tembloroso. No tengo la necesidad de que me entre el pánico por tocar a un hombre humano, aunque es el único que he tocado desde Cole Walker la noche del baile de fin de curso. Sin duda, no pensaba que la próxima vez que fuera a tocar a un chico sería porque los ojos le arderían tanto que sería incapaz de caminar—. ¿Y si me rodeas los hombros con el brazo? Así puedo rodearte la cintura con el mío. ¿Te... parece bien?

Soy más bajita que él, pero mi estructura es lo que algunos llamarían «robusta» y lo que ciertos miembros de Zeta Kappa llamarían «gruesa», así que imagino que puedo soportar su peso sin problema.

—No veo otra opción.

Decido interpretarlo como un «Sí, Barrett, llévame valerosamente a un lugar seguro, por favor. No soy más que un hombre indefenso». Y, entonces, caigo en la cuenta de que todavía no le he dicho cómo me llamo.

—Por cierto, me llamo Barrett —digo mientras deslizo el brazo por su espalda, unos cinco centímetros por encima de su cinturón. Es una noche fría, pero noto su piel caliente a través de la camiseta. Azul marina, igual que la de ayer. Si la situación fuera al revés, lo más probable es que ya hubiera empapado la camiseta de sudor—. Y lo siento muchísimo, de verdad.

Miles me pasa el brazo por los hombros, aunque me percato de que no me carga tanto peso como podría. No estoy segura de si eso significa que no confía en que vaya a sostenerlo o que no quiere hacerme daño, o a lo mejor es algo totalmente distinto.

—Lo has mencionado una o dos veces. —Se mueve contra mí. Y luego, tras unos segundos, añade—: Gracias.

Bajamos la colina cojeando, con nuestras caderas golpeándose con cada paso que damos. Si yo no murmuro un «Lo siento» entre resoplidos, es él.

—Ya se ha pasado con la fiesta, pobrecito —le cuento a un grupo de transeúntes, todos vestidos para lo que parece ser una fiesta temática de los ochenta. Cintas en la cabeza, calcetines hasta la rodilla y colores neón—. ¡Y antes de las nueve y media!

—Aprovechándote de que no puedo defenderme, ¿eh? —dice Miles, pero me parece oír una media risa en alguna parte. En alguna parte entre el disgusto y la humillación.

Y luego, una sensación tan sorprendente que casi lo suelto: su olor, algo fresco y amaderado con un toque cítrico. No estoy segura de lo que esperaba (¿*eau* de física? ¿Ser exasperante tiene olor?), pero no es *esto*.

Para cuando llegamos a Olmsted, empiezo a pensar que, a decir verdad, mi robustez no me estaba haciendo ningún favor. Mañana me va a doler todo el cuerpo, lo sé.

Mañana.

Por favor, Dios, déjame tener un mañana. Que sea normal.

Aparto ese pensamiento. Concéntrate en ayudar a Miles, en corregir este error, en hacer esta Buena Acción. Basándome en todo lo que he aprendido de la cultura pop, eso es lo que desbloquea a la gente cuando sus líneas temporales se encuentran con un obstáculo, ¿verdad? No puedo quedarme pensando en eso demasiado tiempo sin que me entre el pánico y me sumerja en las profundidades de Villa Qué Cojones, pero si eso es lo que está pasando aquí, voy a hacer la puta mejor buena acción de la historia de las putas buenas acciones.

Después de dejar a Miles en un sofá del vestíbulo, me apresuro a entrar en el comedor y compro tres botellas de leche, una botella de agua y una galleta con virutas de chocolate tan grande como mi cara a modo de regalo de «Perdón por haberte rociado con una sustancia tóxica». Acto seguido, entramos en un ascensor arrastrando los pies, donde Miles abre un ojo levemente para pulsar el botón de la séptima planta.

—¿Necesitas ayuda? —pregunto antes de que entre en el baño común. Por su bien, espero que tenga muchas menos posibilidades de pillar una infección fúngica que en el de la novena planta.

Alza las cejas, lo que hace que su aspecto sea todavía más amenazador a causa del enrojecimiento de los ojos.

—Creo que puedo apañármelas.

Mientras espero, me apoyo en la pared, junto a un tablón de anuncios que dice SIGUE NADANDO... ¡Y ESTUDIANDO! Está adornado con recortes de *Buscando a Nemo* y consejos para estudiar. Cada planta sigue una temática diferente y, en la novena, Paige lo ha dado todo con los caramelos. En mi puerta, mi nombre estaba escrito con unas letras en forma de ositos Haribo verdes. Me pregunto si hoy le habrá dedicado tiempo a hacerle uno a Lucie. Ser una residente encargada parece implicar un conjunto de habilidades muy específicas: mediar en las disputas entre compañeros de habitación y hacer arte con cartulinas de colores.

Diez minutos más tarde, ya estoy familiarizada con los que han resultado ser los consejos de estudio más obvios del planeta —«#5: ¡Estudia con amigos!»— cuando Miles reaparece, con la piel de alrededor de los ojos menos irritada. Tiene parte del pelo húmedo y despeinado, supongo que de tanto lavarse la cara, y cuando se pasa una mano por él, solo consigue despeinarlo más.

—¿Mejor?

—Ha sido una situación delicada durante un rato, pero creo que sobreviviré. Al menos, el ardor es más llevadero. —En ese momento, parece que quiere decir algo más; sus cejas juntas durante unos segundos—. Gracias —dice finalmente, ahora con más calidez en la voz—. Espero no haber sido demasiado idiota. Sé que ha sido sin querer.

Hago un gesto con la mano para restarle importancia.

—Atribuyámoslo a los primeros días y a las nuevas experiencias.

—Me parece bien. —Alza la bolsa del comedor—. Y me encantan las galletas demasiado grandes como para comerlas de una sentada a menos que te sientas especialmente ambicioso. Lo cual no estoy seguro de sentirme esta noche. ¿Qui-Quieres? —Su rostro tiene una expresión extraña, como si se hubiera quedado a medio camino de una sonrisa.

—No quiero quedarme con tu galleta de disculpas —respondo, e intento sonreír.

Los dos nos quedamos callados. Lo más probable es que mi sonrisa se haya vuelto ridícula o, peor aún, falsa, y Miles mantiene el contacto visual con la alfombra. Pero no sé cómo hacerme amiga de alguien y, si esto es una oportunidad, estoy segura de que la he desperdiciado.

Aun así, hoy tiene que ser una mejora con respecto a ayer. No me he humillado a mí misma en público ni he insultado a nadie ni he incendiado una fraternidad. Lo único que he hecho ha sido rociar a Miles con gas pimienta, pero se va a poner bien. Ningún daño permanente.

—Bueno, yo estoy ahí arriba. —Señalo el techo con los pulgares—. Cuando necesites a alguien para que ponga en peligro tu vida y para que luego intente salvarla de forma heroica, ya sabes dónde encontrarme.

—¿No vas a volver a la fiesta?

Niego con la cabeza.

—No. Creo que oficialmente se me han pasado las ganas de fiesta.

—Claro. —Otro silencio mientras lanza una mirada al final del pasillo, en dirección adonde asumo que está su habitación. Me pregunto qué personajes de Disney hay en la puerta—. Hasta luego, Barrett. Si decides quedarte en Física.

Es solo cuando estoy en mi habitación, aferrándome con fuerza a los fragmentos restantes de cordura y centrando toda mi energía en hacer la respiración de caja para adentrarme en el veintidós de septiembre, que caigo en la cuenta de algo.

No le he dicho a Miles que tenía intención de cambiarme de asignatura.

DÍA TRES

|||

Capítulo 8

—Tiene que ser un...

—No, no, no, no, no. —Suelto el mayor gemido de la historia de los gemidos mientras lucho con las sábanas, pataleando hasta liberar las piernas.

Ahí están Lucie con su chándal y Paige con una sudadera que me acabo de dar cuenta que tiene piruletas diminutas estampadas. Las dos me están mirando fijamente. Lucie está boquiabierta y Paige tiene los ojos muy abiertos por la preocupación. Esto debe de estar muy lejos de lo que creía que iba a hacer como residente encargada. Y en su ~~tercer~~ ~~segundo~~ primer día, además.

—¿Pasa algo? —pregunta Paige y, dada la forma en la que se frota la nuca, hundiendo la mano en su corto pelo oscuro, tengo la impresión de que solo está preparada para una respuesta.

—¡Nada! —chillo, y agarro la rebeca y la cesta para la ducha y camino hacia delante con tanta brusquedad que tienen que apartarse de un salto y Lucie se aplasta contra lo que sería su cama. Las esquivo y salgo al pasillo. No podía respirar ahí dentro. En esas habitaciones no caben tres personas, aunque Paige ~~estuvo~~ está a punto de decirle a Lucie que tiene suerte de no estar en una habitación triple.

—Siempre ha habido algo raro en ella. —Oigo decir a Lucie.

No debería doler y, aun así, pensaba que anoche habíamos conectado. Pensaba que habíamos progresado. Obvio que Lucie no se acuerda de nada de eso. No sabe nada de los boles de pasta vacíos que hay en el suelo ni de los enchufes a los que tendrá que conectar un alargador y estirarlo por toda la habitación para poder usarlos. No sabe que planea apuntarse a una hermandad para alejarse de Olmsted y/o de mí.

No me jodas, esto *no puede* estar pasando.

Otra vez.

Un pánico visceral se retuerce en mi estómago. Ya no soy solo una residente de Villa Qué Cojones, soy la alcaldesa, la presidenta, la gobernante suprema.

El resto de residentes de la novena planta se apartan de mi camino, me miran con extrañeza, disimulan las risas. Sigo con los pantalones cortos del pijama, tengo el brazo metido en una manga de la rebeca y el resto de la prenda cuelga detrás de mí. Y no debo de haber cerrado bien el tapón del champú, porque lo estoy apretando demasiado y me está goteando por toda la mano, resbalándome por los dedos hasta caer en la alfombra.

Una parte de mí quiere reírse de esta imagen ridícula. Una parte muy pequeña.

El resto quiere llorar.

Una vez que estoy a salvo dentro de un cubículo (todo un giro argumental que este baño se haya convertido en mi espacio seguro), miro el móvil para comprobar todas las cosas que comprobé ayer, al menos antes de que el servicio de mala calidad acabe con mi 5G. Incluso compruebo (por fin) mi correo electrónico de estudiante, babloom@u.washington.edu, y ahí me está esperando la lectura asignada por la Dra. Okamoto, los capítulos uno y dos de un libro de texto que no he comprado todavía.

Sigue siendo miércoles. Sigue siendo veintiuno de septiembre. Sigue siendo una pesadilla caótica e inexplicable.

Con dedos temblorosos, vuelvo a ese hilo de Reddit que encontré ~~ayer~~ hoy, en el subreddit r/Fallo_en_la_Matrix. Me he dejado las gafas en la habitación y tengo que entrecerrar los ojos.

La publicación es de hace unos años, y en ella el autor habla de un periodo de tiempo de cinco minutos en el que estuvo convencido de que estaba atrapado en un bucle temporal. Se encontraba en una cafetería cuando vio pasar seis veces un camión con la matrícula CHWBCCA seguido por el mismo hombre empujando un cochecito doble con dos niños pequeños dentro. Esto pareció repetirse cada cinco minutos hasta que se asustó tanto que se fue de la cafetería.

En los comentarios, la gente pide más detalles a la persona que inició el hilo, aunque la mayoría de sus respuestas parecen haber sido borradas, y algunos comentarios incluso informan de experiencias similares.

Luego viene la búsqueda frenética en Google. «¿Cómo he entrado en un bucle temporal?», «¿Cómo salgo de un bucle temporal?».

Un bucle temporal. Desafía toda la lógica que ha regido mis dieciocho años de vida en esta tierra y, aun así, de repente es lo único que tiene sentido. Eso es que está pasando, y ahora estoy casi segura de ello.

Nunca he sido una persona muy religiosa, pero no puedo evitar pensar en la religión cuando me cuestiono las leyes del universo. Mi madre y yo vamos a la sinagoga una o dos veces al año, y Janucá siempre ha sido una competición para ver quién encuentra un regalo que haga reír más a la otra persona. Así es como acabé con mis calcetines de DIRECTORA DEL CIRCO DESASTRE hace unos años, y me gustaron tanto que le compré un par a juego a mi madre. Otro motivo por el que espero que aparezca la pareja. Tampoco he sido nunca una persona espiritual; no creo en el karma ni en el pensamiento mágico, y no tengo ni idea de lo que ocurre cuando nos morimos.

Pero si he vivido ayer dos veces, mientras que, al parecer, Lucie y Paige y todos los demás de la novena planta no, entonces cabe la posibilidad de que sea una señal del universo. Quienquiera o lo que quiera que esté ahí fuera debe de haber decidido que mi primer y segundo veintiuno de septiembre fueron tan desastrosos que merecían otro intento.

Puede que sea un completo desastre de persona, pero no creo que sea una mala persona. No del todo.

Si lo que está pasando es una señal, el universo, al parecer, piensa lo contrario.

Haré todo lo contrario a lo que hice ~~hace dos días ayer~~ antes. Mantendré la boca cerrada. No molestaré a Miles, no despotricaré sobre el equipo de tenis y, por supuesto, no iré a esa fiesta. Puedo ser una versión sosa y apagada de mí misma, y entonces me despertaré el veintidós de septiembre con un trabajo en el *Washingtonian* y una pasión por la física elemental. Lucie y yo nos toleraremos la una a la otra. Los Zeta Kappas nunca habrán oído hablar de mí. Si esto es alguna arruga en el tejido de la realidad, quizá lo único que tengo que hacer es plancharla.

Por lo menos, tener una misión tangible me ayudará a no desmoronarme más.

Salgo del cubículo y me acerco a la larga fila de lavabos. En las películas, la gente siempre se echa agua fresca en la cara cuando está estresada. Yo no lo he hecho nunca en la vida real, pero ahora mismo estoy desesperada. Sí, puede que no arregle mi mundo al instante, pero no me sienta fatal. Lo vuelvo a hacer, y escupo cuando me entra agua en la nariz.

—¿Estás bien, cariño? —La chica del lavabo de al lado me mira en el espejo—. Tienes algo... —Se da un golpecito en la cabeza.

Me paso una mano por el pelo. ¿Champú? ¿La misteriosa sustancia viscosa que goteó del techo durante la noche? Puede que nunca lo sepamos.

—Estoy bien. —Me resisto a preguntarle si ella también está atrapada en el tiempo—. Gracias —añado. *No estoy al borde de un ataque de nervios. No me estoy cuestionando mi cordura y todo lo que creía saber sobre cómo se supone que funciona el mundo.*

Salgo del baño sin ducharme, sin molestarme en llevarme la cesta.

Hoy, mi estética es un firme «Me la suda», ya que es evidente que al universo no le molestan mis elecciones de vestuario. Me pongo una sudadera vieja de mi madre y un par de leggings raídos que he sacado de la parte de atrás del sistema de almacenamiento que colgué en el armario, esos que tienen un agujerito en la entrepierna y que solo sirven para estar en casa sin hacer nada. Ni siquiera intento peinarme, y dejo que mis rizos se conviertan en el desastre sin control que siempre han estado destinados a ser. No tiene sentido impresionar a nadie si mañana no se van a acordar.

> Mamá: ¿Cómo te amo? ¡Joss y yo te deseamos MUCHÍSIMA SUERTE hoy!

Una vez más, mi móvil suena a las ocho y cuarto a causa de un mensaje enviado a las siete y media. Las palabras de mi madre hacen que me duela el corazón.

Tengo ganas de saltarme la clase de Física, pero no me atrevo. Incluso cuando las cosas en el instituto iban mal, no me salté una clase nunca.

No sé qué otras opciones tengo. Siento que debería poder compartirlo con algún confidente de confianza, pero la única persona que se ajusta a esa descripción está en Mercer Island. No quiero ser esa persona que no puede soportar ~~tres~~ dos un día de universidad y necesita correr a casa junto a su madre. Puede que estemos unidas, pero eso no significa que sepa cómo reaccionaría a esto. O si me creería.

ʊ ʊ ʊ

¡Cuark!, dice el pato del PowerPoint. Vuelvo a ponerme en primera fila, aunque solo sea porque tengo la esperanza de que actúe como

una especie de repelente de personas. A mi alrededor, el veintiuno de septiembre transcurre exactamente igual que ayer y antes de ayer. Yo soy la única variable.

Miro fijamente la diapositiva, deseando que me dé alguna respuesta. La finalidad de la física es dar sentido al universo. Tal vez esta sea la forma que tiene el universo de decirme que me largue de esta clase a la que nunca he pertenecido. Sí, es un riesgo, pero ya no estoy a salvo en brazos de la realidad. Si el problema no tiene sentido, quizá la solución tampoco lo tenga.

—¿Sabes? —dice alguien detrás de mí—. La gente que se sienta en primera fila normalmente piensa asistir a clase.

Casi me caigo de mi asiento de un salto.

—La madre que... —murmuro mientras giro la cabeza, pero, claro está, es Miles. Ni siquiera le he visto entrar.

Tardo en registrar sus palabras, pero cuando lo hago, me golpean con la fuerza de un camión con la matrícula CHWBCCA. *Si decides quedarte en Física*, me dijo ayer. Es imposible que sepa que estoy intentando cambiar de clase. Si esto es alguna mierda de X-Men y estoy atrapada en el tiempo y Miles puede leer la mente, voy a cabrearme muchísimo.

—Voy a asistir a esta clase —digo despacio. Con cuidado. Si se acuerda...

—¿Entonces por qué tienes la página para cambiar de horario abierta en el portátil?

¡Oh! Es verdad. Entonces, a lo mejor sabe tan poco sobre lo de ayer como todos los demás.

—Bien. —Giro el portátil para que no vea la pantalla—. Sí, estoy pensando en cambiarme. La física... no es para mí.

—Ya veo —contesta, y es impresionante la cantidad de condescendencia que añade a esas dos palabras—. No todo el mundo puede soportarlo, supongo.

—¡Oh! Puedo soportarlo. —Me giro y lo fulmino con la mirada—. Simplemente elijo gastar mi energía en otra cosa.

Y, aunque sé que no habrá ninguna prueba de lo que pasó anoche, escudriño su rostro con el mayor disimulo que me es posible, lo cual, según parece, no es muy posible en absoluto. Pero no: no hay ni hinchazón ni enrojecimiento. No hay indicios de que una posible viajera en el tiempo le rociara con gas pimienta ayer.

Tiene una leve cicatriz debajo de un ojo, tan leve que casi podría ser una arruga que le ha dejado la almohada en la piel durante la noche.

—¿Tengo algo en la cara? —pregunta, y es entonces cuando me doy cuenta de que, básicamente, le estaba mirando embobada.

Sacudo la cabeza.

—No. Lo siento.

Cuando empieza la clase, me siento un poco tonta en primera fila, ya que no escucho nada de lo que dice la profesora, pero luego me recuerdo que es la tercera vez que voy. El primer día presté atención.

Después de que la Dra. Okamoto comente la guía didáctica, pregunta si alguien tiene alguna duda. Hay un revuelo detrás de mí cuando Miles levanta la mano... porque cómo no.

—¿Dra. Okamoto? No es exactamente una pregunta, pero tengo curiosidad por saber qué le diría a alguien que quiere cambiarse de clase. Cómo podría convencerle para que se quede.

Una sonrisa extraña se dibuja en el rostro de la profesora.

—¿Piensas cambiarte, Miles? —Ahí está, ya se sabe su nombre. Debería haberle preguntado por eso anoche.

Él suelta una suave carcajada.

—No —responde—, pero ella sí.

Qué. Cojones.

A pesar de que le estoy dando la espalda, sé que me está señalando, haciendo algún gesto en mi dirección. Sea lo que sea lo que está haciendo, me ha incriminado. El aula se queda en silencio y la cara me arde por el calor que me provocan las miradas de varios cientos de desconocidos.

Debería haber sabido que me arrepentiría de haberme sentado en primera fila.

Para mi sorpresa, la Dra. Okamoto parece tomarse en serio la pregunta de Miles. Se aleja del podio y deja el mando a distancia. Se detiene a unos metros de mí, con unos ojos oscuros llenos de una intensidad que no estoy segura de haber visto antes en la cara de un profesor.

—¿Cómo te llamas? —me pregunta con calma.

—Barrett.

—¿Eres de primer año, Barrett?

Asiento con la cabeza. Como empiece a hacerme preguntas sobre la lectura, salgo corriendo. Dos días extra y no la he leído, porque ahora mismo nada podría parecerme más insignificante que esos pocos capítulos.

—Dime. ¿Sabes ya lo que quieres estudiar?

—Periodismo —contesto, sin saber del todo si su pregunta es retórica.

—Ya veo. Si quieres dejar mi clase porque no te interesa la física o porque crees que es demasiado difícil, adelante. Y eso va por todos vosotros. —Sigue paseándose por la parte delantera del aula—. Quizá no pueda convenceros de que os guste la física —continúa—. Quizá ya os habéis autoconvencido de que no sois personas CTIM o de que vuestro hemisferio cerebral predominante es el derecho. Y ante eso digo: ¡y una mierda!

Un par de risas dispersas a medida que la conmoción de «¡Hostias! La profesora acaba de decir una palabrota» se abre paso por el aula.

—Cualquiera puede aprender esto. Sí, puede ser difícil. *Será* difícil. Pero deciros a vosotros mismos que no está hecho para vosotros es la forma más rápida de fracasar. Selláis vuestro destino si empezáis algo, *cualquier cosa*, con esa mentalidad. La mayoría de vosotros sois estudiantes de primer año, y para muchos esta es la primera vez que de verdad saboreáis la independencia. Para mí, la universidad se trata de nuevas perspectivas, de buscar las cosas que nos incomodan, que nos ponen a prueba y que revelan quiénes somos en realidad. Este trabajo es un privilegio, uno que nunca he subestimado. Es un privilegio teneros a todos aquí sentados, diciéndome que estáis preparados para el reto.

Ya no estoy segura de si me aterroriza. Cuando la Dra. Okamoto habla así, la creo. Y eso significa que puede que yo también tenga que creer en la física.

Cuando se despide, guardo las cosas lo más rápido que puedo y espero junto a la puerta hasta que veo el borrón rojo de la camisa de Miles.

Y entonces me encaro a él.

—¿Qué diablos ha sido eso? —siseo, poniéndome a su lado—. ¿En qué mundo está bien hacerle eso a una completa desconocida? No sé qué clase de complejo de superioridad tienes, pero eso ha estado totalmente fuera de lugar.

Miles me mira perplejo, con aspecto de estar casi un poco aturdido. Se aprieta la mochila más contra los hombros y ralentiza el paso.

—¿Lo siento?

—¿Es una pregunta?

—No, no lo es. Lo siento. —Sus dedos se hunden más en las correas de la mochila—. Punto. ¡Signos de exclamación incluso!

Los estudiantes pasan corriendo a nuestro lado, apresurándose a salir del edificio para dirigirse a sus próximas clases.

—Tengo la sensación de que eres muy de signos de exclamación.

—Depende de lo que esté exclamando —dice con una leve sonrisa.

Este chico es imposible. Si fuera cualquier otra persona, la frase podría haber sonado coqueta, pero estoy segura de que no hay nada más alejado de la realidad.

—Me has delatado a la profesora y luego la forma en la que...
—Tengo que contenerme, recordándome que no puedo enfadarme por las cosas que hizo ayer o antes de ayer.

Antes de ayer, cuando nos encontramos de camino a la fiesta de Zeta Kappa y tardó en acordarse de lo que había dicho en clase.

Igual que ahora.

—¿La forma en la que qué?

Sacudo la cabeza.

—Nada. Es la primera vez que nos vemos, ¿no? ¿Por qué iba a haber algo más?

Espero que esto le confunda. En un mundo normal, imagino que no es algo que puedas decirle a alguien sin que alce, al menos, una ceja.

En cambio, parece casi... afligido. Las cejas juntas, una incertidumbre extraña en los ojos. La luz que entra por las ventanas refleja su cicatriz, y espero que no piense que la estoy mirando.

—Tienes razón, ha estado fuera de lugar —dice—. Me he comportado como un idiota. Lo siento.

Ahora me toca a mí sorprenderme por la disculpa.

—¡Oh! ¿Vale? Entiendo que seas la mascota de la profesora... En plan, ¿la profesora sabe cómo te llamas? ¿El primer día de clase?

Hace una brevísima mueca con la boca. Una nanomueca. Cada una de sus expresiones es un estudio en sutileza.

—La Dra. Okamoto es mi madre.

¡Oh!

—No tenía ni idea.

—No es algo que vaya anunciando por ahí.

El pasillo ya se ha despejado. Miles se apoya en la pared, junto a un retrato en sepia del primer jefe del Departamento de Física. Un anciano con un bigote tieso.

No sabría qué era exactamente, pero la actitud de Miles desprende una casualidad que desarma. Incluso parece ablandarse, los hombros se le relajan, su postura es menos rígida. Tal vez porque al principio es todo filo, es imposible no fijarse en cómo retrae las garras.

Con una Adidas verde bosque, da un golpe con la punta del pie en el suelo.

—¿Crees que podríamos vernos más tarde? En un sitio más tranquilo. —Cuando abro la boca para protestar, alza una mano—. Solo quiero hablar. Y no sobre física.

☾☾☾

La Dawg House es el edificio del sindicato de estudiantes de la Universidad de Washington, y hay dos estatuas de bronce de huskies custodiando la entrada. Una enorme pancarta púrpura y blanca colgada en la fachada proclama ¡BIENVENIDOS Y BIENVENIDAS, ESTUDIANTES! En el interior hay varios restaurantes, cafeterías y oficinas de actividades estudiantiles. Incluso hay una bolera en el sótano, lo que creo que es obligatorio mencionar en las visitas guiadas al campus.

Saco el móvil para enviarle un mensaje a Miles, y caigo en la cuenta demasiado tarde de que no nos hemos intercambiado los números. Habíamos quedado a las dos y media (mis disculpas al profesor auxiliar buenorro de mi clase de Inglés) y son las dos y cuarenta y cinco cuando por fin lo encuentro, sentado en una mesa cerca de una hamburguesería y con una cesta de palitos de *mozzarella* delante.

Le hago un pequeño gesto con la mano mientras me siento frente a él y dejo caer mi mochila a mi lado. He estado las últimas horas refugiándome en una sala de estar de la última planta de la Dawg House, aterrorizada, intentando planear mis próximos pasos. Si Miles fuera menos molesto y más un cañonazo, tal vez me arrepentiría en lo que respecta a mi pelo y mi ropa, pero ahora mismo no puedo obligarme a preocuparme por eso.

—¿Has probado los palitos de *mozzarella*? —pregunta—. Están increíbles.

—Estoy bien. —Suelto un suspiro tembloroso que no hace nada por aliviar mi ansiedad—. Bueno, ¿quieres explicarme qué narices está pasando y por qué querías que nos viéramos? Porque supongo que no es para asegurarme que he experimentado la alegría de la comida frita que une a estudiantes.

—Dímelo tú —dice con calma, y moja un palito de *mozzarella* en salsa marinara—. ¿Qué te pasa exactamente?

No puede estar preguntando lo que yo creo. Es imposible.

—Nada —respondo—. Estoy de maravilla. Puede que hasta después me disfrace de la rana Gustavo y vaya por el campus cantando *Walking on Sunshine* y tirándole purpurina a la gente, todavía no lo he decidido.

Un músculo de su mandíbula se tuerce ligeramente.

—Entonces, ¿estás teniendo un primer día bueno?

Lanzo un suspiro y me paso una mano por el pelo.

—Bien, Miles. Hasta ahora ha sido un día de mierda. ¿Contento? Tú eres parte del motivo, pero en el fondo creo que solo puedo culparme a mí misma.

—¿Podrías darme más detalles?

—Si me pediste que viniera solo para interrogarme, entonces debería empezar con lo de la rana Gustavo...

—No —dice rápidamente—. Solo... quiero que me cuentes cómo te ha ido el día. Tu primer día.

El énfasis que pone en «primer» es sutil, pero lo capto.

Trago saliva y examino a la persona extraña e insoportablemente persuasiva que tengo delante. Cuando nuestras miradas se cruzan, no parpadea, solo me mira con una intensidad constante. Todas las pistas están ahí. Cómo ha actuado sin inmutarse ante mis extrañas declaraciones. *Si decides quedarte en Física.* El hecho de que esté sentado aquí ahora mismo.

No ha hecho nada que indique que puedo confiar en él, excepto tal vez hacer estas preguntas. Si está jugando conmigo, lo está haciendo genial.

—Me desperté a las seis y cincuenta con el ruido de mi compañera de habitación suplicándole un cambio de dormitorio a nuestra residente encargada —empiezo, casi deseando haber aceptado un palito de *mozzarella* para tener las manos ocupadas—. Fui al baño de la novena planta, pero no me duché. Fui a Física, durante la cual informaste amablemente a tu profesora-madre de que tenía la intención de cambiarme. Luego me pediste que nos viéramos aquí e intentaste obligarme a que me comiera los palitos de *mozzarella*.

—¿Y antes de eso?

—¿Antes de quedar contigo aquí o...?

Se echa hacia atrás en el asiento, doblando un codo y apoyando una mano detrás de la cabeza.

—A gusto del consumidor.

Es ridículo lo cerca que estoy de contárselo, a este casi desconocido, y aun así la emoción es algo decadente y adictivo. No puedo quitarme de encima la sensación de que ya sabe lo que está pasando y de que está intentando que yo lo admita primero. En el peor de los casos, se reiría de mí, me largaría de la Dawg House y me pasaría los próximos cuatro años evitándole. En el mejor de los casos...

—Mi primer día... —Bajo la voz, temiendo que alguien nos oiga. Empujar cada palabra para que me sobrepasen los labios es como soltar un secreto que he jurado no contar nunca. Y, joder, ya no puedo guardármelo más. Si hay la más mínima posibilidad de que no sea la única con una línea temporal defectuosa, tengo que intentarlo—. Me quedé dormida en la sala común de mi planta y me desperté en mi habitación. El veintiuno de septiembre.

En cuanto lo digo, empiezo a cuestionarme. Va a pensar que estoy perdiendo la cabeza. Observo su rostro con atención, pero no hay indicios de que esto le parezca ni remotamente raro.

—¿Eso es todo? —pregunta—. ¿Solo esas dos veces?

Solo esas dos veces, como si repetir un día una vez fuera completamente normal.

—Hoy es la tercera vez. De ahí mi ropa. —Cruzo las piernas, consciente del desafortunado agujero que tienen los *leggings*.

En ese momento, algo raro empieza a pasarle en la cara. Tuerce la boca hacia un lado, como si estuviera intentando no reaccionar, antes de rendirse y dejar que los músculos de su cara tomen el control. No sé por qué, pero tengo la sensación de que muchas veces Miles está librando una guerra contra ellos. Es una rendición lenta, y sus labios se curvan en lo que podría ser la sonrisa más radiante que le he visto hasta ahora.

—Creía que era el único —dice—. Llevo meses atrapado aquí.

Capítulo 9

Me quedo mirándolo; las palabras tardan en calar.

Llevo meses atrapado aquí.

—Sesenta y un días, para ser exactos —dice Miles—. Todavía no he encontrado una forma mejor de llevar la cuenta. Supongo que perderé la cuenta en algún momento, pero... —Se da un toquecito en la cabeza—. Este viejo trasto está resultando ser incluso más increíble de lo que pensaba. Siempre he tenido memoria fotográfica, lo que me ha sido muy útil mientras he estado atrapado en esta... anomalía.

«Anomalía». La palabra no es lo suficientemente compleja como para describir la realidad.

—Tú también estás repitiendo este día. —Estoy demasiado aturdida como para detenerme en su alarde sobre su memoria fotográfica—. No... soy la única.

El alivio es como un rayo de sol después de semanas del tiempo gris de Seattle. Un trago de agua después de correr un kilómetro y medio en dieciséis minutos. Porque si Miles también está aquí (aunque me caiga tan bien como yo le caía al cuerpo estudiantil del Instituto Island), a lo mejor eso significa que hay esperanza.

A lo mejor no estoy sola en esto.

—Ayer tuve una corazonada —continúa—, cuando ya estabas en clase antes de que llegara yo. Pero no quería sacar una conclusión precipitada antes de estar seguro. —¡Qué método tan científico el suyo!—. Esto es... Esto es increíble. —Se le iluminan los ojos y, por primera vez, parece emocionado de verdad, y está gesticulando ampliamente con las manos—. ¿Sabes lo que significa esto? Universos paralelos, líneas temporales divididas, relatividad... Hay infinitas explicaciones. Infinitas posibilidades.

—Increíble —repito con voz apagada mientras la cabeza sigue dándome vueltas—. Yo no usaría esa palabra.

—Cuidado con el kétchup —dice.

—¿Qué? —Por encima de su hombro, una de las empleadas de la cafetería evita por los pelos resbalar con un charco rojizo que hay en el suelo—. Al menos, podrías habérselo limpiado —murmuro.

Me fulmina con la mirada.

—Lo he hecho. Unas treinta veces.

Un escalofrío me recorre la espalda.

—A lo mejor... A lo mejor lo viste antes de sentarte. ¿Cómo sé que no es una broma enorme?

Una parte de mí no quiere creerle todavía. El alivio se ha transformado, o se está aferrando al miedo residual. La parte racional de mi cerebro no es capaz de aceptarlo, a pesar de que lo haya estado viviendo durante el último los últimos dos tres días.

—¿Quieres que te lo demuestre? Me parece justo. Es lo que haría cualquier buen científico, repetir los resultados de un experimento. Asegurarse de que puede replicarlo. —Hace un gesto con la cabeza hacia su izquierda—. ¿Ves a esa chica que está tirando la basura? Se le va a caer el vaso vacío y va a soltar un suspiro como si el mundo hubiera cometido un terrible crimen contra ella antes de arrodillarse para recogerlo.

Observamos cómo ocurre justamente esto.

Alzo las cejas, poco impresionada.

—¿Eso es lo mejor que puedes hacer? Cualquiera podría haber adivinado que llevaba demasiadas cosas en las manos.

—Eres un público difícil, de acuerdo. ¿Ese chico de ahí, junto a la máquina de refrescos? —Mira su reloj inteligente; le da un toque con el dedo—. Le va a explotar encima en unos diez segundos.

Y lo hace, lo que provoca que acabe empapado de un líquido marrón anaranjado. Un par de empleados de la cafetería se acercan corriendo con servilletas.

—No —digo, a pesar de todas las pruebas que demuestran lo contrario y que se están acumulando—. *No*. Esto no está pasando. Esto *no puede* estar pasando. Mañana me despertaré, será jueves y todo irá bien.

—Puede que tengas razón —contesta, acomodándose de nuevo en el asiento con la diversión centelleándole todavía en los ojos—. Debo de ser producto de tu imaginación.

—Ni siquiera mi imaginación sería tan cruel.

—Deberías probar uno de estos, de verdad. —Sigue mojando palitos de *mozzarella* en salsa marinara, ajeno a mi pánico—. Están crujientes, pero no quemados, y el queso está tan perfectamente derretido que se te deshace en la boca. Intento controlarme, pero creo que los he comido, al menos, cada dos días desde que...

—¡No quiero un puto palito de *mozzarella*! —exclamo, y solo cuando las cabezas se giran como un látigo en nuestra dirección me doy cuenta de que casi lo he gritado. Me está costando respirar, mi pecho asciende y desciende con el esfuerzo de intentar convencer a Miles... ¿de qué, exactamente? ¿De que no somos las dos únicas personas del campus atrapadas en el veintiuno de septiembre? ¿Que los hilos que mantienen unida mi realidad no se han cortado del todo y de manera irrevocable?

Miles aparta la cesta con la fuerza suficiente como para que un río de salsa marinara se derrame por el lateral del recipiente compostable de salsa.

—Vale —dice, más serio ya, consciente de que tiene que evitar que pierda la cabeza en medio de la Dawg House. Sus ojos se encuentran con los míos, oscuros y decididos, y puede que me haya equivocado. Puede que también haya algo de pánico en ellos—. Vale.

Volvamos atrás e intentémoslo otra vez. Lo entiendo. Yo también estaba enfadado al principio.

—¿Y ahora qué? ¿Lo has aceptado? Porque estás actuando con bastante indiferencia.

—He pasado por casi todas las emociones, Barrett. No sé qué más me queda.

Intento ignorar la inquietud que se cierne sobre sus palabras. Hay algo hueco en su voz, un cansancio que solo podría venir de haber estado atrapado aquí mucho tiempo. Mis tres días multiplicados por veinte.

La tercera y última clase de mi horario para llegar a los quince créditos, una asignatura de introducción a la psicología, son los martes y los jueves. Que se me pase eso por la cabeza en este momento debe de ser una señal de que me estoy volviendo loca. No tengo ningún apego a la asignatura, aparte del hecho de que parecía interesante, pero ahora existe la posibilidad real de que ni siquiera llegue a cursarla.

—Mentiste —digo—. Me dijiste que no íbamos a hablar de física. Me siento traicionada.

Como si sintiera que estoy al borde del colapso emocional, Miles desliza la cesta por la mesa hacia mí. A regañadientes, tomo un palito de *mozzarella*, lo paso por la salsa marinara... y, ¡qué rabia!, tenía razón. Están deliciosos. El queso y la salsa hacen que baje de un once a un diez coma cinco.

—¿Qué hiciste? —pregunto entre bocados.

—¿Qué hice?

—Es a ti al que la física se la pone dura. Acabas de decir que llevas aquí más tiempo que yo. Así que, ¿qué hiciste? ¿Molestar al fantasma de Albert Einstein? ¿Mearte en la tumba de Isaac Newton? —Me quedo sin físicos reconocibles. Es posible que la clase de la Dra. Okamoto sí que me venga bien.

Se me queda mirando con la boca ligeramente abierta.

—Ni siquiera sé por dónde empezar —responde—. ¿La idea de que los fantasmas son reales? ¿De que creas que soy capaz de entender los

entresijos de los viajes en el tiempo, algo que ha eludido a los científicos durante cientos de años? ¿De que casualmente estaba en la abadía
de Westminster, un lugar al que siempre he soñado ir, y de que profa-
naría así el lugar en el que está enterrado sir Isaac Newton? —Se le
escapa algo que en algunas lenguas extranjeras podría considerarse
una carcajada—. ¿O la sexualización, completamente inapropiada,
de una rama de la ciencia que ha estado a la vanguardia de... de *todo*
durante cientos de años?

—Seguro que eres divertido en las fiestas.

—Dímelo tú, ya que hemos asistido a la misma.

Me meto una mano entre los rizos.

—¡Ni siquiera puedo mantener una conversación normal contigo! Al menos, no una en la que no me den ganas de rociarme gas
pimienta en la cara. ¿Cómo se supone que vamos a averiguar lo que
está pasando? —Hago una pausa—. ¡Madre mía! Cuando te pregunté
si te habían rociado gas pimienta antes y te pusiste raro... ¿fue por...?
¿Te rocié con gas pimienta cuando estabas reviviendo este día antes
de que yo me quedara atrapada?

Como por instinto, se lleva una mano a los ojos y se roza la cicatriz con el pulgar.

—Sí. Cuatro veces.

—¡Ahhhh! Lo siento —digo, ignorando lo completamente extraño
que me resulta disculparme por algo que hizo otra Barrett—. Espera.
Tú y yo no hemos tenido esta conversación antes, ¿verdad?

—No. Es la primera vez que me entero de que otra persona se ha
quedado atrapada conmigo. Ayer tuve el presentimiento de que algo
no iba bien. Hiciste algo diferente: te sentaste en primera fila y lle-
gaste antes que yo. Eso no había pasado antes.

Sacudo la cabeza, como si, de algún modo, eso fuera a encajar
todas estas piezas absurdas.

—No estoy segura de entender algunos pequeños detalles. ¿Cómo
es posible que yo haya experimentado tres días durante el mismo
tiempo que tú has experimentado sesenta?

Miles se inclina hacia delante mientras un lado de la boca intenta sonreír. Me pregunto contra cuántas sonrisas tiene que combatir este chico a diario.

—¿Estás familiarizada con el concepto de la «relatividad»? —Lo dice con la misma sencillez que si me estuviera preguntando si conozco el concepto de la tostada. Esbozo mi mueca más culpable—. Digamos que estás en algún lugar ahí fuera, viajando en una nave espacial a una velocidad bastante rápida.

—Lo que viene siendo un sábado cualquiera.

—Te cruzas con un amigo en una nave espacial idéntica que va mucho más despacio. El reloj de tu amigo funcionaría más despacio que el tuyo —explica—. En términos simples, eso es la relatividad espacial. La relatividad general postula que los objetos masivos deforman tanto el tiempo como el espacio a su alrededor, y esa deformación es la gravedad. De nuevo, en términos sencillos. Y, como puede deformar tanto el espacio como el tiempo (el espacio-tiempo, una pieza integral de la teoría de Einstein), podrías estar en la cima del monte Everest con un reloj que se mueve más rápido que alguien que está en la base.

»La primera vez que pasé por el veintiuno de septiembre, tú y yo apenas interactuamos —continúa—. Te sentaste a mi lado en Física y me pediste la contraseña del wifi, que estaba muy claramente escrita en la pizarra. —Me contengo para no poner los ojos en blanco ante eso—. Pero eso fue todo. No supe lo del incendio en la fraternidad hasta que esa noche oí a la gente hablar de ello en la residencia y tardé unas cuantas repeticiones más en relacionarlo contigo.

—¿Quieres decir que en un principio no te invitaron a la fiesta? —Extiendo las manos sobre la mesa y hago que mi cara muestre una expresión seria—. ¿Lo sabe el presidente de Zeta Kappa? No... ¿Quizá deberíamos hablarlo con el director de la universidad? Quiero asegurarme de que no vuelva a ocurrir.

¡Qué sorpresa! A Miles no le hace gracia.

—Probablemente lo entenderías más rápido si dejaras de hacer bromas sobre ello.

—Mi primer día no fue igual que el tuyo, entonces —digo—. En el mío me llamaste la atención delante de toda la clase. Y terminamos caminando juntos a la fiesta cuando te estabas arrastrando entre los arbustos.

—No me estaba *arrastrando*. Es un atajo para cruzar el campus. —Entrecierra los ojos, como si estuviera intentando rescatar algo de su memoria—. Ese debió de ser... el día cincuenta y nueve para mí. Lo que creo que está pasando es que, cuando me quedé atrapado, mi tiempo empezó a funcionar a una frecuencia más alta que el tuyo. Es decir, experimentaba más días en el mismo período de tiempo en el que tú (y todos los demás) experimentabais muchos menos.

—Vale... —Nunca me he sentido menos inteligente que en este momento. Para ganar tiempo y fingir que estoy asimilando todo lo que ha dicho, rodeo una de las patillas de mis gafas con el dedo y las giro unas cuantas veces—. Cuando te dije que había estudiado Física AP, saqué un dos en el examen. Todavía no estoy segura de entender cómo tuvimos dos miércoles completamente diferentes antes de quedarme atrapada.

Espero que se frustre conmigo, pero en vez de eso agarra un palito de *mozzarella*, lo parte por la mitad y coloca los dos extremos uno al lado del otro.

—Imagínatelo así. Durante dieciocho años, nuestras líneas temporales han ido, por lo que sabemos, a la misma velocidad. Hasta mi primer miércoles. —En ese momento, divide una de las mitades en dos—. Esta es la versión de ti que conocí ese día, mientras que esta otra versión de ti, es decir, la versión que está sentada a mi lado ahora mismo, avanzaba tan despacio que tardó en alcanzar ese día. —Sigue arrancando trozos de *mozzarella* para representar a todas esas Barretts que he sido y que nunca seré—. Cuando tu tiempo alcanzó al mío, yo ya había vivido cincuenta y ocho versiones de ese día.

¡Madre mía! Esto es demasiado.

—¿Y qué pasa si uno de nosotros de repente empieza a moverse a una velocidad regular otra vez?

—Entonces necesitaríamos más palitos de *mozzarella*. —Hace un gesto a los palitos que representan a la Barret no Barrett—. Podemos suponer que todos los que no están atrapados, como todas estas versiones de ti antes de que te quedaras atrapada, se mueven a una frecuencia mucho más lenta que nosotros. Ahora que nos hemos puesto al día el uno con el otro, creo que se puede afirmar que nuestro tiempo se mueve a un ritmo similar.

—Entonces, ¿ahí fuera están todas esas versiones diferentes de mí, continuando en sus propias líneas temporales después de su versión del veintiuno de septiembre?

—Si crees en los universos paralelos, entonces sí. Es posible —añade—, pero, repito, no es más que una teoría. No puedo responder a eso con certeza.

—Sería la primera vez. —Aun así, me siento agradecida por la explicación. Estoy mareada, noto que estoy desanclada de la realidad y tengo un poco de náuseas, pero me siento agradecida a pesar de todo.

—He estado intentando averiguar por qué has actuado de manera diferente en los últimos días —dice Miles—. Por lo general, eres reservada. A menos que...

—¿A menos que qué?

Se vuelve tímido.

—A menos que interactuemos.

—Conque fuiste tú el que me metió en esto —contesto, y la gratitud desaparece—. Tu línea temporal se volvió loca y me la pasaste a mí.

—N-No funciona así. —Miles resopla al tiempo que se pellizca el puente de la nariz. Como si estuviera ofendido en nombre de la física.

—¡Acabas de admitir que no sabes cómo funciona!

—No sé cómo funciona *del todo* —corrige con esa voz pretenciosa que hace que quiera meterle la cara en el plato de salsa marinara—. El tiempo no es un resfriado. No te estornudé encima y creé un universo paralelo.

—Pero si tu línea temporal estaba jodida y entonces interactuaste conmigo y provocaste que hiciera algo diferente... ¿podría haber alterado el espacio-tiempo o lo que sea?

Su expresión cambia, como si supiera que tengo razón, pero prefiriera cambiar su especialidad por la pintura de dedos antes que admitirlo.

—Supongo que no es imposible —cede.

—¡Chúpate esa, Física AP! —Alzo un puño victorioso. En ese momento, me doy cuenta de algo—. La amiga que buscabas en la fiesta... era yo. —Asiente—. Y por eso te sentaste detrás de mí. —Robo otro palito de *mozzarella*—. A veces actúas como si estuvieras en babia. Como en mi primer día. Me llamaste la atención en clase y luego se te olvidó.

—Cuando llevas sesenta y un días atrapado aquí, las cosas se... entremezclan un poco. —Sin embargo, frunce el ceño, sus cejas vuelven a juntarse, y tengo la sensación de que hay algo que quiere decir, pero que no va a hacerlo.

—Supongo que ahora ninguno de los dos está solo —digo—. Es algo.

Antes de que Miles pueda asegurarme que sí, pues claro que está encantado de estar atrapado conmigo, suena su móvil.

—¿Tienes que responder?

Sin mirarlo, rechaza la llamada y pone el móvil boca abajo sobre la mesa.

Supongo que ya sabe lo que van a decirle.

Mientras Miles se mira las manos, me quedo con el último palito de *mozzarella*. No parece importarle que me lo lleve. A estas alturas, lo más probable es que ese tipo de cosas le parezcan insignificantes.

—Así que somos las dos únicas personas, que sepamos, atrapadas en el veintiuno de septiembre —digo—. Y, aun así, apenas nos conocemos, Miles Okamoto.

—Kasher-Okamoto —corrige, y parpadea, como si quisiera volver a concentrarse en mí. Como si se hubiera perdido en sus pensamientos y acabara de volver a la tierra, adonde estamos sentados—. Mi padre se llama Nathan Kasher. Enseña Historia Judía y siempre dice que le rompe el corazón que haya elegido el campo de mi madre en vez del suyo. Es una broma constante entre mis padres, una competición amistosa que gana mi madre. —Alza una mano y baja dos dedos—. Ya está. Ya sabes, al menos, tres cosas sobre mí.

—Historia Judía. —Me siento como una completa idiota por no saber que había de eso en la Universidad de Washington—. ¿Eres judío?

—Mi padre lo es. Fui criado como judío, así que puedes intentar decirme que solo lo soy a la mitad o que *en realidad* no soy judío porque es algo matrilineal, pero...

—No iba a hacerlo.

—¡Oh!

—¿La gente ha hecho eso?

—Toda mi vida —responde en voz baja, y me sorprende la forma en la que sus palabras me dan un tirón en el corazón.

—Entonces, eres judío —digo, y se relaja ante el simple hecho de afirmarlo. Asiente—. Yo también lo soy. Seguro que por ahí hay una broma sobre que ambos somos los Elegidos. —Solo me gano un suave «¡Ja!».

Por un lado, es un alivio que no esté sola en esto. Por otro lado... es Miles. No recuerdo haberme enfurecido tanto con alguien en el transcurso de una sola conversación. Parece inmune al humor, tan rígido que probablemente su columna vertebral sea de Kevlar. Me habría quedado con Annabel, con la Chica de las Tuzas o con Grant el de las Pestañas Espectaculares. Incluso Lucie y yo habríamos hecho mejor equipo. Tengo la mala suerte de que el chico con el que estoy atrapada resulta ser un humano imposible de llevar.

—Al menos, deberíamos intercambiarnos los números —dice—. Por si nos separamos.

—Supongo que no tiene sentido guardarlo en el móvil.

—Creo que será mejor si lo memorizamos.

—Vale. —Me tiro de los cordones de la sudadera, pensando—. A lo mejor esto no está basado en la ciencia real. He visto este argumento en películas. A lo mejor alguien o *algo* ahí fuera decidió que no habíamos hecho bien el día de hoy la primera vez. Que no estábamos preparados para pasar al día siguiente sin haber logrado... algo. Y ahora se supone que tenemos que hacer buenas acciones o actos desinteresados o encontrar el amor verdadero, y eso es lo que nos devolverá a la normalidad.

—¿Cómo vas a encontrar el amor verdadero en un solo día?

Agito las pestañas en su dirección con la mayor exageración posible.

—Parece que solo tengo una opción, pastelito.

Ante esto, Miles hace algo que no me esperaba en absoluto.

Se sonroja.

Y no solo la punta de las orejas, sino las *orejas enteras*, y el hecho de que le sobresalgan hace que sea imposible no notarlo. Le tiembla un músculo de la mandíbula, solo que esta vez estoy segura de que no está conteniendo una sonrisa. Miles Kasher-Okamoto, damas y caballeros, se está permitiendo experimentar una emoción.

Luego se aclara la garganta y continúa.

—He estado yendo a la biblioteca casi todos los días para leer todo lo que puedo sobre teorías de viajes en el tiempo, relatividad, mecánica cuántica. Podríamos avanzar mucho si trabajamos juntos.

Lo miro boquiabierta. La idea de pasar horas y horas en la biblioteca con Miles, hojeando libros a los que no le encuentro sentido... Preferiría comer cereales en el suelo del baño común.

—¿Estás repitiendo el día una y otra vez y te lo pasas *en la biblioteca*?

Ante eso, Miles finalmente estalla.

—¡No sé qué narices más hacer! —dice mientras se pone de pie de un salto, y ahora le toca a él sorprenderse por el volumen de su voz. Sin embargo, no se tranquiliza, sino que inhala de forma brusca y entrecortada, con las mejillas sonrosadas. Hasta ahora había estado tranquilo, pero está claro que le he presionado demasiado—. Tú eres la que parece empeñada en rebatir todo lo que digo, a pesar de no tener conocimiento científico alguno.

—Estoy tan perdida como tú. —Me pongo de pie, haciendo todo lo posible por mantener el tono de voz sereno—. Y estoy segura de que es muy duro admitir que no tienes ni idea, pero es la puta verdad. Ninguno de los dos sabe una mierda de viajes en el tiempo porque hasta hace tres días en mi caso y sesenta y uno en el tuyo ninguno de los dos sabía que existían de verdad.

—¿Entonces vas a salir ahí afuera y encontrar a tu alma gemela?

—¡Puede que sí! —Me subo al sofá, el vinilo elástico bajo mis pies. Abro los brazos y hago señas al área de restauración que nos rodea—. Si alguien cree que puede ser mi amor verdadero, estoy en la habitación 908 de Olmsted.

Algunas personas nos miran con extrañeza, pero la mayoría vuelve a su comida. Es un subidón gritar así sin consecuencias.

—¿Alguien? —inquiero.

—*Para* —dice Miles con la mandíbula apretada—. Así no vas a conseguir nada.

Le fulmino con la mirada.

—¿Por qué? Nadie se va a acordar mañana. —Me vuelvo hacia la Dawg House—. Soy bastante poco exigente. Nada de citas extravagantes ni nada de eso, pero me enfadaré si te olvidas de nuestro aniversario. —Me doy la vuelta y observo el grupo de mesas. Un par de personas han sacado los móviles, pero la mayoría han dejado de prestarme atención—. ¿Nadie? ¿En serio? No pasa nada, yo también puedo ser tímida.

Miles se deja caer en el sofá con delicadeza, erguido, sin mirarme a los ojos.

—Cuando estés preparada para tomártelo en serio —dice—, ya sabes dónde encontrarme.

—Pásatelo bien en la biblioteca —contesto, aterrizando en el sofá con un sonoro golpe. No vamos a encontrar ninguna respuesta en un libro de texto de hace medio siglo.

Pensó que yo era una aliada. Una confidente. Una cómplice.

Era imposible que supiera que Barrett Bloom siempre ha trabajado sola.

Capítulo 10

No quiero que parezca que he salido corriendo a casa junto a mi madre cuando las cosas se han complicado, pero aquí estoy. En Mercer Island. Con mi madre.

—¿Ya estás nostálgica? —pregunta cuando aparezco en Tinta & Papel. Acto seguido, frunce el ceño y sale de detrás de la caja registradora para verme mejor—. Barrett. Cariño mío. Tesoro de mi corazón. Por favor, dime que no has ido así en tu primer día de clase.

Después de esperar el autobús bajo la lluvia, imagino el aspecto que tengo. La cintura de los *leggings* se me ha bajado hasta las caderas, por lo que me agacho y me los subo de un tirón. Creo que el agujero de la entrepierna está cada vez más grande. Será un pequeño milagro si consigo pasar lo que queda de día sin enseñarle a nadie mi ropa interior estampada con donuts bailarines.

Lo que queda de día. No, no puedo pensar con tanta antelación. Porque al otro lado de *lo que queda de día* hay un puto agujero negro.

—Pues claro que no —respondo, y técnicamente no es mentira—. Me cambié después de mi última clase. —Paso por delante de un expositor de cuadernos de notas forrados de terciopelo que colocamos durante el verano—. ¿Necesita una hija una razón para visitar a su querida madre?

Me abraza y aspiro el aroma de la crema corporal de rosas ecológicas que usa a diario.

—¿Es patético decir que te echo de menos? —inquiere—. La casa no es lo mismo sin tus ocurrencias.

Cuando intento reírme, el sonido se me queda atascado en la garganta.

—¿Ves? Estoy cuidando de ti.

Mi madre me suelta y rebusca algo detrás del mostrador. Como era de esperar, lleva vaqueros y una camiseta con un dibujo a lápiz del horizonte de Seattle. Tenemos la misma forma, curvas en lugares que yo creía que tenían que ser líneas rectas hasta que me di cuenta de que era mentira. Siempre he querido ser tan valiente con respecto a mi cuerpo como ella, y aunque la mayoría de los días estoy a medio camino, ella ha llevado el suyo con confianza durante más tiempo que yo, y a veces me pregunto si alguna vez llegaré a conseguirlo.

La mayor diferencia es nuestro pelo. El suyo es rubio oscuro y corto, mientras que yo tengo que darle las gracias a la familia de mi padre por mis rizos apretados.

—Ya que estás aquí... mira lo que llegó ayer. —Cuando levanta un paquete con tarjetas de felicitación, ni siquiera me molesto en contener un chillido.

Sé exactamente lo que son, solo porque durante los últimos meses hemos estado hablando sobre la nueva empresa de Seattle que las hacía utilizando solo materiales reciclados y dos impresiones tipográficas preciosas *vintage,* y que visitamos en verano.

—Son todavía más perfectas en persona —digo, acercándome para acariciar una. SALUDOS DESDE EL NOROESTE DEL PACÍFICO, dice la tarjeta con una fuente azul perfecta rodeada de gotas de lluvia que se hunden cuando las recorro con el pulgar—. Me llevo veinte.

Mi madre ordena la tienda, preparándose para cerrar por la noche, mientras que yo me subo al mostrador después de que ella insista en que no necesita que la ayude. No es un salto tan elegante como cuando era más joven y me sentaba aquí a ordenar el inventario por ella.

La tienda lleva nueve años en el centro de Mercer Island, casi tanto como las Bloom. Mi madre creció en Seattle y vivió con sus padres hasta que se graduó en Empresariales y nos mudamos las dos a un estudio microscópico. Mercer Island estaba considerada como un suburbio idílico del Noroeste del Pacífico, el lugar perfecto para formar una familia. Además, había más espacio que en la ciudad. Encontró el local y un apartamento en alquiler en un fin de semana, como si fuera cosa del destino, y su buen ojo y su increíble gusto hicieron de Tinta & Papel un éxito casi instantáneo.

No obstante, Mercer Island también era un lugar en el que la línea entre los que tenían y los que no tenían estaba especialmente marcada. Para cuando nos mudamos a una casa, mis compañeros estaban remodelando las suyas y excavando en sus patios traseros para añadir piscinas.

Mi madre apaga las luces y cierra las puertas, y yo la sigo hasta el coche.

—¿Qué tal suenan patatas doblemente asadas?

—A perfección de queso y carbohidratos.

Una pausa y luego:

—¿Te parece bien que Jocelyn venga a cenar también esta noche?

—¿Por qué no iba a parecerme bien? De todas formas, vive allí prácticamente.

—Cierto. Pero aun así... sin ti la casa está más en silencio. No me lo esperaba. —Su expresión cambia. Se vuelve melancólica, tal vez—. Pensaba que estaba preparada para que abandonaras el nido, lo que todavía suena como algo para lo que no tengo la edad suficiente. Sé que es solo la primera semana y que se hará más fácil... para las dos.

—Lo será —afirmo con la esperanza de parecer más tranquilizadora de lo que me siento.

Ahora que estoy fuera del campus, puedo respirar un poco mejor. El aire aquí fuera es menos sofocante, casi hace que me crea que ya no es veintiuno de septiembre.

Quizá sea eso: la universidad está maldita y, si me duermo aquí, me despertaré donde debería estar.

A menos que... No puedo despertarme el miércoles si simplemente no me duermo.

No puedo creer que no se me haya ocurrido antes.

—¿Vas a contarme qué ha pasado? —me pregunta mi madre cuando entramos en el garaje.

—¿Quién ha dicho que haya pasado algo?

—Barrett, te conozco. Tu tono de voz es raro. Y llevas ropa raída, aunque me había estado preguntando dónde había ido a parar esa sudadera.

—Es muy suave y está perfectamente desgastada.

—Exacto. Por eso es mi favorita.

—Estoy bien, de verdad —digo, empujando las palabras para que me atraviesen los dientes. Me cuesta, pero lo consigo—. Solo ha sido... un cambio.

Sus ojos oscuros me miran el rostro durante un largo rato, como si estuvieran intentando buscar pruebas de que algo va mal en las pecas de mis mejillas o en la curvatura de mi barbilla. En ese momento, su móvil se ilumina en el portavasos.

—Debe de ser Jocelyn. Acaba de salir del trabajo.

Por suerte, cocinar basta para distraer a mi madre de lo que puede o no estar mal conmigo y/o con el universo. Nos mantenemos ocupadas en la cocina, rallando queso cheddar y sacando el interior de las patatas hasta que Jocelyn aparece.

Y solo cuando oigo su voz me acuerdo. Jocelyn tiene intención de pedirle matrimonio a mi madre mañana por la noche.

Se me había olvidado por completo con todo el caos de los últimos tres días. Hace unas semanas se ofreció a llevarme a comprar algunos artículos de última hora para la habitación de la residencia. Después de llenar el maletero de su Kia Soul con blocs de notas, grapadoras y cubiertos, paramos a comer tacos y me enseñó el anillo de su abuela, una esmeralda brillante. Jocelyn es abogada y nunca había oído que le temblara tanto la voz como cuando me habló de la propuesta de matrimonio. No me estaba pidiendo permiso (nada tan arcaico como eso), pero antes quería saber lo que opinaba al respecto.

—Opino que me encuentro fatal —le dije—. Me estoy muriendo, y el único remedio que puede salvarme es que le pidas matrimonio a Mollie Bloom.

—¿Mollie? —llama Jocelyn desde el vestíbulo, y sus labios rojo oscuro se curvan en una sonrisa cuando me ve—. ¡Doble Bloom! Creía que no te veríamos hasta Acción de Gracias.

Se me revuelve el estómago. Quiero alegrarme de verla; esa pizca de normalidad conocida que he echado de menos los últimos días. Quiero tener esa sensación propia del viaje de vuelta a casa: el sol en la cara y la sensación de que todo puede ir bien.

Cuando, en realidad, estoy atrapada justo en el día anterior de lo que podría ser uno de los momentos más felices de la vida de mi madre.

—¿Te habías hecho ilusiones? —pregunto, aferrándome a la esperanza de que dormir aquí, o tal vez no dormir en absoluto, pondrá en marcha mi línea temporal.

Después de saludar a mi madre con un beso, Jocelyn me da un abrazo.

—*Nunca.* —Cuelga el abrigo en el respaldo de una silla de la cocina y se pasa una mano por el pelo largo y oscuro.

A lo largo de los años, mi madre ha salido con hombres y mujeres y, que yo sepa, Jocelyn es su relación más larga. Se conocieron hace dos años en su tienda, cuando Jocelyn Thierry, una mujer esbelta y morena con predilección por el pintalabios brillante que aterrorizaba a la mayoría de los abogados de su bufete, se lamentó de lo mucho que le estaba costando encontrar tarjetas de boda para parejas homosexuales y mi madre le indicó con orgullo la selección inclusiva de Tinta & Papel. Volvía cada fin de semana en busca de una clase de tarjeta diferente hasta que se quedó sin gente a quien enviárselas y compró una para mandársela a mi madre para invitarla a salir.

La tarjeta enmarcada está colgada en nuestro salón: un pequeño erizo sosteniendo un ramo de rosas con la pulcra letra cursiva de Jocelyn en el interior.

El hecho de que tenga tantas ganas de ver cómo llegan las tarjetas para mi madre y Jocelyn debe de ser un efecto secundario de haber crecido en una papelería. Aparte de mí, ella ha sido la persona más constante en la vida de mi madre. Si bien es cierto que los padres de mi madre nos ayudaron, no eran ricos. Construyó su tienda desde cero, sin tomarse un día libre casi nunca, y no había salido de la Costa Oeste antes de conocer a Jocelyn. Estaba totalmente centrada en la tienda y en mí, y le preocupaba darse permiso incluso para salir de King County. La vena aventurera de Jocelyn y su amor por los viajes han hecho que mi madre se deje llevar más, sea más *ella misma*, alguien capaz de tomarse unas vacaciones y contratar a otro empleado para que se encargue de la tienda mientras ella no está. Nunca ha sido tan feliz como cuando está con Joss; excepto cuando está conmigo, pero es otra clase de felicidad. Y, sobre todo ahora que estoy en la universidad, odio la idea de que pase las noches y los fines de semana con Netflix como única compañía.

Ya sea que sus líneas temporales se han ralentizado como dijo Miles, o que simplemente estén suspendidas en el espacio en algún sitio, tengo que salir. Por todas nosotras.

Jocelyn se apoya en la encimera y mordisquea un puñado de queso cheddar. Su flequillo recto le roza la parte superior de las cejas, un peinado que yo no sería capaz de conseguir nunca.

—Bueno, ¿ha aparecido por fin tu escurridiza compañera de habitación?

—Por desgracia. —Alineo las patatas en una bandeja para horno—. ¿Te acuerdas de Lucie Lamont?

—¿La editora jefa del *Navigator*? ¿Lucifer en forma de una humana diminuta? —Jocelyn exagera un escalofrío. Lucie y yo ya éramos cosa del pasado cuando ella y mi madre empezaron a salir. En ese momento, su rostro deja ver que ha comprendido la situación—. No. ¿Es tu compañera de habitación?

Mi madre alza la vista de las patatas.

—No lo habías mencionado.

Porque han pasado tres días y la conmoción ha desaparecido.

—Sí... Al principio fue toda una sorpresa. Tuvieron que hacer una reorganización de último minuto. Pero creo que se va a unir a una hermandad. Así que o volveré a quedarme sin compañera de dormitorio o conseguiré a alguien nuevo.

—Mi compañera de habitación de la universidad y yo hablamos todos los fines de semana —cuenta Jocelyn—. Carrie, la conociste cuando vino de visita el año pasado. Todavía me acuerdo de cuando en invierno inundamos la segunda planta de nuestra hermandad y se congeló, porque, en fin, Minnesota. Lo convertimos en una pista de patinaje sobre hielo, lo que fue bastante épico hasta que se derrumbó el suelo. La Facultad de Derecho era un poco más seria. Pero el pregrado fue una época loca. ¡Dios! La universidad. Sin duda son los mejores cuatro años de tu vida. —Le dedica una sonrisa a mi madre—. *A excepción* del año en el que conocí a Mollie Bloom. Y cada día que he tenido la suerte de pasar con ella desde entonces.

Mi madre abre el horno y mete las patatas.

—Estoy segura de que la universidad fue genial para todas las personas que no estaban criando a un bebé que no paraba de chillar y vomitar —contesta.

—Creía que siempre habías dicho que fui un bebé buenísimo.

—Sí, pero seguías siendo un bebé.

—Debes de estar confundiéndome con otra persona. Estoy bastante segura de que fui uno de esos bebés que nunca hacían caca ni vomitaban.

—Tú sigue creyéndote eso.

—Avísanos de con quién acabas —interviene Jocelyn—. Así podemos ir a intimidarla hasta la sumisión si hace falta.

Mi madre alcanza una espátula y se aparta el pelo rubio de la cara mientras la blande como un arma.

—No tenemos piedad. No con quien traicione a las Bloom.

Jocelyn la imita; agarra un cucharón de madera y se golpea la palma de la mano con él.

—Nada de piedad. No de la pandilla de utensilios de cocina —dice con esa voz oscura y malvada que hace que mi madre se desternille de risa.

Por favor, le pido al universo. *Por favor, déjame averiguar lo que pasa. Por favor, que Lucie se una a una hermandad. Por favor, que sea veintidós de septiembre.*

ʊ ʊ ʊ

Solía estar muy orgullosa de mi habitación. A ver, es un auténtico desastre, una zona de peligro, pero me transmite una sensación de hogar que no estoy segura que sea capaz de replicar en el cuarto de una residencia. Demasiados cojines, artículos del *Navigator* clavados en el tablón de corcho, un arco de tarjetas de felicitación enganchadas a una cuerda.

Almaceno artículos de papelería de forma compulsiva; los guardo porque no soporto desprenderme de ellos. Pegatinas, *washi tapes*, tarjetas y libretas. Tengo, al menos, una docena de cuadernos de flores, todos vacíos. Es un efecto secundario de que mi madre tenga una papelería, pero también es que son muy, muy bonitos.

Asimismo, está el ¿CÓMO TE AMO? bordado que hizo mi madre cuando yo era un bebé y que tengo colgado encima de la cama. Es imperfecto, tiene hilos sueltos por todas partes, pero siempre me ha encantado. Y, sin embargo, esta noche tiene algo que hace que me duela el corazón.

Durante los últimos meses ha sido doloroso ocultarle lo del baile de fin de curso. Fue fácil decir que sí cuando Cole me lo pidió. Estuvo todo el año sentado a mi lado en la asignatura de

Gobierno de los Estados Unidos y parecía inteligente, amable y, en general, muy simpático. Luego fue fácil decir que sí a la habitación de hotel que reservó para los dos y sí otra vez cuando me preguntó si estaba segura después de decirle que nunca lo había hecho antes. Alguien me deseaba, y puede que no de la forma en la que yo me lo había imaginado, pero estaba *ocurriendo*. Llevaba tres años siendo una marginada, y esa atención que recibí de repente fue casi abrumadora.

Entonces, llegaron las flores en mi taquilla. El *hashtag*. La revelación demasiado tardía de que el hermano de Cole había estado en el equipo de tenis. ¡Qué estúpida, impotente y *pequeña* me sentí cuando, después de cuatro días de rosas y tulipanes, fui a ver al director!

—¿Estás enfadada porque alguien ha puesto flores en tu taquilla? —inquirió, riéndose—. Conozco a muchas jóvenes a las que les encantaría estar en tu situación.

Ese verano le conté a mi madre que había tenido relaciones sexuales, pero no lo que pasó después. Me dijo que podía contárselo todo o no contarle nada, con lo que me encontrara más cómoda.

Y tal vez por primera vez en mi vida, no le conté nada.

Alguien llama a mi puerta.

—Me emociona verte aquí y así —dice mi madre cuando la abre. Su voz destila un hilo de nostalgia que no recuerdo haber oído ni siquiera cuando me dejó en la Universidad de Washington.

—¿Ese bebé que no paraba de chillar y vomitar ya es mayor?

Se une a mí en la cama y me coloca un rizo rebelde detrás de la oreja. Al igual que siempre, no obedece.

—Algo así.

Subo las piernas a la cama y hago una mueca de dolor cuando la costura de la entrepierna de los *leggings* se desgarra un poco más.

—Mamá, si me pasara algo, querrías saberlo, ¿verdad?

—¡Lo sabía! —exclama—. Sabía que había una razón por la que parecías apagada. —En ese momento, abre la boca de par en par—. Barrett Lorraine Bloom, no me digas que estás embarazada.

Me pongo una mano en el estómago y le enseño mi mejor sonrisa.

—Son gemelos.

—Vas a provocar que me muera antes de tiempo.

—¡Soy la luz de tu vida!

—Por desgracia.

—No estoy embarazada. —Unas cuantas inhalaciones profundas mientras sopeso qué decir a continuación. A pesar del desastre que acabó siendo al final, hablar con Miles ayudó. Contárselo a mi madre sentaría incluso mejor. En el caso remoto de que me crea, a lo mejor sabría qué hacer—. Soy... una viajera en el tiempo.

Todavía no he encontrado las palabras adecuadas. Miles lo llamó «anomalía», pero «anomalía temporal» no suena igual. No puedo evitar preguntarme qué estará haciendo esta noche, en cuántos libros habrá enterrado la cara. Si habrá hecho algún avance sin mí.

—¡Oh! ¿Eso es todo? Podemos ocuparnos de eso —dice con naturalidad—. ¿Desde dónde viajas? ¿Has venido del futuro para decirnos que estamos en grave peligro? ¿Un meteorito está a punto de chocar contra la Tierra? No, espera, no quiero saberlo.

—Mamá, estoy hablando en serio.

—Yo también. De verdad que no quiero saberlo.

Podría seguirle la broma, una dinámica que ambas conocemos bien. Y, sin embargo, la verdad sale a borbotones, desesperada por que la oiga.

—He... He vivido este día antes. Bueno, no este día *exacto*... Todavía no te he visto hoy. Vale, a ver, tuve un primer día terrible. Primer *primer* día. —Hago un repaso de lo que pasó, concluyendo con Zeta Kappa, consciente de que parece que estoy explicando el argumento de una película y no algo que haya vivido de verdad—. Y puede que haya... incendiado una fraternidad.

Mi madre se levanta de un salto. Ya no me está siguiendo la corriente.

—¿Que has hecho *qué*?

Alzo las manos y la insto a que vuelva a sentarse.

—No, no. En realidad, no ha pasado. ¿O sí, pero en otra línea temporal? No tengo muy claro cómo funciona todo esto. Porque cuando me desperté en mi habitación era veintiuno de septiembre otra vez. Y esta mañana ha pasado lo mismo.

Dieciocho años y por fin he encontrado cómo dejar sin habla a Mollie Bloom. Una parte de mí pensaba que, como resultado de haber compartido un cuerpo durante nueve meses y luego el mismo espacio pequeño durante casi dos décadas, sabría que esto es real de forma instintiva.

Sin embargo, tras unos segundos de silencio y agonía, la comprensión se le dibuja en el rostro y suelta una carcajada.

—¿Esto es para tu clase de Psicología? ¿Alguna clase de experimento?

No tengo Psicología hasta mañana, quiero decir.

En vez de eso, me rindo y me fuerzo a sonreír al tiempo que una tristeza extraña y solitaria se apodera de mí.

—Me has pillado. Es un experimento psicológico.

—Bueno, ya sabes que aquí eres bienvenida cuando quieras —afirma mi madre—. Aunque vayas a intentar romperme el cerebro.

—Lo sé. Gracias. —Arrastro las yemas de los dedos por la colcha de cachemira, intentando sonar tranquila, como si no me preocupara en absoluto lo de que mi línea temporal vuelva a moverse en la frecuencia adecuada—. ¿Te importa que duerma aquí esta noche?

—Con una condición.

—Dime.

Me da unas palmaditas en la rodilla.

—Te lo digo con toda la amabilidad del mundo: tienes que tirar esos *leggings.*

DÍA CUATRO

IIII

Capítulo 11

Cuando vuelvo a despertarme en Olmsted con Lucie y Paige y mis boles de pasta ilícitos, tengo que luchar contra el impulso de lanzar uno de ellos contra la pared.

Después de que mi madre y Jocelyn se acostasen, bajé sigilosamente a la nevera y saqué unas cuantas latas del café con leche de avena con el que mi madre está obsesionada. Me los tomé todos y luego alterné entre hacer pipí, leer el perfil de un exconvicto que abrió una panadería con productos sin gluten y preguntarme qué estaría pasando en la Universidad de Washington sin mí. Si Zeta Kappa seguía en pie. Si Miles había ido solo a la fiesta.

Cada vez que notaba que me entraba sueño, me pellizcaba el brazo, me echaba agua fría en la cara o subía el volumen de la música de los auriculares. Conseguí mantenerme despierta por lo menos hasta las dos de la madrugada, pero debí de quedarme dormida en algún momento después de esa hora. Porque aquí estoy, sin estar cerca de una solución.

Si no consigo llegar al veintidós de septiembre (o a la parte del veintidós de septiembre que hay al otro lado de esas primeras horas de la mañana), entonces Jocelyn no le propondrá matrimonio a mi madre. Ese pensamiento me llena de una determinación firme que me recorre las venas en forma de chispas y me vuelve eléctrica.

Puede que lo que intenté anoche no haya funcionado, pero intenté *algo*. Y hoy intentaré otra cosa.

Cierro los ojos y respiro con calma mientras Lucie se queja de mí a Paige. Cuando se van, pongo en marcha mi plan: voy a ser la mejor puta persona que este campus haya visto jamás. Demostrarle a Miles que no podemos salir de esta en la biblioteca será una ventaja añadida.

Le doy otra oportunidad a la IA de mi móvil.

—¿Cómo me convierto en una buena persona?

—He encontrado algo que podría ayudar. Aquí hay una lista de los ganadores del Premio Nobel de la Paz...

Salgo de la búsqueda y escribo «Cómo ser una buena persona» en Google, porque parece una forma sólida, además de extremadamente obvia, de empezar. El primer resultado es un sencillo plan de quince pasos con joyas como «Hazte un cumplido todos los días», «Encuentra un modelo a seguir» y «Escucha». Necesito algo inmediato. Algo que pueda conseguir en un solo día.

Recorro el pasillo y llamo a la puerta de Paige. CONOCE A TU NUEVA Y DULCE RESIDENTE ENCARGADA, dice el cartel que hay junto a su habitación, diseñado para que parezca una máquina de chicles. Dentro de las bolitas hechas de cartulina de colores hay datos curiosos sobre ella. «¡Soy de Milwaukee!», «Estudio Historia del Arte e Italiano», «¡Soy alérgica al apio!».

—¡Oh! Hola —dice cuando abre, y mastica rápidamente y luego traga. He interrumpido su desayuno—. ¿Barrett?

Punto para Paige. Le dedico una sonrisa.

—Me preguntaba si podrías ayudarme. Estaba pensando en recoger algunas donaciones de ropa para un refugio local.

Paige se queda callada un momento.

—¿Por tu cuenta? No sé si lo sabes, pero hay muchos clubes enfocados en el servicio en los que puedes participar. Sé que hay uno que se reúne en la sala de estar de la tercera planta todos los jueves.

—Es que esperaba hacer algo hoy.

—¿El primer día de clases?

—Horario ligero.

—Mmm. —Paige vuelve a callarse, retorciéndose una mano por su corto pelo oscuro, como si estuviera sopesando la forma más amable de expresar su desaprobación—. No estoy segura de que eso sea lo mejor a estas alturas del trimestre. Todo el mundo se acaba de instalar y es probable que la gente no esté pensando en lo que quiere deshacerse. Además —añade, y señala una formidable torre de libros que tiene sobre el escritorio—, muchos estarán distraídos con las clases.

Se me hunden los hombros. Tiene razón.

Mi nueva determinación se desvanece ligeramente.

—Pero en cuanto a otras actividades de servicio —continúa—, yo dono sangre cada dos trimestres en el centro médico de la universidad.

—¡Eso es perfecto! —Mi madre lo hace con regularidad, y siempre la he considerado una buena persona. No me gustan las agujas, pero mientras no mire, no debería pasarme nada—. ¡Muchas gracias!

Y no puedo negar que mis pasos son acelerados mientras salgo de Chuchelandia.

El autobús tarda diez minutos en llegar al centro médico, situado al otro lado del campus y cerca de la autopista. Lo más probable es que Miles esté en Física, preguntándose dónde estoy. Seguro que descartaría mi plan por no ser lo bastante científico.

Parte de mi ánimo se desvanece a medida que relleno el papeleo, y una punzada hueca se me instala en el estómago. Lo inteligente habría sido comer algo antes.

—¿Barrett? —me llama un hombre con una bata magenta, y ya es demasiado tarde. Ahora toca ser buena persona, la comida para después. Lo sigo hasta una sala delimitada con cortinas y me siento debajo de un cuadro de veleros—. Solo es un pinchacito.

Un pinchacito. No está mal, incluso suena suave.

Excepto que, en ese momento, destapa un vial y, ¡madre mía!, cometo el error garrafal de mirar la aguja.

Mi visión se reduce a un pinchazo, y el mundo se oscurece.

ʊ ʊ ʊ

—¿Es jueves? —pregunto cuando abro los ojos, y busco las gafas antes de darme cuenta de que todavía las tengo en la cara. Estoy tumbada en una camilla en otra habitación, con la cabeza confusa y con un hormigueo recorriéndome todavía las extremidades.

Miles Kasher-Okamoto está sentado delante de mí, con sus largas piernas cruzadas a la altura de los tobillos, un donut glaseado en la mano y la misma cara de suficiencia de siempre.

—No va a funcionar —dice. Lleva su camisa de franela de cuadros de siempre, y en el bolsillo izquierdo hay una pizca de azúcar en polvo.

Tal vez debería haberme quedado inconsciente.

—¿Me has seguido hasta aquí?

—Te vi salir de la residencia cuando me dirigía a Física y me pregunté adónde ibas. —Hace una pausa, considerando lo que ha dicho—. Así que sí. Supongo que sí. Te desmayaste, por cierto.

—Encantador. —Solo porque mi nivel de azúcar lo necesita y *no* porque esté agradecida de que me haya traído uno, agarro el donut y me lo meto en la boca.

—Ha sido un intento valiente. —Miles se da cuenta de que tiene azúcar en polvo en el bolsillo y se lo quita con un movimiento de dedos despreocupado—. Por desgracia, también ha sido inútil.

—Puede que esta vez —contesto—, pero voy a resolverlo. —Sin embargo, una parte de mí se pregunta qué pasa con él si consigo escapar por mi cuenta. ¿Empezaría el día siguiente con una versión diferente de él? ¿O qué pasa si encuentra algo en uno de sus libros y es él quien me deja a mí atrás? Me está doliendo demasiado el cerebro, así que le doy otro mordisco al donut, odiando lo bueno que está—. Esto es solo un pequeño contratiempo.

Su boca se curva en una mueca que me perseguirá en mis pesadillas, asumiendo que tenga la suerte de tener alguna esta noche.

—Supongo que me vendría bien un poco de entretenimiento.

DÍA CINCO

卌

Capítulo 12

—¡Salvad a las tuzas! —grito mientras muevo un cartel con esas palabras escritas en un morado intenso—. Su hogar está desapareciendo y nos estamos quedando sin tiempo para detenerlo.

Si me están dando una segunda oportunidad, tal vez tenga que arreglar algo que hice mal el primer día. Y, después de devanarme los sesos, me di cuenta de que había rechazado a la Chica de las Tuzas no una, sino tres veces.

¿Lo más lógico sería formar equipo con Miles? Sí.

No obstante, una pequeña parte de mí no confía en él todavía. No puedo evitar pensar que la última vez que estuve sola con un chico fueron los peores días de mi vida. Me he acostumbrado a estar sola, a pesar de que quería que la universidad cambiara todo eso.

Ayer doné sangre con éxito a última hora de la tarde, pero la buena acción no activó mi línea temporal. No pasa nada. Tampoco pasa nada por que anoche me tragara dos botellas de 5-Hour Energy en vano. Tengo muchas más ideas. ¡Soy optimismo, determinación y agallas! ¡Estoy salvando a las tuzas!

—¿Sabíais que la tuza de Mazama es crucial para mantener la biodiversidad? —pregunto a dos personas que pasean por la Red Square. Aceleran el paso y desvían la mirada—. Cada tuza remueve varias toneladas de tierra al año. ¡Es un crimen que no haya suficiente gente prestando atención!

—Lo estás haciendo increíble, Barrett —dice Kendall, mi estimada guía de tuzas. Es estupendo que se te dé bien algo, aunque solo sea porque le he hecho unas cien preguntas a Kendall esta mañana.

A unos metros, veo un destello de franela roja cerca de una escultura abstracta.

—¡Miles! —grito, dejando caer el cartel—. Sé que estás ahí, te veo.

Sale de detrás de la escultura y alza las manos. Culpable. *Sigue aquí.* No puedo negar que es un alivio que no se haya escapado y me haya dejado atrás.

—¿De verdad tienes que mirar? —inquiero mientras se dirige a nuestra mesa. Debe de estar descansando de su superimportante investigación en la biblioteca—. Me estás poniendo nerviosa.

—¿Qué? ¿Crees que, de lo contrario, no conseguirás salvar a las tuzas? ¿Y que por eso te vas a quedar atrapada para siempre en el veintiuno de septiembre? —Hay un ligero tirón en la comisura de sus labios, pero creo que haría falta una fuerza electromagnética para conseguir que sonría.

—¡Puede! No conozco las reglas. —Mantengo el tono de voz bajo para que Kendall no nos oiga.

—Bonita camiseta, por cierto. —Señala la camiseta que llevo de Guillermo la Tuza, a juego con la de Kendall—. Se parecen a las marmotas, ¿no?

—Es un error muy común. Son mucho más pequeñas y pasan mucho menos tiempo en la superficie. —Vuelvo a agarrar el cartel y lo sostengo bien alto—. ¡Igualdad para todas las criaturas!

Miles pone una mano sobre la mesa plegable barata que ha sido nuestra base de operaciones.

—¿Quién está al cargo aquí?

—Presente —dice Kendall desde el otro lado de la mesa, donde ha estado ordenando una pila de folletos. Miles no es bajo, pero ella le saca unos siete centímetros, y su coleta morena le da aún más altura. Alcanza un folleto—. ¿Estás interesado en unirte a nosotros? Vamos a organizar una manifestación en Olympia la semana que viene.

—Prefiero dejar que mi cuenta bancaria hable. —Se saca el móvil del bolsillo—. ¿Tenéis Venmo?

Lo fulmino con la mirada.

—No hablas en serio.

—Me has convencido. Sobre todo, este de aquí —contesta Miles con un movimiento de cabeza en mi dirección. Puede que no domine la sonrisa, pero tiene una mueca de oreja a oreja.

Kendall señala una URL en el folleto.

—Puedes donar a través de nuestra página web. Cualquier granito de arena ayuda.

—Entonces esto debería hacer una mella considerable. —Desliza el dedo por el móvil antes de inclinarlo hacia mí, y veo cómo pulsa el botón de enviar.

Una donación de diez mil dólares.

—Es una donación muy generosa, *señor* —digo, apretando los dientes.

Kendall se queda mirando la notificación que le ha llegado al móvil con los ojos desorbitados mientras se lleva una mano al pecho.

—Eso es... ¡Madre mía! ¡Hostias!

—Discúlpanos. —Agarro a Miles de la manga y lo alejo de la mesa para que vuelva a la escultura desde la que me estaba espiando—. ¿Se puede saber qué estás haciendo? —siseo—. ¡Estás echando a perder mi buena acción!

—Mira, algunos luchamos con nuestras palabras y otros con nuestro tiempo, pero todos sabemos que nuestras carteras son las que hablan más alto. —Me mira muy serio, con todos los músculos de la cara educados para ser sumisos. Debe de doler resistirse así a las emociones.

—No sabía que te apasionaran tanto los roedores casi en peligro de extinción. —Le suelto la camisa con la esperanza de que pueda sentir todo el resentimiento que desprenden mis ojos—. Se te ha ido la cabeza.

—Puede ser. —Apoya un codo en la escultura, perfectamente tranquilo y frustrantemente seguro de sí mismo. Necesito toda mi fuerza de voluntad para no golpearle el codo. Con los ojos medio entrecerrados, parece un malvado en toda regla cuando se inclina hacia mí y noto su aliento caliente contra la oreja—. Va a seguir sin funcionar —susurra.

DÍA SEIS

〢〢〢 l

Capítulo 13

—Tiene que ser un error.

—Ya, no me jodas —murmuro.

Lucie y Paige se giran para mirarme y, con un gemido de derrota, me vuelvo a tapar con las mantas.

DÍA OCHO

IIII III

Capítulo 14

—Feliz veintiuno de septiembre —dice Miles con su voz más alegre y con los ojos brillantes y completamente críticos cuando entro en Física. No está sonriendo exactamente, pero, por otro lado, tampoco estoy segura de haber visto una sonrisa de verdad en él hasta ahora. Miles trata las sonrisas como yo trato las pegatinas y los artículos de papelería: reacio a deshacerse de ellas, como si fueran cosas preciadas de las que tiene un número finito.

—Te desprecio. —Me siento delante de él, más por costumbre que por otra cosa. Vuelve a estar en la fila del medio de mi primer día, que no fue su primer día, según su simulación con el palito de *mozzarella*. Una vez más, me pregunto por todo lo que ha hecho en los últimos dos meses. Llevo una semana atrapada y ya he llegado a un punto de sobrecarga que casi me hace estallar. Empiezo a imaginarme lo frustrado que se ha sentido.

Lo solitario que ha sido.

Y cómo, en cuanto me enteré de que estaba atrapada, mi primer instinto fue apartarle.

Mientras intento tomar algunas notas sin mucho entusiasmo para pasar el tiempo, soy plenamente consciente de que tengo a Miles detrás de mí. Mataría por leer la mente en vez de viajar en el tiempo. Toda mi fanfarronería, toda mi insistencia en que podía resolver esto por mí misma, y ahora él sabe que he fracasado. Peor aún, es hora de que empiece a rebajarme.

DEJA DE MIRAR MI PANTALLA, escribo en un documento de Word con una fuente de tamaño cuarenta y ocho solo para ver si me está mirando. Cuando oigo un bufido ahogado, añado algunos signos de exclamación.

Un chirrido cuando se inclina hacia delante en la silla.

—¿Cómo ha ido todo? —susurra por encima de mi hombro—. Porque supongo que, si has vuelto a clase, querías hablar conmigo. ¿Eso significa que por fin estás lista para hacer las cosas a mi manera?

O tal vez no tenga que rebajarme en absoluto.

REPITO, TE DESPRECIO.

PERO SÍ.

Por desgracia, es justo por eso por lo que estoy aquí. Ayer, después de que Lucie hiciera su típica rutina de «pobre de mí por verme obligada a compartir habitación con el monstruo que es Barrett Bloom», la cual está desgastando los fragmentos de autoestima con los que escapé del instituto, me di un día para vaguear. Un día entero, durante el cual ignoré a Lucie, pedí dos *pizzas* napolitanas y una docena de magdalenas artesanales, vi una temporada de *Felicity* —que mi madre siempre dice que nunca la preparó bien para la universidad— e intenté convencerme de que esto no iba a romperme. No hasta que hubiera agotado todos mis recursos y probado todas las ideas descabelladas que hubiera.

Énfasis en lo de *agotado*. Esa era la verdad de cómo me sentía mientras las palabras de Miles de hace ~~a saber cuántos~~ cinco días me latían en los oídos. *Cuando estés preparada para tomártelo en serio, ya sabes dónde encontrarme.* Una semana entera intentando llegar al jueves, a la pedida de matrimonio de Jocelyn, y no estoy más cerca de saber qué está pasando.

Lo que significa que necesito ayuda.

Aunque no puedo verle, estoy segura de que ahora mismo está sonriendo, una sonrisa de victoria increíblemente exasperante.

—Nos vemos en la biblioteca de física después de clase. —La voz de Miles posee una confianza tranquila. Un secreto entre nosotros dos, y tal vez el universo también.

VALE. VAMOS A INVESTIGAR CÓMO SALIR DE ESTA PUTA MIERDA.

☾ ☾ ☾

Más tarde, esa misma mañana, me entero de que la Universidad de Washington no tiene una biblioteca de ciencias, sino tres, y que la que está dedicada a la física es la menos querida de todas.

La mayoría de las bibliotecas de la universidad son estructuras modernas de última generación o edificios antiguos de ladrillo, magníficos y perfectamente conservados. Pero esta parece... triste. Como el séptimo hijo de una familia, condenado a llevar ropa usada el resto de su vida. Está en el sótano del edificio de Física y tiene una moqueta marrón y poca luz, probablemente para ocultar el hecho de que este lugar no se ha limpiado en profundidad desde la primera promoción de la universidad. Pero, tal vez lo más importante: está vacía.

—¿Aquí es donde has estado los últimos sesenta y cinco días? —Le sigo a través de un laberinto de estanterías polvorientas, luchando contra un estornudo.

—Sesenta y seis. —Deja la mochila sobre la que supongo que es la mesa que usa siempre, teniendo en cuenta cómo elige una silla sin ni siquiera mirarla. O, quién sabe, a lo mejor va variando y cada vez escoge una mesa distinta. Miles parece el tipo de persona que vive al límite—. Y en su mayor parte, sí.

—¡Dios! Seguro que ya podrías tener un doctorado.

—Por favor —contesta con un bufido de burla—. Para llegar a ese punto tendría que hacer dos años de cursos avanzados y dedicar por lo menos los mismos años a una tesis. La idea de que estoy siquiera cerca es ridícula.

—Pero quieres —digo.

Se encoge de hombros.

—Tal vez. —Acto seguido, se aclara la garganta y se vuelve hacia una pizarra de tiza (de tiza, no de rotulador) colocada detrás de la mesa. No le está restando importancia, no del todo. Con un título en Física, supongo que podría conseguir muchos trabajos... haciendo física. Igual sería útil que tuviera alguna idea de lo que hace un físico profesional.

Miles alcanza un trozo de tiza irregular.

—Ambos tenemos una formación sólida en investigación. Tú eres la periodista. Yo soy el científico. Deberíamos ser capaces de resolver esto.

—Claro. —Una periodista que ni siquiera es capaz de entrar en el periódico de la universidad. Últimamente, todas las revistas que tengo en la habitación se han estado burlando de mí. Seguro que Jia Tolentino, Peggy Orenstein y Nora Ephron no habrían tenido problemas para entrar en el *Washingtonian*.

O ignora mi tono monótono o no se da cuenta.

—¿Puedes hacerme un sumario de lo que has hecho durante cada anomalía con todos los detalles posibles?

—¿Un sumario?

—Un resumen. Una sinopsis. Un repaso.

—Sé lo que significa. Es que no estoy segura de haber oído nunca a alguien usar la palabra en ese contexto en una conversación informal. —Tamborileo con las yemas de los dedos sobre la mesa, consciente de que estoy a punto de sacarle aún más de quicio, pero me lanzo de todas formas—. Si vamos a seguir adelante con esto, necesitamos una palabra mejor que «anomalía».

Miles agarra la tiza con más fuerza.

—Estoy abierto a sugerencias —dice—, siempre que podamos salir de esta tangente hoy.

—¿Qué tal simplemente «bucles»? Más sencillo.

—Me parece bien.

Le explico todo lo que he hecho hasta ahora, y él lo anota todo con letras pulcras pero apretadas. Me viene a la mente un futuro Miles como profesor de Física: corbata torcida, camisa remangada hasta los codos, tan entusiasmado con la física que se le olvida poner los puntos sobre las íes.

Cuando termino, traza una línea en la pizarra y, a la velocidad del rayo, garabatea sus bucles. *Todos* sus bucles, por lo que parece, y yo me limito a mirar, intentando no abrir la boca de par en par. No mentía en cuanto a lo de su excelente memoria. Hay varias decenas que dicen «biblioteca», un puñado de «FIS 101» y algunos que están abreviados de formas que imagino que solo tienen sentido para él, como «intento de LHC» y uno que es simplemente «M».

—¿LHC es una droga? —pregunto.

—Gran Colisionador de Hadrones —responde—. En Ginebra. Intenté mantenerme despierto durante el vuelo, pero debí de quedarme dormido en algún lugar al otro lado del Atlántico, porque me desperté de vuelta en Olmsted.

—Tienes que recrear esto todos los días —digo con cierto asombro en la voz, a pesar de la evidencia de que se ha pasado la mayor parte de esos días en la biblioteca.

Otro encogimiento de hombros. Retrocede unos pasos y evalúa las dos columnas.

—Algunos días me ha dado pereza. —Tengo que contener un bufido. «Pereza» no es una palabra que dudo que alguien haya asociado alguna vez a Miles Kasher-Okamoto. No solo sería un insulto, sino que es irrisorio—. Y he creado reglas mnemotécnicas para acordarme de todo. Te sugiero que hagas lo mismo.

—¿En plan RNAVAAV?

—Menos rudimentario, pero sí.

—Intentaré inventar una que sea digna de tu avanzada inteligencia —digo con dulzura. Hago un gesto con la cabeza en dirección a la pizarra—. ¿Aprender a conducir un coche manual no ha funcionado? Estoy sorprendida. —No obstante, hay algo que me preocupa, y no estoy segura de poder comprometerme con toda esta investigación mohosa de biblioteca sin una respuesta—. Antes de que profundicemos demasiado en esto... Sé que te has disculpado, y lo he superado, de verdad. Pero tengo que saberlo. ¿Por qué te portaste como un imbécil conmigo en clase?

Mi pregunta parece pillarle desprevenido. Aprieta los labios y gira la tiza una y otra vez en su mano, como si tuviera escrita la respuesta en una letra diminuta.

—Estuvo fuera de lugar. Lo sé. Creo que una parte de mí estaba... No sé, probando los límites de lo que podía hacer saliéndome con la mía.

—¿Porque podías ser todo lo cruel que quisieras y yo no me acordaría al día siguiente? —*Hasta que lo hice*, imagino que pensamos los dos.

—No del todo —responde—. Supongo que estaba frustrado con todo, y puede que lo pagase contigo porque dio la casualidad de que estabas sentada a mi lado. Fue inmaduro, ahora lo entiendo. Lo siento mucho, Barrett.

Y tal vez esto se vuelva en mi contra más tarde, pero le creo. Creo que se arrepiente y, después de todos mis intentos fallidos y mi determinación de mantenerme positiva, no puedo culparle por querer poner a prueba los límites.

—Gracias. —No sabría describir la sensación que tengo cuando me imagino a otra versión de mí misma ahí fuera, haciendo algo sobre lo que esta versión de mí no ~~¿tiene?~~ ~~¿tenía?~~ tiene control. Es casi como una violación—. ¿Cómo sabemos siquiera que estos somos nuestros yo reales ahora mismo?

Una sonrisa irónica.

—No lo sabemos. —*Guay. Guay. Me encanta esa incertidumbre*—. En cierto modo, todos ellos son nuestro yo real. Es decir, suponiendo que esas otras versiones de nosotros sigan ahí fuera, viviendo sus vidas. Es imposible saberlo.

Obviamente. Vuelvo a señalar la pizarra.

—¿Qué significa el punto? —Le ha añadido uno a una gran parte de sus bucles anteriores y los ha esparcido por todas partes.

—Esos son los días en los que Zeta Kappa arde en llamas.

Me quedo boquiabierta.

—¿Me estás diciendo que prendí fuego a esa fraternidad en todas las versiones de este día antes de quedarme atrapada?

—No todos los días —afirma, y parte de la tensión abandona mis hombros. Con su tiza, señala el bucle veintisiete—. Hubo un día en el que, sin querer, te prendiste fuego a ti misma.

—Es un milagro que no haya chicos haciendo cola para salir conmigo.

—Tu «quieto, tírate al suelo y rueda» fue muy... atlético, eso sí. Y otro día... —Se le cae la tiza al suelo y se apresura a recogerla, sin mirarme a los ojos. Dudo que haya un solo ser humano más torpe que Miles Kasher-Okamoto. Eso tiene que ser un logro científico propio—. Te apoderaste de la barbacoa y preparaste perritos calientes para todos. Pero, en general, a menos que yo interviniera... sí, incendiaste Zeta Kappa.

—Magnífico. Soy una puta pirómana. —Tomo una profunda bocanada de aire para evitar otro estornudo y puede que un ataque de pánico también—. No sé por qué, pero tengo la sensación de que el universo no está haciendo esto porque quiere que salve una fraternidad.

—Al principio pensé que eso era lo que se suponía que debía hacer. Impedir que se produjera el incendio. Una vez que me enteré, intenté evitarlo una y otra vez... y casi nunca pude. Las dos veces que lo conseguí, me desperté el veintiuno de septiembre. Porque ese es el problema —continúa—, personificar el universo. No sabemos si esto es algo que alguien está controlando de forma activa, si hay algún titiritero por ahí moviendo los hilos o...

—O si es algo que se puede explicar con la ciencia.

Una casi sonrisa lenta y pícara.

—Exacto. Y eso es lo que he estado intentando averiguar. He encontrado algunos artículos escritos a lo largo de los años en los que la gente afirma haber estado atrapada en un bucle temporal, y si navegas lo suficiente por Internet, hay un montón de foros y teorías conspiratorias.

—Yo también he visto un montón de esos —digo.

—Pero no puedo evitar tener la sensación de que, si vamos a encontrar algo, va a ser aquí. Estoy intentando aprender todo lo posible sobre la relatividad para ver si se me ocurren más teorías. Y luego está el tema de la mecánica cuántica, con la que, he de admitirlo, todavía no estoy tan familiarizado como debería.

—No es por nada —digo, porque ya me duele la cabeza por la tensión que se me está formando detrás de un ojo—, pero ¿y si la solución es *Atrapado en el tiempo* y estamos aquí atrapados hasta que seamos mejores personas? Es posible que me haya precipitado en mis intentos de la semana pasada. Si lo abordamos juntos, seguro que se nos ocurre algo mejor.

Mi intención era decirlo como una idea perfectamente lógica, pero Miles lanza su tiza sobre la mesa y se agarra a la parte superior de la silla que hay a mi lado.

—No.

—¿No es tan válida como cualquiera de tus teorías?

Lanza un sonido, un «¡Ja!» agudo que suena más que lejos de una risa.

—Mis teorías se basan en las leyes fundamentales de la naturaleza.

Conque trabajar juntos es una tortura, entonces.

—Ya estamos experimentando algo que va en contra de todo lo que creíamos saber sobre las «reglas» —digo, con la esperanza de que mi uso de las comillas le moleste tanto como me molesta su arrogancia sin límites—. A lo mejor una bruja agitó una puta varita mágica y nos maldijo. Porque eso suena tan probable como que la *ciencia* nos obligue a repetir el mismo día una y otra vez.

—Pensaba que estabas aquí porque querías hacerlo a mi manera.

—¡Oh! Lo siento. No me había dado cuenta de que solo era tu asistenta de investigación.

Se le tensan las manos, le centellean los ojos con mil megavatios de electricidad.

—Bueno, yo soy el que tiene más experiencia. A lo mejor deberías serlo.

—Clásico. Un hombre ansioso por aplastar a una mujer y hacer que trabaje para él. —Con un movimiento rápido, me levanto de la silla y me pongo de pie, y odio la sensación de que sea más alto que yo. Puedo devolverle toda esa energía eléctrica—. Eso es lo que se les daba tan bien a tus científicos, ¿verdad? Lo sé todo sobre Rosalind Franklin.

—¿De qué...? —Miles lo intenta entre respiraciones entrecortadas, como si discutir conmigo estuviera mermando su capacidad pulmonar—. ¿Qué tiene que ver eso con...?

—¿Os puedo ayudar en algo?

Una bibliotecaria está de pie en el lado opuesto de nuestra mesa, probablemente atraída por el sonido de nuestro tono de voz elevado. Es una mujer blanca de mediana edad con el pelo castaño entrecano y ondulado hasta los hombros y un bonito jersey *oversize* de pata de gallo que me pondría sin dudarlo.

Se me acelera el corazón, y disfruto de la oportunidad que tengo de inhalar en condiciones.

—Estamos bien. Gracias.

—Gritad si necesitáis algo —contesta, y nos dedica una sonrisa cálida antes de retirarse entre las estanterías.

—Pasa todos los días —dice Miles cuando se ha ido—. La verdad es que me ha ayudado bastante, pero ahora que sé moverme por la biblioteca, siempre me siento mal diciéndole que no necesito nada.

Respondo con un gruñido y me dejo caer en la silla, negándome a mirarlo a los ojos. Quizá sí que me he muerto y este es mi infierno:

atrapada en una biblioteca, obligada a investigar mecánica cuántica durante toda la eternidad. Preferiría que me arrancaran todo el vello corporal mechón a mechón, gracias.

Un suave crujido cuando Miles se sienta a mi lado.

—¿Podemos, al menos, *intentarlo* a mi manera? —Me doy cuenta de que le cuesta mantener el tono sereno.

—Vale —respondo, teniendo en cuenta que no me quedan más opciones—. Pero no soy tu puta asistenta.

—Anotado. Y lo siento. Otra vez. Por perder los nervios... otra vez. —Saca un cuaderno de su mochila y lo abre, supongo que porque se ha quedado sin espacio en la pizarra—. Cuando hablamos de viajes en el tiempo, bucles temporales, anomalías, como quieras llamarlos, se trata de encontrar patrones. Lo que quiero saber es —continúa mientras escribe la siguiente pregunta en negrita con un bolígrafo—: ¿por qué nosotros? De toda la gente del campus, suponiendo que esto no vaya más allá de la Universidad de Washington, ¿por qué Barrett Bloom y Miles Kasher-Okamoto? Aparte del hecho de que ambos estamos en Física 101 y vivimos en Olmsted, pero eso podría aplicarse a mil personas diferentes. Sigo pensando que igual hicimos algo el día antes de quedarnos atrapados que lo desencadenó.

—¿Como qué? ¿Nos tropezamos y nos caímos en un vórtice de la fatalidad? Creo que me acordaría.

—Vórtice de la fatalidad —repite con otra de esas medias sonrisas en los labios y, en contra de todos mis instintos naturales de aborrecerlo, hace que me ablande un poco. Sigo esperando a que esboce una sonrisa en condiciones, pero no estoy segura de si voy a ser capaz de resistir su poder—. Parece un grupo de heavy metal. —Acto seguido, vuelve a centrarse, y el asomo de la sonrisa desaparece—. ¿Qué hiciste el día antes de quedarte atrapada? El veinte de septiembre.

He estado tan centrada en el miércoles que parece que el martes ocurrió hace un siglo.

—Me desperté. Obviamente. Desayuné cereales, creo. Fui a una sesión informativa para el *Washingtonian*, fui a una orientación para los de primer año. Caminé por el campus fingiendo que sabía hacia dónde iba porque había estado decenas de veces con mi madre, aunque no tenía ni idea.

Vi a todo el mundo haciéndose *selfies* con sus amigos en el patio. Inscribiéndose en clubes. Cenando juntos. Y pensé: *Mi vida está a punto de cambiar. Aquí es donde va a pasar.*

—Hice algo de colada, porque lo planifiqué mal y no acabé haciendo la suficiente antes de instalarme aquí. Perdí un calcetín, porque eso me pasa por intentar tener ropa limpia, al parecer. —RIP, calcetín del CIRCO DESASTRE—. En el comedor Olmsted servían bufé de pasta, así que causé algunos perjuicios allí, y luego me las apañé para colarme en el ascensor con unos cuantos boles que se suponía que no debía subir. Y luego, bueno, mi compañera de habitación no se había instalado todavía, así que aproveché el tiempo a solas e hice algo de... autocuidado en solitario.

—Aprovechaste el... —El bolígrafo de Miles tartamudea sobre el cuaderno, un pequeño garabato que parece un pico en un electrocardiograma. Un rubor se le extiende por las mejillas, por las puntas de las orejas—. ¡Oh! No... mmm... voy a escribir eso.

Mi filtro cerebro-boca lleva años sin funcionar correctamente. Es posible que nunca haya tenido uno.

—Dudo mucho que mis orgasmos fueran tan trascendentales que, literalmente, detuvieran el tiempo. —¿En serio tenía que seguir hablando y decirlo en plural? Seguro que estoy a punto de hacer un descubrimiento científico: si es posible morir de vergüenza.

—Si ese fuera el caso —dice Miles, todavía con la mirada fija en el papel—, entonces me sorprende que más de nosotros no seamos transportados a través del tiempo con frecuencia.

¿Está... haciendo una broma? Solo he obtenido unos pocos atisbos del Miles que no es un académico reservado, esa persona con empatía y sentido del humor. En otro universo, porque he medio perdido la esperanza en este, quizá Miles sea capaz de *divertirse*.

—En fin —continúo, ansiosa por dejar atrás este tema, y es doloroso lo mucho que tarda mi cara en enfriarse—, nada de lo que hice es algo que altere la vida. O la línea temporal. Está claro.

Miles se tira del cuello de la camiseta y sus mejillas vuelven a su tono normal. Las puntas de las orejas, sin embargo, siguen de un rojo brillante.

—El mío tampoco fue muy digno de mención —dice, y procede a relatar su día con excesivo detalle, desde el tipo de tostada y de mermelada que se comió (multicereales y frambuesa) hasta un resumen de la reunión de la planta que celebró su RA.

—Ni siquiera estuvimos mucho tiempo en los mismos edificios —analizo—. O al mismo tiempo. No fue como si nos hubiera caído encima un trozo de basura espacial metafísica, a menos que quieras llamar así a lo que quiera que sea que hay en los suelos de los baños de Olmsted. —Había una razón por la que la había puesto como la última en mi solicitud de residencias.

—Y tampoco hubo un vórtice de la fatalidad —concuerda—. Lo que no significa que mi teoría esté equivocada, necesariamente. Solo hace que se complique un poco.

Después de discutirlo un poco más, descubrimos que tenemos una cosa en común: ambos nos despertamos a las 6:50 cada mañana, lo que significa que el día no se reinicia a medianoche, y nunca hemos sido capaces de mantenernos despiertos para escapar del bucle. Cuando me desmayé en el hospital, tampoco se reinició el bucle.

—En cuanto a las reglas, al menos, tenemos eso —digo.

—Pero tampoco sabemos si las reglas cambian siempre o si son fijas —replica—. Como no estabas atrapada desde el principio, me hace pensar que no están fijas del todo.

A pesar de toda mi hostilidad, probablemente debería darle a Miles un poco de crédito. ¿Preferiría estar atrapada en un bucle temporal con un Milo Ventimiglia de principios del 2000? Cien por cien.

Pero puede que estar aquí con un físico en ciernes tenga sus beneficios. ¿Qué fue lo que dijo Miles en mi primer *primer* día? Algo sobre cómo actúa el universo y predecir cómo podría comportarse en el futuro. Si hay una explicación para lo que nos está pasando, la física podría llevarnos a una solución.

—Perdón por no tener las respuestas —dice Miles, quizá interpretando mi silencio como frustración—. Ojalá las tuviera. Lo estoy intentando. —Acto seguido, se corrige—: Lo *estamos* intentando.

Como es lógico, eso plantea otra pregunta.

—Sigo sin estar segura de por qué quieres ayudarme, aparte de por el hecho de que estamos juntos en esto. Te he rociado con gas pimienta *varias veces*, Miles. La bibliotecaria ha tenido que venir a ver si estábamos bien. Está claro que nos sacamos de quicio.

En ese momento, su cara se relaja y muestra una expresión nueva, una que restaura algo de mi esperanza en el universo que nos atrapó aquí juntos.

—Porque, por algún motivo, en contra de mi buen juicio... me gustas.

Las palabras me aturden, se posan en mi pecho con una calidez inesperada y me roban cualquier réplica que estuviera a punto de hacer. *Me gustas.* Lo dice de una forma tan directa... Sin complicaciones. Pocas personas dicen lo que realmente quieren decir, y aunque nunca he dudado de lo que mis compañeros del Island sienten por mí, muchas veces he tenido que insistir a las personas a las que he entrevistado para que me dieran respuestas claras.

Por mucho que desee que no sea cierto, y jamás se lo admitiría a Miles, no recuerdo la última vez que alguien me dijo algo tan bonito. Hay cierta belleza en esas dos palabras, en el simple hecho de que a alguien le guste tu compañía.

Por supuesto, tiene que seguir y dice:

—No de *esa* manera. —Inclina la cara mientras vuelve a sonrojarse, y voy a suponer que no ha tenido mucha experiencia con la gente de *esa manera*. Aunque yo tampoco—. Es solo que no me parece horrible pasar tiempo contigo. Solo un sesenta por ciento más o menos.

Pongo los ojos en blanco.

—Gracias por la aclaración. No estaba pensando en eso, pero me alegro de que dejes las cosas claras.

Me hace un gesto para que lo siga hasta las estanterías y, tras unos minutos buscando, me pasa un libro, y ese momento extraño queda en el olvido. Excepto en mi mente, donde permanece presionado contra los rincones más suaves.

—Este puede que sea prometedor —indica—. Es de divulgación científica, así que es un poco más legible.

La portada pone *Agujeros negros y pequeños universos*, por Stephen Hawking.

—¡Ohhh! Pequeños universos —digo, mirando el libro como si fuera un cachorro—. ¿Quieres que... empiece? ¿Ahora?

—¿Qué mejor momento que el presente? —responde con otra de esas exasperantes no-sonrisas, así que abro el libro y empiezo a leer.

DÍA ONCE

𝍸 𝍸 |

Capítulo 15

Llevamos tres días en la biblioteca. Mi cerebro es una sopa, un revoltijo de neuronas hirviendo a fuego lento que se abren camino por senderos poco iluminados.

Dejo caer la cabeza sobre la mesa con un golpe suave y miro a Miles de reojo a través de las gafas torcidas. Está rígido como siempre, encaramado al borde de la silla, con la cabeza inclinada en un ángulo de noventa grados y los ojos recorriendo las páginas al doble de mi velocidad habitual. No estoy segura de que sea físicamente posible para Miles encorvarse o incluso sentarse con las piernas cruzadas. No creo que su cuerpo se lo permita. Mientras tanto, yo me he acomodado en dos sillas, con las piernas apoyadas en la segunda, uno de mis zapatos perdido en algún lugar entre las estanterías de FARADAY, MICHAEL y OPPENHEIMER, J. ROBERT.

Miles me recuerda a esos científicos de los cómics a los que absorben demasiado su trabajo y que luego se caen en una cuba de ácido o son mordidos por una criatura modificada genéticamente y se convierten en un supervillano. Cuando le conté esto hace unos minutos o unas horas, quiso saber cuáles serían sus poderes, y le informé de que sería capaz de completar con éxito tareas aburridas a una velocidad alarmante.

—Quiero un superpoder mejor.

—No —dije—. No puedes elegir.

Ahora, paso la página de un libro de texto amarillento que ha visto días mejores.

—Es inútil. —No he procesado nada durante, al menos, las últimas cincuenta páginas. ¿La ciencia popular de Stephen Hawking? Algunas partes eran interesantes, aunque los pequeños universos no eran tan adorables como esperaba. ¿Este libro, las conferencias recopiladas de un físico del que nunca he oído hablar? Impenetrable—. ¿Qué son las palabras? Ya ni siquiera sé qué estamos buscando.

—Una salida —contesta, pero mientras se pasa una mano por el pelo revuelto, me doy cuenta de que él también se está marchitando. Un poquito de nada, pero está ahí. La cicatriz que tiene debajo del ojo izquierdo, ahora que me he pasado tantas horas sentada a su lado, sé que tiene forma de luna creciente.

—Tu madre es profesora de física —digo—. ¿Y si habláramos con ella?

—Ya lo he hecho. —Miles señala la pizarra, donde ha insistido en trazar sus bucles todos los días.

—Porque se supone que debo saber lo que significan todos tus simbolitos.

Un suspiro, que es la forma principal que usamos Miles y yo para interactuar. A estas alturas sé clasificar casi todos sus suspiros: está el suspiro «Esa ha sido una broma rara, pero vale», el suspiro «Tu mera presencia me agota», el suspiro «Estoy frustrado, pero voy a ignorarte». Este es un «La respuesta es obvia».

—Mi madre es científica. Una escéptica por naturaleza. Las pocas veces que se lo he contado, no me ha creído.

—¿Probaste lo que hiciste conmigo, anticiparte a lo que va a pasar a tu alrededor?

—No estoy seguro de cómo reaccionaría. —Mueve el capuchón de su bolígrafo de un lado a otro sin parar. Quizá siempre esté jugueteando con algo porque, por el contrario, su postura es tan tiesa, tan rígida... Su cuerpo pide libertad a gritos, pero él solo se la permite en pequeñas dosis—. Hay algunos científicos que *quieren* creer que lo extraordinario es posible. Algunos que incluso dedican su vida a ello para bien o para mal. Pero a otros... les motiva el cuestionamiento constante. No es que quieran refutar todas las teorías con las que se encuentran, sino que van a necesitar muchísimas pruebas para respaldar cualquier cosa.

—Y supongo que la Dra. Okamoto entra en la segunda categoría.

Me señala con el dedo.

—Así es.

Su móvil se ilumina a su lado y, sin levantar la vista del libro, lo apaga. Le pasa todos los días y nunca responde.

—Puedes contestar —digo, mirando la hora. 15:26. Pero no lo hace.

Creo que llevo cuatro horas sin estirar las piernas. Empujo el libro de las conferencias con demasiada fuerza y lo mando a toda velocidad hacia una pila que hay en el borde de la mesa. Algunos libros se caen y aterrizan en la alfombra con una serie de golpes apagados. En un abrir y cerrar de ojos, Gladys está junto a nuestra mesa con los ojos muy abiertos por la preocupación.

—Lo siento, lo siento —susurro, levantándome de la silla para recoger los libros. He de admitir que es una compañía agradable, aunque tengamos que volver a presentarnos todos los días.

—Solo quería asegurarme de que estáis bien —dice con dulzura—. Algunos de esos libros pesan más de lo que parece.

Frunzo el ceño ante la pila que acabo de ordenar. En realidad, no estoy segura de en qué libro estaba, así de avanzada voy.

No podemos abordar esto con lógica. No podemos usar la lógica para resolver algo ilógico, y Miles desayuna lógica con una guarnición de pensamiento crítico integral.

Hago un gesto a su libro *Una breve historia de casi todo*, porque pues claro. ¿Cómo no iba a llamarse así?

—¿Ya te lo has aprendido todo? ¿Casi todo?

—Casi —murmura.

—Voy a hacer un trato contigo —le digo a Miles, que está en un trance investigativo. Mete un dedo índice en el libro y me concede el honor de establecer contacto visual—. No es que no encuentre todo esto apasionante, pero no puedo hacerlo todos los días. Y no solo porque al final vamos a tener tal carencia de vitamina D que el sol nos va a derretir la piel de la cara en cuanto volvamos a salir a la calle.

—¿Cuál es el trato?

—Lo intentamos la mitad a tu manera, a través de la investigación, y la otra mitad a la mía.

Sus cejas se juntan y forman una arruga de duda.

—Como me digas que agite uno de esos carteles de tuzas...

Alzo una mano, ya que no estoy de humor para la lógica integral de Miles.

—«A mi manera» significa aceptar que podría ser magia y no ciencia. He visto este tipo de cosas antes. En la ficción. Puede que no tenga memoria fotográfica, pero aquí hay mucho conocimiento sobre cultura pop almacenado. —Me doy unos golpecitos en la cabeza, al igual que hizo él hace ¿¿¿??? unos días—. Y eso significa que nada de burlarte de mis métodos. Yo respeto tu forma de hacer las cosas y tú respetas la mía. Tú eres el científico. Deberías querer probar múltiples teorías.

Espero que proteste, que me diga que ni de broma va a dar crédito a algo que no puede encontrar en un libro de texto que huele a tristeza. En vez de eso, asiente.

—Vale —contesta. Miles Kasher-Okamoto, de acuerdo conmigo así de fácil—. Lo intentaremos.

Sus ojos oscuros se clavan en los míos. Cansados. Cuando le miro, no solo veo al chico reservado y estoico del primer día. Veo a alguien que está tan perdido como yo, alguien que puede que estuviera perdido antes de que su línea temporal se desviara de su curso. Sesenta y nueve días, y se los ha pasado casi todos en la biblioteca, y hay algo en eso que me pone increíblemente triste de repente.

Porque sí, esto es frustrante de cojones, pero también es algo más: una oportunidad.

Una que no creo que Miles, con sus sonrisas racionadas y sus bucles minuciosamente documentados en esa pizarra, haya aprovechado.

—Necesito un descanso —digo, apartando mi mirada de la suya, consciente de que he estado mirándole demasiado tiempo. Intentando entenderle—. Estirar las piernas, resetear el cerebro. ¿Podríamos vernos más tarde? Te escribiré. —Los tres números que me sé de memoria: el de mi madre, el del teléfono fijo que no tenemos desde que tenía ocho años y el de Miles Kasher-Okamoto.

Vuelve a suspirar, una nueva clase de suspiro que todavía no he sido capaz de clasificar. Espero que no sea resignación.

—Sí, claro. —Con desgana, arrastra un rotulador por una frase del libro. La primera vez que lo hizo, me quedé sin respiración, ya que me imaginé la multa que tendría que pagar, antes de darme cuenta de que mañana estaría borrada la marca—. Hasta luego.

Justo cuando creo que estamos progresando, se vuelve a callar. Pues muy bien.

Mientras atravieso el campus, ya no siento la emoción del primer día. Sé que fuera del edificio de Ingeniería hay un póster del club de observación de aves de la Universidad de Washington que no cayó dentro de la papelera de reciclaje y que nadie va a recoger. Sé que ese chico que no debería estar haciendo *skate* en la Red Square va a chocarse con esos bailarines de *swing* y a comer ladrillo en unos tres segundos.

—¡Cuidado! —le advierto al *skater*, aunque solo sea porque no puedo evitarlo.

Cuando mira hacia mí, pierde la concentración y se choca con un estand de candidatos al gobierno estudiantil. Estos sueltan un chillido cuando derriba su mesa y hace volar sus papeles por los aires.

—Lo siento, estaba... —dice el *skater* mientras se examina una rodilla raspada, pero cuando se gira para señalarme, ya estoy saliendo de la plaza.

¡Madre mía! Soy incapaz de hacer algo bien.

De vuelta en Olmsted, los cuatro ascensores están en las plantas superiores y, como tardan una eternidad en bajar, opto por subir los nueve tramos de escaleras. Puede que el ejercicio y el cemento y lo que quiera que sea que crece en las grietas me estimulen el cerebro y pongan a hervir la sopa de neuronas. Que me den alguna indicación de qué hacer a continuación.

Porque parece que estamos condenados a repetir este día una y otra vez hasta que ocurra *algo* de cierta magnitud, algo que está claro que todavía no ha ocurrido. Y no tengo ni idea de lo que podría ser.

Estoy entre los tramos tres y cuatro cuando oigo un sonido extraño. Subo otro tramo y mi corazonada se confirma: alguien está llorando. Me quedo paralizada unos segundos antes de seguir subiendo. Resoplando, subo las dos plantas siguientes hasta que descubro el origen del sonido: una chica pelirroja desplomada contra la pared y con el móvil pegado al pecho.

—¿Lucie?

Al verme, sus hombros se ponen rígidos y se pasa una mano por la cara. Al principio estoy convencida de que ha estado hablando por teléfono con alguien del servicio para residentes y se acaba de enterar de que le toca quedarse conmigo. Salvo que no son lágrimas de «Mi compañera de habitación es el caos personificado».

—Hola —dice con una voz que nunca le había oído antes, y eso que he sido el objetivo de *muchas* voces de Lucie Lamont. La voz vacilante cuando empezamos a hacernos amigas en el periódico del instituto. La voz suave y segura cuando colaborábamos en los reportajes. Y la voz despectiva cuando se publicó mi artículo sobre el equipo de tenis, sustituida por una voz autoritaria cuando se convirtió en editora jefa.

Esta suena... *rota.*

Lucie no me mira, sus ojos azules como el hielo están clavados en el suelo. Nunca había visto llorar a Lucie, ni cuando publicaron mi artículo ni cuando Blaine y ella rompieron poco después.

—Perdona, estaba...

—No, no. No tienes que disculparte. —Mi voz también se está transformando. Es una voz suave y cuidadosa, una que creo que no sabía que era capaz de sacar hasta ahora—. ¿Va todo... bien?

—Sí. Voy a salir de este antro de mala muerte, ¿por qué no iba a estarlo? —Con un último resoplido, se pone de pie, los hombros hacia atrás, la confianza restaurada—. Que tengas un buen primer año, Barrett.

Sus botines de ante la llevan el resto del camino hasta la novena planta y, cuando sobre mi cabeza se cierra una puerta pesada, una idea echa raíces en mi mente.

DÍA DOCE

卌 卌 ||

Capítulo 16

—Tiene que ser un error —dice Lucie Lamont, y escondo una sonrisa contra la almohada.

Le dije a Miles que quería probar a hacer las cosas a mi manera, y lo decía en serio. Y si bien es cierto que ya he hecho algunos intentos de los míos, lo que creo que se me ha escapado es que, en las películas, la salida de un bucle temporal suele acabar siendo algo personal. Ya sea el amor verdadero, como bromeé con Miles, reparar la relación con tu familia o corregir los errores del pasado, tiene que significar algo para la persona que está atrapada. Nada de lo que he hecho ha tenido significado alguno para mí, aparte de mi fuerte inversión personal en no ser arrestada por quemar Zeta Kappa.

El amor verdadero está descartado. Si me ha costado tanto hacer amigos, no puedo ni imaginarme intentando conseguir un alma gemela. Eso significa que queda Lucie.

Una vez duchada y vestida, bajo las escaleras hasta la planta Disneyficada de Miles. Su puerta está decorada con dibujos de Buzz Lightyear y Woody junto con los nombres MILES y ANKIT.

—Hola —saludo cuando un chico sudasiático con una camiseta gris abre la puerta, y me doy cuenta de que no sabía cómo se llamaba el compañero de habitación de Miles hasta ahora—. ¿Ankit? Busco a Miles.

Da un paso atrás y ahí está Miles, en su habitual postura rígida propia de Miles, inclinado sobre un libro en el escritorio. La habitación es un calco de la mía, excepto por el hecho de que parece que aquí viven dos personas que no se odian.

—Ankit, esta es Barrett —dice Miles, e intercambiamos saludos educados—. Estamos juntos en Física. Barrett, este es mi compañero de habitación.

—¿Estás listo? —le pregunto a Miles—. Para... estudiar un poco más. —Sin querer, me las apaño para decirlo de la forma más sugerente posible. Bien podría haber batido las pestañas y haber entrado aquí con una boa de plumas.

Ankit hace todo lo posible por contener la risa, pero no lo consigue.

—Física, ¿eh? —Pasa la mirada de uno a otro con las cejas alzadas—. ¿Seguro que no quieres decir «Química»?

Las puntas de las orejas de Miles brillan de un rojo intenso mientras agarra su mochila y mete los pies en sus Adidas verdes.

—Vámonos.

—Antes de que te vayas —dice Ankit—, ¿has visto mi camiseta de la Universidad de Washington? Hice la colada ayer, pero no la encuentro.

—La lavandería también se ha comido uno de mis calcetines favoritos —intervengo—. Olmsted debería venir con una póliza de seguros.

Miles niega con la cabeza.

—Estaré atento.

—¡Que os divirtáis! —Ankit le lanza una mirada significativa que parece estar a medio camino entre «¿En serio? ¿Ella?» y «Bien hecho».

Durante unos instantes, saboreo este aumento de ego cuestionable, a pesar de que no existe ningún universo en el que Miles me vea como una posibilidad romántica. Y viceversa. En mi corazón no hay lugar para algo que no sea el enfado y una pizca de curiosidad. Miles me sigue hasta el vestíbulo con la cabeza inclinada en un ángulo de casi noventa grados y los hombros rígidos. Fiel a su palabra, no se queja de la misión, pero sigue teniendo muchas preguntas.

—¿Os peleasteis en el instituto tu compañera de habitación y tú? —pregunta mientras nos acercamos a la parada de autobús que hay delante de Olmsted.

—No sé si lo llamaría «pelea». —Miro el móvil. Faltan ocho minutos para el próximo autobús. Después de once días, debería haber tenido la previsión suficiente como para memorizar el horario—. No soy su persona favorita precisamente.

—¿Y a ti tampoco te cae bien ella?

No le contesto de inmediato porque, si soy sincera, no estoy segura. He estado tan concentrada en lo poco que le gusto que no me he parado a pensar en mis sentimientos hacia ella. Complicados, eso es lo que son.

No puedo sacarme de la cabeza la imagen de sus ojos hinchados ~~ayer~~ hoy. Llorar en el hueco de una escalera no encaja con la imagen de Lucie Lamont que ha vivido en mi mente y atormentado mi vida durante los últimos años. La Lucie que veía *Veronica Mars* con mi madre y conmigo. La Lucie que llamó a la imprenta cuando nuestro número de noviembre se retrasó y les convenció para que le hicieran un descuento al instituto durante los seis meses siguientes. La Lucie Lamont que admiraba, incluso después de que me apartara de su vida.

—Antes sí —respondo en voz baja—. Pero ya no sé si la conozco de verdad.

Cuando llega el autobús, nos subimos, cruzamos el campus y bajamos por Forty-Fifth Street hasta University Village, un centro comercial al aire libre que se encuentra justo al norte de la universidad. Deambulamos por el laberinto de cadenas de lujo y restaurantes locales antes de dar con la tienda de *bagels* que hay en un extremo del centro comercial.

—Vas a reconquistarla con *bagels* —dice Miles con un deje de diversión en el tono de voz.

—Está claro que no has probado Mabel's Bagels.

La operación Hacer Que Lucie Me Quiera (sigo trabajando en el nombre) depende de hacer feliz a Lucie. Y pocas cosas pueden provocar esa felicidad inmediata como una dosis de carbohidratos.

Los *bagels* son un asunto delicado entre los judíos. Todo el mundo tiene un sitio favorito para comer *bagels* en Seattle, aunque ninguno se pone de acuerdo sobre cuál es. Algunas tiendas son aceptables y otras son una ofensa en toda regla, pero en lo único que sí que están de acuerdo es en que, sea lo que sea lo que hace que los *bagels* de Nueva York sean tan perfectos, aquí no lo tenemos.

Esta tienda kosher es la favorita de mi madre, y el cartel de bienvenida SHALOM escrito en inglés y hebreo hace que me sienta como en casa. Lo que, con una dolorosa punzada, me recuerda la pedida de matrimonio de Jocelyn al instante.

Caigo en otra cosa: si no salimos de aquí, no solo me perderé la pedida de matrimonio. Tampoco podré ver cómo se casan.

Esto tiene que funcionar.

Mientras lleno una bolsa con trece, Miles me observa con la mandíbula contraída y una expresión ilegible en el rostro.

—Estás demostrando un control extraordinario al no hacer pedazos esta idea —le digo.

—Es que no veo cómo... —Las palabras se le escapan antes de que tenga la oportunidad de contenerlas. Alza una mano y me lanza una mirada de disculpa—. Lo siento. Lo siento. Lo estamos haciendo a tu manera.

No obstante, justo cuando estamos a punto de irnos, mi estómago suelta un gruñido embarazoso.

—No he desayunado.

—Bueno, resulta que estamos en la mejor tienda de *bagels* de Seattle.

Así pues, pido lo de siempre: un *bagel* con todo y untado con miel y almendras. En cuanto a Miles...

—Treinta opciones. Treinta opciones, Miles, ¿y has elegido uno normal y corriente? —inquiero una vez que nos hemos sentado con nuestros *bagels* en un rincón de la tienda.

—Me gusta lo que me gusta —responde, levantando la barbilla, desafiante—. El tuyo parece que ya se lo ha comido alguien. Anoche para cenar. No me digas que *eso* es el sabor personificado.

—Mmm. Ya te digo. —Le doy un bocado grande, esponjoso y con sabor a queso y nata—. Por cierto, Ankit y tú parecéis estar muy unidos. O, al menos, no os estáis lanzando al cuello del otro. —Quise mencionarlo cuando estábamos en el autobús, pero temía tener que enfrentarme a la rareza de Esa Mirada que le lanzó su compañero de habitación, y no quería acercarme a menos de quince metros de ese tema. Ahora que nos hemos distanciado un poco, parece una conversación más segura.

Se encoge de hombros.

—Es fácil tratar con él. Extrovertido, pero no a un nivel que resulte agresivo. Los dos nos instalamos pronto, el mismo día, y congeniamos.

—¿Y tus amigos del instituto?

—Nos... dispersamos un poco. —Le da otro bocado al *bagel*, aunque reconozco la evasión cuando la veo. Es evidente que no le gusta hablar de sí mismo—. O sea, que te estoy ayudando con tu compañera de habitación ¿y no vas a decirme por qué no os lleváis bien?

Me lo pienso. Darle un poco de información no hace daño, sobre todo si puede ayudarme con el plan. Eso no significa que tenga que contarle toda la verdad. Sobre todo, la parte que está encerrada con llave en una cámara acorazada en el fondo de mi mente.

—Fuimos amigas durante un par de años —empiezo—. No éramos íntimas, sino más bien amigas de instituto. Trabajamos juntas en el periódico del instituto. —Arranco las semillas de sésamo de mi *bagel*, ya que necesito algo que me distraiga de la forma en la que Miles está centrado en mí con tanta atención. Dios no quiera que sea algo menos que un oyente activo—. Yo... mmm... saqué a la luz que varias personas copiaron en un examen. El equipo de tenis. En el que estaba su novio. Fueron descalificados de los campeonatos, lo que hizo que él perdiera una beca y que los dos rompieran. Así que... después de eso no sentía mucho amor hacia mí.

Miles parpadea varias veces. Frunce el ceño.

—Te das cuenta de que eso no es culpa tuya, ¿verdad? Que le quitaran la beca a alguien.

—Lo sé. —Pero no importa. Está claro que a Cole no le importó—. Estoy segura de que lidiaré con cosas mucho peores cuando escriba para el *New Yorker* o para el *Entertainment Weekly*. Y —continúo, con el deseo de detenerme en esto lo mínimo posible— tampoco fui una joya para ella después de eso. Siempre estábamos enfrentándonos en la sala de redacción.

—¿En serio? No me lo imagino. —Lo dice con el rostro muy serio, limpiándose delicadamente la boca con una servilleta—. Si es ella la que ha sido tan idiota contigo, ¿por qué te corresponde a ti arreglar la relación?

—Porque necesito que el universo vea que soy la más madura en esta situación.

—¡Ah! El universo todopoderoso, con sus registros y tarjetas con la puntuación.

—¿Siempre tienes que ser la persona más inteligente de la sala? —pregunto.

—Normalmente lo soy.

Hago una bola con la servilleta y se la tiro al hombro.

—Vale, me lo merecía. —Luego—: Eres periodista —continúa, como si se le acabara de ocurrir algo—. Tu primer día intentaste entrar al periódico, pero no pudiste.

Por desgracia, ya se lo he contado todo.

—Lo intenté dos veces. La editora no llegó a decir abiertamente que no, pero era bastante obvio.

—A lo mejor esa es la clave. En plan. —Se le da bien dar marcha atrás—. Si tu método tuviera algún peso científico, que no lo tiene.

—¿Bordar la entrevista?

—Igual no se trata de la entrevista necesariamente. Igual se trata de demostrar tu valía. De llegar a ellos con la historia correcta.

—No estoy segura de qué escribiría —admito, pero incluso mientras lo digo sé que no es cierto. Los días después de instalarme, antes de que empezaran las clases, no dejaba de fijarme en cosas del campus que podrían dar lugar a reportajes interesantes. El hombre de la caseta del aparcamiento que toca el saxofón a las ocho cada tarde noche. Kendall de Salvad a las Tuzas. Incluso Paige, la de Milwaukee y la alergia al apio, debe de tener una historia que contar.

No obstante, un artículo sobre tu extraña residente encargada no parece tan importante cuando tu línea temporal está atascada en modo repetición.

—Te molesta que se me haya ocurrido una buena idea —dice Miles con los ojos brillando de un modo totalmente engreído.

Aún más molesto: que me tenga calada ya.

—«Cómo mi compañera de habitación me envenenó el limpiador facial y viví para contarlo».

—«Cómo la estrella del Departamento de Física fue el primer estudiante de primer año en recibir una beca Fulbright».

Entrecierro los ojos.

—«Antes de que su vida se viera trágicamente truncada por un corte mortal con papel».

Y por fin, *por fin*, su expresión se quiebra, un músculo de su mandíbula se ondula antes de dejarse llevar y ofrecer una sonrisa diminuta. Decido que es algo agradable de ver en él. Diferente. Sigue con la boca un poco apretada, pero en su rostro se ve claramente una alegría que no había hace un segundo. Me pregunto por qué se empeña tanto en ocultarlo, aunque no tenemos una relación lo suficientemente íntima como para preguntar. Incluso después de tres días enteros en la biblioteca, la mayor parte de lo que sé de Miles apenas roza la superficie.

Entonces, como si hubiera decidido que ya era suficiente júbilo por una mañana, se levanta y recoge su cesta vacía, con la postura formando un ángulo de 180 grados perfecto.

—Bueno, vamos a demostrarle a tu compañera de habitación que no eres un monstruo.

ʊ ʊ ʊ

Antes de volver al campus, hacemos una parada en la papelería de University Village. No hay comparación entre su selección y la de mi madre, pero me tendré que conformar. No estoy segura de cómo me sentiría al verla sabiendo que mi viaje a casa se borró y/o le ocurrió a una versión diferente de ella.

Incluso cuando Lucie y yo intentamos ir juntas a la fiesta o tuvimos previamente Un Momento en nuestra habitación, no hablamos de nuestra historia. Si quiero librarme de este bucle, a lo mejor no solo tengo que desenterrar el pasado, sino permitirme sentirme incómoda por ello.

Deshacer tres años de animosidad en veinticuatro horas.

Puede que no baste con los *bagels* y la tarjeta con una fruta antropomórfica que dice JUNTAS SOMOS LA REPERA.

No estoy segura de cuál es el horario exacto de Lucie, pero por nuestra efímera amistad, sé que su color favorito es el lila. Y es un dato que exprimo todo lo que puedo en el pasillo de los globos de una tienda de artículos para fiestas. Miles se marcha después de ayudarme a preparar la habitación y suelta un rápido «Buena suerte» antes de desaparecer, probablemente rumbo a la biblioteca para declararle su amor eterno a una bibliografía.

A mediodía sigue sin haber rastro de ella y mi ansiedad se manifiesta en forma de customización de globos. Los globos dicen

HOLA COMPI Y VOY A EXPLOTAR DE LA ALEGRÍA, y un par que he empujado hacia atrás tienen intentos desafortunados de un garabato de su cara. Es muy difícil captar su esencia con látex y un rotulador.

No quiero perderme su reacción a mi gran ofrenda de paz de helio, así que espero. Y espero. Y espero. Estoy pensando en bajar las escaleras para almorzar cuando la llave tintinea en la cerradura a las dos y cuarenta y cinco. La puerta se abre y ahí está ella, con su cuello alto negro, su falda vaquera y el bolso colgado de un brazo.

Se queda boquiabierta y se le caen las llaves.

—¿Alguien ha entrado en nuestra habitación?

—Atraparon al Temido Ladrón de Globos la semana pasada. Debe de ser un imitador.

Parece confusa, y entra y examina lo que hay escrito en los globos.

—¿Son...? ¿Tú has hecho todo esto?

—Culpable. —Le doy un golpecito a un globo y veo cómo la cara distorsionada de Lucie rebota hacia abajo y luego hacia arriba. De repente, todo esto me parece muy, muy infantil.

Lucie aparta otro globo de camino a su escritorio, donde he preparado lo que se suponía que era el desayuno.

—¿Y los *bagels*?

—Puede que estén un poco duros, pero... sí.

—¡Vaya! —Alcanza un *bagel* de arándanos—. No sé qué decir. ¿Gracias?

—Sé que no hemos empezado con buen pie exactamente. —Aparto más globos con el codo para poder mirarla a los ojos y agarro uno que pone EL HELIO ES CURATIVO—. Pensé que esto podría ser un nuevo comienzo. Algo así como lo que éramos antes de..., bueno, ya sabes.

Espero a que se disculpe, a que me dé un abrazo, a que me diga que se siente aliviada de que haya sacado el tema porque a ella también le pesa.

—Fue en el instituto —contesta con todo el ego de alguien que ha pasado exactamente ocho horas como estudiante universitaria. Quitándole importancia, cuando mi cerebro lleva meses obsesionado con ello. Años—. Lo he superado.

Lo he superado.

Como si lo que le hice hubiera sido tan terrible, algo de lo que *ella* necesitaba recuperarse. Da igual lo que ella me hizo a mí, que dejara de ser mi amiga al instante y que se pusiera de parte del resto del instituto. Su novio fue el que decidió hacer trampas en ese examen. Yo no hice nada, salvo sacarlo a la luz.

Lucie, de pie en una esquina con sus amigas, riéndose de *#desflorada*, de las flores que salían de mi taquilla.

—Tienes razón —digo, con la cara cada vez más caliente—. Se suponía que la universidad iba a ser diferente, ¿verdad? Somos personas completamente nuevas y todo eso. —Alcanzo un *bagel* con semillas de amapola y lo muerdo con toda la rabia que puedo, lanzando semillas por todas partes y hundiendo los dientes con fuerza en un pan que hace varias horas que dejó de estar esponjoso.

—¿Podrías limpiar todo esto? —pregunta Lucie, que tiene problemas para poner el bolso en la silla—. La habitación ya es lo suficientemente pequeña. Apenas puedo sentarme.

—De todas formas, ¿no te vas a unir a una hermandad?

—Lo estaba pensando. ¿Cómo lo...?

—Lo he adivinado —digo rápidamente—. Lo limpiaré, no te preocupes. —Y entonces, antes de que pueda pensármelo dos veces, cambio de táctica. Está claro que no voy a arreglar las cosas con Lucie; quizá ni siquiera deba hacerlo. Mejor digo lo que quiero antes de que el universo le dé la vuelta a mi reloj de arena. Se me hace un nudo en la garganta a medida que sigo hablando—. Entiendo que te enfadaras conmigo después del artículo. Pero en mayo... había pasado mucho tiempo, Lucie. No tenías por qué incitarlos.

Se da la vuelta con los ojos brillantes.

—¿Cómo?

—Después del baile de fin de curso. Con las flores y ese... ese estúpido *hashtag*. —La rabia que ha estado todo el verano hirviendo a fuego lento bajo la superficie, la cosa caliente y ácida que les he escondido a mi madre y a Jocelyn, está subiéndome por la garganta, quemándolo todo a su paso. Me acerco, apartando algunos globos de mi camino, agradecida por los más de siete centímetros que le saco a Lucie—. Te reíste con todos los demás, como si fuera lo más gracioso que habías visto en tu vida.

Esto es lo máximo que he dicho en voz alta sobre el tema. No tenía intención de sacarlo a relucir, y ahora me están viniendo a la cabeza los peores momentos. La primera vez que me etiquetaron en Instagram. La forma en la que Lucie estaba haciendo un corrillo con sus amigos cuando entré en clase, donde había una sola rosa en mi pupitre. La cara que puso el director. *Conozco a muchas jóvenes a las que les encantaría estar en tu situación.*

No puedo cantarle las cuarenta a todas las personas del Island que me convirtieron en un saco de boxeo, pero Lucie está aquí.

Puedo mostrarle rabia. Lo que no puedo mostrarle es todo lo que hay debajo de ella.

—Si piensas que yo haría algo así —dice Lucie, cuadrando los hombros, negándose a retroceder—, entonces puede que nunca nos conociéramos del todo.

Recoge el cargador de su portátil y me deja a solas con todo el lila, el gluten y el queso fundido. Como si le hubiera abrumado la crueldad de su reacción, uno de los globos estalla cuando se cierra la puerta, lo que hace que dé un respingo.

No voy a dejar que esto me destroce tampoco. Todavía no.

Me aferro a la rabia, me dirijo a mi escritorio y rebusco en mi estuche para sacar unas tijeras. Acto seguido, agarro el globo más cercano y hundo las puntas metálicas brillantes en el látex lila.

Pop.

Es más satisfactorio de lo que me esperaba. Respiro con dificultad y agarro otro. Y otro más, y cada explosión de helio hace que desee más.

Pop. Pop, pop, pop.

Lo que Lucie haya querido decir no cambia nada. *#desflorada* ocurrió aun así, y puede que ella haya superado el instituto, pero al parecer yo sigo atrapada allí.

He perdido la cabeza del todo, pienso mientras atravieso el aire con las tijeras como si fueran una espada y hago que estallen con un desenfreno vertiginoso.

Es lo más parecido a la diversión que he experimentado en días.

DÍA TRECE

𝍩 𝍪 𝍫

Capítulo 17

—Mi madre come aquí todos los días —dice Miles mientras entramos en el ascensor del edificio de Ciencia de la Vida junto con un rápido vistazo al pasillo para asegurarse de que nadie nos ve—. Pero a los estudiantes técnicamente no se les tiene permitido entrar.

—¡¿Estás infringiendo una norma?! —Suelto un grito exagerado—. Estoy impresionada. Pensaba que eras un genio normal y corriente. No sabía que también eras un rebelde. Apártate, Richard Feynman.

Miles pone los ojos en blanco.

—Yo no llamaría rebelde a «Feynman».

—Eso no es lo que leí en uno de tus libros —contesto, y me apoyo contra una de las paredes del ascensor—. Al parecer, investigó mucho en bares de toples, escribiendo ecuaciones en manteles de papel y dibujando a algunas de las mujeres. Seguro que eso no lo enseñan en Física 101. Pero también era un misógino embravecido, así que...

—Y aquí estaba yo, pensando que estabas sufriendo con todos esos libros.

—Solo con la mayoría.

Baja la mirada al suelo, luchando contra una sonrisa. No hay nada ni nadie que trabaje más que los músculos de la mandíbula de Miles.

El ascensor nos deja en la última planta, donde subimos por las escaleras hasta la azotea. Cuando Miles me dijo que quería que habláramos hoy con su madre, tuve que reprimir un puñetazo, ya que le hizo caso omiso a la idea cuando se la sugerí.

Lucie, claro está, no tenía recuerdo alguno de los *bagels* ni de los globos esta mañana. Si lo que quiso decir ayer era que no se rio con sus amigos, es extraño que no fuera más específica. A Lucie le encanta atribuirse el mérito, incluso cuando algo no ha sido idea suya. Como cuando le propuse un artículo sobre la historia de nuestra mascota, Salvatore la Salamandra, para el número de la vuelta a clase de nuestro último año y decidió escribirlo ella mientras que a mí me asignó un artículo sobre el pomeranian de un estudiante de segundo año que ganó el tercer puesto en un concurso canino local.

Era imposible que mi plan hubiera funcionado, aunque agradezco que Miles no me esté tratando con prepotencia.

Se detiene en la puerta con tanta brusquedad que me choco con su espalda, de manera que mi cara aterriza justo entre sus omóplatos y me empuja las gafas. Percibo el aroma a madera de la noche en la que lo rocié con gas pimienta, y tiene algo que calma un poco la ansiedad que siente mi cerebro. Debe de contener hierbas o sustancias químicas con propiedades tranquilizantes.

—Si te traigo aquí, tienes que jurarme que guardarás el secreto —dice.

Pongo otros treinta centímetros de espacio entre nosotros y me reajusto las gafas.

—Si se lo dijera a alguien —contesto a su camiseta gris brezo—, no se acordaría de todas formas. Así que, en realidad, nunca lo sabrías.

Suspira y gruñe, pero me abre la puerta.

Según me cuenta Miles, este jardín de la azotea es exclusivo para el profesorado y el personal, aunque se les permite traer a un invitado una vez por trimestre. Lo primero que veo es *verde*. Plantas frondosas y flores de colores intensos salen en espiral del suelo, entre hamacas, sillas de mimbre y mesas de madera. Hay plantas con cortinas enteras de hojas y plantas que parecen capaces de devorar una o tres tuzas. Y luego está la vista, el monte Rainier que se eleva a lo lejos como si no fuera real.

—Es precioso —digo en voz baja para no perturbar la tranquilidad. No se me ocurre nada sarcástico que decir. Así de bonito es.

Hay un puñado de profesores aquí arriba, algunos almorzando y otros charlando con amigos, uno de ellos regando las plantas y recogiendo datos en un portapapeles. La Dra. Okamoto está hacia un extremo del tejado, sentada en una silla de mimbre con un bocadillo en una mano y un iPad en la otra. Antes, en clase, Miles y yo nos hemos sentado en primera fila. Y, cuando la Dra. Okamoto hizo una pregunta, Miles escribió algo en la pantalla de su ordenador y le dio unos golpecitos con un bolígrafo para llamar mi atención. *Contesta a la pregunta*, escribió, y yo intenté no poner los ojos en blanco. Aun así, levanté la mano.

—La física es el estudio de la materia y la energía y de cómo se relacionan entre sí —dije, las palabras prácticamente taladradas en mi memoria a estas alturas, y la Dra. Okamoto dijo: *Sí. Exacto.*

Cuando oye cómo se cierra la pesada puerta metálica, alza la vista y sonríe al ver a Miles.

—¡Miles! No esperaba verte por aquí —dice, y le hace señas con el bocadillo—. ¿El primer día ha ido bien por ahora?

—Todavía no me convence mi profesora de Física, pero en general no está mal. Creo que podré sacar un sobresaliente.

—Dicen que es muy buena —contesta la Dra. Okamoto.

Miles Kasher-Okamoto, bromeando con su madre. Tengo que reprimir una sonrisa. Hay algo inesperado e incluso entrañable en ello. Caigo en la cuenta de que para él debe de ser difícil verla casi todos los días.

—Esta es Barrett —dice, señalándome—. Espero que no te importe que la haya traído. Está trabajando en un artículo sobre el Departamento de Física para el *Washingtonian*.

Alzo la mano en un gesto incómodo, todavía medio insegura de mí misma. No me había dicho que iba a presentarme de esa manera, y algo en ello, en decir que estoy en el periódico cuando me siento más lejos de él que después de mi primera entrevista fallida, no me transmite buena suerte.

Una comisura de la boca de la Dra. Okamoto se levanta y me pregunto si raciona las sonrisas como Miles.

—¿Sí? Leo el periódico todos los días. Bueno, todos los lunes y miércoles. Es una pena que ya no sea diario.

La mano de Miles encuentra la parte baja de mi espalda y me da un empujón hacia delante. Es un impulso suavísimo, un contacto brevísimo, pero me da algo de la confianza que necesito. Como si ese gesto me estuviera diciendo: *Sé que puedes hacerlo.*

—Me acuerdo de ti. —La Dra. Okamoto coloca el iPad en la bolsa de cuero que hay junto a su silla—. Esta mañana estabas en mi clase de Física 101, ¿verdad?

—Culpable.

—¿De qué va el artículo?

Alzo las cejas unas cuantas veces en dirección a Miles en un intento por comunicarle que más tarde pienso castigarle con mil preguntas irritantes sobre viajes en el tiempo por salirme con esta. Finge no darse cuenta. Cuando sea periodista de verdad, tendré que pensar así de rápido cada dos por tres. Y a veces será como caminar descalza sobre fragmentos de cristal, dependiendo de a quién entreviste.

—Es... mmm... para el número de la vuelta a clase. Estamos entrevistando a los profesores favoritos de los estudiantes para darles una pincelada de sus vidas dentro y fuera del aula.

—«El *modus operandi* de la Dra. O» —añade Miles, como si quisiera ser de ayuda—. Así es como se llama.

—No voy a llamarlo así —le siseo.

—Pero podrías.

La Dra. Okamoto no parece habernos oído. Más bien parece conmovida.

—¿Y me has elegido a mí?

Noto la mentira ácida en la lengua.

—Según una encuesta del año pasado, era la favorita del Departamento de Física.

—Me siento honrada —dice, y suena sincera—. Da la casualidad de que tengo unos veinte minutos antes de tener que volver a mi despacho. No me importa responder a algunas preguntas.

Acercamos las sillas a la suya, y la mirada de Miles se detiene en una monstera particularmente amenazadora que cuelga sobre su cabeza. La Dra. Okamoto está diferente en este ambiente. Más informal. Relajada.

—Vale, bien. —Cruzo las manos sobre el regazo como si fuera una auténtica profesional—. Empecemos con algunos antecedentes. ¿Cómo empezó a enseñar en la Universidad de Washington?

—Hice la licenciatura y el máster en la Universidad de Texas. —Hace una pausa—. ¿No necesitas algo para tomar apuntes?

¡Ah, sí! Una Auténtica Profesional que olvidó el paso más básico. Periodismo 101.

Mantén la compostura, Barrett. Puede que sea una entrevista bajo falsos pretextos, pero sigue siendo una entrevista. Sé cómo hacerlo. Y si puedo meter algunas preguntas casuales sobre viajes en el tiempo, mejor.

—Claro, por supuesto —respondo, suavizando un poco la voz—. ¿Le importa si uso el móvil para grabar?

Me hace un gesto para que siga adelante, así que acepto el cuaderno y el bolígrafo que me ha tendido Miles con tanta amabilidad y abro la aplicación de la grabadora.

Durante los minutos siguientes, la Dra. Okamoto me cuenta la historia de su vida. Nació en Dallas, de padres japoneses de primera generación, y conoció al padre de Miles en la universidad. Lo más seguro es que Miles ya haya oído todo esto cientos de veces, pero escucha con educación, con las manos cruzadas sobre el regazo, jugueteando solo de vez en cuando con la correa de la mochila.

—Poco después de graduarnos, tuvimos un bebé...

—Miles —interrumpo, pero niega con la cabeza.

—Max, el hermano de Miles. Miles no llegó hasta un par de años después —explica—. Di clases en la Universidad de Texas hasta que en la Universidad de Washington surgieron puestos de titular en Física e Historia con pocas semanas de diferencia. Tuvimos suerte, y fue fácil tomar la decisión de trasladar a nuestra familia aquí. Eso fue hace unos doce años. De todas formas, estoy segura de que los lectores del *Washingtonian* preferirán oír hablar de cómo imparto las clases.

Miles no ha mencionado a ningún hermano, pero, por otro lado, yo tampoco he mencionado a muchos. Miro a Miles con las cejas alzadas, pero sigue con los ojos puestos en la posible planta carnívora.

La Dra. Okamoto se ilumina a medida que habla más de física, aunque no entiendo ni la mitad de lo que dice sobre su investigación.

—Me encantaría entrar en algunas cuestiones que podrían ser un poco más complicadas —digo ahora que ha entrado lo suficiente en calor.

—Haré lo que pueda.

Le doy golpecitos al cuaderno con el bolígrafo de Miles, sopesando mis palabras.

—La persona promedio podría asociar la física con los viajes en el tiempo. ¿Es algo que haya surgido alguna vez en su investigación? No viajar en el tiempo en sí, sino las teorías que podrían indicar si es posible.

Apenas parece inmutarse.

—Todos los años me preguntan por los viajes en el tiempo en mi clase de Física 101 —contesta, riéndose—. No sé si el alumnado busca una ecuación o si está bromeando.

Un profesor que está cerca y que ha estado midiendo un trío de aves del paraíso gira la cabeza.

—Espero que no os importe si interrumpo —dice—. No estabas aquí cuando Ella todavía daba clases, ¿verdad, Sumi?

La Dra. Okamoto frunce el ceño de la misma forma que hace Miles cuando está enfrascado en un libro de texto.

—¿Ella...?

—Devereux. —El profesor, un hombre de mediana edad con la piel morena y una cuidada perilla gris, retrae el metro y se acerca—. Esa clase que dio, esa por la que todos se volvieron locos. «Viajes en el tiempo para principiantes».

Algo hace clic y la cara de la Dra. Okamoto se ilumina con un gesto de reconocimiento.

—¡Oh! Creo que mi primer año fue su último año. Una clase escandalosa, supongo.

—Eso es decir poco —contesta, y nos tiende la mano a Miles y a mí—. Soy el profesor Rivera, por cierto. Horticultura.

—Barrett. Encantada de conocerle —digo—. Me encantaría saber más sobre esa clase.

—A ti y a todos los demás. —Se ríe—. Era una clase avanzada para los de tercer y cuarto año, absurdamente popular. Iba sobre la física de los viajes en el tiempo, todo teórico, por supuesto. La Dra. Devereux la impartía una vez al año y siempre había una lista de espera de doscientos alumnos.

Miles suelta un silbido bajo.

—Eso es increíble.

—También era imposible sacar un sobresaliente, por lo que he oído —añade el profesor Rivera—. En diez años creo que solo puso un puñado.

—¿Ella Devereux, ha dicho? —inquiero—. ¿Se jubiló? ¿O se fue a dar clase a otra facultad?

—De eso no estoy seguro —responde mientras se rasca la perilla—. No la conocía muy bien, y ninguno de nosotros supo nada de ella después de que dejara la Universidad de Washington.

—Lo siento, pero tengo que volver a clase dentro de unos cinco minutos —interviene la Dra. Okamoto tras mirar el reloj, y le hago unas cuantas preguntas más antes de irme, sin parar de darle vueltas en la cabeza a la misteriosa Dra. Devereux.

꩜ ꩜ ꩜

—Devereux, Devereux... —dice Miles delante de mí, en nuestra mesa de siempre de la biblioteca de física. Pulsa algunas teclas de su portátil—. He encontrado a una directora de Recursos Humanos, a una *influencer* de TikTok y a alguien que murió en 1940.

Me quito uno de los auriculares. He estado transcribiendo la entrevista.

—¿Has puesto su nombre entre comillas? ¿O «Ella Devereux, física»?

Miles me fulmina con la mirada, como si acabara de preguntarle si conoce todos los pasos del método científico.

—He probado las dos.

Su móvil suena en la mesa a las 15:26 y rechaza la llamada con un rápido movimiento del dedo índice.

—A lo mejor no estamos escribiendo bien su nombre. —Hago unas búsquedas por mi cuenta, garabateo algunas grafías diferentes, pruebo también con los archivos del *Washingtonian*—. ¿Y si Ella era un apodo y profesionalmente se hacía llamar de otra forma?

Al cabo de una hora, hemos probado Ella, Ellen, Elena, Isabella, Eleanor, Elizabeth y una docena más.

—¡He encontrado algo! —exclamo. Después de que Gladys se apresure a venir y asegurarle que estamos bien, le doy la vuelta a mi portátil para enseñárselo a Miles—. Eloise Devereux. Se doctoró en Oxford en 1986. —Es una foto del día de su graduación: una mujer menuda, de pelo rizado, vestida con una túnica roja y morada con capucha, estrechándole la mano al jefe de su departamento—. ¡Qué pasada! Me sacaría el doctorado solo por la túnica.

—¿Estamos seguros de que es ella? —inquiere Miles, y suelto un gemido, porque, a ver, no. El nombre coincide, pero eso no tiene por qué vincularla con la Universidad de Washington.

Me pongo a transcribir otra vez con la esperanza de que me aporte algo nuevo, pero en la conversación no hay nada que no tenga ya grabado en la memoria. Es lo bastante inquietante como para que me recorra un escalofrío por la espalda. Todo Internet y una clase que, si el profesor Rivera es de fiar, al parecer era muy popular... y solo hay una coincidencia que puede que ni siquiera sea ella.

Casi como si nunca hubiera estado allí.

Capítulo 18

Resulta que Miles Kasher-Okamoto tiene algunas lagunas importantes en cuanto a la cultura pop.

—¿Nunca has visto *Atrapado en el tiempo*? —pregunto desde la cama de mi habitación mientras hojeo una lista de películas—. ¿Y aun así eres, según todas las definiciones, un ser humano del planeta Tierra?

Miles está en la silla de mi escritorio con sus largas piernas estiradas. Su presencia hace que la habitación parezca más pequeña. Tal vez incluso un poco más cálida, dada la escasa circulación de aire que hay aquí.

—No. Y no quiero que me des la lata por ello.

Me llevo una mano al corazón.

—No me estoy burlando de ti. Lo *siento* por ti, Miles. ¡Es una tragedia que todavía no hayas experimentado la alegría del querido actor de reparto Stephen Tobolowsky como Ned Ryerson! —Alza una ceja—. ¡Lo entenderías si hubieras visto la película!

Ahí está otra vez esa diminuta sonrisa, la que se esfuerza tanto por contener. *Suéltala. Afloja esos músculos. Creo en ti*, quiero decirle.

Creo que a una parte de él le están empezando a *gustar* mis bromas, lo cual es demasiado extraño. A lo mejor nunca obtuvo suficientes por parte de su hermano mayor. El misterioso Max.

Hemos decidido dejar de lado a la Dra. Devereux por ahora, pero la periodista que hay en mí sigue inquieta. Después de que Lucie se marchara a Zeta Kappa, no me hacía mucha gracia la idea de pasar el resto de la noche sola, y aunque soy consciente de que lo más probable es que esa fiesta no sea la única que se está celebrando en un radio de un kilómetro, no me fiaba de mí misma. En ese momento, me acordé de que la película que echaban en el patio era *Atrapado en el tiempo*. Y me dio una idea que no podía creerme que no se me hubiera ocurrido antes.

—¿Hay algún motivo por el que vamos a verla aquí en vez de allí? —inquiere Miles, que mueve el brazo en dirección al patio. Su compañero le ha prohibido la entrada a la habitación para mantener relaciones sexuales (lleva tres años con su novia, una estudiante de primer año de la Universidad Seattle Pacific), así que por eso hemos acabado en Chuchelandia y no en Disney World.

Ajusto las almohadas que he apoyado contra la pared de detrás de la cama.

—Uno, hace frío. Dos, aquí es más fácil comer. —Alzo una de las cajas de curry tailandés que he pedido para nosotros—. Tres, puede que encontremos algo de inspiración, porque no solo se puede aprender de los libros. Estoy ampliando tus horizontes. Y cuatro..., supongo que quería ver tu reacción de cerca. Ya que no la has visto.

Por alguna razón, suena más extraño en voz alta que dentro de mi cabeza. No sé por qué me importa su reacción; suponiendo que salgamos de este bucle, no es que estemos destinados a ser amigos para toda la vida.

—¿Quieres ver si nos reímos con las mismas partes?

—Ya sé que eso no va a pasar. Rara vez te ríes.

Como para demostrarme que me equivoco, suelta una suave carcajada y luego apoya el tobillo sobre la rodilla mientras estira el brazo para agarrar una caja de curry rojo. Incluso cuando intenta relajarse, Miles parece incómodo, inseguro de dónde colocar las extremidades.

—No es que no vea películas —continúa—. De hecho... Vale, tienes que prometerme que no vas a reírte.

—No haré tal cosa.

Me lanza un grano de arroz.

—A veces eres demasiado predecible.

Intento alcanzarlo con la boca, pero me da en la mejilla.

—No es verdad. ¿Sabías que iba a hacer eso?

Miles resopla y se aclara la garganta. Deja el recipiente sobre el escritorio, mueve el tenedor en círculos dentro y se pasa una mano por el pelo. Por detrás le sobresalen algunos mechones, pero no parece darse cuenta. Para no ser menos que la parte superior de su cuerpo, una de sus piernas empieza a rebotar arriba y abajo, como si no pudiera decidir en qué tic ansioso centrarse.

Miles... está *nervioso*. A pesar de su manía de toquetear y juguetear con todo, nunca lo había visto así. Lo humaniza, me recuerda que sigue siendo un adolescente, no un físico en ciernes, y esa toma de conciencia va acompañada de un tirón extraño en el corazón.

—Vale —dice, y suelta un suspiro—. Quiero hacer una doble especialización en Cine.

Me quedo mirándole, a la espera de algo más, como «Quiero hacer una doble especialización en Cine y mi canción de karaoke favorita es *Spice Up Your Life*» o «Quiero hacer una doble especialización en Cine y estoy criando una camada de gatitos a los que ha abandonado su madre en la sala de estar de la séptima planta».

—Todavía no lo he anunciado —continúa—, pero es mi intención. Ya he ido más de diez veces a mi clase de Cine, y es solo una clase introductoria (un prerrequisito para la especialización), pero hasta la guía didáctica es emocionante. Es ridículo emocionarse por una guía didáctica, ¿verdad?

Lo es y no lo es, y si alguien puede alegrarse de una guía didáctica, ese es Miles.

—¿Qué tipo de películas te gustan? —pregunto—. O, perdón, ¿debería decir «filmes»?

—«Películas» está bien. No soy uno de esos puristas. —Se le dibuja una sonrisa en el rostro. Es la más amplia que le he visto; apenas le había visto los dientes hasta ahora—. Veo muchos géneros. —Cuando abro la boca para protestar, alza las cejas—. *Excepto* los que has decidido que me he perdido, pero eso es sobre todo porque mis favoritas... son las películas de época.

—¿Y por qué iba a reírme? Adoro las películas de época. ¿Hombres con frac y corbata? ¿Esas tomas amplias de la campiña inglesa? Mierda de la buena.

La postura de Miles se suaviza un poco.

—No lo sé. Bueno, no, no es verdad. Sí que lo sé. Pero es una larga historia.

Entrelazo los dedos y apoyo la barbilla en ellos.

—¿Me la cuentas? —Miles, el cinéfilo secreto. Me encanta.

—Mis padres, los profesores, no eran muy aficionados a la televisión, pero hicieron un trato con mi hermano y conmigo cuando éramos pequeños. No podíamos ver la tele entre semana, pero si terminábamos todos los deberes para el viernes por la tarde, podíamos ver una película esa noche. Lo convertimos en un acontecimiento importante para el *sabbat*. Somos bastante seculares, así que hacíamos la cena, pero a mis padres les parecía bien que usáramos aparatos electrónicos. Y después de cenar veíamos una película. Como no había televisión entre semana, siempre queríamos que valiera la pena.

—Bueno, claro. No queríais desperdiciar la única elección que teníais a la semana —digo—. ¿Cuántos años tiene tu hermano Max?

En su rostro se refleja algo extraño, tan leve que casi no lo capto.

—Veintiuno. —Y se apresura a seguir hablando. Supongo que no son unos hermanos con una relación muy estrecha—. Tenía un montón de listas recopiladas en una hoja de cálculo. —*Eso* suena a algo que haría Miles—. Así me aseguraba de elegir objetivamente las *mejores* películas. Revisamos la lista de la AFI, IMDB, la *Rolling Stone*. Y me enganché a las películas de época. Cualquier cosa que tuviera que ver con la realeza o con los nobles o que estuviera basada en una novela de Austen. Son el mejor escapismo que existe. Además, cómo insulta la gente es mucho mejor que como lo hacemos hoy en día. No existe nada más mordaz que un insulto del siglo XIX, como... «fantoche» o «crapuloso».

Su rostro ha cambiado por completo, le brillan los ojos y tiene una mirada soñadora, y es casi inquietante cómo eso hace que sienta afecto por él. Debe de ser la periodista que hay en mí, curiosa por las partes de Miles que no le muestra al resto del mundo.

—Todo eso suena completa y absolutamente encantador —digo, y no puedo evitar sonreír con él—. ¿Dónde está la parte en la que me río de ti? Me siento un poco estafada.

—Durante muy poco tiempo formé parte de un club de cine en el instituto que... no era el mejor —responde, y se le vuelve a tensar la mandíbula—. Era un puñado de chicos que querían hablar de lo mucho que les gustaban *American Psycho* y *El club de la lucha*. Era lo típico: a una persona le gusta algo que no se considera guay y los demás se burlan de ella.

—Menuda gilipollez. Típico o no.

—Estoy de acuerdo, pero gracias. Por no reírte. —Vuelve a su comida un momento mientras yo intento reconciliar a este nuevo Miles con el anterior.

—Bueno, ¿qué? ¿Quieres hacer películas sobre ciencia? —pregunto—. ¿Películas de época sobre físicos del siglo XIX?

—No lo sé todavía —responde, y le da una ligera patada al lateral de la cama—. Es solo el quingentésimo día del primer año, Barrett. Ahora mismo solo quiero estudiar lo que me gusta. Y más me vale seguir amándolo el día mil.

—Entonces solo tengo una pregunta decisiva para ti. —Pongo mi cara más seria—. ¿Cuál es tu *Orgullo y prejuicio* favorito?

Miles se da unos golpecitos en la barbilla con los dedos.

—La miniserie de la BBC de 1995.

Gimo.

—Colin Firth era un Sr. Darcy aburridísimo. Es demasiado... Colin Firth. No hay nada de Colin Firth que me entusiasme. ¡Pero luego está la belleza que fue la versión de 2005! ¡Keira Knightley! ¡Cuando *flexiona la mano*, Miles, cuando flexiona la mano! Es *preciosa* en todos los sentidos —digo—. Aunque mi madre estaría de acuerdo contigo. Es la fuente de una de nuestras mayores discusiones hasta la fecha.

—Tu madre y tú estáis muy unidas —reflexiona.

Asiento con la cabeza.

—Solo estamos las dos. Me... tuvo cuando era muy joven. Diecinueve años. —Y entonces me preparo para el juicio que siempre viene después de contárselo a alguien. Porque una cosa es cuando alguien te humilla a ti por tu comportamiento o deseo sexual. Y otra completamente distinta es cuando se lo hacen a tu madre.

Sin embargo, simplemente dice:

—Debió de haber sido muy duro para ella.

—Sí. Aunque, aun así, se graduó en cinco años, lo cual es bastante genial. Luego se mudó a las afueras con su querida hija y abrió una papelería. Lleva prosperando con firmeza durante más de una década y sumando. Siempre me ha parecido ridículo decir esto, pero digamos que es... mi persona favorita.

—No es ridículo. —Se señala a sí mismo—. ¿La colección de libros de ciencia que tenía en casa y entre los que me costó mucho decidir cuáles dejar atrás, a pesar de que me mudaba a media hora de distancia? Eso sí que es ridículo.

Muevo un dedo índice en dirección a mi estante de revistas.

—Te entiendo.

Esta faceta autoconsciente y autocrítica de Miles es nueva. Me pregunto si es así en casa, con la Dra. Okamoto, el Dr. Kasher y un hermano con el que quizá no se lleva bien. No lo odio, y estoy desesperada por que dure lo máximo posible.

—Mi madre estudió aquí también —continúo—. Nunca me replanteé ir a otro sitio. Hay fotos mías de bebé con un *body* morado con una W, posando con Dubs y llorando porque quería llevármelo a casa. Supongo que pasé tanto tiempo construyéndolo en mi cabeza que pensé que, no sé..., me cambiaría de alguna manera. —Lucho contra una mueca al decirlo, preocupada de que suene melodramático.

—¿Y lo está haciendo? —pregunta Miles, sorprendiéndome no por primera ni por segunda vez esta noche—. ¿Te está cambiando?

—Si te soy sincera, hasta ahora ha sido un poco decepcionante. Hay un friki de la física y aficionado al cine que no deja de seguirme por el espacio y el tiempo.

Cuando se ríe, el sonido es tan inesperado que casi se me cae el recipiente de comida para llevar. Es cálido, intenso y demasiado fuerte, y quizá por eso me sobresalta: porque todo lo demás en él es tan medido, tan calculado. Esta risa, en la que casi se olvida de sí mismo por un momento... puede que sea mi nuevo rasgo favorito de él.

—En fin —continúo, sin saber por qué me entran ganas de hacerle reír otra vez. Probablemente porque mi madre es la única que se ha reído con mis chistes—. Mi madre me ha pegado muchos de sus gustos porque crecí rodeada de todo lo que más le gustaba, y para mí era la persona más guay del mundo. Mi primer concierto fue la gira del vigésimo aniversario de los Backstreet Boys. Llévame a cualquier trivial de principios del 2000 y me sabré todas las respuestas.

El estante de mi habitación está tan bajo que Miles es capaz de estirar la mano hacia arriba y agarrar una de mis revistas sin ningún esfuerzo.

—Así que estás un poco chapada a la antigua —dice mientras hojea una *Vanity Fair*—. Sabes que puedes encontrar todo esto en Internet, ¿verdad?

—Esa entrevista con Jennifer Aniston es increíble —comento—. Y sí, pero me encanta la autenticidad que tiene un ejemplar físico. Así me siento más conectada a una historia.

—¿Esto es lo que quieres hacer? —Encuentra el artículo de portada, en el que Jen se sincera sobre su divorcio por primera vez y no solo se emociona, sino que también pone fin a los comentarios sexistas que le han hecho a lo largo de los años. La autora convierte en persona a una personalidad exuberante—. ¿Artículos como este?

—Bueno, no *exactamente* así —respondo—. No es solo querer escribir sobre gente famosa o conseguir que los famosos revelen cosas. Y no me refiero a los artículos del tipo: «Fulanita pincha su ensalada de hinojo raspado con cautela, contemplando el sentido de la vida» —digo, fingiendo una voz altiva—. Quiero profundizar, meterme en la cabeza de alguien, escuchar las historias que no siempre cuentan. Y supongo que, simplemente, quiero hacer que a la gente le importe algo que no sabía que podía importarle.

—Nadie está pinchando ensaladas con cautela en tus artículos —contesta Miles con un cuarto de sonrisa, la cual sería indetectable en cualquier otra persona—. No, lo entiendo. Un gusto muy específico, y lo respeto.

Hago un gesto hacia la pantalla de mi portátil para indicar la razón por la que Miles vino en un principio. La conversación ha dado un giro inesperado, y hay algo en el hecho de que sujete mis revistas mientras le hablo de mis aspiraciones profesionales que hace que parezca casi... íntimo. «Personal», esa es una palabra más adecuada.

—Y eso incluye *Atrapado en el tiempo*. No quiero ponerme dramática ni nada de eso, pero siento que nací para esto, no lo sé. —Flexiono los dedos, consciente de su mirada y de lo diferente que la siento, quizá, en comparación con cómo me ha mirado antes. Probablemente porque hace, al menos, cinco minutos que no se enfada conmigo. Si no para de mirarme, es solo porque estoy hablando.

Sin duda es hora de empezar la película y dejar de pensar.

Agarro el portátil y casi le doy un golpe a Miles en la cabeza con él en mi afán por colocarlo encima de la cama. Cuando me giro bruscamente en el último momento, el portátil choca contra una botella de Coca-Cola y se la envía directamente al pecho.

—¡Mierda! ¡Lo siento! —digo mientras el líquido se le derrama por la camiseta.

—Estoy bien, estoy bien —contesta, luchando por alcanzar la botella antes de que caiga al suelo.

Salto de la cama y agarro la primera cosa que parece una servilleta que veo, lo que resulta ser mi rebeca gris.

—¿Seguro que quieres usar eso? Podría mancharse.

—Si nos levantamos el jueves por la mañana, puedes comprarme una nueva. —Me arrodillo a su lado y me doy cuenta demasiado tarde de que el líquido se le ha extendido hasta la entrepierna, la cual tengo a la altura de los ojos. Donde le estoy manoseando con la rebeca mojada.

—Creo... mmm... que puedo encargarme yo —balbucea, tendiéndome la mano.

Dejo caer la rebeca y me alejo de él, tras lo que me golpeo el codo contra el marco de la cama. Encerradme. Por favor. Soy una amenaza para la sociedad.

—¿Quieres ir a cambiarte? —le pregunto.

Se da en la camiseta y en los vaqueros mientras reflexiono sobre si una judía tendría permitido entrar en un convento.

—Tengo vetada la entrada a mi habitación, ¿recuerdas? Después se van a una fiesta, pero eso no es hasta dentro de una hora.

—¡Oh! Si quieres te presto una camiseta mía —ofrezco, porque las camisetas son seguras. Las camisetas no son pantalones y, mejor aún, no son los pantalones empapados de refresco de Miles en los que he estado a punto de meterle mano.

Mi armario está lleno de camisetas de pijama viejas, algunas mías y otras robadas a mi madre. Y, bueno, el caso es que puede que yo sea más bajita que Miles, pero estoy segura de que peso más que él. Como le dé una camiseta con la que acabe ahogándose, puede que perezca.

Le lanzo una camiseta de NEPTUNE HIGH que me queda un poco ajustada. La acepta y engancha un dedo en el cuello de la que lleva puesta.

—¿Te importa darte la vuelta?

—Claro. Por supuesto.

Y lo hago. Juro que lo hago. Pero no es culpa mía que se levante el dobladillo de la camiseta una fracción de segundo antes de que me haya girado del todo, y veo un trozo de piel morena por encima de la cintura de sus vaqueros. Al parecer, hoy no solo estoy aprendiendo más cosas sobre Miles, sino que también estoy viendo más cosas de él. Es un destello brevísimo, pero basta para que se me calienten las mejillas. Lo cual es francamente inaceptable. Está claro que llevamos demasiado tiempo atrapados en esta habitación, atrapados en el miércoles.

—Entre esto y el espray de pimienta, debo de estar destinada a causarte dolor —le digo una vez que está a salvo vestido.

Cuando me mira de esa forma, con sus ojos oscuros imposibles de leer, me pregunto si tal vez ese dolor va en ambas direcciones.

DÍA CATORCE

|||| |||| ||||

Capítulo 19

Si Ella Devereux dio clases en la Universidad de Washington, tiene que haber un registro sobre ella, y al día siguiente Miles sugiere que intentemos encontrarlo.

Hay una cola larga de estudiantes que están esperando para hablar con la mujer que tiene pinta de estar aburrida que hay detrás del mostrador de la oficina del Departamento de Física.

—Si se trata de un cambio de clase, tendréis que rellenar uno de esos formularios —me dice cuando llego al frente, señalando una pila que descansa sobre el escritorio que hay a su lado.

—No es eso —contesto—. Soy periodista del *Washingtonian*, y esperaba conseguir información sobre una profesora que solía trabajar aquí.

Suspira como si le hubiera preguntado si puedo cambiar mi especialidad por la búsqueda de setas.

—¿Y tiene que hacerse el primer día del trimestre? Hay una cola larga para cambios de horario que he de procesar.

A mi lado, Miles cuadra los hombros y se reajusta el cuello de su típica camisa de franela de cuadros.

—Seremos rápidos. Se llama Ella Devereux, posiblemente Eloise Devereux.

—Un momento. —Cuando desaparece, la gente que está detrás de nosotros en la cola suelta un gemido colectivo.

—Acabamos de hacer una decena de enemigos nuevos —le susurro a Miles, que parece imperturbable.

—Mañana se habrán olvidado de nosotros.

La mujer vuelve con un hombre mayor que está frunciendo bajo un bigote entrecano.

—¿Vosotros sois los que estáis buscando a Devereux? —inquiere, con los brazos cruzados sobre una sudadera de la Universidad de Washington—. No tenemos registros de nadie con ese nombre.

—¿Cómo? —contesto, sorprendida—. ¿Está seguro de que lo ha escrito...?

—Si no hay nada más en lo que podamos ayudaros —me interrumpe—, os sugiero que volváis a vuestras clases.

Parpadeo, consciente de que nos está haciendo caso omiso, pero incapaz de comprender por qué.

—¿No tienen ningún expediente? Estuvimos hablando con el profesor Rivera, ¿del Departamento de Horticultura? Dijo que impartía una clase sobre viajes en el tiempo en la que era muy difícil sacar sobresaliente y que dejó de darla hace unos diez años.

Cuando el hombre se me queda mirando, me doy cuenta de lo ridículas que suenan mis palabras.

—Mi madre es profesora en este departamento —interviene Miles para apoyarme—. Recuerda haber trabajado con la Dra. Devereux durante un año antes de que se marchara.

—Por aquí pasan miles de estudiantes cada año. Cientos de profesores. Quizá se equivocaron de nombre.

—Entonces, ¿podría, al menos, mirar ahí atrás? —Estiro el cuello para ver lo que hay a la vuelta de la esquina—. ¿Y decirnos quién impartió «Viajes en el tiempo para principiantes»?

—Tienes que estar de puta broma —murmura un chico detrás de mí.

—No estoy seguro de qué clase de broma es esta —dice el hombre con una risa burlona—, pero somos una institución prestigiosa. Esa clase parece pura ficción. —Hace un gesto a la multitud exasperada que llena la oficina—. Ahora bien, tenemos una fila llena de estudiantes de Física con preocupaciones legítimas que requieren nuestra ayuda. Si vosotros no sois uno de ellos, os sugiero que siga adelante. —Tras eso, hace señas para que pase la siguiente persona.

Con los hombros encorvados, nos adentramos de nuevo en el patio y atravesamos la Red Square, donde pasamos junto a los bailarines de *swing*, Kendall Salvad a las Tuzas y todas las personas completamente inconscientes de que lo que están haciendo hoy podría no tener importancia.

—Es un callejón sin salida —dice Miles mientras nos sentamos en un banco cerca de un grupo de *slackliners*—. No podemos encontrar a alguien que, según nos dicen Internet y el Departamento de Física, no ha existido.

Sin embargo, mis instintos periodísticos se niegan a callarse. Podríamos sonsacarle más información al profesor Rivera. Podríamos seguir investigando. Desesperada, echo un vistazo a la escena que tenemos delante, como si hubiera una pista escondida entre los árboles, la hierba o los edificios de principios del siglo xx. Tiene que haber algo que todavía no hemos probado. Una ráfaga de inspiración y esperanza que me vendría muy bien ahora mismo. Ni siquiera *Atrapado en el tiempo* me dio grandes ideas.

—Barrett. —Miles dice mi nombre con suavidad, envuelto en un suspiro, una mezcla de tranquilidad y resignación. Como si pensara que no le he oído, cuando lo cierto es que a estas alturas estoy tan en sintonía con la voz de Miles que podría susurrar a seis metros de distancia y le oiría—. No estoy seguro de que estemos llegando a ninguna parte.

—Se supone que tú eres el optimista —contesto, dándole unos golpecitos en el tobillo con el pie que lleva el calcetín del CIRCO DESASTRE. No llevo calcetines a juego, porque da igual y el otro sigue perdido. Esta mañana, Miles me ha dicho que el calcetín era lo más Barrett Bloom que había visto nunca y que el hecho de que solo llevara uno lo era todavía más, y he preferido tomármelo como un cumplido. Y le prometí comprarle un par si alguna vez salíamos de esta.

Cuando salgamos de esta.

—¿En serio?

—¡Bueno, no puedo ser yo! ¡Soy demasiado cínica!

El Miles de hace un par de días puede que se hubiera reído de esto, pero o está demasiado cansado o se ha aburrido de seguirme la corriente. Tenía que pasar en algún momento. Se gira, bosteza contra el hombro y, cuando se acomoda en el banco, su rodilla choca contra mi cadera. No es lo peor, el contacto de vaquero contra vaquero. Es como un ancla a esta tierra extraña. Aunque haya sido accidental.

—¿Estás bien? —pregunta tras unos minutos de silencio—. No sueles estar tan callada. Es inquietante.

—No estoy segura. —Una de las *slackliners* llega al centro antes de perder el equilibrio. Mis ojos siguen la cuerda tendida entre los dos árboles a medida que se me forma un nudo de ansiedad en el estómago—. ¡Dios! ¿Y si nunca llega el otoño?

—Llegará —me asegura Miles—. En alguna línea temporal.

Gimo, subo las rodillas al banco y apoyo la barbilla en ellas.

—Pero vivo por y para el otoño, Miles. Soy más poderosa en otoño. Necesito Pumpkin Spice Latte, botas y jerséis de punto para sobrevivir. Necesito revolcarme en un montón de hojas.

—Odiaría verte aún más poderosa. ¿Te revuelcas?

—¡Oh! Me *revuelco* —digo, poniendo todo el énfasis que puedo, y solo cuando sale de mi boca me doy cuenta de que suena fatal—. Y supongo que tampoco podré cambiarme nunca de Física 101. Divertidísimo. Me encanta estar viviendo esta experiencia. —Y, sin embargo, las bromas no aflojan la tensión que tengo en el pecho como suelen hacerlo, como lo hicieron durante todo el verano cuando fingí que el baile de fin de curso no me había afectado. Intento ignorar cómo se me acelera el pulso, pero el pánico es más fuerte. Me aprieta la garganta, una fuerza tan poderosa que me roba el aliento. Nunca ha estado tan lejos de mi alcance todo lo que quería hacer en la universidad—. Quería ir a un servicio de Hillel, conocer a otros judíos, ¡pero supongo que ni siquiera llegará el *sabbat*! Y escribir para el periódico. Y estudiar en el extranjero. Y unas cien cosas más. Y...

De repente, salto del banco y suelto un suspiro. Todas mis células están inquietas. Claustrofóbicas. No solo por estar atrapada en el tiempo, sino en este campus. Tenemos todas las oportunidades a nuestro alcance y estamos aquí sentados. Literalmente.

—¿Barrett? —Miles se pone de pie, y hay una nota de preocupación en su voz.

Y salgo corriendo.

Corro a través del patio, pasando entre los *slackliners,* los clubes y los estudiantes que buscan su próxima clase. Entre edificios antiguos, edificios nuevos y edificios cuyos nombres desconozco. No tengo paciencia para las multitudes, y mis pasos en las escaleras de hormigón resuenan con un golpe satisfactorio. Pero no es suficiente. Necesito *más.*

Dos semanas. *Dos semanas* llevo aquí atrapada. Sin apenas moverme.

Me aparto del paso de un autobús, bajo a toda velocidad la colina que me llevará fuera del campus, aspirando grandes bocanadas de aire, y eso tampoco es suficiente. *Más,* exige mi cerebro inquieto. Empiezo a entender por qué la gente hace esto, por qué empujan sus cuerpos más allá de sus límites: para *sentir algo.* Algo más grande que ellos mismos y que las zonas de confort en las que se han acomodado tanto.

De vez en cuando oigo a Miles detrás de mí gritando mi nombre, pero no dejo de correr hasta que veo el agua. La brillante Union Bay, un pequeño parque que abraza la orilla y el Estadio Husky, ese edificio en forma de U supuestamente diseñado para mantener el sol alejado de los ojos de los atletas.

Correr siempre me ha parecido un castigo. Hoy me parece un escape. Me arden los pulmones y las piernas protestan, y me encanta. Me encanta cada pizca de incomodidad, cada dolor cuando doblo las piernas o cuando el viento me azota las mejillas al volver la cara hacia el cielo.

Se oye música en el estadio, algo llamativo y estridente, y la entrada principal está abierta de par en par. Reduzco la velocidad, en parte porque se me están empezando a irritar los muslos del roce y en parte por curiosidad. Sigo las flechas de color púrpura intenso que hay clavadas en las enormes paredes grises, sigo el sonido más allá de los puestos de comida hasta una sección de asientos en la zona de anotación de los visitantes.

La banda de música de la Universidad de Washinton al completo está en el extremo opuesto del campo, vestida de morado, blanco y dorado, con el sol reflejándose en sus instrumentos.

Ni siquiera me molesto en reprimir una sonrisa mientras salto la barandilla para bajar al campo. Están tocando una versión de *Seven Nation Army* de White Stripes, y todo es una especie de celebración del primer día, con grupos de estudiantes corriendo por el campo de fútbol, comiendo, jugando e intentando marcar goles de campo.

Miles se acerca con las mejillas sonrojadas por el esfuerzo y el pelo oscuro revuelto. Puede que el estadio mantenga el sol alejado de los ojos de los futbolistas, pero eso no impide que la luz de última hora de la mañana capte los ángulos de la cara de Miles.

—¿Estamos entrenando para una maratón? —pregunta, jadeante, y algo en el hecho de que hable en primera persona del plural se aloja en mi mente, aunque no es ni mucho menos la primera vez que lo hace—. ¡Vaya! No tenía ni idea de que todo esto estaba aquí.

A pesar de todo, o tal vez porque me he vuelto completamente loca, empiezo a reírme de lo absurda que es su insinuación cuando... ¡Mierda! Un calambre me atraviesa el costado y me tira al césped artificial llena de agotamiento y de sudor delante de un puesto en el que venden palomitas y algodón de azúcar.

El estadio aplaude cuando la canción termina con una floritura.

—¡Gracias, gracias! —dice por el micrófono la líder de la banda con la voz reverberando—. ¿Alguna otra petición? —Alguien cerca de ella grita algo que no oigo. Se aclara la garganta—. ¿Alguna petición *apropiada*?

—¡Lady Gaga! —grita una chica, y la banda empieza a tocar *Bad Romance*.

—Hemos estado evitando correr riesgos —le digo a Miles mientras sigo intentando recuperar el aliento—. Apenas he salido del campus. ¿Y si todo esto va de vivir la vida al máximo?

No quiero ir a clase, no quiero hacer entrevistas para el periódico y no quiero decidir si voy a una fiesta en una fraternidad con mi compañera de habitación. Quiero esa experiencia mágica y única en la vida que se supone que la gente vive en la universidad. La experiencia de la que hablan mi madre y Jocelyn con un brillo en los ojos. Y si el universo no va a permitirme vivirla como siempre pensé que lo haría, entonces tendré que hacerlo por mí misma.

Miles palpa el césped para ver si está mojado antes de arrodillarse a mi lado. Cuando su cuerpo se tambalea, siento una oleada de *algo* que no sé nombrar. El Miles sereno y perfecto, desmoronándose porque me ha perseguido.

—¿Crees que el universo está enfadado contigo porque no has vivido el momento? Creo que lo que hay ahí fuera tiene cosas más importantes de las que ocuparse que de si Barrett Bloom está disfrutando de la vida.

—¡Es evidente que no! Quienquiera que sea o haya sido Ella Devereux, nadie parece ser capaz de decirnos algo útil. Estamos *atrapados*, y quién sabe durante cuánto tiempo. Y ni siquiera nos estamos divirtiendo.

—Yo me estoy divirtiendo —asegura a la defensiva, y se pasa una mano por el pelo. Al igual que el mío, se niega a ser domado—.

Gladys y yo nos hemos hecho grandes amigos. Solo que ella no lo sabe.

—Esa es otra. No vamos a poder pasar tiempo con nadie más, al menos, no de manera significativa —digo, pensando en mi madre. En Lucie—. A lo mejor Gladys y tú encontráis una forma nueva de reorganizar la biblioteca de Física y está tan agradecida que te incluye en su testamento y heredas una buena suma de dinero. A lo mejor os unís a un club de punto. O a lo mejor arrancamos todas las páginas de todos los libros de la biblioteca y la próxima versión de Gladys no tendrá ni idea. Y nunca la tendrá.

Miles emite un ruido extraño desde el fondo de la garganta.

—Para que quede claro —contesta—, no hay nada entre Gladys y yo.

No puedo evitarlo, suelto una carcajada.

—Lo siento. Se me ha ido la mente a otro sitio.

—¿No es ahí donde suele estar tu mente?

—Cierto —admito. Es un momento inesperado de consonancia entre nosotros. No debería hacerme sentir tan confusa y, sin embargo, muy pocas cosas tienen sentido sobre la Barrett Bloom que ha corrido más de ochocientos metros sin parar.

Esta vez, cuando la banda se detiene, troto hacia ellos para hacerle mi petición a la líder.

Miles alza las cejas mientras las trompas y los tambores vuelven a sonar.

—¿Les has pedido que toquen *Toxic*?

Le hago un gesto con los brazos para que se ponga de pie. No soy una gran bailarina, pero eso nunca me ha detenido. Al menos, la mitad del público está animado, interesado, cantando.

—No puedes quedarte sentado en el suelo mientras una banda de música toca la mejor canción de Britney. Posiblemente una de las mejores canciones de la década de los 2000.

—*Es* una buena canción —concede, poniéndose de pie. Pero hace una pausa. Se queda ahí, en medio de un campo de fútbol, rodeado de unas cuantas decenas de estudiantes universitarios que bailan al ritmo de Britney Spears.

—Tienes que darme más que eso. —Muevo las caderas y alzo las manos al cielo, seguramente haciendo el ridículo, pero me da igual—. Mañana nadie se va a acordar de tus impecables pasos de baile. —Le guiño un ojo—. Excepto yo.

—Eso es lo que me preocupa. —Con un suspiro exagerado, Miles empieza a moverse al ritmo. Y, bueno, *creo* que lo que está haciendo podría considerarse bailar. En algunos planetas.

Si fuera cualquier otra persona, consideraría acercarme y pasarle un brazo por los hombros. Intentar bailar juntos, ya que nada me gustaría más que borrar al último chico con el que bailé.

No obstante, nos quedamos en nuestras propias burbujas mientras que, de vez en cuando, llamamos la atención del otro con una pequeña sonrisa.

—Deberíamos hacer cosas así —propongo cuando termina la canción. Sin aliento, extiendo un brazo y señalo la escena que nos rodea—. Salir. Explorar.

Hay una pausa, y estoy segura de que a Miles se le van a ocurrir cien razones por las que no deberíamos hacer lo único que hace que un bucle temporal sea *emocionante*.

—Pues hagámoslo —dice tras un momento, y suena decidido—. Salgamos a explorar.

Le miro fijamente al tiempo que dejo que una lenta sonrisa se me dibuje en la cara.

—¡Oh, no! Esa mirada da miedo. Ya me estoy arrepintiendo.

—Acabamos de descubrir que existen los viajes en el tiempo, ¿y hasta ahora? ¡Es *aburrido*, Miles! —Quizá sea una forma simplista de decirlo, pero a eso se reduce, ¿no?—. En el mejor de los casos —continúo—, arreglamos lo que sea que esté pasando. En el peor de los casos... nos *divertimos* por fin.

—No me opongo a la diversión —contesta. Podría cambiar «diversión» por «cirugía dental invasiva» y no haría falta que su tono cambiara en absoluto.

—Piénsalo. No hay consecuencias. Podemos hacer lo que nos dé la gana. Cualquier cosa que no harías de normal. Esta es nuestra oportunidad de volvernos locos. En plan, ¡vamos a robar un banco solo porque podemos!

Miles parece horrorizado.

—Vale, un banco no —añado—. ¡Pero podríamos viajar! Ganar la lotería. A esas personas que se portaron fatal contigo en el instituto podemos mandarlas a la mierda o rayarles el coche o darles magdalenas con mierda de perro. O quizá hay alguien que te ha gustado desde siempre y que no es correspondido; puedes decirle lo que sientes. Eso es un poco liberador, ¿no?

—No. Es aterrador —contesta en voz baja, y me doy cuenta de que de verdad tiene miedo.

Quiero decirle que no hay nada que temer, pero no estoy segura de tener razón.

—¿Qué es lo que siempre has querido hacer? —pregunto, y una emoción me recorre la columna. Ya está. El bucle ya nos ha arrebatado mucho, pero también nos está dando una oportunidad. Quiero agarrarme con fuerza, negarme a soltarme.

Se lo piensa y se da unos toques en la barbilla con el dedo.

—Asistir a una clase de Física de último año —responde, y se lleva el premio a la cosa más Miles que he oído nunca—. Solo para ver hasta cuándo podría mantener el ritmo.

Sacudo la cabeza y le sonrío.

—Abróchate el cinturón, pastelito. Estamos a punto de divertirnos como nunca.

DÍA QUINCE

℣℣℣℣℣℣℣℣℣℣℣℣℣℣℣

Capítulo 20

—¿Es mal momento para mencionar que me da un poco de miedo volar? —inquiere Miles desde el asiento de primera clase de al lado.

Hago una pausa con mi vaso de zumo de guayaba a medio camino de la boca. Cuando pedí champán, la azafata enarcó las cejas y me pidió el carné de identidad.

—¿No intentaste ir a Ginebra?

—Estuve de los nervios todo el rato y no soportaba la idea de volver a hacerlo —responde, avergonzado—. Una vez, cuando visitamos a unos familiares en Japón, lloré tanto en el avión que mis padres invitaron a todos los pasajeros a una bebida.

Miles juguetea con la hebilla del cinturón de seguridad y luego con el cuello de su camiseta.

—¿Eso es lo que vas a llevar? —pregunté cuando nos encontramos en el vestíbulo esta mañana—. Te digo que nos vamos a una aventura única en la vida, ¿y tú decides que eso significa unos pantalones caqui y un polo a rayas?

—¿Qué tienen de malo los pantalones caqui? —Frunció el ceño—. Pegan con todo. ¡Y me gusta esta camiseta!

La verdad es que no le queda nada mal, aunque parezca que va vestido para echar una partida de golf. En primera clase, encaja.

Tampoco tenía mal aspecto cuando se estaba poniendo mi camiseta de *Veronica Mars*, pero eso es completamente irrelevante para la misión de hoy.

Estiro las piernas mientras que una familia de cuatro miembros recorre el pasillo con un bebé aullando a cuestas.

—Espera. ¿Y las montañas rusas?

Si vivir la vida al máximo es nuestra salida, Disneylandia era la experiencia máxima que se me ocurrió y que podíamos hacer de forma realista en un solo día. Ayer le dije a Miles que tenía que pensar en algo más grande, algo intermedio entre Ginebra y una clase de último curso. No es exactamente una lista de cosas que hacer antes de morir. Es más bien una lista de hacer lo que nos dé la gana porque no hay consecuencias, aunque no suene igual de bien. Una lista de «¡A la mierda!», por así decirlo.

Esto es justo lo que necesitábamos: nada de facultad, nada de bibliotecas, nada de física. Nada de pensar en la misteriosa Dra. Devereux, quien el mundo se empeña en convencernos de que no existe. Por hoy, dejo todo eso en Seattle.

—Curiosamente, no tengo problemas con las montañas rusas —dice Miles—. Es todo eso de la caja metálica gigante en el cielo lo que me da ansiedad.

—Ahora es cuando te proporciono toda la ciencia que mantiene este avión a flote.

—Soy consciente. Y aun así... a veces nuestros cerebros no son del todo lógicos, ¿verdad?

El caso es que asumo que el miedo de Miles a volar no es tan intenso como lo pinta, aunque solo sea porque es muy opuesto a la persona que empiezo a conocer, hasta que los motores rugen. Se estremece en el asiento mientras el avión rueda por la pista, con los ojos cerrados y la mandíbula apretada, y parece que casi se encoge sobre sí mismo.

Eso me conmueve, porque por muy frustrante que sea Miles, no quiero que lo pase tan mal.

—¿Quieres... tomarme de la mano? —pregunto, ya que no sé qué otra cosa ofrecer. Es una broma. Una forma de distraerlo.

Con la cara completamente seria, Miles responde:

—Puede.

Y, justo cuando el avión despega, pongo la mano con la palma hacia arriba en el reposabrazos que hay entre nosotros. Despacio, muy despacio, entrelaza sus dedos con los míos, un roce tímido e inseguro al principio, antes de que el avión entre en un pozo de aire y me agarre la mano con fuerza. Su mano está caliente, y tiene las uñas cortas y limpias. Si miro hacia abajo, veo la tensión en sus dedos, cómo la piel se le estira sobre los nudillos.

—No pasa nada —le digo, intentando sonar lo más tranquilizadora posible mientras me corta la circulación—. Estamos bien. Estamos a salvo.

Nos estamos dando la mano. Nos estamos dando la mano, y puede que le estuviera ofreciendo consuelo y él lo aceptara, pero eso no cambia el hecho de que esta es la primera vez que le doy la mano a alguien que no sea un familiar, aunque ese alguien vaya vestido como un padre de los suburbios que asaltó una tienda de Eddie Bauer durante las rebajas del Día del Trabajo.

Nunca he pensado demasiado en el concepto de «darse la mano», pero decido que es agradable, sobre todo cuando su mano se relaja en la mía a medida que el avión sube. Sus ojos siguen cerrados, su pecho sube y baja al ritmo de su respiración.

Y, por algún motivo, cuando me suelta la mano en algún punto sobre Oregón seguido de un suave «Gracias», soy yo la que se queda sin aliento.

DÍA DIECISÉIS

IIII IIII IIII I

Capítulo 21

—¿Barrett? —me llama Miles, a unos metros de mí y con las correas
retorcidas en un nudo. Son las 15:26 y le está sonando el móvil, y se
le ha caído al suelo al intentar apagarlo—. ¿Me echas una mano?

Uno de sus perros se ha estirado hasta el final de la correa y me
mira fijamente, sin romper el contacto visual en ningún momento.
Dos de los cachorros se están peleando, uno está haciendo pipí y
otro está olfateando ese pipí.

—Si pudiera, lo haría —respondo mientras alejo a mi propia manada de una mujer y su bulldog francés.

En retrospectiva, adoptar tantos perros como nos permitiera el
refugio igual no ha sido la idea más inteligente. Al principio solo
nos dejaban adoptar uno, dos si tenían un vínculo. Pero al final nos
dejaron irnos con la enorme cantidad de quince: tres labradores,
dos mezclas de pitbull, cuatro mezclas de chihuahua, un samoyedo
gigante y precioso, y un puñado de otros que son un completo misterio.

Es increíble lo que se puede conseguir con una cantidad ingente
de dinero. Les dijimos que hacía poco habíamos recibido una heren-
cia. Queríamos darles a los perros la mejor vida que pudiéramos,
una vida de chuches, mimos y caricias detrás de las orejas.

Y, por hoy, lo haremos.

—¿Quién es un buen chico? ¿Y una buena chica? —Parece que a los perros les encanta que Miles les hable, porque dejan de hacer lo que están haciendo y le miran, algunos ladeando la cabeza—. ¡Eso es, todos lo sois!

Alcanzo el móvil de Miles antes que él y me arrodillo para agarrarlo.

—Max —digo mientras leo el identificador de llamadas por primera vez—. ¿Tu hermano es el que te llama todos los días?

—No es nada —contesta—. Solo va a preguntar si le puedo llevar a un sitio.

—¡Ah! —Si es así, es extraño que Miles haya estado tan distante al respecto, pero decido no insistir. No tienen una relación estrecha, igual es tan simple como eso.

Llegamos a la zona del parque en la que los perros pueden ir sin correa y es majestuoso ver a todas esas criaturas en libertad. Mis perros aprovechan la oportunidad para rodear a Miles, agachándose sobre las patas delanteras y rogándole que juegue.

—¿Cómo consigues que hagan eso? —pregunto. No es que vaya corriendo hacia mi manada de perros con los brazos abiertos gritando: *¡Dejadme que os quieraaaaaa!*

—No tengo ni idea —responde, y se ríe con esa risa cálida y un poco demasiado alta. Un labrador negro llamado Otis y una pequeña bola de pelo llamada Falafel se sientan y mueven el rabo, a la espera de que les dé sus chuches. Están embelesados, presas de un hechizo que al parecer solo ha lanzado Miles. Rebusca en la bolsa y les dice que esperen mientras saca una chuche para cada uno.

—Me niego a creer que no te has bañado en mantequilla de cacahuete antes de irnos. —Les tiendo las mismas chuches en un intento por atraerlos hacia mí. Es inútil.

Se pellizca el cuello de la camiseta y lo huele.

—O simplemente les gusta mucho el Irish Spring.

¡Ah! Conque a eso es a lo que huele. Quizá ahora deje de obsesionarme. Me compraré mi propia botella de Irish Spring y entonces podré inhalar a Miles siempre que quiera sin dar mal rollo.

Aunque puede que el concepto de «inhalarlo cuando quiera» sea la definición de dar mal rollo.

Intento silbar a los perros, lanzarles algunas pelotas de tenis, incluso me meto en el barro para jugar, pero no funciona nada. Tienen ojos para Miles y solo para Miles.

—Esto es una estupidez —digo, fingiendo un gimoteo, lo que solo consigue que Miles se ría más.

Los perros se ensañan tanto con él que acaba perdiendo el equilibrio. Miles de rodillas en un trozo de hierba embarrada, Otis, Falafel, Bear y Neo lamiéndole la cara mientras intenta acariciarlos a todos a la vez. Es una imagen que pensaba que no iba a ver nunca, y es glorioso.

Lo que he vislumbrado de este Miles no es suficiente, incluso cuando hacen que mi corazón brinque y tartamudee dentro del pecho.

Estiro una mano hacia él, fingiendo que voy a ayudarle a levantarse, antes de pintarle una línea de tierra a lo largo de la mejilla. Tiene la cara sonrojada y la venganza le brilla en los ojos.

—¿Quieres jugar sucio? —dice, y me agarra de las piernas y me arrastra de nuevo al barro.

DÍA DIECISIETE

IIII IIII IIII II

Capítulo 22

Son las once de la noche y Miles y yo somos los únicos en el edificio de Arte Dramático. Es bien sabido que antes fue el edificio de Educación Física para mujeres, con vestuarios, gimnasio y piscina. En la actualidad, la piscina la están arreglando porque se rompió un filtro, según aprendí durante la orientación para los estudiantes de primer año. Y lo que es más importante: está vacía.

La escasa iluminación lo tiñe todo de sepia a medida que arrastramos una docena de bolsas enormes por el pasillo, donde pasamos por delante de fotos del reparto y de fotogramas de las obras. Huele raro y, sobre todo, a algo desagradable, a cloro, sudor y décadas de aspirantes a actores que interpretan obras de Shakespeare.

—Esto es absurdo —repite Miles, y suelta una carcajada que resuena en la sala sin ventanas. Y lo es. Y eso es lo que hace que sea fantástico—. No puedo creerme que crear una piscina gigante de bolas esté en tu lista.

—No una piscina de bolas como tal, sino hacer alguna travesura por la noche. —Rememoro la historia de Jocelyn acerca del patinaje sobre hielo—. Deberías dar las gracias de que no haya hecho ningún chiste de bolas. Porque, créeme, quería.

—Mentira. Cuando abrí la primera bolsa, dijiste: *Pensaba que iban a ser más grandes.*

—Y luego tú dijiste: *¡Esto es lo que Dios me ha dado!*

Su boca se tuerce en una mueca al tiempo que niega con la cabeza, pero no puede negar que el Miles del día uno hasta el sesenta y cinco no me habría seguido la corriente ni un poco. Me encanta que esté aceptando la absurdidad. Llevamos casi una semana sin ir a la biblioteca, y si está ansioso por abrir un libro de texto, no ha dicho nada.

Para cuando hemos sacado todas las bolsas de la furgoneta que hemos aparcado en la parte de atrás (hemos pagado demasiado para que un parque infantil cubierto nos la prestara), estoy hecha un desastre sudoroso y agotado, tengo la camiseta pegada a la espalda y los botones de los vaqueros se me están clavando en el estómago. No obstante, merece la pena cuando nos colocamos en lados opuestos de la piscina y empezamos a verterlas. La adrenalina me corre por las venas cuando las bolas salen en oleadas de colores intensos, rojas, amarillas, verdes y azules.

Una vez que hemos vaciado todas las bolsas, Miles se acerca al borde de la piscina y se estira, como si se estuviera preparando para zambullirse en una piscina de verdad llena de agua y cloro. Me quito los zapatos, no muy segura de cuál es el atuendo adecuado para saltar a una piscina de bolas.

—¿Quieres que lo hagamos juntos? —pregunta, tendiéndome la mano.

La miro unos instantes antes de volver a mirarle a la cara. Por alguna razón, la espeluznante iluminación le tiñe los rasgos de un resplandor suave dorado. No debería estar tan... bueno, *atractivo*. Nadie debería en estas condiciones. Sus ojos sueltan chispas y la electricidad estática ha causado que su pelo se convierta en un halo oscuro y puntiagudo alrededor de la cara. Y decido que es adorable cómo le sobresalen las orejas.

Una observación preocupante, al igual que mis ganas de esnifar una botella de Irish Spring.

Me obligo a ser racional, algo que el revoloteo de mi estómago parece decidido a ignorar. Miles es la única otra persona que está atrapada conmigo. La única persona que entiende por lo que estoy pasando. Si alguna vez llego a mi clase de Psicología de los jueves, estoy segura de que aprenderé que estos sentimientos son naturales. Miles es alguien con quien empatizar, nada más. No es más que la proximidad, que me está engañando para hacerme creer que es algo más.

Asiento y entrelazo mis dedos con los suyos, intentando no pensar en el hecho de que es la segunda vez que nos damos la mano, porque darse la mano no significa nada. Esto no es romántico, es *Miles*, el chico que probablemente solo sería capaz de enamorarse de un libro de texto.

Estamos atrapados en una fantasía, y eso significa que esto no puede ser real.

Desearía no quedarme sin aliento cuando su pulgar acaricia mi dedo índice con suavidad. Con delicadeza. Me pregunto si lo está haciendo sin pensar, ya que está mirando la piscina, pensativo. *Me alegro de que hayamos hecho esto*, parece decir ese movimiento del dedo, y yo le respondo con el mismo gesto. *Yo también*, le digo mientras le acaricio el nudillo con el dedo corazón.

—¿Barrett? —dice. Debe de ser la adrenalina lo que divide mi nombre en tres sílabas. Sus ojos vuelven a centrarse en los míos, la mandíbula latiéndole. No sé qué hay al otro lado de su pregunta.

De pie al borde de la piscina, me siento como si estuviéramos en el precipicio de algo, solo que no estoy segura de qué. Aunque no sea nada grandioso ni metafórico, lo parece.

—Habrá que jugársela —digo, y menos mal que solo tengo un segundo para detenerme en cómo me aprieta la mano antes de que nuestros pies abandonen el suelo.

Romper la superficie no se parece en nada a zambullirse en una piscina de verdad. No es doloroso, pero *lo noto*, mis pies, piernas, caderas y pecho golpeando el agua, el plástico cediendo y haciéndonos sitio.

Ya sea porque ninguno de los dos es un saltador grácil o porque uno de los dos salta unos segundos antes que el otro, nuestros cuerpos se enredan, y uno de mis brazos acaba sobre la espalda de Miles y mi pierna derecha se entrelaza con la suya izquierda. Si estoy demasiado sudada o peso demasiado, no dice nada, simplemente suelta un suspiro seguido de una risa de incredulidad. El calor que emana de él combinado con el plástico frío de las bolas basta para abrumar por completo mis sentidos, y la piel me zumba de una forma extraña y maravillosa.

—Esto es lo mejor que me ha pasado nunca —digo.

Solo estamos sumergidos hasta el cuello, pero sigue siendo ridículo intentar movernos por las esferas multicolores. La plena realidad de que de verdad lo hemos conseguido me golpea como una ola y, entonces, no puedo dejar de sonreír. Me siento *ligera*, como si no importara nada de lo que hemos hecho antes de esta noche. Como si el universo sí que estuviera llevando la cuenta, y esta empezara ahora mismo.

Miles se agacha cuando le lanzo una bola y vuelve a emerger con las mejillas de un cálido color rosa y el pelo hecho un caos cargado de electricidad. El mío debe de ser una auténtica locura. Echa la cabeza hacia atrás, con el rostro transparente y cálido, y como nunca antes había visto, como si estuviera iluminado desde dentro. *Hermoso* es la primera palabra que me viene a la cabeza y la única que parece encajar. Se ha dejado llevar, permitiendo por fin que su cuerpo se relaje y que se limite a saborear la pura alegría de algo.

Y esta, *esta* es la sonrisa verdadera.

DÍA DIECIOCHO

ℍ ℍ ℍ |||

Capítulo 23

Annabel Costa, editora jefa del *Washingtonian*, desliza mi artículo por su mesa para devolvérmelo con el ceño fruncido.

Sí, es poco ortodoxo ir a una entrevista con un artículo ya escrito, pero me he pasado la mañana encorvada sobre el portátil mientras Miles iba a sus clases de último año, por si acaso tenía razón en lo de que salir en el periódico arreglaría mi cronología.

—Está claro que está muy bien documentado —dice Annabel con un deje de decepción en la voz—. Y tienes talento para escribir. Pero sin citas de la propia Dra. Okamoto ni de ninguno de sus compañeros... Me temo que no puedo hacer nada.

Se me caen los hombros. No puedo explicarle a Annabel la complicada ética de no poder citar a alguien a quien técnicamente no he entrevistado en esta línea temporal. Lo he hecho lo mejor que he podido, recopilando información de otros artículos y reportajes, y me sentí increíble al desempolvar mis habilidades. Mi último artículo para el *Navigator*, un perfil de una profesora querida de Inglés que se jubilaba, parece que fue hace una eternidad. Pero, en el fondo, sé que Annabel tiene razón. La historia no funciona si solo está mi voz.

El resto de la entrevista es mediocre, sobre todo porque soy incapaz de reunir la energía necesaria para ser interesante. Por

204

primera vez, me pregunto qué hace Annabel los días que no aparezco. ¿Me descarta por completo? ¿Aprovecha el tiempo libre extra?

Dura más que mis dos primeros intentos, más que nada por el tiempo que ha tardado Annabel en leer mi artículo, y cuando me acompaña fuera de su despacho, hay alboroto en medio de la sala de redacción.

—El sistema no funciona —comunica un chico desde uno de los ordenadores—. No puedo abrir nada en nuestro servidor.

Annabel suelta la clase de suspiro que indica que esto debe de ocurrir a menudo.

—¡Mierda! ¿Está Christina?

—Estoy en ello —contesta una chica desde la puerta, entrando a toda prisa y formando un borrón de pelo azul y chaqueta de cuero, y tira el bolso en una silla antes de dejarse caer a su lado—. Lo siento. La clase de Codificación de tres horas no es ninguna broma, como tampoco lo son las colas del centro de orientación.

—¡Gracias a Dios! —dice Annabel—. No sé cómo seguiría funcionando esto sin ti.

Mientras salgo del edificio, me pregunto si importa que me den el trabajo o no, ya que puede que nunca pueda ver uno de mis escritos impreso.

Estoy sumida en mis sentimientos cuando una melodía con campanitas hace que me detenga en el aparcamiento del edificio de Periodismo. Miles está al volante de un camión de helados rosa brillante con EDAD DE HIELO pintado en el lateral. Saca un brazo por la ventanilla y me hace señas para que me acerque.

A pesar de todo, empiezo a reírme a medida que me acerco al lado del conductor.

—¿Te han dejado llevártelo del concesionario?

—Y me han hecho un buen precio. —Frunce el ceño—. Pareces menos Barrett que de costumbre. ¿Va todo bien?

Respiro hondo y suelto un gran suspiro.

—Mi artículo no era lo bastante bueno. Sabía que no iba a serlo, y supongo que podría intentar hacerlo otra vez, pero... no sé. Me siento como si estuviera en un callejón sin salida. —Me paso una mano ansiosa por el pelo. Y nada de esto nos está acercando a Devereux, exista o no. Igual ella también es un callejón sin salida.

—Tal vez no era la historia correcta —contesta Miles.

—Puede —digo, y como no quiero detenerme en eso, añado—: Creo que un helado podría animarme.

Aparcamos el camión en el patio y le pegamos un cartel que dice HELADOS GRATIS. Como resultado, nos convertimos en las personas más queridas del campus. Durante un par de horas, nos dedicamos a servir helados. No somos los mejores (la curva de aprendizaje es más pronunciada de lo que hubiera imaginado), pero a la gente no parece importarle cuando el helado es gratis. El camión es pequeño y no paramos de chocarnos entre nosotros, intercambiando disculpas murmuradas mientras esperamos a que se acabe la cola. Alerta de *spoiler*: nunca se acaba, y tampoco lo hace la electricidad que me recorre la piel cada vez que metemos la mano al mismo tiempo en un recipiente. Porque mi cuerpo está sumamente confundido y es sumamente traidor.

¡Dios! Esto tiene que parar. Que Miles sea la única persona con la que hablo con regularidad me está jodiendo el cerebro. Miles y yo no seríamos una pareja lógica en ninguna línea temporal. No importa si ciertos elementos de él son atractivos de cierta manera durante ciertas horas del veintiuno de septiembre. No importa lo amable que se ha vuelto debajo de toda esa seriedad.

No es real, y una vez que nuestras líneas temporales se corrijan, estoy segura de que tomaremos caminos separados.

Un pensamiento que no debería ser tan solitario como lo es.

—¿Qué puedo ofrecerte? —le pregunto al que debe de ser nuestro cliente número doscientos del día. Ya no nos queda chocolate y nos estamos quedando sin fresa.

—¿Todo esto es gratis?

Oigo su voz antes de verlo, al principio segura de que mi memoria está equivocada. De que es imposible que sea él. Pero entonces da un paso adelante, le da unos golpecitos a la ventana abierta y todas las terminaciones nerviosas de mi cuerpo cortocircuitan a la vez.

No.

Tengo que agarrarme al mostrador con una mano, la otra envuelta alrededor de una cuchara, los dedos cada vez más entumecidos.

Cole Walker está aquí.

Cole Walker está *aquí*, en el campus de la Universidad de Washington, pidiendo un helado.

—¡Oh! —dice cuando sus ojos se posan en mí—. Hola.

Su mirada me inmoviliza y no me queda más remedio que mirarle directamente. Tiene una belleza clásica, si bien previsible. Pelo rubio que se le riza en la nuca, piel bronceada por el verano. Piel que besé de una forma que a él pareció gustarle, dado que me acarició la cabeza y me dijo que le gustaba mi *entusiasmo.*

Ahora el recuerdo hace que me entren ganas de vomitar.

—N-No sabía que ibas a estudiar aquí. —Odio tartamudear. Odio estar preguntándome si todavía le parezco atractiva.

Si alguna vez se lo parecí o si eso también formaba parte de la broma.

—Decidí trasladarme en el último minuto. —Retuerce un cordón que le cuelga del cuello—. Tienen un programa de pregrado mejor que el de la Universidad Seattle Pacific.

Se me revuelve el estómago. Pues claro que lo tienen. Pues claro que ahora estudia aquí y que tendré que pasar el resto de estos cuatro años evitándole, suponiendo que alguna vez llegue al jueves.

Sigo sujetando la cuchara de helado, y el *gelato* de limón está goteando en el suelo.

Miles debe de darse cuenta de que no me encuentro muy bien, porque se acerca por detrás y se dirige a Cole.

—Tenemos que mantener la cola en movimiento —dice, y si no me equivoco hay un toque de severidad en su voz—. ¿Quieres helado o no?

Y, cuando Cole pide un cucurucho de galleta, Miles se lo sirve más rápido de lo que ha servido nada en todo el día.

Le doy la espalda a la ventanilla y me retiro al extremo del camión, donde nadie puede verme. Se supone que aquí dentro hace mucho frío; es el nombre del puñetero camión. No obstante, estoy sudando y mareada e, incluso sin la presencia de Cole, mi respiración no vuelve a la normalidad. *Joder. Joderjoderjoder.* Aprieto los ojos y me llevo una mano al corazón, deseando que vaya más despacio. Tengo la garganta demasiado apretada y en el camión hace demasiado calor y es demasiado pequeño y...

—¿Barrett? —dice Miles con suavidad. Un ancla.

—Estoy bien —contesto. Me pone la mano en el hombro y desearía que no fuera tan agradable—. Solo es alguien de mi instituto. No nos llevábamos muy bien, así que...

—¡Ah! —Si Miles intuye que hay algo más que no he contado, no insiste.

Intento una y otra vez tomar una bocanada profunda de aire con todo lo que tengo hasta que por fin lo consigo. Y luego otra. Lenta y temblorosa, pero ahí estoy. Estoy bien. Enderezo la postura, me quito los rizos húmedos de la frente. *Estoy bien.*

—Aunque, claro —añado, ansiosa por quitarme esto de encima y poniéndome de nuevo la armadura—, ¿con quién me llevaba bien en el instituto? —Pero Miles no se ríe. Cuando la fila de estudiantes se reduce, vuelvo a intentarlo—. No sabía que para Miles Kasher-Okamoto vivir la vida a tope significaba servir helados a desconocidos.

Se encoge de hombros.

—No todo tiene que ser hacer paracaidismo —dice—. Seguro que si le preguntases a cien personas qué quieren hacer antes de morir, te sorprendería lo sosas que son las respuestas.

—De acuerdo. —Apoyo los codos en el mostrador y cruzo un tobillo sobre el otro en el pequeño espacio que nos separa. *Normal.*

Puedo hacer que esto vuelva a ser normal—. Cosas que quieres hacer antes de morir... Adelante.

—Ginebra, obviamente.

—Obviamente.

Miles frunce los labios, perdido en sus pensamientos.

—Quiero hacer una película, aunque sea la basura menos original y con el presupuesto más bajo y solo la vean los amigos a los que obligue a verla. Simplemente quiero conseguirlo. —Entonces, aparece una nueva expresión en su rostro, algo que no estoy segura de haberle visto hasta ahora. Un poco de timidez, un poco de curiosidad—. Y... supongo que me gustaría hacer el amor con alguien en algún momento.

El aire del camión se vuelve tan húmedo que me sorprende que el helado que queda no se licúe al instante.

Voy a hacer todo lo posible por no comentar el hecho de que haya dicho «hacer el amor con» en lugar de «hacerlo con» o «acostarse con». No es un término clínico ni científico, y hay algo en ello que me parece tan contrario a Miles... Me esperaba que hubiera dicho «copular» o «practicar el coito» antes de «hacer el amor».

—¿No lo has hecho? —pregunto, y espero que no suene como si lo estuviera juzgando, porque no es así. No cuando mi propia historia al respecto es tan tensa o cuando literalmente me he encontrado cara a cara con dicha historia hace diez minutos.

Sacude la cabeza.

—De hecho, no he salido con nadie, a menos que cuente la novia que tuve durante una semana cuando estaba en la guardería, lo que significaba que nos sentábamos juntos a la hora de la merienda y compartíamos el puré de manzana. O la compañera de laboratorio con la que salí en segundo durante dos semanas, durante las cuales ninguno de los dos nos hablamos en el instituto porque nos daba demasiada vergüenza.

Eso sí que suena más como Miles.

—No tienes que salir con alguien para hacer el amor con esa persona. —Está claro que lo que Cole y yo hicimos no fue hacer el amor.

Fueron dos cuerpos retorciéndose el uno contra el otro con torpeza hasta que uno soltó un gemido largo y el otro se quedó sintiéndose insatisfecho en más de un sentido—. Todas las veces que has repetido este día, ¿nunca te han entrado ganas de hacerlo con alguien?

Algún día aprenderé a no pronunciar cada pensamiento que se me pasa por la cabeza. Ese día no es hoy.

—Eso requeriría... mmm... que alguien quisiera hacerlo conmigo —responde, y está empezando a ponerse del color del helado de fresa y nata.

Entrecierro los ojos.

—No eres feo.

—En fila, señoritas —dice, juntando las manos alrededor de la boca y fingiendo que grita hacia el patio—. ¡Un chico con un atractivo promedio listo para ser cosechado!

—Vale, por encima del promedio, si estás buscando un cumplido.

El rubor de sus mejillas se intensifica, lo que indica que tal vez no lo estaba buscando y le sorprende tanto como a mí.

—Estoy seguro de que todos los que se burlaban de mí cuando era pequeño por mis orejas no estarían de acuerdo —dice—. Me llamaban Dumbo. Cero puntos por creatividad.

—¿En serio? Eso es una mierda y está poco currado. Me encantan tus orejas. En plan... —Doy marcha atrás, arrepintiéndome de mis palabras—. Siento un afecto completamente normal por tus orejas.

Alza la mano para tocarse una de ellas, como si estuviera asegurándose de que esas son las orejas de las que hablo.

—No hace falta que digas eso, pero gracias.

—Quizá deberíamos aprovechar esta oportunidad para vengarnos de todos los idiotas que se burlaron de ti. —Puntualizo mis palabras dando algunos golpes en el aire con la cuchara de helado—. ¿Qué te parece una gira de venganza de Barrett y Miles? —Me viene otro destello de Cole. Hasta ahora, nunca se me había pasado por la cabeza la venganza y, sin embargo, si quisiera meterme con él, esta podría ser la oportunidad perfecta y sin consecuencias.

—No. Nada de venganza —responde—. Además, creo que los abusones suelen compensar en exceso por sus propias inseguridades.

—Tú y tu lógica. No puedes dejar que se convierta en un rencor feo y duradero como todo el mundo.

—Créeme, hay mucho rencor. He tardado en llegar a este punto —dice—. Te toca. Cosas que quieres hacer antes de morir.

—Ver las pirámides, presenciar un *flash mob*, tal vez ganar un Pulitzer si tengo tiempo. —Las enumero tan rápido como puedo.

—¿Presenciar un *flash mob*? ¿Por qué no formar parte de un *flash mob*?

—No se me da lo bastante bien bailar —explico con naturalidad, porque es algo que creo firmemente—. Y no quiero tener que comprometerme con todos los ensayos. Quiero estar con mis quehaceres cotidianos y quedarme boquiabierta cuando tenga delante un *flash mob*. Tiene algo que me parece..., no sé, mágico. —Me he pasado horas saltando de un vídeo a otro de YouTube en más de una ocasión, y me emocionaba casi siempre. No sé qué tienen, pero la sorpresa y la sincronización me llegan al corazón—. Vale. Volvamos al tema más interesante de conseguir que eches un polvo.

Incluso mientras lo digo, las palabras son tan ásperas como un camino lleno de piedras. Por qué decido prolongar este tema es uno de los muchos misterios del universo.

Me mira con cara de sufrimiento.

—Eres incorregible. ¿Qué voy a hacer, acercarme a alguien y decirle: *Hola, soy un viajero en el tiempo. ¿Quieres acostarte conmigo*?

—En cuanto a frases para ligar, no es la peor. Probablemente esté un nivel por encima de «Oye, nena, ¿te dolió cuando te caíste del cielo?». —Lo digo con mi voz más cursi e inclinándome para acercarme más.

Es solo una broma, pero estoy demasiado cerca de Miles, lo bastante como para ver cómo asciende y desciende su pecho, las puntas de sus pestañas. Me aclaro la garganta y retrocedo. Aun así, esta pequeña incomodidad es mil veces mejor que pensar en Cole y en el campus que tenemos que compartir ahora.

Me quito el delantal y abro la puerta trasera del camión.

—Aguanta, por favor.

Echo un vistazo al patio, impulsada por la adrenalina, y me fijo en mi objetivo: *allí*. Un chico con una americana de pana y una media sonrisa serena en la cara.

—¡Hola! —grito, y me pongo en su camino—. Tengo una propuesta para ti. —Se detiene, señalándose los auriculares que no vi cuando lo seleccioné—. Hola —repito cuando se los quita, esta vez un poco menos alegre—. Soy una viajera en el tiempo. ¿Quieres acostarte conmigo?

Se vuelve a poner los auriculares.

—Tengo que ir a clase de Sociología.

Cuando vuelvo al camión, Miles se está riendo.

—No me puedo creer que te estés riendo —digo mientras me meto dentro—. Mi ego está herido. No, peor que herido. Mi ego ha sido mutilado.

—¿Me cuentas otra vez lo fácil que es encontrar a alguien con quien echar un polvo? —pregunta Miles entre risas y agarrándose el estómago—. Simplemente... ¿Cómo era? ¿Te acercas y se lo pides?

—¡Esperaba una respuesta muy diferente!

—¿Y si hubiera dicho que sí?

—En ese caso, obviamente lo habría arrastrado hasta mi habitación y me habría acostado con él. —Hago una mueca justo cuando Miles deja de reírse, porque no existe ninguna línea temporal en la que eso suene a mí—. No, no lo sé. No estoy segura de haber llegado a la fase de acostarme con un desconocido cualquiera en este bucle temporal.

Asiente.

—Yo tampoco. Tampoco sé si alguna vez llegaré. Igual lo estoy idealizando demasiado o es el amante de las películas de época que hay en mí, pero siempre he tenido la esperanza de que, si ocurría o cuando ocurriera, sería... significativo. Que estaría enamorado y sentiría que es lo *correcto*.

—Yo tuve... la experiencia opuesta. —Hago una pausa, jugueteando con una patilla de las gafas y preguntándome cuánto quiero compartir. Me decido: no mucho. Esta amistad entre nosotros sigue siendo demasiado nueva. Frágil—. Quería quitármelo de encima, supongo. Saber por qué tanto alboroto, no sé.

Porque es imposible que el alboroto sea lo que ocurrió. No hubo suficientes preliminares en las sábanas demasiado blancas del hotel, las lámparas estaban atenuadas porque no quería que me enfocaran el estómago o los muslos. *¿Primera vez?*, me dijo con la boca en la garganta mientras me manoseaba los pechos, y mi cuerpo se estremeció cuando le dije que sí. Un roce de telas cuando se quitó los pantalones del traje y se colocó encima de mí. No fue mal exactamente, pero tampoco estuvo bien. Cuando me preguntó si había terminado, me limité a decir: *Mmm*, porque ya había sido muy generoso conmigo, y luego se durmió. No sentía nada por él, no de verdad, pero aun así esperaba sentir *más*. Una parte de mí incluso tuvo la esperanza que se despertara en mitad de la noche y volviera a buscarme solo para poder sentirme deseada un poco más.

A veces me gustaría poder volver a hacerlo. Borrar esa experiencia que estaba tan desesperada por tener y sustituirla por algo que importara.

La cara de Miles vuelve a enrojecerse, pero habla.

—Bueno, ¿por qué tanto alboroto?

—Ojalá pudiera decírtelo. Odio decepcionarte, pero no fue nada del otro mundo, si te soy sincera. Y fue bastante breve.

—¡Oh!

—¡Mira, otra avalancha! —exclamo cuando más estudiantes se dirigen hacia nosotros, y nunca pensé que estaría tan emocionada por sumergir las manos en cubos congelados de lácteos.

Capítulo 24

Tras lavarme el helado, el sudor y el análisis excesivo de todo lo que he dicho hoy, Miles me manda un mensaje preguntándome si quiero que volvamos a quedar para cenar. Por alguna razón, todavía no estoy harta de él, y es mejor que estar en mi habitación pensando en formas de evitar a Cole.

Aparezco frente a su habitación recién duchada y con los rizos revueltos. SIGUE NADANDO... ¡Y ESTUDIANDO!, me dice el tablón de anuncios de *Buscando a Nemo*.

—Lo intento —murmuro.

Cuando Miles abre la puerta, lleva una camisa y unos pantalones de vestir bonitos. Yo llevo una camiseta de rayas y mis vaqueros perfectos-imperfectos, porque algo positivo de estar atrapada en el tiempo es que les estoy sacando mucho partido. Él también acaba de ducharse, y tiene gotas de agua pegadas al cuello de la camisa.

—¿Me cambio? —pregunto, jugueteando con el dobladillo de la camiseta—. ¿Vamos a algún sitio con código de vestimenta?

—No, no —responde, y abre más la puerta para que pueda ver el interior—. Nos quedamos aquí.

Ha reorganizado los muebles y ha separado uno de los escritorios de la pared para que sirva de mesa de comedor. En el centro hay dos platos, una ensaladera y unas velas largas iguales, y algunos envases de comida para llevar asoman por la papelera de reciclaje. Las luces están tenues y en un altavoz situado en la otra mesa está sonando lo que parece una mezcla instrumental de Britney Spears.

De repente, tengo que agarrarme a la pared para que no se me doblen las rodillas, porque están tan derretidas como los restos de helado.

Estoy segura de que Olmsted nunca ha estado tan precioso.

—Sé que no es viernes, pero dijiste que querías ir a Hillel, y se me ocurrió que si no podíamos ir... tal vez podríamos hacer el *sabbat* nosotros mismos. Solo para nosotros. Un miércoles, pero...

Solo para nosotros. Es una declaración simple, pero hay algo muy dulce en la forma que tiene de decirlo.

—Miles. —No recuerdo la última vez que alguien que no fuera un familiar hizo algo tan bonito por mí, posiblemente porque nunca me ha pasado. Mi corazón no sabe cómo procesarlo. Y, por si fuera poco, se lo mencioné a Miles una vez. Hace un tiempo. Y se ha acordado—. Miles, esto es...

—¿Es demasiado? No podemos arriesgarnos a encender las velas sin activar el detector de humo —dice—. Pero yo... mmm... he hecho estas. Pensé que tal vez podríamos pegarlas con cinta adhesiva o algo así. —Sujeta un par de recortes de llamas hechas de cartulina naranja y dorada—. Quería comprar velas falsas, pero no encontré ninguna tienda cerca. Supongo que podría haberme esforzado más, o quizá podría haber intentado desconectar el detector de humo. —Se está moviendo con nerviosismo, dándole vueltas a las llamas en la palma—. O tal vez...

Le corto colocándole la mano en el brazo, y su piel está caliente bajo la suave tela de popelina.

—Es perfecto. Gracias. Muchas gracias. —No hay palabras suficientes para describir lo que siento, así que espero que lo sepa—. *Shabat shalom.*

—*Shabat shalom* —repite, y exhala visiblemente.

Nos dirigimos a la mesa, donde una ensalada verde espera en la fuente junto con platos de la pasta más exquisita que he visto en mi vida.

—¿Quieres hacer los honores? —pregunta al tiempo que señala las velas.

Acerco la vela apagada a la otra y comienzo la bendición. La voz de Miles se une a la mía mientras recitamos la oración que conozco desde hace más tiempo del que recuerdo. *Barukh ata Adonai Eloheinu, Melekh ha'olam, asher kid'shanu b'mitzvotav v'tzivanu l'hadlik ner shel Shabbat.*

Miles desprende calor a mi lado, y como me acerque mucho más, su olor podría inutilizarme el resto de la noche. Soy consciente de que Irish Spring es un gel muy común. No hay explicación terrenal de por qué Miles hace que atraiga tanto.

Luego, con dos trozos de cinta adhesiva cortados previamente, fijamos las llamas a las velas. Una parte de mí se pregunta si lo que estamos haciendo es una blasfemia, pero otra parte más fuerte está segura de que no pasa nada. Gran parte del judaísmo consiste en apañárselas con lo que se tiene, y siempre me ha gustado que haya tantas maneras de guardar.

Esta es la nuestra.

—Supongo que así es exactamente como lo hacéis en casa —digo, acercando una mano a la llama falsa.

—Al pie de la letra. —Sumerge el tenedor en una ensalada que probablemente cuesta más de lo que cualquier ensalada debería costar. La comida está increíble, pero me hubiera emocionado igual si nos hubiera traído hamburguesas del comedor de Olmsted—. Lo echo de menos. Sé que veo a mi madre casi todos los días, pero no es lo mismo.

—¿Qué celebrabais cuando eras pequeño? —pregunto—. ¿También celebrabais la Navidad y Pascua?

—Sí —responde—. Aunque para mi madre nunca han tenido ningún significado religioso. De hecho, la Navidad solo se celebra como fiesta laica en Japón desde hace unas décadas. El día de Año Nuevo, Shōgatsu, es nuestra fiesta más importante. Mi madre se deja la piel. Limpiamos la casa a fondo, ponemos adornos y bebemos amazake, un sake dulce que no tiene alcohol. Y, si vamos a visitar a mis abuelos a Texas, que es lo que solemos hacer, mi abuela prepara su ozoni, una sopa de mochi que es una de mis cosas favoritas. —Su rostro adopta una expresión soñadora—. Siempre me he sentido muy unido a eso y a las fiestas judías.

—Me encanta. —Enrollo algo de pasta en el plato, imaginándome a Miles entusiasmado por la sopa de su abuela—. Que puedas tener las dos cosas.

Asiente.

—No soy ni medio japonés ni medio judío. Soy las dos cosas, japonés y judío. —Le da un bocado a la pasta—. ¿Y tú?

—Íbamos a la sinagoga con bastante regularidad cuando era más pequeña, pero después de mi *bat mitzvá* empezamos a ir cada vez menos. Todavía celebramos Hanukkah, que suele ser nuestra ocasión para regalarnos lo más ridículo que encontremos.

—Incluso sin haber conocido a tu madre, suena a algo que encaja perfectamente en la personalidad de las dos —comenta, lo que me despierta una sensación extraña y reluciente en el estómago.

—Y celebramos la Pascua Judía con la familia de mi madre. Siempre ha sido mi fiesta favorita. Nada sabe mejor que un huevo duro después de haber esperado una eternidad para comer.

—O una hierba amarga —añade Miles—. *Moriría* por una maror a mitad del Séder.

—¡Dios! Total. Y tu padre... ¿enseña Historia Judía?

Asiente con la cabeza.

—Cuando era pequeño, hacía mucho hincapié en los orígenes de las fiestas —explica—. Nos interrogaba a mí y a mi hermano sobre historia y tradiciones concretas. Para él siempre fue importante que supiéramos *por qué* comíamos pan ácimo o nos sentábamos reclinados a la mesa para el Séder. —Suelta una pequeña carcajada de incredulidad—. Puede que sea la primera vez que tengo esta clase de conversación fuera de mi familia.

—Yo también —digo, y es agradable conectar así con él—. ¿Había muchos judíos en tu colegio?

—Apenas. Creo que éramos unos ocho. Y yo era el único judío asiático, lo que siempre hacía que la gente me mirara dos veces cuando se enteraban de que era judío. Supongo que en tu colegio era igual.

—Sí. Esperaba conocer a algunos aquí.

Me da un toque en el pie con el suyo por debajo de la mesa.

—Supongo que ambos lo hemos hecho.

Miles Kasher-Okamoto: me he dado cuenta de que no es una persona horrible. Hace una semana, esta clase de cena habría sido forzada, rara. Incómoda. Pero ahora, a pesar de todo lo que ha pasado con anterioridad, puede que sea uno de los mejores miércoles que he tenido.

—Hacer amigos para toda la vida es otra cosa que tengo en mi lista. —Lo miro batiendo las pestañas—. Miles, no quiero adelantarme demasiado, pero creo que estamos *estrechando lazos*.

Pone los ojos en blanco, pero no me pasa desapercibido cómo se le suaviza la mandíbula para insinuar una sonrisa. No es una sonrisa de oreja a oreja como la de la piscina de bolas, pero es más de lo que suelo obtener, y ¿sabes qué? Voy a celebrarlo.

Cuando terminamos de comer, se niega a que le ayude a limpiar porque, bueno, no importa. Otro punto positivo.

—Gracias —digo mientras Miles se desabrocha el botón superior del cuello—. Por todo esto. No solo por esta noche. *—Por ayudarme a sentirme menos sola, aunque ninguno de los dos tenga ni idea de lo que está haciendo.*

—He de admitir que tenías razón. Ha sido mucho más divertido de lo que imaginaba.

—Y ni siquiera hemos robado un banco todavía.

Cuando se afana en alisar una arruga que tiene en el cuello, tengo que luchar contra el impulso de estirarme sobre la mesa y hacerlo por él. Debajo de la arruga hay un pequeño trozo de piel morena, y me pregunto si estaría suave o áspero si le tocara ahí. Hipotéticamente.

—Sería negligente si yo no te diera las gracias también. —Se pone serio y puede que incluso se acerque un poco. Aparto la mirada de su cuello y la dirijo a sus ojos, pero puede que eso sea peor. Sus ojos están fijos en mí, dulzura y gratitud y algo que no sé nombrar—. Es posible que haya estado... un poco estancado en mis costumbres.

Le tiendo el pulgar y el índice.

—Solo un poco.

Pero lo que ha dicho... He notado un cambio en él. Está menos rígido y no toquetea tanto las cosas con nerviosismo. Sigue unido a su caparazón, pero de vez en cuando se olvida de que lleva su peso a cuestas. Como si tal vez necesitara todo esto tanto como yo. Puede que más.

Su zapato vuelve a encontrar el mío, ese calor inocente que me gusta un poco demasiado. Por lo que sé, cree que mi zapato es la pata de la mesa. Por alguna ridícula razón, pienso en lo que ha dicho esta tarde. Lo de querer hacer el amor con alguien. Mi primer instinto fue burlarme de él por llamarlo así, pero posee una ternura innegable.

Porque aquí va algo que no le admitiría jamás: puede que yo también quiera hacer el amor con alguien algún día.

Cuando me dedica una media sonrisa, tiene un peso diferente. Ahora, la forma en la que me está mirando parece pesada, llena de expectación. Tengo el corazón en la garganta, latiendo a un ritmo desconocido, y me da miedo saber cómo le estoy devolviendo la mirada.

—Debería irme —me apresuro a decir; dos palabras que no tienen sentido a menos que consideres los complicados sentimientos hacia Miles que se están arremolinando en mi mente.

—¡Oh! Vale. —Arruga las cejas, pero no lo cuestiona. Se limita a esperar a que recoja mis llaves y mi bolso, y luego me sigue hasta la puerta como un buen anfitrión.

—Estoy cansada —digo a modo de explicación. Es terrible—. Tanto servir helado me ha dejado muerta.

—Debería ser un deporte olímpico.

—Y seguro que Ankit llegará pronto —añado, porque lo que necesitaba era ponerle otra excusa a Miles, claro que sí.

—Cierto.

Lucho contra una punzada momentánea de arrepentimiento cuando abro la puerta y echo un vistazo al pasillo, lleno de actividad poscena a causa de la gente que se está preparando para irse de fiesta y a otras aventuras universitarias. De repente, no sé qué hacer con las manos. ¿Qué hace la gente con las manos? ¿Las dejan ahí colgadas? No me parece lo correcto, así que me quito una miga imaginaria de la manga a rayas y me agarro a la parte superior de la puerta, aunque soy demasiado bajita y acabo agarrando el aire con torpeza. *¡Madre mía! Contrólate.*

No quiero que piense que estoy deseando escapar, pero a estas alturas ya debe de conocerme lo suficiente como para estar al tanto de mi idiosincrasia también. ¡La excéntrica e impredecible Barrett!

Si me quedara, tendría que desentrañar lo que significa esa expresión, y eso es algo que es mejor no desentrañar, sino guardar en un compartimento superior y enviar en un vuelo nocturno a Suiza.

—Buenas noches —digo.

—Buenas noches, Barrett —contesta, y sus palabras son tan suaves como la luz de las estrellas.

Y, por primera vez, deseo que el día de hoy no tuviera que terminarse.

DÍA DIECINUEVE

<del>‖‖ ‖‖ ‖‖ ‖‖‖</del>

Capítulo 25

Todo el mundo llama a la fuente Drumheller Fountain que hay en el centro del campus Frosh Pond[*], debido a una broma de hace décadas que desencadenó la tradición de que los estudiantes de segundo año metieran en el agua a los de primero. Mi madre dice que lo vio una noche cuando volvía a casa de un concierto, pero yo nunca la he creído.

Espero al otro lado de la fuente, fuera del edificio de Ciencias de la Computación. El fogonazo de pelo azul hace que sea fácil ver a Christina. Como es natural, sus ojos no se detienen en mí.

—¿Eres Christina? —pregunto, levantándome del banco y dándome prisa para colocarme a su lado. Menos mal que ayer mencionó su clase de Programación de tres horas, la cual he tardado cinco segundos en encontrar en Internet. Asiente con la cabeza, y tiene las cejas teñidas de azul fruncidas—. Se te dan bien los ordenadores, ¿verdad? —Contengo un estremecimiento. He sonado como cuando mi abuela Ruth me pidió que la ayudara a instalarse Skype en su ordenador de sobremesa milenario.

---

* N. de la T.: «Frosh» significa «novato/a» en español, mientras que el equivalente de «pond» es estanque.

No obstante, Christina no se inmuta, sino que deja de caminar y entrecierra los ojos.

—¿Quién te lo ha dicho?

—Lo... mmm... he escuchado por el campus —respondo—. Necesito ayuda. Con un problema informático. Un problema relacionado con la búsqueda en Internet, para ser exactos.

Finalmente, se ablanda y parece complacida con el hecho de que se haya difundido el rumor de que es un genio.

—¿Qué estás intentando buscar? No hago nada en plan superilegal.

Durante un breve instante me pregunto dónde está la línea que separa ilegal y superilegal.

—¿Puedes averiguar si se ha borrado algo de una página?

—Es posible —contesta—. Iba de camino al centro de orientación, pero igual consigues convencerme. —Cierto, mencionó algo sobre esperar en la cola. Teniendo en cuenta que son las dos y media y que yo la vi en el *Washingtonian* a las cuatro y media, tiene que ser una cola horrible.

—¿Por cien dólares?

Sonríe.

—¿Por qué no pasas a mi despacho...?

—Barrett —digo—. Gracias.

La sigo hasta Odegaard, que tiene el honor de ser la biblioteca más fea del campus. Se apropia de un hueco del segundo piso con tanta familiaridad que asumo que es donde suele ponerse.

Me acerco una vieja silla de madera mientras Christina saca no solo uno, sino dos portátiles, y mete la mano debajo de la mesa para enchufar un cargador.

—¿Qué estás buscando? —pregunta—. ¿O... a quién?

—A quién. —Esa era la única pista que teníamos, y quiero investigar cada milímetro—. Una profesora que enseñaba aquí en el Departamento de Física, Ella o Eloise Devereux. —Pienso en el anuncio de graduación que nos encontramos Miles y yo—. Tendrá unos sesenta años, creo.

Cuando inicia sesión, veo su nombre de usuario y se me para el mundo.

Christina Dearborn of Lincoln, Nebraska. La chica que iba a ser mi compañera de habitación.

—¿Ocurre algo? —inquiere, y me pregunto si nota cómo mi corazón se está tropezando consigo mismo.

—No, es... —Sacudo la cabeza, riéndome de la coincidencia cósmica—. Creo que se suponía que íbamos a ser compañeras de habitación.

El rostro le cambia por completo.

—Hostias. *Barrett*. ¡Sí! Me sonaba tu nombre, y supongo que no hay muchas Barretts en el campus. Cometieron un error. Soy de segundo y Olmsted es una residencia para estudiantes de primer año. Así que me trasladaron a Cleary en el último minuto —dice a modo de explicación—. Con suerte tu nueva compañera de habitación es la mitad de encantadora que yo.

—Es toda una delicia.

—Bien —contesta—. Supongo que estábamos destinadas a conocernos. Es curioso cómo funciona el universo. —Acto seguido, vuelve a centrarse en el ordenador—. Vale. ¿Eloise Devereux, has dicho? Vamos a probar a escribir su nombre de distintas formas. —Pulsa algunas teclas y suelta un silbido—. No bromeabas. No es fácil encontrarla.

Nos quedamos en silencio durante unos minutos, excepto por el sonido que Christina hace al aporrear las teclas y los «mmm» que suelta en voz baja.

—He podido encontrar esta página almacenada en la memoria caché —dice al tiempo que gira el portátil para que pueda ver mejor la pantalla—. ¿Esta es tu Devereux?

«La profesora Ella Devereux recibe el premio anual Luminary Award de la Fundación Elsewhere», reza la parte superior de la página.

El artículo está en Elsewhere. La página de los padres de Lucie.

En la foto aparece una mujer menuda de pelo castaño canoso estrechándoles la mano a los Lamont. En el extremo de la foto aparece una Lucie diminuta vestida de etiqueta, mirando fijamente a la cámara como si le molestara no ser el centro de atención.

¡Madre mía!

Se me corta la respiración. Sabía que había algo más. Hoy en día la gente no desaparece así como así. No sin una explicación.

—Eres *mágica*, gracias —digo después de que Christina lo imprima, y le paso un puñado de billetes de veinte dólares que saqué del cajero automático del campus esta misma mañana. Christina Dearborn, la chica que se suponía que iba a ser mi compañera de habitación, salvándome la vida. Puede que literalmente.

—Ni las des, compi —contesta, y me guiña un ojo—. Siéntete libre de mencionar mis servicios a cualquier otra persona. Siempre viene bien recibir un dinero extra.

Le prometo que lo haré y, si alguna vez salimos de aquí, pienso cumplir mi promesa. Por ahora, le mando un mensaje a Miles, que acaba de preguntarme si se me ha ocurrido alguna idea para hoy que no sea para vengarnos ni para robar un banco.

> Siguiendo una pista. Luego hablamos.

Y no puedo negar que, después de lo de ayer, me venga bien mantener un poco las distancias con Miles. Porque solo ver su nombre en la pantalla me lleva de vuelta a anoche y a ese momento cargado antes de que huyera de la habitación.

Son las tres y cuarto cuando vuelvo al dormitorio 908 de Olmsted, mentalizándome para arrastrarme.

—Espero que te siga gustando el café de avellanas con hielo —digo cuando entro en la habitación y le entrego una taza a Lucie.

Está en su escritorio, peleándose con un alargador.

—¿Gracias?

Cierro la puerta y dejo el café sobre su mesa. No he sido precisamente una santa con ella durante los últimos días en los que he estado tachando cosas de la lista de «¡A la mierda!» con Miles, pero tampoco he puesto mucho empeño en alejarla.

—Lucie, sé que no te emociona mucho vivir conmigo, pero necesito preguntarte una cosa.

Puede que la gravedad que emana de mi voz la convenza de que es algo importante o puede que sea mera curiosidad, porque cierra el portátil y se gira para mirarme.

—¿Te acuerdas de esto? —Saco el artículo de la mochila y lo despliego—. De la mujer de la foto concretamente.

Se lo acerca y lo examina.

—Mis padres solían hacer un montón de estas cosas antes de pasárselas a sus lacayos. Siempre me aburría como una ostra.

—Entonces, ¿no tienes ni idea de quién es?

—No —responde, y se me cae el alma a los pies—. Pero mi padre sí. Nunca olvida un nombre.

—Va a sonar ridículo, pero necesito hablar con tu padre. Y no puedo explicarte por qué. —Es una posibilidad remota, pero es imposible que pueda llegar a él sin su ayuda.

Se ríe a carcajadas y vuelve a abrir el portátil.

—¿Por qué? ¿Para que puedas unirte a las hordas de gente que se muere por obtener unas prácticas en Elsewhere?

—¡Dios! No —respondo con demasiado desagrado. Insultar a la empresa de sus padres no es la forma de ganármela—. En plan, la leo, y hay un montón de cosas que me gustan. Pero no estoy buscando unas prácticas.

Ante eso, Lucie se ablanda.

—Si me ayudas, te haré la colada durante una semana. —Es una promesa vacía, pero no tiene por qué saberlo.

—Puedo hacerme la colada, gracias.

Hago una pausa y respiro hondo. Hay algo más. Algo que asumí que no usaría nunca.

—¿Te acuerdas del último artículo en el que trabajamos juntas? —pregunto.

No fue hace tanto, a principios del último curso, una retrospectiva para el cincuenta aniversario de nuestro instituto en la que colaboramos unos cuantos. Lucie se equivocó al citar a un antiguo alumno y este llamó al instituto para quejarse.

Por favor, Barrett, dijo y, si la miraba con mucha atención, veía un atisbo de la antigua Lucie ahí dentro. *No van a parar de restregármelo como mis padres piensen que la he cagado.*

Así pues, asumí la culpa, la mirada de decepción de nuestra asesora. *Te debo una,* dijo Lucie. Le hice un gesto con la mano para restarle importancia y casi ni pensé en ello después.

Ahora es el momento de que pague, y por la comprensión que aparece en su rostro, sé que lo sabe.

—Supongo que ya he terminado con las clases por hoy... —Se va apagando—. Aunque tendría que ir contigo.

Le dedico mi sonrisa más angelical.

—Ahora estoy libre.

↻↻↻

—¿En serio no vas a decirme por qué es tan importante esta profesora? —pregunta Lucie cuando el Uber nos deja delante de Elsewhere, un rascacielos situado en el centro de Bellevue. En lo alto del todo está el logo de la empresa, ELSEWHERE posado sobre la línea horizontal de la L.

—Es para un artículo. Para el *Washingtonian.* —La mentira sale con más facilidad ahora. Al menos, parece satisfacerla—. ¿Hiciste la entrevista para el periódico?

—No. No exactamente. La verdad es que no estoy segura de que vaya a escribir para el periódico este trimestre.

—Espera, ¿qué? —No me cuadra—. ¿Fuiste la editora jefa del *Navigator* y no vas a escribir para el periódico de la universidad?

Lucie se queda callada durante unos segundos al tiempo que juguetea con el extremo de su coleta castaña rojiza.

—El periodismo... siempre ha sido más cosa de mis padres que mía —dice finalmente.

—Supongo que asumí que tú también ibas a especializarte en eso. —Pienso en ella llorando en las escaleras y me doy cuenta de lo poco que sé sobre ella.

—Supongo que ambas tenemos secretos —contesta antes de darle al timbre de la entrada del edificio.

Elsewhere es una mezcla de alto octanaje de *clickbait* y periodismo contundente. Tienen oficinas en Seattle y Nueva York, y los Lamont vuelan de una a otra. No mentí cuando le dije a Lucie que no quería obtener unas prácticas aquí. Cuando me veo a mí misma como periodista profesional, me imagino una oficina que no tenga su propio bufé de cereales ni una pista de ráquetbol. Me reuniría con mis sujetos donde estuvieran más cómodos, y luego me llevaría el trabajo a una cafetería, donde teclearía hasta que los camareros me pidieran que me marchara. Y estaría tan inmersa que ni siquiera me daría cuenta de que estaban a punto de cerrar.

—Mi padre está en la duodécima planta —indica Lucie, guiándome hacia el caos: colores intensos y luces más intensas, gente corriendo entre las mesas de los demás, uno de ellos incluso montado en un patinete—. Mi madre ha vuelto a Nueva York desde Santa Cruz. —Nada del jaleo parece afectarle, aunque un par de personas dejan lo que están haciendo y se callan, como si la propia Lucie Lamont tuviera algún control sobre sus trabajos. Camina con una especie de confianza indiferente.

El ascensor es de cristal, moderno, y una pared entera de la duodécima planta es una ventana con vistas al lago Washington. El despacho de su padre está al final del pasillo.

—¿Luce? —Su padre se levanta de la silla cuando llama a la puerta abierta—. ¡Estaba a punto de llamarte! Esto sí que es una sorpresa.

Porque son las cuatro. Con él es con quien habla todos los días.

Él es quien la hace llorar en el hueco de una escalera: Pete Lamont, magnate de los medios de comunicación del siglo XXI, millonario, siempre en las listas de las personas más influyentes del periodismo. Aunque le he visto de pasada en actos escolares, nunca fui a casa de Lucie durante nuestra efímera amistad, por lo que es la primera vez que lo veo de cerca. Tiene bigote y los mismos ojos azules como el hielo detrás de unas gafas de montura gruesa y va vestido más informal de lo que pensaba que iría un magnate de los medios de comunicación, con unos vaqueros y una camisa en la que pone PÍCNIC DE LA COMPAÑÍA ELSEWHERE, 2007.

—Una buena, supongo, ¿no? —dice Lucie, y cuando su padre sonríe, veo cómo ha seducido a cientos de inversores y otras personas importantes a lo largo de los años. Sus dientes brillan prácticamente.

—¿Qué te trae por aquí? ¿Has cambiado de opinión en cuanto a lo de las prácticas?

—No exactamente.

Su padre chasca la lengua.

—¿Eres consciente de la cantidad de gente que mataría por un puesto así?

—A lo mejor no me siento especialmente asesina —responde en voz baja, con las mejillas sonrosadas. Soy consciente de que no es el tipo de conversación que uno quiere tener con sus padres mientras que su antigua amiga barra actual némesis está en la habitación. Se aclara la garganta y endereza la columna—. Papá, esta es Barrett Bloom, del Island. También estaba en el periódico.

No estoy segura de lo que su padre ha oído hablar de mí a lo largo de los años, pero se muestra puramente profesional mientras me tiende la mano.

—¿Qué puedo hacer por ti, Barrett Bloom del Island? Sentaos, por favor.

Lucie y yo ocupamos las dos sillas que hay delante de su escritorio.

—Estoy investigando para un artículo sobre profesores importantes que ha habido en la historia de la Universidad de Washington

—explico, y saco el artículo del bolso y lo desdoblo—. Encontré esto en Internet y no he podido encontrar más información sobre ella. Lo cual es especialmente extraño en... ya sabe, la era de Internet. —Una vez más, me las apaño para sonar como un anciano que está usando un ordenador por primera vez. No debería tener permitido hablar de tecnología.

Alcanza el artículo y se le iluminan los ojos cuando lo reconoce.

—Me acuerdo de esto. La Dra. Devereux era pura dinamita. Causó muchos problemas.

—Eso parece decir todo el mundo. Al menos, el par de personas que han estado dispuestas a hablarme de ella.

—Se hizo bastantes enemigos en su departamento, si no recuerdo mal. Su clase suscitaba cierta controversia. ¿Y no has encontrado nada más sobre ella en Internet? —Se vuelve hacia su portátil, imagino que para hacer una búsqueda rápida. Frunce el entrecejo—. Sé que teníamos varios artículos sobre ella. Los hacemos con todos nuestros Luminarios. Son personas destacadas en las artes y las ciencias que elegimos honrar cada año.

—¿Sabe lo que podría haberle ocurrido?

Su actitud alegre vacila.

—Me temo que no, Barrett Bloom. Ojalá lo supiera. —Me pregunto si repetir el nombre y el apellido es un truco para recordar los nombres de las personas cuando habla con ellas—. No hemos estado en contacto desde... Bueno, creo que no fue mucho después de que se publicara este artículo. Sin embargo, nuestra fundación se esfuerza por ponerse en contacto con todos nuestros Luminarios cada pocos años, así que puedo preguntar de tu parte. Y debería hablar con nuestro equipo técnico sobre esos artículos.

Se me encoge el corazón. Es poco probable que me responda antes de que acabe el día, y mañana no se acordará de esta conversación.

—Sería estupendo —digo, intentando parecer optimista—. Gracias.

El señor Lamont se vuelve hacia Lucie.

—¿Las clases van bien por ahora?

—Parece que sí —responde. Luego, hablándose a las manos entrelazadas en el dobladillo de su jersey, añade—: Pero... mañana tengo una audición para esa compañía de la que te hablé.

Su padre frunce el ceño.

—¿La compañía de baile? Creía que ya habíamos hablado de eso. Nada de actividades extracurriculares que no sean académicas durante tu primer año. Nada que te distraiga de tus estudios. Quizá podamos reanudar la conversación cuando elijas una especialización.

—En Periodismo —dice ella con rotundidad.

Él la mira con una sonrisa tensa.

—¿En qué si no?

—Mucha gente se especializa en Danza —responde—. Y pasan a tener carreras de éxito en diversas áreas.

Me viene un recuerdo: Lucie actuando hace dos años en la asamblea anual de arte del Island con un baile que coreografió ella misma. Hasta me impresionó, aunque en ese momento ya no nos hablábamos. Y recuerdo que mencionó las clases de baile cuando fuimos amigas en secundaria, pero durante mucho tiempo la he asociado únicamente con el periodismo.

La verdad es que no estoy segura de que vaya a escribir para el periódico este trimestre.

El periodismo siempre ha sido más cosa de mis padres.

El señor Lamont me mira con sus ojos azules.

—¿Tú en qué te estás especializando, Barrett Bloom? —pregunta, y me mata decir «Periodismo». Aprieto los dientes y miro a Lucie de reojo. Debería haber mentido.

—Sé que podría arreglármelas con el resto de las clases. —Lucie se ha vuelto más pequeña, con los hombros encorvados en la silla.

—Lucie, la respuesta es no. —Acto seguido, vuelve a ponerse la máscara de director ejecutivo—. Encantado de conocerte, Barrett Bloom. Mucha suerte con el artículo.

☾ ☾ ☾

—Lo siento —le digo a Lucie de camino a casa—. Por lo de tu padre. Espero que...

—No pasa nada. —Lucie se mira las uñas y se pellizca el esmalte negro.

—No pasa nada si te sienta mal. Sé que no somos... No sé lo que somos. Pero te juro que lo último que quiero es juzgarte.

Parece contemplarlo, pero no levanta la vista de las manos.

—Es solo que... tenía la pieza para la audición preparada. Seguro que no te acuerdas del baile que hice en segundo...

—Sí me acuerdo —afirmo, y me sorprendo incluso a mí misma cuando lo digo en voz alta.

—¡Ah! —Está claro que no esperaba esa respuesta—. Bueno, lo he actualizado y es más complejo, y le he añadido cosas. Pero lo construí a partir de ahí. Puede que sea una tontería el hecho de que haya estado tanto tiempo trabajando en ese baile, pero es difícil saber cuándo has *terminado* con algo, ¿sabes?

—Me he sentido así con artículos.

—No estoy segura de si en mi caso ha sido así alguna vez. Con la escritura no, al menos. —Me dedica una media sonrisa irónica—. Ya sé lo que vas a decir. Pobre niña rica, ¿verdad?

Sacudo la cabeza, intentando asimilarlo. No solo la realidad de que Lucie esté triste, sino de que Lucie lo esté compartiendo *conmigo*.

—¿No te gusta escribir ni editar?

—No es que no me guste —contesta—. Pero hay una diferencia entre que te guste algo y que quieras dedicarte a ello durante el resto de tu vida. Entre que te guste algo y convertir ese algo en una carrera. Y sé que dedicarme al baile sería complicado de cojones. Que tendría que esforzarme para conseguirlo, cosa que no pasaría si, ya sabes, hiciera lo que quieren mis padres. Pero *quiero* esforzarme para conseguirlo. —Su expresión se torna más alegre, y en sus ojos hay una calidez nueva—. Esta compañía de danza moderna es *increíble* y vanguardista, y siempre llevan unos disfraces inquietantes que me gustan mucho. Como este. —Saca el móvil y busca en el navegador antes de encontrar la imagen que quiere. Las bailarinas van vestidas de verde oscuro con unas colas de dragón largas y el pelo recogido en elaborados peinados—. Empezaron el año pasado en la Universidad de Washington. Aunque mis padres no me dejasen especializarme en Danza, pensaba que podría ser un modo de mantenerme en forma. Conseguiría un trabajo a tiempo parcial e intentaría ganar lo suficiente como para pagarme la matrícula. Y entonces tal vez... tal vez podría estudiar lo que quisiera.

Intento relacionar esto con todo lo que sé sobre Lucie. Las veces que daba golpecitos con los pies al ritmo de la música que sonaba en la sala de redacción o cuando se ponía los AirPods y tamborileaba con los dedos sobre su mesa mientras editaba una noticia. Lucie Lamont, bailarina de danza moderna.

—Tendría que ser un trabajo a tiempo parcial muy bien pagado —digo, y se estremece.

—Mañana tengo una entrevista con el servicio de comidas.

—¡Oh! Bien. —Intento imaginarme a Lucie sirviéndome en el bufé de pasta y diciéndome que no debo salir del comedor con ninguno de sus boles. Intento imaginármela pasando por lo de hoy diecinueve veces, devastada una y otra vez, completamente inconsciente de que ya ha pasado por esto antes. Diecinueve veces, y nunca lo supe.

—Siempre han asumido que seguiré sus pasos y... y que me haría cargo de Elsewhere algún día. —Mira por la ventana mientras tomamos la salida hacia la Universidad de Washington—. Pensaba que la universidad sería diferente. Estoy agradecida por lo que hacen y por lo duro que trabajan, pero siguen queriendo que sea su clon perfecto, y a veces es... sofocante.

—¿Y tus amigos?

Suelta una risa de burla.

—¿Mis amigos? ¿Los que se fueron a la Universidad Estatal de Washington y se olvidaron de mí o los que me preguntaron si podía conseguirles unas prácticas en Elsewhere y, cuando les dije que no, dejaron de responderme?

En el instituto Lucie siempre estaba rodeada de gente. Siempre parecía feliz. Mientras tanto, lo más cercano que tuve yo a una amistad fue el tiempo que entrevisté a una chica sobre el club de robótica y le pregunté si quería quedar y me dijo: *¿Por el artículo?* Y mentí y dije que sí.

Quizá Lucie y yo tenemos más en común de lo que pensaba.

—Ni siquiera sé por qué te estoy contando esto —dice.

—¿Porque se me da genial escuchar y nunca juzgo ni hago bromas inapropiadas?

En su favor diré que hace caso omiso a mi comentario y sigue hablando.

—Pensaba que al principio haría una doble especialización y que les parecería bien. Pero se convirtió en una asignatura secundaria y luego en *una clase extracurricular*, y ni siquiera me dejan tener eso. Da igual las veces que les asegure que puedo hacer ambas, que puedo manejarlo, no quieren que haga nada que me distraiga de lo que *ellos* quieren.

—Eso es muy duro por parte de tus padres —digo, y va en serio—. Lo siento.

Lucie asiente y se queda callada un rato.

—Barrett, intenté detenerlos, ¿sabes? El año pasado.

Todo mi cuerpo se pone rígido.

—¿Cómo?

—Después del baile de fin de curso —aclara, y se me desenrolla esa sensación oscura y helada en el vientre—. A Cole y al resto de esos idiotas. Le dije que lo dejara de una puta vez.

—No... —Me quedo ahí, con la boca entreabierta, incapaz de creer lo que estoy oyendo. La mitad de mi cuerpo está aquí, pero la otra mitad está en el Island, con flores en el pupitre y ácido en la garganta—. ¿Por qué? —Es lo único que sale.

—Sé que no me porté muy bien contigo después del artículo sobre el equipo de tenis. Y Blaine acabó siendo..., bueno, un poco idiota. Cole no era mucho mejor. Odiaba ir a su casa porque siempre me comía con los ojos, y Blaine simplemente me decía que estaba exagerando.

—Lo siento —contesto de manera automática y con el estómago revuelto, porque independientemente de cómo me sienta con respecto a ella, no se merecía eso.

—Pero podría haber hecho más —continúa—. Yo también lo siento. Siento lo que te pasó. De verdad que no debería haber pasado, en serio.

—En el instituto no éramos la mejor versión de nosotros mismos —digo finalmente.

Su mirada se cruza con la mía con un suave destello de comprensión.

—No, no lo éramos.

Al principio del día de hoy, Lucie era un medio para conseguir un fin. Pero ahora que estoy intentando descifrarla, me estoy dando cuenta de que todo lo que creía saber sobre ella era superficial. Esos *bagels* y globos que creí que arreglarían nuestra relación no significan nada.

Aun así, no estoy segura de cómo curar las heridas que ambas tenemos, el daño que nos infligió el instituto y que nos infligimos la una a la otra. No es algo que podamos resolver en una sola conversación. Hace falta tiempo.

Lo único que no tenemos.

—Tengo que ir a recoger un libro de texto en la librería —dice Lucie cuando el Uber se detiene en Olmsted—. Pero esta noche voy a una fiesta en una fraternidad. ¿Te quieres venir conmigo?

—Tengo planes —respondo, y solo me siento un poco culpable por ello. Hace años habría matado por una invitación así.

—Nos vemos en otro momento, entonces.

—Sé dónde vives. —Quiero que suene a broma, pero como soy yo, suena como el preludio a cortar su cuerpo en pedacitos y dárselos de comer a las ardillas del campus—. Pero no en plan tétrico.

Lo peor es que, a pesar de lo terrible que se portó conmigo Lucie en el pasado, una parte de mí cree que algún día podríamos ser amigas. No estoy segura de cuándo, y no sé cómo sería esa amistad, pero si hay algo que reconozco en otra persona es la soledad.

Y me rompe el corazón al pensar que, por mucho que hayamos avanzado, todo se borrará mañana.

DÍA VEINTIUNO

𝍩𝍩𝍩𝍩 |

Capítulo 26

—Este te quedaría muy bien —digo, pasando una página y señalando la foto de un hombre con una cebolla tatuada en la axila. Estamos sentados en un sofá de cuero desgastado en un estudio de tatuajes de Capitol Hill—. ¿O un enorme... Art Garfunkel? Justo en medio del pecho. —No Simon & Garfunkel. *Solo* Garfunkel. Desprende una energía caótica en toda regla y, francamente, lo respeto—. ¿Crees que molaría?

Miles lanza su suspiro patentado de «Me agotas».

—Lo que creo es que me estoy arrepintiendo muchísimo.

Durante la última semana, nos lo hemos pasado en grande en la medida de lo posible, al menos, con los limitados recursos de los que disponemos como estudiantes universitarios de dieciocho años. Ayer, en un esfuerzo por vivir la experiencia universitaria definitiva en un único periodo de veinticuatro horas, juntamos a tanta gente como pudimos en el patio e intentamos batir el récord Guinness de mayor número de frisbis atrapados, pero nos quedamos cortos. Me caí de cabeza contra un árbol cuando intenté aprender a hacer *slackline*. Fuimos al centro de la ciudad y montamos en la Great Wheel durante horas y probamos todos los platos del mercado de Pike Place. Le compramos un Porsche a un vendedor de coches muy escéptico y Miles me enseñó a conducir con cambio manual, y ninguno de los dos asesinó al otro.

Llevo tres semanas atrapada, y Miles muchas más, y he de admitir que tanta emoción empieza a resultar agotadora. No importa lo que hagamos, siempre me despierto con la voz de Lucie. Siempre recibo un mensaje de mi madre a las siete y media, y ese *skater* siempre se estrella contra los bailarines de *swing* a las cuatro menos diez. Una y otra vez.

—Creo que ya nos hemos decidido —digo al cabo de unos veinte minutos, y acerco el libro al mostrador. Últimamente he empezado a sentir como si solo estuviéramos viviendo la vida al máximo en piloto automático, y no voy a mentir: una parte de mí tiene la esperanza de que mañana nos despertemos con unos tatuajes de los que nos arrepentiremos profundamente y con una gran sensación de alivio.

—Puedo atenderos a los dos ahora mismo —contesta la tatuadora—. ¿Tatuajes de pareja?

La miro con lo que espero que sean unos ojos cargados de amor, pese a que mi estómago hace algo extraño y desconocido. Algo que me causa un cosquilleo, como si la Ovoxtravagancia de Olmsted hubiera sido una mala elección esta mañana.

—Sí. Y confiamos tanto el uno en el otro que queríamos dejar que lo eligiera la otra persona.

—¡Qué romántico! —dice con la voz plana, como si le acabara de decir que nuestra intención es darnos de comer comida que hemos raspado de la calle.

Miles señala una página del libro que no veo.

—Este es para ella —dice, y luego avanza unas páginas—. Con esto.

—Y yo he hecho un diseño propio para él. Si te parece bien. —Le entrego un trozo de papel. No soy artista. Me muero de ganas.

La artista, una mujer con una melena corta lavanda y una espiral de tinta que le asciende por los brazos, se presenta como Gemini y nos conduce a una habitación privada. Me ofrezco voluntaria para ir primero, ya que Miles está un poco pálido.

—Te vas a hacer el tuyo en el antebrazo —dice Miles desde un asiento situado a unos metros de la silla de la tatuadora—. Porque supuestamente es donde menos duele y soy una *buena persona*.

—Y tú te vas a hacer el tuyo en un lugar muy secreto y muy especial. —Aunque me siento aliviada de que no haya elegido un lugar que requiera exponer los rollos de la espalda o la redondez de mi vientre. No obstante, ese alivio no tarda en convertirse en preocupación de que haya elegido el antebrazo porque prefiere no tener que mirar otras partes de mi cuerpo.

Gemini prepara la zona, la limpia con alcohol y luego pasa una cuchilla.

—No mires —dice Miles. Ya hay más alegría en su rostro; se le han iluminado los ojos. De repente, las sensaciones extrañas de la noche que pasamos en su habitación vuelven de golpe y me calientan las mejillas. Fue accidental, cómo su pie tocó el mío. Y no significó nada cuando mantuvo la mirada... o cuando la mantuve yo.

Por suerte, en cuanto la máquina se pone en marcha, todas esas sensaciones se destierran al fondo de mi mente. El dolor no es tan agudo como esperaba, aunque no dejo de hacer muecas a medida que Gemini trabaja.

Una hora más tarde me dice:

—Ya está.

Me miro el antebrazo y suelto una carcajada.

Es un palito de *mozzarella* antropomorfizado, lo que solo queda claro por el pequeño plato de salsa marinara que tiene al lado. El palito tiene brazos y piernas y puntos por ojos y lleva una capa.

Pero el caso es que, incluso con la salsa, no parece en absoluto un palito de *mozzarella*.

Parece un pene que lucha contra el crimen.

—¿Gran fan de los palitos de *mozzarella*? —pregunta Gemini.

—La número uno —respondo, y sacudo la cabeza en dirección a Miles, que parece encantado.

—Te queda perfecto —comenta, que no es lo mismo que «Estás perfecta» o «Yo te quedaría perfecto», y aun así. Y *aun así*.

Mientras Gemini limpia, no puedo dejar de mirar la tinta fresca. Aunque mañana ya no esté, aunque sea lo último que habría elegido para mí, tiene algo de poético. Está diseñado para ser permanente y, sin embargo, nos lo hacemos por la única razón de que es temporal.

—Bueno, ¿este dónde va? —inquiere Gemini cuando está lista para ponerse con Miles.

Me retuerzo para darme un toque en la parte baja de la espalda, justo por encima del cinturón.

Miles gime.

—Debería haberlo sabido —dice, refunfuñando, pero, para mi sorpresa, no protesta a medida que se acerca a la silla—. Solo querías verme sin camiseta otra vez —añade mientras se quita la camiseta y la deja en la silla que hay a mi lado. Es algo tan poco propio de Miles que tengo que ahogar una risita.

Intento no mirarle el pecho. Y lo consigo, pero entonces Gemini ajusta la silla para él y se coloca boca abajo, ofreciéndome una vista completa de su espalda. Los hombros anchos que oculta bajo las camisas de franela, la longitud larga de la columna vertebral que se curva ligeramente hacia arriba antes de desaparecer dentro de sus vaqueros. Un paisaje suave de músculos y piel morena. Y... ¿qué cojones? Esto no debería ser *peor* que su pecho.

Solo es su espalda. La *parte baja* de la espalda. Es una zona del cuerpo completamente no sensual y no sexual...

... excepto cuando recuerdo lo que dijo Miles sobre *hacer el amor* con alguien, en lo que tengo que dejar de pensar junto cómo es posible que esté en esta posición durante el acto.

Tengo que controlar mis hormonas.

Gemini se pone con el *transfer* mientras contemplo la posibilidad de tatuarme «CÁLMATE DE UNA PUTA VEZ» en la frente y, cuando sujeta un espejo para que Miles pueda echarle un vistazo (porque estoy demasiado entusiasmada como para esperar a que termine), se queda con la boca abierta.

—¿Me has puesto «propiedad de Barrett Bloom» en el culo?

—Si queremos ponernos técnicos, es en la parte baja de la espalda —respondo—. Pero sí. Sí, lo he hecho. ¿Te gusta? La fuente es *preciosa*, y los pétalos de rosa son... —Me doy un beso en los dedos.

—Como nos despertemos el jueves —contesta—, espero que estés dispuesta a pagar las citas para eliminar el tatuaje junto con todas las sesiones de terapia que voy a necesitar para recuperarme de esta experiencia traumática.

Gemini enciende la máquina, por suerte ajena a nuestra conversación. De vez en cuando, Miles suelta un suspiro entrecortado y los músculos de la parte superior de la espalda se le tensan. Me siento aliviada cuando su móvil suena en el bolsillo de su chaqueta, que está colgada en el respaldo de mi silla.

—Es tu hermano. Otra vez —anuncio tras sacarlo, a pesar de que, evidentemente, ya lo sabe—. ¿De verdad vas a seguir ignorándole?

—Ya he contestado como una decena de veces —dice Miles con los dientes apretados mientras Gemini le pasa la aguja por la espalda.

—Y aun así apenas me has dado detalles de por qué llama. —El móvil sigue vibrando en mis manos—. ¿Y si es la clave para...?

Miles alza la cabeza, y su mirada es penetrante.

—¿De verdad quieres saber por qué llama? —En su voz no hay ira, pero sí una severidad a la que no estoy acostumbrada. Me hace señas para que me acerque, y acepto la llamada y le acerco el móvil a la oreja—. Hola —contesta, y no oigo a su hermano por encima del zumbido que hace la máquina de Gemini—. Lo sé. No, no se me ha olvidado... Sí. Vale. Puedo estar allí en una hora.

Retiro el móvil mientras Miles gira la cabeza para hablar con Gemini.

—Lo siento, pero tenemos que irnos.

—¿Seguro? —inquiere—. Porque ahora mismo solo he hecho media flor y PROPIEDAD DE BAR.

Si Miles no pareciera tan distraído ahora mismo, me reiría.

—¿Adónde vamos? —le pregunto.

Hace una mueca mientras Gemini le pone una venda en la parte baja de la espalda.

—Vamos a recoger a mi hermano de rehabilitación.

Capítulo 27

Max Kasher-Okamoto no es en absoluto lo que me esperaba, pero dado que Miles apenas lo ha mencionado, igual debería haber estado preparada para cualquier cosa.

Max mide, al menos, un metro ochenta y lleva su estatura con una confianza que roza el ego. No se encorva ni se inclina, sino que se alza. Tiene las orejas perforadas y un tatuaje detrás de una de ellas, un remolino de tinta oscura que no logro distinguir. Con unos vaqueros negros, una chaqueta vaquera desgastada y unas Chucks *vintage*, Max parece que podría ser el quinto Ramone. Si Miles es ligeramente atractivo en ciertos días, según ciertos ángulos, Max está hecho para atraer.

Max y Miles. Sería adorable si la situación no fuera tan seria.

—Mil Millas —dice Max, abriendo los brazos, y vale, definitivamente hay algo adorable en ese apodo—. ¡Qué bien que hayas decidido hacer acto de presencia!

Miles lo abraza.

—Lo siento. Estábamos... indispuestos.

—Solo te estoy tomando el pelo. Significa mucho que estés aquí. De verdad. —Max se retira y me evalúa levantando una ceja—. Y tú, desconocida atractiva.

No sé quién se sonroja más, si Miles o yo.

—Esta es Barrett —me presenta—. Barrett, Max. Es una amiga de la universidad.

En el trayecto hasta aquí, Miles me explicó con voz tranquila y serena que su hermano terminaba hoy su programa. No quería husmear, no sabía qué preguntas hacer. «Rehabilitación» podía significar cien cosas distintas.

Pero aquí estamos, frente al centro de rehabilitación de un hospital de Ballard.

—Barrett. Encantado de conocerte. —Max se pasa una mano por el pelo, el cual le llega casi a los hombros—. Me muero de hambre. He soñado varias veces con las hamburguesas del Zippy's, imagínate cuánto las echo de menos. ¿Podemos comer de camino a casa?

A casa.

—Claro.

Max le da un empujón a su hermano con el codo.

—Y tu novia puede venir también.

Las puntas de las orejas de Miles se ponen rojas.

—No... No somos... —balbucea justo cuando Max empieza a reírse a carcajadas.

—No he podido resistirme —contesta con una risa ronca, lo que me deja con la duda de si es porque no soy una novia viable o porque Max conoce el alcance de la inexperiencia de Miles.

Dejo que Max ocupe el asiento del copiloto junto a su hermano, y frunce el ceño ante la emisora que reproduce los mayores éxitos de los ochenta, los noventa y la actualidad.

—¿Esto es lo que has estado escuchando?

—Es un coche alquilado —dice Miles, con los ojos fijos en la carretera. De repente, ha vuelto a ser el Miles rígido y serio que era cuando lo conocí.

Max tamborilea con las manos en el salpicadero y juguetea con el equipo de música cuando se da cuenta de que no puede conectar su móvil. No puedo evitar hacer una lista con las diferencias que hay entre uno y otro. Ambos son incapaces de estarse quietos, pero la postura de Max es menos rígida. Max parece sentirse cómodo de inmediato, mientras que Miles casi nunca lo está. En cuestión de diez minutos, la cara de Max ha pasado por un centenar de expresiones más que la de Miles en el día a día.

—Nunca he estado en el Zippy's —digo en un intento por relajar el ambiente.

Max se gira en el asiento para mirarme.

—Te va a encantar. Tienen una salsa especial que es lo mejor que he probado en mi vida. Solían venderla en tarros, pero no pudieron mantener las existencias.

El Zippy's es una hamburguesería de las de antes, con manteles de cuadros rojos y una gramola en una esquina. Una vez que pedimos y nos sentamos, Miles empieza a relajarse, de manera que sus hombros ya no le tocan las orejas. Y, sin embargo, durante todo el tiempo que estamos aquí, me pregunto por qué no lo están sus padres.

—¿Recuerdas cuando intentamos construir una réplica de la Space Needle con patatas fritas? —inquiere Max, haciendo un gesto con su batido de chocolate—. Fue aquí mismo. En esta mesa.

Enfrente de mí, Miles esboza una sonrisa, una grieta bienvenida en su exterior.

—No parábamos de decir que teníamos que ir al baño y luego volvíamos con otro recipiente de salsa para pegarlas. Mamá y papá estaban cabreadísimos.

—Pensé que no nos dejarían comer patatas fritas nunca más.

Le doy un pequeño sorbo a mi batido de fresa.

—No me imagino a Miles haciendo algo así.

—¿Este chico? Millas Por Hora era un rebelde habitual por aquel entonces. —Max le da un codazo en el hombro y Miles casi resplandece bajo su atención.

Y es ahí, en ese momento, cuando veo un fragmento de lo que podría haber sido su relación en otros tiempos. Un niño que idolatraba a su hermano.

Llega nuestra comida, y Max tiene razón al cien por cien en cuanto a la salsa especial, la cual es una mezcla perfecta de dulce y salado, tan deliciosa que podría nadar en ella. No obstante, Max no come todavía, sino que me mira con el ceño medio fruncido.

—¿Qué? —pregunto, temiendo que tenga salsa especial en la cara.

—Nada. —Su boca esboza una sonrisa—. Solo intento entender cómo ha pasado esto. —Mueve el dedo índice para señalarnos a los dos, y ahora es el hermano mayor que hace pasar vergüenza.

Miles se ha puesto tan rojo que podría incinerar su hamburguesa con la mirada.

—Ya te lo he dicho, no somos...

—Espera, espera, espera. No hace falta sacar conclusiones precipitadas. Me refería a *esta amistad* —interrumpe Max, que me lanza un guiño exagerado.

—Vamos a Física juntos y estamos en la misma residencia —explico.

—¿La clase de mamá?

Miles asiente. Al oírlo, una expresión de auténtica preocupación se dibuja en el rostro de Max.

—¿Crees que...? No va a haber problemas con ellos en casa, ¿verdad?

—Eso espero. —Miles le da un bocado delicado a su hamburguesa—. Se van a alegrar de que hayas vuelto. De verdad.

—Se alegran tanto que ni se han molestado en recogerme.

—Para ellos es duro. Ya lo sabes.

Max se queda callado un momento, jugueteando distraídamente con el envoltorio de una pajita.

—Lo sé.

Miles se estira por encima de la mesa y le pone la mano a su hermano en el brazo.

—Estoy muy contento de que estés aquí. Estoy... Estoy orgulloso de ti.

Mi corazón se hincha hasta el punto en que ya no estoy segura de lo que lo mantiene dentro de mi pecho.

—Eso significa mucho. No ha sido fácil, y eso... Gracias. —Acto seguido, Max se aclara la garganta y me dirige una sonrisa traviesa—. ¿Quién quiere más patatas fritas?

Cuando terminamos de comer, Miles nos lleva a su casa, una de estilo Tudor azul oscuro situada en una pintoresca calle residencial del oeste de Seattle.

Con cautela, sigo a Miles al interior. La casa es el doble de grande que la mía y es todavía más espaciosa por dentro, con suelos de madera pulida y grandes ventanales por los que entra la luz natural. Refleja maravillosamente los dos lados de su familia, con un cuadro precioso de seda japonesa en una pared y, junto a él, una placa de plata en la que se lee TIKKUN OLAM en hebreo y en la que hay un árbol de la vida grabado.

Miles mira fijamente una foto familiar enmarcada que debe de ser de hace unos cinco años. Es una de esas fotos que siempre me han parecido cursis, de esas en las que todos llevan puesto lo mismo, en este caso, vaqueros y camisas blancas. Están posando en Alki Beach y la Dra. Okamoto lleva el pelo más largo, por debajo de los hombros, y el viento se lo levanta del cuello. Le está dando la mano al padre de Miles. Este, un preadolescente que parece estar incómodo y con unas orejas demasiado grandes para el resto de su cuerpo, está mirando a su hermano con adoración, quien se está asomando al estrecho de Puget. Por algún motivo, no parece nada cursi.

Max está en la cocina, y abre la nevera y saca una lata de Sprite. Cuando me tiende una, niego con la cabeza.

—¿Cuánto tiempo has estado...? —Me interrumpo, insegura de cómo hablar de ello.

—¿En rehabilitación? No pasa nada por decirlo. —Abre el Sprite y se apoya en la isla de mármol—. Noventa días. Me he perdido todo el clima veraniego de Seattle —añade—. Y anda que no he echado de menos los juegos de palabras sobre física horribles de mi madre y la comida de mi padre. —Y luego, cuando Miles se une a nosotros—: Y el gusto anticuado en películas de Miles, pero supongo que ahora le tocará a su compañero de habitación lidiar con eso.

—Estoy seguro de que estás destrozado —dice Miles.

Max se agarra a la altura del corazón.

—No sabes cuánto.

Miles recorre la cocina con la mirada al tiempo que estira los brazos. Su voz titubea un poco cuando habla.

—Bueno, ya está.

Se nota que está ansioso por dejar a Max solo, y no puedo ni imaginarme lo que se siente al tener que decidir si volver a hacer esto mañana.

La decisión que ha estado tomando cada día durante casi tres meses.

—Papá viene de camino —dice Max—. Acaba de mandarme un mensaje. No voy a tardar mucho en quedarme frito, así que, si tienes que irte, adelante. No tienes que hacer de canguro.

—¿Seguro?

Max hace un gesto para restarle importancia.

—Además, este fin de semana vamos a cenar todos juntos, ¿verdad?

—Sí. —Miles vuelve a juguetear con el cuello de su camisa de franela de cuadros. Es un milagro que no tenga toda la ropa arrugada—. Me muero de ganas.

Max le pasa un brazo a Miles por el cuello, y ese claro afecto fraternal hace que me vuelva a dar un vuelco el corazón.

—Oye, Millas por Recorrer antes del Sueño. Todo va a salir bien.

Ante eso, Miles suelta una carcajada.

—No creo que eso suene tan bien. Es un poco trabalenguas.

—No, ¿verdad? Estaba intentando algo nuevo. Me he interesado mucho por la poesía mientras he estado fuera.

—Sigue trabajando en ello, Capacidad Máxima.

Max esboza su mejor sonrisa hasta el momento. Los apodos me están matando.

—Divertíos. No hagáis nada que yo no haría. —Max me mira—. Llevo todo este rato preguntándomelo... ¿Tienes un pene tatuado en el brazo?

—Sí —respondo al mismo tiempo que Miles dice: *No*.

—Guay. —Entonces, antes de cerrar la puerta, añade—: ¡Ah! Y por si no te veo mañana, feliz cumpleaños.

℧ ℧ ℧

Apenas estamos cinco minutos en silencio en el coche de alquiler antes de que Miles aparque.

—Lo siento, necesito un momento —dice, y conduce hasta una calle lateral y apaga el motor delante de un rododendro enorme. Es evidente que, desde que llegamos al hospital, ha estado conteniendo sus emociones.

No estoy segura de cómo será cuando deje (*si deja*) que la presa se rompa.

—Lo siento —digo, en parte para llenar el silencio, pero también porque he sido yo la que le ha empujado a responder la llamada.

—No tienes que pedir perdón por nada —contesta al volante, con los hombros tan rígidos como siempre. Si me acercara y lo tocara, estaría tan sólido como un ladrillo.

—¿Max es... adicto?

Despacio, Miles asiente, moviendo la punta del dedo a lo largo de un hilo suelto que hay en la costura del volante. Estoy a punto de decirle que no tenemos por qué hablar de ello, no si él no quiere, pero entonces traga saliva antes de volver a abrir la boca.

—De niños estábamos muy unidos. Estaba obsesionado con él, quería llevar la misma ropa, hacer las mismas cosas. Y siempre me dejaba que fuera con él y con sus amigos, nunca fui el hermano pequeño molesto. Max era el alma de la fiesta, la encarnación literal de

248

«cuantos más, mejor». Nunca había demasiadas personas a su alrededor, y normalmente todas estaban medio enamoradas de él.

—Comprensible.

Miles se toca un lado de la cara, justo debajo del ojo izquierdo. La cicatriz en forma de media luna.

—Me la hice cuando bajamos en trineo por una colina cuando éramos niños. Me choqué contra un árbol y me arañé con unas ramas. Max se sintió tan mal que me llevó el desayuno a la cama durante tres semanas. Tampoco... sacaba las mejores notas, pero cuando se proponía algo, lo *hacía*. Cuando tenía trece años, decidió que quería aprender japonés por su cuenta antes de que fuéramos a visitar a la familia de mi madre en verano. Durante los seis meses anteriores al viaje, se metió de lleno en el idioma y, cuando habló con nuestros abuelos y tíos, todos comentaron lo bueno que era su japonés.

»Cuando empezó a consumir, yo estaba en séptimo. —Miles suelta un suspiro largo y tembloroso, como si el recuerdo le causara dolor físico. Y puede que así sea—. Pasó un año, creo, antes de que nuestros padres le pillaran. Al principio no lo entendía. Nos habían dado un montón de charlas antidroga en la escuela, y ni siquiera era capaz de concebir cómo alguien podía *conseguir* drogas. Me parecía algo que estaba tan fuera de mi mundo... —Me mira por primera vez desde que empezó a hablar, y hay tanto dolor detrás de sus ojos que me cuesta creer que no se haya desbordado hasta ahora. No logro imaginar lo que es cargar con esto todos los días—. Esta ha sido la tercera vez que ha ido a rehabilitación. Ha recaído todas las veces, y quiero que sea la última con tantas ganas que es... es como si fuera una parte física de mí. Me ofrecí a recogerlo porque mis padres estaban trabajando y era el primer día de clase y... supongo que quise facilitar las cosas para todos.

Para todos menos para él.

Ha vuelto a toquetear el volante.

—Miles, lo siento mucho. —«Lo siento» suena demasiado ligero en esta situación. Tengo la garganta seca y una opresión dolorosa en el pecho y desearía poder darle algo más que un «Lo siento». Pienso en aquella foto familiar en la playa. ¿Ya había empezado por aquel entonces, o estaba a punto de hacerlo?

—Hoy he contestado al teléfono más de diez veces, pero esta ha sido la primera en un mes, creo. Le quiero. De verdad. Y quiero que se mejore más que nada. Cada vez que no voy a recogerlo, me odio un poco. Me pregunto a quién llama, si es a alguno de sus viejos amigos y si cae en esos viejos hábitos.

—No —digo con suavidad, pero con firmeza—. No se puede esperar que hagas esto setenta y tantas veces.

Miles siendo Miles, no puede evitar corregirme.

—Setenta y nueve, por el momento. —Cualquier atisbo de superioridad se desvanece cuando continúa—: Y me rompe el corazón cada vez que voy. Cada vez que no voy. Cada vez que suena el móvil. Cada vez que lo ignoro. Cada vez que contesto. Cada vez... se rompe otro cachito. —Se le quiebra la voz y, cuando vuelve a hablar, lo hace en un susurro—: Me sorprende que quede algo de él.

¡Dios! Quiero envolverlo en celofán y luego envolverlo en una manta para que no le vuelvan a romper el corazón nunca más.

Me rompe el corazón. Cuatro palabras que nunca imaginé a Miles Kasher-Okamoto diciendo. Es increíble pasar ~~un día~~ semanas con alguien y no conocerlo apenas.

—Sí que queda —afirmo, y me giro para poder mirarle de frente. Necesito que sepa que me importa que me lo esté contando. Que voy a mantenerlo a salvo—. Si no quedara, no estarías aquí. O me habrías dado la patada hace mucho tiempo.

Miles se permite esbozar una sonrisa, una de las leves, pero aun así ha de ser una buena señal.

—No —contesto—. M-Me alegro de que estés aquí. A veces pienso que... si nunca salgo del bucle, nunca tendré que saber si recae. Siempre estará mejorando.

—No voy a fingir que sé lo que se siente, porque no lo sé. Pero quiero que sepas que lo siento mucho, de verdad. Y si es algo de lo que quieres hablar más, o menos, o cualquier cosa... sé escuchar.

—Gracias. —Una pausa, y creo que va a decirme que ya no quiere hablar más. Que deberíamos irnos. Sin embargo, en vez de eso, dice—: Quiero comportarme con normalidad cuando estoy con él. No quiero estar raro y tenso ni actuar como si fuera algo delicado. Puede que no haya sido mi mejor actuación cuando hemos estado con él hoy. No quería que me vieras así. —Desvía la mirada cuando pronuncia lo último, y la timidez en su voz suena extraña y familiar a la vez.

—No voy a juzgarte —afirmo con suavidad.

Su mano está ahí. Justo ahí, en la consola que nos separa, y no puedo evitarlo. Tal vez sean todos los años deseando que alguien me consuele, pero sea lo que sea, me obliga a estirar la mano y acariciarle los dedos.

Inclina ligeramente la cabeza y mira nuestras manos, como si confirmara que lo que está pasando es cierto: mi mano cubriendo la suya, el pulgar subiendo y bajando por su índice.

No es como cuando nos dimos la mano en el vuelo a Disneylandia ni cuando saltamos a la piscina de bolas. Es algo diferente, algo nuevo, delicado y aterrador.

—Te presionas demasiado —digo mientras le recorro los dedos con los míos, desde las protuberancias de sus nudillos hasta las articulaciones y luego de vuelta. A estas alturas, mi mano debería conocer la suya, pero el contacto me produce una sacudida—. Eso no viene de tus padres, ¿verdad?

Despacio, muy despacio, gira la mano, y sus dedos son torpes cuando se deslizan contra los míos.

—Si es así, no hablan de ello. —Ya no mira nuestras manos, probablemente porque apenas piensa en lo que están haciendo—. Pero después de todo lo de Max... no quería que se preocuparan. Sé que no todo el mundo empieza la universidad estando seguro de lo que va a estudiar, pero a mí siempre me ha gustado la física. Mi madre no me presionó para que la estudiara (nuestros padres querían que fuéramos felices y que estuviéramos sanos por encima de todo), pero yo sabía que a ella le encantaba que a mí me gustara. Así que durante el instituto no hice nada que pudiera poner en peligro mi futuro. No pasaba mucho tiempo con amigos y no salía de fiesta. No me apunté a ningún club, excepto el mes que probé el club de cine. Hice los exámenes de admisión cuatro veces, y la última fue solo por diversión. Mis padres ni siquiera me pusieron toque de queda porque nunca hizo falta. Yo solo... estudiaba. Mucho. Siempre quise ir a la Universidad de Washington, porque haría felices a mis padres y no estaría muy lejos de Max. Y, cuando me admitieron, sentí un alivio enorme.

Ahora es mi corazón el que se está rompiendo. La versión de Miles de hace solo unos meses, la que se encerraba en sí mismo y se aislaba, estaba sufriendo de una manera que no podía ni imaginarme.

—Sé que no se me da muy bien la gente —continúa—. Que lo más probable es que al principio parezca un idiota condescendiente. Y creo que puede ser porque he estado tanto tiempo solo que no estoy acostumbrado a pensar en nadie más.

—Nunca he pensado eso de ti —digo con la expresión más seria posible. Recuerdo a Miles sugiriendo que saliéramos a explorar, a él apareciendo con el camión de helados, nuestro *sabbat* improvisado—. Y no es verdad lo de que no piensas en nadie más. Eres un buen amigo, Miles.

Por el tirón que da la comisura de su boca, sé que le ha gustado oírlo.

—Hace mucho que no me junto con nadie durante un periodo largo de tiempo y tú eres algo así como la primera persona con la que lo hago —indica.

—Y casi tienes el tatuaje que lo demuestra.

Me da un suave apretón en la mano antes de apartarse, y me siento extrañamente mareada.

—Mi madre es igual —empiezo al tiempo que intento no perderme el calor que desprenden sus dedos enlazados con los míos—. Siempre me decía: *No me importa si estudias algo poco práctico mientras que no te quedes embarazada.* Creo que está contenta con el rumbo que ha tomado su vida, aunque fuera complicado durante un tiempo. —Sacudo la cabeza, preguntándome cómo he podido soltar todo esto—. Lo siento, no estábamos hablando de mí.

—No, te lo agradezco. —Sus ojos vuelven a clavarse en los míos, profundos y vivos y llenos de más coraje del que jamás hubiera imaginado—. Yo... también quiero saber cosas sobre ti.

Esas palabras son como si me hubiera envuelto el corazón con la mano.

Antes de darme cuenta de lo que está pasando, me tiende la mano derecha y, sinceramente, no sé si podré soportar volver a darle la mano. No tan pronto. Pero no se detiene. Me roza la muñeca con las yemas de los dedos, dibujando un arco entre dos pecas, antes de volver a dejar caer la mano. Un gesto de comprensión, estoy segura de que eso es lo que significa, pero activa todas mis terminaciones nerviosas. Me revuelve el estómago.

—Periodismo, cultura pop de principios del 2000 y rara vez pienso antes de hablar. Eso es todo. —Cualquier otra respuesta a «quiero saber cosas sobre ti» se ha convertido en polvo en mi garganta. No estoy preparada para contarle mi historia completa, y en parte solo porque nadie me lo ha pedido antes. A pesar de sus palabras tranquilizadoras, no quiero quitarle nada de lo que está procesando con su hermano. El miedo a volver a pasar por lo mismo. La esperanza de que esta vez sea diferente.

—Tengo una pregunta —continúo, porque es lo único que se me ocurre en este momento—. ¿Por qué no me has dicho que mañana es tu cumpleaños?

Ante eso, Miles se ríe. Y no puede parar.

—Mi cumpleaños... es mañana —consigue decir, intentando, sin éxito, amortiguar la risa con el hombro—. Veintidós de septiembre.

—¡No puedo creer que no me dijeras nada!

—Si te soy sincero, se me había olvidado.

Y entonces yo también me río, porque si esa no es la mayor broma cósmica, no sé lo que es.

DÍA VEINTIDÓS

||||| |||| |||| |||| ||

Capítulo 28

A la mañana siguiente, no es la voz de Lucie la que me saca del sueño, sino una sensación de tirantez y calor en el antebrazo. Me despierto sobresaltada, acordándome del zumbido de la aguja de tatuar y del dolor y de la hinchazón que Gemini me advirtió que sentiría durante los próximos días.

Cuando abro los ojos, no está Lucie. Ni Paige.

¡Hostia puta, hostia puta, hostia *puta*! Esto solo puede significar una cosa.

Ha ocurrido.

El alivio me corre por las venas, brillante y resplandeciente y absolutamente irreal. Nunca me había alegrado tanto de sentir dolor. Sonrío contra la almohada, casi sollozando de alegría. Hemos llegado al jueves. Puede que nos hayamos hecho unos tatuajes terriblemente poco aconsejables, pero *lo hemos conseguido*.

Llevaré esta tinta como una insignia de honor, un recordatorio de que pasé por un infierno y salí de él más fuerte que nunca. Me reiré de las bromas que haga la gente sobre él. ¿Qué diablos? Yo también haré muchas. Llegaré a amar este ridículo tatuaje porque viajé a través del puto *tiempo* y ahora estoy al otro lado.

Correré por el pasillo hasta la habitación de Miles y saldremos a celebrar su cumpleaños. O, ya sabes, iremos a clase, porque así es como Miles querría pasar su cumpleaños. Por fin podré ir a mi clase de Psicología del jueves. Sí, me salté las clases de ayer, pero solo fue el primer día, y aunque la Dra. Okamoto y Buenorro Grant no estén encantados conmigo, a estas alturas ya me las sé de memoria. Ponerme al día no será un problema.

Me doy la vuelta y me llevo el antebrazo a la cara y...

No veo nada.

Un nudo de pánico se apodera de mí mientras me rozo el antebrazo con los dedos. La piel está caliente, pero es solo piel. No hay tinta. No hay un palito de *mozzarella* que parece una parte de la anatomía, no hay una capa. No hay rojez. Incluso acerco el brazo a la ventana para captar los fragmentos de luz natural, y todo el vello que afeitó Gemini ha vuelto.

Y, no obstante, el dolor sigue ahí, palpitando bajo la superficie, un recordatorio de algo que hice ayer.

Un día que no existe.

Llaman a la puerta, suena una llave en la cerradura y Lucie y Paige me miran fijamente.

—Tiene que ser un error —dice Lucie, y puede que ahora empiece a llorar por un motivo totalmente distinto.

No tengo energía para ser amable con ella, no otra vez, aunque ahora sé que se puede hacer, así que dejo que se queje de mis boles de pasta antes de fingir que vuelvo a dormirme. La devastación no debería pesar tanto, pero es un ancla de diez toneladas que me mantiene encadenada a esta habitación. Es un alivio recibir un mensaje de Miles una hora más tarde, cuando todavía estoy de bajona en la cama.

Ayer fue... mucho. Necesito un poco de espacio, si te parece bien. No estoy seguro de si estoy de humor para hacer como que todo me importa una mierda.

Pues claro que no pasa nada, respondo, apartando un destello de preocupación. Tómate todo el tiempo que necesites.

Quiero preguntarle si le duele la zona del PROPIEDAD DE BAR y si siente algo de lo que yo siento. Si se despertó a la misma hora y si tiene alguna teoría. Pero eso puede esperar.

Fuera de eso, algo cambió entre nosotros ayer. Sí, nos tomamos de la mano en un Toyota Prius 2013 alquilado, un momento que mi cerebro me repitió una y otra vez antes de quedarme dormida anoche. Pero también se abrió, me permitió ver una parte de su vida privada, una historia que no ha compartido con mucha otra gente. Y puede que esté empezando a entenderle. Ambos hemos estado solos, atrapados en unas prisiones creadas por nosotros mismos. Nunca habría imaginado que tuviéramos algo así en común, pero creo que los dos hemos estado anhelando una conexión humana más de lo que cualquiera de los dos estaría dispuesto a admitir. Por primera vez, sí que siento que somos compañeros.

Aunque de un modo extraño..., bueno, no le *echo de menos*, porque eso no tiene sentido. Hemos sido casi inseparables las últimas dos semanas. Lo más probable es que, simplemente, eche de menos tener a alguien con quien discutir. Alguien que satisfaga ese lado combativo de mi personalidad, el lado que siempre he temido que sea toda mi personalidad.

> Mamá: ¿Cómo te amo? ¡Joss y yo te deseamos MUCHÍSIMA SUERTE hoy!

El mensaje no me frustra como lo ha hecho los últimos días. Al contrario, me anima. Es el periodo de tiempo más largo que hemos estado sin vernos; bueno, el periodo de tiempo más largo que he estado *yo*, ya que aparentemente ella está viviendo su línea temporal como debe.

Me tomo un par de Tylenol para el dolor del brazo y pido un Uber. Para cuando llego a Tinta & Papel, el dolor se ha desvanecido hasta el punto de que casi puedo olvidar que no ocurrió.

Y ahí está ella, en vaqueros y con la camiseta con un dibujo a lápiz del horizonte de Seattle, y el abrazo que me da huele a rosas.

—No me digas que ya estás nostálgica —dice mi madre, y el *déjà vu* hace que me dé vueltas la cabeza.

—No sabes cuánto. Los médicos dicen que no me queda mucho.

—Barrett. Cariño mío. Tesoro de mi corazón. Solo han pasado unos días. Ni siquiera tú puedes estar tan apegada a tu querida madre.

—Diecinueve días —contesto.

Rebusca detrás del mostrador, sin prestar atención.

—¿Cómo? Bueno, ahora que estás aquí... Mira lo que llegó ayer. —Sujeta el paquete de tarjetas de felicitación, las de la nueva imprenta de Seattle.

—Diecinueve días, mamá —repito con voz tranquila.

—¿Es una referencia a algo? —Frunce los labios y entre sus cejas aparece una arruga mientras intenta pensar—. Vas a tener que darme una pista.

—No es una referencia a nada. Hace diecinueve días que no te veo. —Con piernas temblorosas, tomo asiento detrás del mostrador. Tal vez esté probando otra teoría, o tal vez esté deseando tener un poco de compañerismo que no sea Miles, ya que mi corazón y mi cerebro se sienten completamente confundidos por su presencia. Sea lo que sea, voy a intentar decirle la verdad otra vez—. ¿Y si te dijera que he estado atrapada en un bucle temporal y que he repetido este día veintidós veces?

Mi madre se queda mirándome y luego esboza una sonrisa.

—¿Es para tu clase de Psicología? ¿Algún experimento?

—Hablo en serio. Es real.

—Vale, bien. Si de verdad eres una viajera en el tiempo, ¿deberíamos ir a comprar un número de lotería?

—Podríamos, pero mañana no importará. —Hago un gesto con la cabeza hacia la puerta—. Cierra la tienda.

Suelta una carcajada.

—¿Qué?

—¿Qué es lo que siempre has querido hacer, pero para lo que nunca has tenido tiempo? Algo que podamos hacer hoy de forma realista. Rápido, lo primero que se te ocurra.

—Esto es absurdo, Barrett, no...

—Mamá. Por favor. Tú dímelo.

Tiene los ojos entrecerrados, la boca torcida hacia un lado. Su cara de pensar. Sé que me está siguiendo el juego, que no me cree del todo, y, para ser justos, yo tampoco lo haría.

—Puede parecer una tontería, pero siempre he querido subir a la Space Needle. Aunque sea turístico, me parece algo que deberíamos hacer, ¿no?

Tal vez no importa que no me crea o que sea mala fingiendo. Tal vez lo único que importa es que está aquí.

—Hagámoslo entonces —digo mientras agarra sus llaves—. Seamos turistas.

↻↻↻

Contemplamos un Seattle diminuto desde el suelo de cristal de la Space Needle, y los edificios, los coches y los árboles parecen de juguete.

—No puedo creer que hayamos tardado tanto en hacer esto —dice mi madre. A nuestro alrededor, los visitantes de principios de otoño señalan y contemplan la ciudad, aprovechando el buen tiempo antes de que llegue el invierno—. Era casi una medalla de honor. Ya sabes que a Jocelyn le encanta tomarnos el pelo con eso.

—Sí, le divierte bastante. —Ante la mención de Jocelyn, se me retuerce el corazón. Si no puedo hacer que lleguemos a mañana, al menos, le daré a mi madre el día de hoy.

Mi madre se pone de pie y nos dirigimos hacia el mirador exterior.

—Entonces, si estás atrapada en un bucle temporal —empieza—, debe de haber algo que se supone que tienes que arreglar para salir, ¿verdad?

—Ya lo he intentado. ¿Tú qué harías?

—Mmm. ¿Actos de bondad? ¿Intentar enmendar errores? —Me mira esperanzada y yo niego con la cabeza.

—Lo he intentado todo.

—¿Y los asuntos pendientes?

Hago una pausa en la zona del cristal por la que he estado arrastrando la mano. Como es lógico, lo único que se me viene a la mente es aquello en lo que me he esforzado por no pensar.

Todos estos meses después, sigo sin saber cómo contarle lo del baile de fin de curso. Sobre todo, lo que vino antes. Hoy debería haber poco en juego, ya que mañana lo habrá olvidado todo, pero no se trata tanto de contárselo como de expresar con palabras lo que pasó. *Oye, mamá, sufrí acoso la mayor parte del instituto y todo culminó en una pesadilla sexual en la que todavía no puedo pensar sin que me entren sudores fríos.*

Si es verdad que el baile de fin de curso es mi asunto sin resolver, no tengo ni idea de cómo resolverlo.

—No se me ocurre nada —respondo finalmente.

Me pasa un brazo por los hombros.

—A lo mejor solo necesitabas pasar el rato con tu querida madre.

—Eso parece solucionarlo casi todo.

No puedo echar a perder este momento, da igual lo agridulce que sea. Porque, si se lo digo, si (*cuando*) todos nos despertamos el miércoles otra vez y ella lo olvida, *yo* no lo haré. Lo habré dicho en voz alta, habré puesto nombre a todo lo que me ha roto. Habré reconocido lo que siempre me ha aterrorizado más (que nadie me ha deseado de verdad) y no podré retractarme.

—¿Qué te parece si ahora vamos a la Smith Tower? —inquiere, y, forzando una sonrisa, le digo que vale.

DÍA VEINTITRÉS

᜔᜔᜔ ᜔᜔᜔ ᜔᜔᜔ ᜔᜔᜔ III

Capítulo 29

—Considéralo un regalo de cumpleaños atrasado —le digo a Miles cuando, al día siguiente, aparqué delante de Olmsted subida a otro coche de alquiler. Con palanca de marchas, porque puedo. En el asiento del copiloto hay una camiseta doblada en la que pone CUMPLEAÑERO—. O supongo que, técnicamente, es un regalo de cumpleaños adelantado.

—Por favor, no me digas que tengo que llevar eso. —Con cuidado, aparta la camiseta a un lado antes de sentarse.

—Mmm. Tienes que hacerlo si quieres ser guay como yo. —Me giro para mirarle y le enseño la camiseta casi a juego que me he hecho con purpurina y pintura de secado rápido. AMIGA PRECIADA DEL CUMPLEAÑERO, dice, y Miles pone los ojos en blanco. Hace tres semanas seguro que se habría quejado, así que lo considero un progreso—. ¡Y mira, estoy conduciendo con una palanca de marchas!

—Bien hecho.

—Me da la sensación de que estás más o menos aquí. —Me pongo la mano a la altura de la cintura—. Y necesito que estés por lo menos aquí. —Muevo la mano hasta que está por encima de mi cabeza.

Miles suelta un suspiro de sufrimiento y se tira de la camiseta que lleva encima de la térmica de manga larga, y yo subo el volumen de mi mezcla de principios de los 2000 antes de salir a toda velocidad del aparcamiento y del campus.

A decir verdad, creo que simplemente necesitamos salir de Seattle. West Seattle no estaba lo suficientemente lejos, y puede que esto tampoco lo esté, pero el cambio de aires tiene que servir para *algo*, aunque solo sea para darles un respiro a nuestros cerebros. Necesitaba una misión.

No me importa cómo sueno cuando canto en voz alta y, aunque Miles canta mucho, mucho más bajo que yo, me encanta esta versión suya. La ventanilla bajada, una ligera brisa, su codo apoyado en la puerta. Desprende una despreocupación que no había notado antes. Tal vez porque es algo que no se ha permitido sentir nunca.

—No vas a decirme adónde vamos, ¿verdad? —inquiere Miles—. Aunque supongo que a Canadá, ya que me pediste que me trajera el pasaporte.

Efectivamente, vamos a Canadá, y me cuesta un poco orientarme por las carreteras, ya que las señales cambian de millas a kilómetros. Mientras, Miles me da un pequeño sermón sobre por qué todos deberíamos utilizar el sistema métrico decimal.

—¿Qué es esto? —pregunta cuando llegamos a Vancouver y me detengo delante de un museo, donde bajo la ventanilla para recoger el tique del aparcamiento. En ese momento, respira de forma agitada cuando ve el anuncio que cubre la mitad del edificio—. ¿Me has traído a una exposición de trajes de época?

—Tienen los guantes originales que Jane Bennet llevaba en el *Orgullo y prejuicio* de 2005 —digo al tiempo que entramos en el aparcamiento—. Lo sé, lo sé, no es tu favorita, pero tienen un montón de trajes de la *Mujercitas* original y algunos platos de *Downton Abbey*...

Me detengo, en parte porque no recuerdo qué más tienen y porque la expresión de Miles ha hecho que me olvide de todo lo que estaba a punto de decir. Tiene los ojos fijos en el museo y, cuando los vuelve hacia mí, veo cómo su mandíbula se esfuerza por mantener a raya la sonrisa. Por primera vez, parece no tener palabras.

—Barrett —dice después de varios segundos, y entonces libera esa arma que es la sonrisa. Hace que el asiento del coche se derrita debajo de mí. ¡Dios, qué poderosa! No me extraña que la mantenga bajo llave; puede que las Naciones Unidas tengan que intervenir—. Esto es increíble. Gracias. Muchas gracias.

ひ ひ ひ

Miles en el museo es como un niño en una tienda de golosinas. No, como un niño con su propia tarjeta de crédito y sin límite de gasto en una tienda de golosinas que también vende cachorros, videojuegos y artículos de Baby Yoda.

La mayor parte del tiempo, me conformo con observar cómo observa todo lo demás. Porque esto es algo que he notado en Miles: se vuelca en todas sus pasiones, la ciencia y las películas de época e incluso los palitos de *mozzarella*, con todo el corazón. Me contó cómo su hermano hacía eso mismo, y dudo que sea consciente de que él también tiene ese rasgo.

Es imposible no admirarlo, y hace que me sienta tremendamente afortunada de que ahora sea yo la que pueda ver lo que le ilumina.

Cuando terminamos de maravillarnos con los vestidos, los sombreros de copa, los delantales, las botas y las sombrillas, pasamos el resto del día explorando la ciudad. Comemos demasiadas cosas deliciosas en un mercado público y luego paseamos por el Acuario de Vancouver. Me siento como si no perteneciera a la realidad por primera vez desde que empezó todo esto. Aquí arriba puedo respirar.

—Hay algo de lo que quería hablarte —le digo horas después. Estamos en una manta de pícnic en Stanley Park, inundados de vegetación y con la bahía extendida frente a nosotros. Son casi las siete y el parque está lleno de familias y parejas, corredores y ciclistas. Me subo la manga y me paso una mano por el lugar donde tenía el tatuaje. El tatuaje que tuve menos de un día, el dolor que ha durado más—. Los tatuajes que nos hicimos. Obviamente el mío ya no está, pero ayer no me desperté como siempre. Me despertó el dolor del brazo, pero no había nada.

—¿Todavía te duele? —Sube la mano hasta dejarla suspendida sobre mi brazo y luego alza las cejas, como si estuviera preguntándome si me parece bien que me toque ahí. Como si tocarme el antebrazo fuera algo más personal que cuando nos tomamos de la mano en el coche. Acerco el brazo, dándole permiso.

—Un poco solo. Es una pena —añado—. Era un tatuaje precioso. Uno de los mejores trabajos de Gemini.

Lo recorre con la punta de los dedos, tan suave como una pluma, y ya no me interesa bromear al respecto. Siento que tomo una brusca bocanada de aire que no había previsto, pero si Miles se da cuenta, no lo demuestra. Casi me hace cosquillas la forma en la que me está tocando, y tengo que luchar contra el impulso de cerrar los ojos. Ese leve roce me está sobrecargando los sentidos, un terremoto diminuto pero significativo.

—¿Dolor fantasma, a lo mejor? —inquiere—. Es la única forma que he tenido de racionalizarlo.

—¿A ti también te pasa?

Asiente con la cabeza.

—Antes no me pasaba, pero puede que nuestras mentes estén jugando con nosotros ahora que llevamos aquí un tiempo. Mi memoria ya estaba empezando a nublarse cuando tú te quedaste atrapada. —Puede que sus dedos estén repitiendo el diseño de Gemini o puede que estén dibujando algo completamente nuevo. Sea lo que sea lo que esté haciendo, no quiero que pare—. A veces también me pasa con el cansancio. Si me quedo despierto hasta tarde el día anterior, estoy más cansado por la mañana. Es difícil de medir, y a veces no confío en mi propio cerebro, pero a veces juraría que eso es lo que pasa.

—¿Crees que es algo de lo que...? No sé, ¿preocuparse? —Me río de lo absurda que es la pregunta, como si toda nuestra situación por sí sola no fuera suficiente de lo que preocuparse.

—No lo sé —responde en voz baja, y cuando separa los dedos de mi antebrazo, mi piel sigue zumbando. Es criminal lo mucho que deseaba que siguiera. O que me pidiera que delineara la zona donde estaba su tatuaje a medio terminar—. No es que esté perdiendo la esperanza. Tengo que creer que algo de lo que intentemos funcionará. El tiempo no debería detenerse así. No es natural. El universo debería *querer* enderezarse.

—Si mal no recuerdo, un hombre muy sabio me dijo una vez que no personificara al universo.

—Incluso los hombres muy sabios son conocidos por cometer errores a veces.

—Inaceptable —digo, y le doy un empujoncito en el pie con el mío. Me he quitado los zapatos y los he dejado en la hierba junto a nosotros, y ahora están a la vista mis calcetines desiguales, el del CIRCO DESASTRE y uno azul liso—. Se supone que tú tienes todas las respuestas.

Volvemos a quedarnos en silencio, aunque no es uno incómodo. Está atardeciendo y, si fuera otra persona, esta es la clase de cita que me gustaría tener con alguien. Informal y relajada, disfrutando del paisaje y de la compañía del otro, envueltos en nuestro propio mundo en medio del mundo más grande que nos rodea.

—¿Puedes contarme más cosas sobre Max y tú? —pregunto—. Algo de cuando erais niños.

La comisura de sus labios se inclina hacia arriba. La purpurina de su camiseta de CUMPLEAÑERO ha empezado a extenderse por sus vaqueros.

—Te gustan las historias embarazosas, ¿eh? ¿Estás practicando para todos los perfiles que escribirás algún día?

—Puede ser —contesto, y quizá sea verdad, pero también quiero saberlo.

Miles se acomoda en la manta y estira las piernas. Sigue siendo Miles, por supuesto, así que su postura es excelente, pero está más relajado de lo que le he visto en días.

—Un año, para *Hanukkah,* mis padres me regalaron un kit para cultivar cristales. Después de montarlo todo, Max esperó a que me durmiera para cambiar los diminutos cristales por unos enormes que compró, y durante unos cinco minutos estuve muy convencido de que era el científico más brillante que había existido jamás. —Suelta una risa y sacude la cabeza—. Fue devastador descubrir que no lo era.

—Por favor, dime que tienes fotos.

—Pues claro —dice, y desliza el dedo por el móvil para encontrarlas.

Se produce un alboroto en el césped a unos doce metros de distancia, y es entonces cuando me doy cuenta de algo extraño.

Casi todos los que están sentados en el parque con nosotros llevan una camiseta roja.

De repente, empieza a sonar música desde un altavoz enorme que hay colocado en un banco del parque, y todas las personas vestidas de rojo, al menos veinticinco, saltan y se ponen en formación.

—¡Dios mío! —digo mientras empiezan a bailar, incapaz de creerme lo que está pasando—. Es un *flash mob.*

Reconozco la canción enseguida: *Run Away with Me,* de Carly Rae Jepsen. Los bailarines empiezan en unas cuantas filas escalonadas, todo movimientos controlados. Brazos, piernas, caderas girando despacio. Luego se separan y dejan que su baile se haga más grande, más ruidoso, saltando por la hierba y rebotando unos contra otros y alzando las manos.

Es un millón de veces mejor que cualquier vídeo que haya visto.

—¿Sabías algo de esto? —le pregunto a Miles, con el corazón en la garganta mientras un trío de bailarines contonea el cuerpo delante de nuestra manta de pícnic.

—Tú eres la que me ha traído —contesta—. ¿Cómo iba a saberlo? —Me mira con atención y yo hago lo que puedo para ocultarle la cara—. ¿Estás... llorando?

Me quito una lágrima.

—¡Es increíble lo sincronizados que están!

Creo que se está riendo, pero cuando aprieta su hombro contra el mío, está claro que es una risa de agradecimiento. Una risa de «Eres rara, pero me gusta».

Al final, los bailarines del *flash mob* se quitan las camisetas, y las camisetas de tirantes que llevan debajo deletrean el nombre de la canción. El público estalla en aplausos.

—Creo que es lo mejor que me ha pasado en la vida —digo sin dejar de aplaudir.

—¿Ha sido tan mágico como pensabas?

—Mejor incluso. ¿De verdad no lo habías planeado? —inquiero, aunque está claro que es imposible que lo hiciera. No sabía que íbamos a venir.

Miles niega con la cabeza, y una brisa atrapa parte de su cabello oscuro.

—Ha sido una coincidencia perfecta. —Cambia de postura sobre la manta y hunde la mano en la tela. Los hilos sueltos que hay por todas partes deben de temerle—. Yo... esto... quería darte algo. —Mete la mano en la mochila. Con ansiedad, como si se hubiera estado armando de valor para hacer esto, pero en cuanto veo lo que es, se me acelera el corazón y noto una tensión en los pulmones y... y no puedo respirar.

Miles está sujetando una rosa amarilla.

Todo mi mundo se tambalea y, de repente, vuelvo al instituto. Abriendo mi taquilla, sentada en el aula y sintiéndome como una puta idiota, tirando todas esas flores, esas flores cuya única finalidad era hacer que me sintiera fatal conmigo misma. Deseando que acabara el instituto con desesperación.

Me llevo una mano al pecho, como si al apretar lo suficiente pudiera guardarlo todo dentro.

No. Aquí no. Ahora no. *Por favor.*

—Quería darte las gracias por lo de hoy —continúa Miles—. Miré en la tienda de regalos del museo, pero la mayoría de las cosas me parecían una tontería porque no podrías llevarte ninguna al día siguiente. Pero luego vi que había muchas flores en el mercado, y me di cuenta de que era una metáfora, ya que tampoco duran, y en mi mente era casi poético. Así que la compré mientras hacías cola para las empanadas. —Deja de divagar cuando ve mi cara. Abre los ojos de par en par—. Y... ¡Oh, no! ¿No te gustan las rosas? No debería haberlo asumido. Ha sido una idea terrible, la...

—No, no, no —digo rápidamente, y me paso una mano por la cara para que no pueda ver cualquier emoción que ya no se está escondiendo—. No has hecho nada malo.

—Vale. —La rosa cae sobre la manta, los pétalos ligeramente aplastados por el tiempo que ha estado dentro de la mochila de Miles. Luego vuelve a mirarme—. ¡Hostia puta! No estás bien, ¿verdad?

Aprieto los labios con fuerza, aterrorizada por lo que pueda pasar si no lo hago. Y, sin embargo, es posible que eso lo empeore, porque no puedo inhalar bien y mis pulmones gritan y, cuanto más le pido a mi cuerpo que se calme, más protesta.

No lo hagas.

No puedes.

Por favor.

Respiro de manera entrecortada y cierro los ojos. Como si existiera la posibilidad de desaparecer si Miles no puede verme.

—No... No quiero que me veas así —consigo decir, con los ojos todavía cerrados. *¡Jodeeeeer!*—. La gente... seguro que está mirando.

Oigo cómo se acerca Miles, noto cómo me posa la mano en la espalda.

—No —contesta en voz baja—. Nadie está mirando.

Mi respiración se aleja de mí con fuerza y rapidez. Me arde el pecho y puede que se me cierre la garganta, pero a lo mejor... a lo mejor no pasa nada si lo hace. En ese caso no tendría que decirle por qué.

El mundo se me escapa de nuevo y ya no me encuentro en un pintoresco parque sobre una manta de pícnic con Miles acariciándome la espalda. Estoy en la habitación del hotel pidiéndole a Cole que apague las luces. Estoy en una cama demasiado grande para nosotros, con mil cosas nuevas sucediendo a la vez. Estoy abriendo mi taquilla el lunes en el instituto.

—Vas a salir de esta —dice Miles desde algún lugar—. ¿Quieres intentar respirar conmigo?

Asiento con la cabeza, obligándome a volver al presente, escuchando la respiración tranquila y firme de Miles. Hago todo lo posible por igualar mi respiración a la suya, pero mis exhalaciones son demasiado fuertes, demasiado agitadas.

—Puedes hacerlo —afirma, y tengo muchas ganas de demostrarle (de demostrarme) que puedo.

Inhala. Exhala. Va despacio, esperando a que le alcance.

—Así. Lo estás haciendo muy bien.

Se me escapa una risa estrangulada, porque nunca pensé que respirar fuera algo que se me diera bien hasta que, de repente, no he sido capaz de respirar en absoluto.

Inhala.

Exhala.

No estoy segura de cuánto tiempo ha pasado cuando mi respiración vuelve a la normalidad y por fin puedo abrir los ojos. En algún momento le agarré de la manga. Espero que no la estuviera sujetando con demasiada fuerza.

—Gracias —digo con la voz ronca mientras me suelto. Tengo los ojos húmedos, pero estoy *aquí*, en Stanley Park. Estoy aquí con Miles—. ¿C-Cómo has sabido lo que tenías que hacer?

Se pone un poco tímido.

—Lo... mmm... busqué. Aquel día en el camión de los helados. Parecía que estabas a punto de tener un ataque de pánico, así que cuando volví a mi habitación, investigué un poco. Quería asegurarme de que sabría qué hacer en caso de que volviera a ocurrir.

Investigó un poco.

Por supuesto que lo hizo, y en este momento estoy inmensamente agradecida.

—No tienes que contarme qué pasa —añade. Amable. ¿Cómo es que siempre es tan amable en estos momentos en los que me siento como si estuviera hecha de cristal?—. A menos que quieras.

Me llevo una mano a la frente para apartarme el pelo húmedo por el sudor.

—N-No lo sé. Es una estupidez. De verdad.

—No sé por qué, pero me da la sensación de que no lo es. —Su mano vuelve a posarse en mi espalda, hipnótica, aliviando parte de la tensión que persiste—. Sea lo que sea por lo que estés pasando, esté relacionado con el bucle o con algo totalmente distinto... se me da bien escuchar o, al menos, eso me gusta pensar.

Dejo que esto se asiente entre nosotros un momento. No me está obligando a hablar si no quiero. Y no puedo negar que me haya cuestionado si es algo que necesito hacer para superarlo. Para convertirme en alguien diferente de aquella chica que fui en el instituto y puede que incluso para convertirme en la persona que pensé que sería en la universidad. O, como mínimo, alguien intermedio.

Yo también quiero saber cosas sobre ti, me dijo el otro día, y puede que quiera contárselo.

Porque tal vez no necesito un empujón. Tal vez lo único que necesito es un toque suave. Un toque ligero como una pluma. Alguien que sepa escuchar.

Respiro entrecortadamente. Me parece imposible contárselo cuando no se lo he contado ni a mi propia madre y, sin embargo, a pesar de todas las razones por las que no deberían hacerlo, las palabras empiezan a salir a borbotones.

—Te conté lo del escándalo del equipo tenis y cómo puso al colegio en mi contra. No solo a Lucie, a todo el mundo, o al menos eso me pareció. Supongo que siempre he sido un bicho raro, pero todo empeoró después de aquello. —Miro el estampado de fresas de la manta y me pregunto cuánto quiero compartir. Aunque, por otro lado, Miles no se ha cortado conmigo. Con otra exhalación, continúo—: Lo único que pude hacer fue fingir que no me molestaba.

Desarrollar una piel aún más gruesa. Así que eso es lo que hice durante los tres años siguientes.

Echo un vistazo a Miles. Se tensa, como si quisiera decir algo. Pero se da cuenta de que no he terminado.

—Durante el último año, las cosas empezaron a ir bien. Era reservada, pero nadie cuchicheaba sobre mí ni hacía todo lo posible por evitarme. A esas alturas la mayoría de la gente ya se había graduado y había seguido adelante, pero yo estaba acostumbrada a aislarme de todo el mundo, así que seguí haciéndolo. Pero entonces... me invitaron al baile de fin de curso.

Espero que las palabras se me sequen en la garganta, pero no es así. Cierro el puño en la manta, anclándome en el presente, mientras continúo.

—¿Te acuerdas del chico que apareció cuando estábamos en el camión de los helados? ¿El que te dije que era de mi instituto? Ese fue el que me lo pidió —digo, y un músculo de la mandíbula de Miles salta. Intento aligerar el ambiente—. Es como la escena de todas las películas de adolescentes en la que el chico guay invita a la chica infeliz con gafas al baile de fin de curso, y de repente ella se quita las gafas y está guapísima.

—A mí me gustan tus gafas. Te quedan bien —comenta, y se me calienta el rostro ante el cumplido. Aunque no es exactamente un cumplido; no es como si estuviera diciendo que le gustan mis ojos, mi pelo o mi boca.

—¿Te acuerdas de cuando dije que mi primera vez fue breve?

Miles también se sonroja y deja de mirarme a los ojos.

—¿Fue la noche del baile de fin de curso?

Asiento con la cabeza, agarrando la manta con más fuerza.

—Fue mi primer todo, todo a la vez. Y quería que pasara. Era guapo y simpático, y te aseguro que aquella noche me prestó más atención que nadie en años. Una parte de mí pensó que... Bueno, pensó que, si no lo hacía, si no me lo quitaba de encima con él, quizá no lo haría nunca. Quizá nadie querría hacerlo. —Digo la última parte en voz baja y, aunque me duele, sigo hablando, deseando de repente sacar todo esto de mi cerebro y meterlo en el espacio que hay entre nosotros. *Necesitándolo.*

Llevo cuatro meses atrapada ahí y no creo que pueda seguir soportando su peso sola.

—La semana siguiente, en el instituto, mi taquilla estaba llena de flores. Cole... era el hermano de alguien que había estado en ese equipo de tenis, alguien que había perdido una beca, y yo no tenía ni idea. Les hacía mucha gracia que hubiera «desflorado» a Barrett Bloom. Él y sus amigos incluso crearon un *hashtag*: desflorada. Todavía no conozco el motivo exacto. A lo mejor Cole quería arruinarme la vida porque me culpaba de lo que le había pasado a su hermano. O a lo mejor solo querían convertirme en una broma más, y lo consiguieron. —Vuelvo a respirar entrecortadamente y ya no soy capaz de mirar a Miles—. Me dejaban una rosa en clase en el pupitre todas las mañanas, y todos los que sabían lo que pasaba se reían o movían la cabeza, como si me tuvieran lástima, pero no se molestaban en decir nada al respecto. Y los que no lo sabían probablemente pensaban que tenía un admirador secreto. Simplemente... no podían permitir que me fuera del instituto sin recordarme quién era.

Aflojo el agarre de la manta y levanto la mirada hacia Miles. Tiene la mandíbula desencajada y sus ojos oscuros brillan con algo que no había visto antes.

—Eso... —dice con más veneno en la voz que la flor más venenosa que existe— es un puto *espanto*. Barrett, lo siento muchísimo.

—Es la primera vez que hablo de ello con alguien. —Mis palabras son agudas. Desconocidas. Estoy hecha un puto desastre en medio de Stanley Park en un día que no existe—. No... Tenía miedo de lo que dirías sobre mí si lo reconocía en voz alta.

Miles parpadea varias veces, como si no entendiera lo que digo.

—¿Por qué cojones diría algo sobre *ti*? No hiciste nada malo. Demuestra que fuiste al instituto con una escoria patética. —Ahora hay empatía en su mirada, además de rabia. No esperaba que la ira de

Miles hiciera que me sintiera tan validada—. Es una de las cosas más espantosas que he oído en mi vida —continúa—. No... No puedo creer que te hicieran eso. Se supone que es algo especial, algo que...

—Yo no quería que fuera especial —interrumpo, porque nunca pensé que Cole fuera a hacer que mi mundo se tambaleara de esa manera concreta—. No era eso lo que buscaba. Solo quería que pasara, supongo, para saber cómo era.

Y para sentirme deseada durante un instante. La presión de sus manos y su boca, su peso encima de mí... A veces es imposible separar el acto de las consecuencias, pero durante un instante sí que me sentí deseada.

Simplemente no fue suficiente.

—Y lo único que has hecho ha sido traerme una flor. Ha sido un gesto dulce. ¿Cómo de jodido es que no me puedan dar una flor?

—No es jodido. Lo entiendo —responde—. Lo siento mucho. Si lo hubiera sabido, no habría...

Le corto con un fuerte movimiento de cabeza.

—No quiero no poder recibir flores de nadie. En plan, me gustan las flores, o me gustaban antes. Y me gusta mi apellido. —Contarle todo esto no es tan terrible como pensaba. Me siento más ligera. Es increíble que no lo conociera hace tres semanas y que ahora tenga todas estas piezas de mí que nunca le he dado a nadie antes—. Bueno, ahí está. Mi historia traumática al completo —añado—. Igual debería haber esperado. Igual debería haber hecho lo que estás haciendo tú.

—No es culpa tuya —afirma con énfasis—. Nada de eso. Deberían haber actuado como putos seres humanos decentes.

Sus palabras son más afiladas de lo que había oído antes. Que Miles se enfade tanto por mí... es casi sexi.

Intento alejar esa revelación, pero no hace más que intensificarse, acelerándome el pulso y asentándose en mi vientre. Una chispa de deseo.

—Nunca se lo he contado a nadie —digo—. Ni siquiera a mi madre.

—Gracias. —Sus ojos se clavan en los míos y me entran unas ganas irrefrenables de preguntarle si me abrazaría, a las cuales me resisto con valentía y con mi fuerza de voluntad cada vez menor—. Gracias por contármelo.

—No tenemos por qué seguir hablando de ello.

—Como quieras.

Asiento con la cabeza, insegura de cómo explicar que esto debería haber sido demasiado, pero no lo es, y eso es algo que tampoco estoy dispuesta a desentrañar.

—Debería haber un timbre que sonara o una luz que parpadeara para hacerte saber que estás con la persona adecuada —digo en un intento por aligerar el ambiente.

—Alguien que salga y agite una bandera.

—¡Sí! ¿De verdad es mucho pedir?

Miles se ríe.

—¿Puedo decirte algo? —inquiere.

—Eso suena a que se viene algo malo.

—No. Lo juro. —Se toma un momento para serenarse, y luego—: Cuando mis días empezaron a repetirse, antes de que tú también te quedaras atrapada, interactuábamos. Un montón, como ya sabes. Y, bueno, empecé a decir cosas para ver cómo reaccionabas. Hacía un comentario sobre tu camiseta o sobre física, o te preguntaba por tus clases. La mayoría de las veces eran cosas superficiales, pero no sé... Porque cuando yo decía algo diferente, *tú* decías algo diferente, y eso hacía que me sintiera menos solo. —Me dedica una media sonrisa tímida—. Eras la persona más interesante del campus.

—Era la que tenía la mecha corta, querrás decir.

—No. Parecías alguien a quien debía prestar atención.

Apenas soy capaz de formular una respuesta.

Así pues, sigue hablando, y cada palabra va minando el acero de mi corazón.

—No sé si alguna vez me he reído tanto como en las últimas semanas. Aunque al principio intentara por todos los medios no seguirte la corriente. —Se da un toque en cada lado de la boca, dejando tras de sí una constelación de purpurina—. Me van a salir arrugas prematuras, y todo por tu culpa.

Sin pensarlo, levanto una mano hacia su cara y le coloco los dedos junto a la boca al tiempo que deja caer las manos. Trazando líneas imaginarias en esa zona. Es guapo, y es una pena que haya tardado tanto en darme cuenta de lo maravilloso que es mirarlo. O, al menos, que haya tardado tanto en permitirme reconocerlo.

—Estarías adorable con algunas arrugas en la boca —digo—. Distinguido.

Se le corta la respiración, y ese pensamiento preocupante que tenía hace un momento deja de ser un *casi*. Esa respiración entrecortada envía una descarga eléctrica a las partes de mi cuerpo que todavía no están en alerta máxima.

—¿Y las canas? —pregunta.

Llevo las manos a su pelo y paso los dedos por los mechones oscuros. Es un pelo bonito y grueso, entre suave y áspero. Hay algunos puntos de purpurina esparcidos por todo el pelo, e imagino que yo también estoy cubierta de ella. Cierra los ojos y me pregunto si es involuntario.

—Podrían quedarte bien.

La mano de Miles baja hasta mi rodilla, y es entonces cuando me doy cuenta de que ha desaparecido gran parte del espacio que había entre nuestros cuerpos. Quizá hemos estado acercándonos todo este tiempo, su calor y su olor confundiendo mi cerebro.

—Barrett —dice con una exhalación, justo cuando mi pulgar le roza la oreja. Dice mi nombre como si fuera algo delicado. Un trozo de seda. La pelusa de un diente de león—. Quería decirte que... no tienes que convertir todo en una broma. Y puede que suene raro, dado lo que acabo de decir sobre lo graciosa que me pareces. Pero no tiene por qué pasar siempre. No pasa nada si también... vives en esos malos sentimientos un poco más.

Nuestros labios están a un suspiro de distancia, y ya no estoy en fase de negación. Llevo una camiseta que dice AMIGA PRECIADA DEL CUMPLEAÑERO y él es ese cumpleañero, y estamos atrapados en el tiempo, pero no en nuestras costumbres, y solo hay una cosa que quiero antes de que se acabe el día de hoy.

—Ya me he hartado de eso —digo, acercándome más a la manta, mi muslo apretado contra el suyo—. Quiero sentir algo bueno.

Un destello oscuro y decidido le cruza el rostro, y quiero grabarlo en piedra. Me desea como yo a él, estoy segura. Este chico que pensaba que era tan rígido, que me ha demostrado una y otra vez que es capaz de cambiar. Es dulce, único e increíblemente guapo, y ni siquiera estoy segura de que él sea consciente de ello.

Me estoy inclinando hacia delante, lista para dar ese salto final entre algo seguro y algo aterrador, cuando ocurre.

Un destello detrás de mis ojos.

Miles y yo, en la habitación de una casa que solo reconozco a medias. Hay demasiado ruido, demasiada gente. Oscuro. Borroso. Su boca sobre la mía, mis manos en su pelo.

—Barrett —vuelve a decir el Miles que tengo delante, pero ya no hay nada de ternura en su voz. Ahora se está alejando de mí, retrocediendo—, espera.

Ya hemos hecho esto antes.

Capítulo 30

Ese destello no es un recuerdo del todo, y viene acompañado de un dolor de cabeza tan fuerte que tengo que inclinarme y llevarme una mano a la sien, empujándome las gafas y maldiciendo en voz baja.

—¿Barrett? ¿Qué te pasa? ¿Estás bien?

—Nada —consigo decir. Me pongo de pie demasiado deprisa y me tambaleo hacia atrás, lo que causa que le tire una botella de vino a la familia que está a nuestro lado—. Lo siento. ¡Lo siento!

Miles y yo. Miles y yo *besándonos* en algún lugar que no recuerdo. Intento aferrarme al no recuerdo, buscando detalles en él, una forma de darle sentido a todo esto, pero es algo escurridizo y no deja que lo concrete.

El corazón me da un vuelco en el pecho. Lo que acabo de ver no le ocurrió a esta versión de mí. De eso estoy segura, al igual que estoy segura de que en algún lugar, en una línea temporal paralela a esta o de alguna forma que mi insignificante mente humana no consigue comprender, Barrett Bloom besó a Miles Kasher-Okamoto.

—Nos hemos besado antes, ¿no? —digo—. En una de tus líneas temporales, antes de que me quedara atrapada contigo. Nos... Nos *besamos*.

Miles se queda atónito, con la boca ligeramente abierta.

—¿Cómo...?

—No lo sé. No sé qué cojones está pasando, solo que lo he *visto* en mi cabeza, aunque no lo recuerdo en absoluto. —El martilleo en mi cráneo se intensifica—. Así que, si pudieras decirme si nos hemos besado o no, sería de gran puta ayuda.

Ahora parece un animal pequeño atrapado en una trampa.

—Sí —confiesa en voz baja. Tiene las manos en el regazo—. Lo hicimos. Lo siento. Lo siento mucho, Barrett. Debería habértelo contado. Debería haber...

Me agarro la cabeza al tiempo que la atraviesa otro destello de dolor.

—Cuéntamelo. —Vuelvo a sentarme mientras la familia de al lado me fulmina con la mirada, limpiando el vino derramado y apartando la manta de pícnic de la mancha húmeda. Hago todo lo posible por no hacer ningún movimiento brusco, ya que eso parece enfadar aún más al dolor de cabeza—. Cuéntame qué pasó exactamente.

Miles tarda unos instantes en responder, como si estuviera escogiendo sus palabras con cuidado.

—Fue una de las noches en las que no me rociaste con gas pimienta —empieza. Si es un intento de frivolidad, no me río—. Los dos estábamos en Zeta Kappa. Hubo... algo de tonteo. Y bailamos.

—¿Bailé contigo?

—Bailaste con mucha gente.

Gruño.

—Estupendo. ¿Los besé a todos también? ¿Estaba borracha?

—No que yo viera —responde, serio—. Te estabas divirtiendo, pero dudo que estuvieras bebiendo. Nunca me hubiera imaginado que tuvieras... la historia que tienes. Del instituto. Porque estabas hablando con todos, haciéndolos reír.

Tiene sentido. La única vez que soy el alma de la fiesta es en un universo paralelo. ¿Quién no ha pasado por eso?

—Empezamos a hablar —continúa—. Me dijiste que te gustaban mis pantalones caqui. En retrospectiva, lo más probable es que fuera sarcasmo.

Quiero decirle que no lo fue, pero ¿cómo narices voy a saberlo? No sé quién era esa persona que bailaba, reía y besaba a un desconocido.

—Fue en plan... —Junto las manos en un intento por ilustrar lo que intento decir—. ¿Solo un pico? ¿O un morreo en toda regla?

El rostro de Miles refleja aflicción.

—Algo intermedio.

Vale. Puedo manejar esto, creo. Tal vez.

—¿Y fue solo una vez? ¿Esa única iteracción en la fiesta? —Cuando asiente, le hago más preguntas—. ¿Cuándo fue? ¿En qué momento de tu línea temporal?

—Al mes, creo.

Hago unos rápidos cálculos mentales. Eso significa que para él ocurrió hace un mes y medio. Llevamos tres semanas atrapados juntos, y lo ha mantenido en secreto todo este tiempo.

La persona que yo creía que se merecía saber mi peor secreto, ocultando uno de los suyos.

—¿Qué ha sido todo esto entonces? —pregunto—. ¿Me estás adulando para poder enrollarte conmigo?

Parece horrorizado.

—*No* —responde con firmeza—. No porque no seas... en plan... eres... —Titubeando para encontrar las palabras adecuadas, se lleva una mano a los ojos—. ¡Joder!

Le conozco lo suficiente como para saber que eso no es algo que haría él y, sin embargo, no puedo contenerme.

—Bueno, pues ha funcionado. Estoy bien adulada, Miles. Estábamos a punto de besarnos, así que es obvio que hiciste algo bien. Bien hecho.

—Barrett... —Miles se pasa una mano por el pelo. El pelo que acabo de tocar. Su boca, la que quería besar, está torcida hacia un lado, como si estuviera intentando dejar salir solo las palabras adecuadas. Se aclara la garganta y habla—: Hace un momento estábamos hablando de que queríamos que fuera especial. Estar con alguien. Y eso no... No fue *eso*, no fue nada más que un beso, pero tampoco fue...

—Como si se hubiera dado cuenta de que ha cavado su propio agujero al dar tantos rodeos, deja de hablar.

—¿No fue *especial*? ¿Eso debería hacerme sentir mejor? —Recojo mi bolso y me pongo de pie, incapaz de permanecer sentada cortésmente en este parque ni un segundo más—. Deberías ser entrenador de fútbol en la escuela primaria, porque eres una fuente inagotable de refuerzo positivo.

Tras eso, me doy la vuelta y me abro paso entre familias, parejas e integrantes del *flash-mob* brindando por lo genial que había sido su número. Y lo ha sido. Si no fuera una masa de ira y confusión, me pararía a decirles lo mucho que me ha gustado.

—En plan, en aquel momento me pareció especial —dice Miles, trotando para seguirme, con la mochila al hombro y la manta arrastrándose por el suelo—. Romántico, incluso. Parecías tan guay, y eras..., no sé, inalcanzable, tal vez. Pero por aquel entonces no te conocía. Ahora que te conozco..., bueno, las cosas son diferentes.

«Inalcanzable». Estoy segura de que nadie ha usado nunca esa palabra para describirme. Intento verme a través de sus ojos, pero ya no tengo más destellos. Quienquiera que fuese yo aquella noche se siente total e irremediablemente perdida.

Es la traición más extraña, porque no es solo que esté enfadada con él. Me enfada que sintiera algo por esa persona durante un suceso que, por lógica, no me ocurrió a mí. Puede que incluso haya un atisbo de celos, aunque en algún lugar profundo de mi red neuronal yo esté conectada a esa otra Barrett.

—Si esta es tu forma de pedir que se repita, lo estás haciendo como el puto culo —digo cuando llegamos a un camino de grava, donde esquivamos a un ciclista—. ¿Ibas a besarme otra vez y fingir que la primera vez no ocurrió nunca?

—No iba a hacerlo. —Está respirando con dificultad y tiene las mejillas sonrojadas—. No me lo habría permitido sin contártelo antes. Quería contártelo, pero las cosas estaban moviéndose demasiado rápido.

Moviéndose demasiado rápido. Llevamos semanas sin movernos. Meses.

—¡Pero has esperado mucho, Miles! Te alejaste en el último segundo literalmente. Ya no somos dos personas que se han quedado atrapadas en un bucle temporal por casualidad. Somos *amigos*, y...

—¿Pensaba que nos estábamos convirtiendo en algo más? ¿Quería presionar mi boca contra la tuya y empujarte sobre la manta de pícnic estampada de fresas? Decido no terminar la frase—. ¿Por qué no me lo has contado antes?

—No quería que te sintieras incómoda. Ahora sé que ha sido una mala decisión. Pensaba que no ibas a confiar en mí. O peor, que ibas a pensar que me lo estaba inventando para intentar que hicieras algo que no querías hacer. Para acercarme a ti, sobre todo cuando no congeniamos al instante. —Exhala un suspiro. No estoy acostumbrada a verlo tan nervioso, tan consciente de su error—. Lo siento mucho. Debería habértelo contado. La he cagado.

Como no digo nada, continúa:

—Al principio me dolió que no recordaras nada, ya que no le ocurrió a esta versión de ti. Yo tenía que ser el que tuviera esos recuerdos, pero tú... tú no tenías que llevarlo contigo. No tuviste ese momento con alguien que sabías con seguridad que era demasiado bueno para ti, un momento que resultó ser... Sí, demasiado bueno para ser verdad.

Alguien que sabías con seguridad que era demasiado bueno para ti. No puedo detenerme en esas palabras y, aun así, me rompe la pequeña parte de mi corazón que no está ya destrozada por la confesión de Miles.

—¿Quieres que sienta pena por ti? —inquiero—. Me lo has ocultado durante semanas, ¿y quieres que sienta compasión porque tuviste un momento increíble con otra yo?

Miles aprieta más la manta bajo el brazo.

—Esto se está malinterpretando. Te lo juro, Barrett. Aquí no hay nada perverso. Solo... Solo quiero hacer las cosas bien.

—Bien. No me pasó a mí, así que no debería molestarme. —Giro a la izquierda en la señal que indica el aparcamiento—. Vámonos a casa.

Ni siquiera discute. Al principio, pensamos que no tendría sentido volver en coche, ya que de todas formas nos despertaríamos en Olmsted ~~hoy~~ mañana. Íbamos a pasar toda la noche en otra ciudad, en otro país. Un día perfecto, ahora completamente destrozado.

Puede que una parte de mí hubiera querido besarlo para sentirme mejor. Sentirme *deseada*. Pero menos mal que no lo hemos hecho. No debería haberle confiado mis secretos, y ahora sé que no puedo confiarle mi corazón.

Miles se ofrece a conducir, quizá como una pequeña penitencia, y estoy demasiado cansada como para resistirme. Es un viaje lento y silencioso. Paramos en una gasolinera de Bellingham, donde entro y me llevo todas las botellas de 5-Hour Energy de los estantes.

No pienso dormir esta noche, aunque me mate.

—Es más de medianoche —dice Miles cuando vuelvo al coche, cerrando la puerta tras de mí.

—Gracias, Padre Tiempo.

Señala las botellas que tengo en las manos.

—Lo he intentado. No va a funcionar, si eso es en lo que estás pensando.

El cinturón de seguridad me aprieta demasiado el estómago, pero no me atrevo a preocuparme ni a reajustarlo. Y tengo purpurina en las manos que no se me quita por mucho que la raspe.

—Pues sí que eres un experto en saber lo que pienso. —Me trago media botella; está pringoso y demasiado dulce—. Y yo también lo he intentado. Espero que el universo sepa lo decidida que estoy esta vez.

Una pausa.

—Nunca sé lo que estás pensando —dice en voz baja mientras pone el coche en marcha—. Después de todos estos miércoles, sigues siendo un misterio para mí. Y puede que esto me convierta en un idiota, pero lo único que quiero es seguir intentando descifrarte.

Y no tengo ni idea de qué decir a eso.

Incluso ahora, estoy pensando en lo mismo. He disfrutado de verdad conociéndole, y en algunos aspectos es exactamente la persona que yo pensaba que era. Pero en todavía más aspectos es algo completamente diferente. Me gustaba mucho ese Miles completamente diferente, y por eso esto es tan demoledor. Quería que él fuera la persona que mantuviera esos pedazos destrozados de mi historia a salvo, pero a lo mejor la verdad es que nadie puede. Siempre se quedarán destrozados.

Nos adentramos en la autopista, un tramo oscuro de la I-5 que serpentea entre montañas envueltas en niebla.

—Tiene que haber una forma de que pueda compensarte —dice Miles, que gira el coche en una curva cerrada—. ¿Quieres que lleve una de estas camisetas todos los días? Hecho. ¿Que lidere mi propia marcha para salvar a las tuzas? Lo haré.

—Puto tapón —murmuro mientras giro la siguiente botella.

—Dame, yo... —Quita una mano del volante y la estira para ayudarme.

Pero le empujo el brazo con más fuerza de la que pretendo.

—No necesito...

Durante nuestro forcejeo, el tapón de la botella sale volando y la bebida energética nos rocía a los dos.

—¡Mierda! —digo en voz baja al mismo tiempo que Miles vuelve a agarrar el volante.

Dos luces brillantes se abren camino en mi campo de visión, lo que me ciega temporalmente.

—¿Pero qué...? —inquiere Miles, inclinándose contra el hombro para quitarse la bebida energética de la cara.

Más adelante, un semirremolque se ha desviado de su carril y ahora va a toda velocidad. Hacia *nosotros*.

—¡Hostia puta, hostia puta, hostia puta! —grito, la bebida energética olvidada, mientras me agarro al asiento con más fuerza de la que creía posible.

Miles toca el claxon.

A nuestra izquierda hay una colina empinada cubierta de árboles de hoja perenne.

A nuestra derecha, un borde irregular y un arroyo caudaloso.

Nunca me había pasado la vida por delante de los ojos. Siempre pensé que sería algo organizado y cronológico: recordaría mi infancia, mi adolescencia, todo con cariño y serena reflexión.

Ahora que está sucediendo, no hay tiempo suficiente para nada de eso, solo un breve dolor por mi madre. Y, entonces, solo soy capaz de concentrarme en que lo último que hice en el planeta Tierra fue discutir con alguien por una botella de 5-Hour Energy.

—¡Agárrate! —Miles gira el volante a la izquierda, pero es demasiado tarde.

El camión se precipita hacia nosotros, blanco como el hielo sobre la carretera casi negra. *Vamos a morir*, pienso, y noto el miedo como algo caliente y pegajoso en la garganta.

No estoy preparada.

Las bocinas suenan y los neumáticos chirrían, y solo me queda cerrar los ojos y esperar que no sea el final.

Lo último que percibo mientras el metal choca contra el metal y nos llueven cristales es la mano de Miles encontrando la mía y agarrándola con fuerza.

DÍAS VEINTICUATRO
Y VEINTICINCO

~~卌 卌 卌 卌 卌~~

Capítulo 31

—... tiene que ser... un error...

Las palabras se encuentran lejos. O tal vez bajo el agua. Es difícil saberlo porque estoy en una nube.

Una nube extraña y que parece rebotar, y es curioso, de verdad, porque no es tan esponjosa como pensaba que sería una nube. Pero a lo mejor eso es lo que me pasa por vivir una vida mediocre: ser una nubecita triste por ahí en alguna parte solitaria del cielo.

Voy a la deriva.

En algún lugar de la neblina que es mi conciencia me acuerdo de que los judíos no creen en la vida después de la muerte. Sea lo que sea, esté donde esté... quizá todavía no hay palabras para describirlo.

Más sonidos apagados, pero no importa. Nada importa en el Mundo de las Nubes.

Me pongo de lado, intentando encontrar una posición más cómoda en esta nube que me pertenece. Cuando reubico mi cuerpo, un dolor agudo me sube por el costado izquierdo, desde el hombro hasta la muñeca y luego desde la rodilla hasta el tobillo.

Con la otra mano, acaricio ~~la nube~~ el colchón que hay debajo de mí y, despacio, muy despacio, me veo inundada por la realidad.

—Hablemos en el pasillo —dice alguien, y el sonido de la puerta al cerrarse y de algo que cae al suelo basta para que mi cerebro se sacuda dentro de mi cráneo.

No estoy muerta.

No, he vuelto a Boca del Infierno Hall y mi cuerpo está *jodido*.

Me incorporo sobre los brazos con toda la cautela que me es posible, con cuidado de no hacer nada que pueda causarme más dolor. Recuerdo ~~esta noche~~ la noche anterior en fragmentos que empiezan con Miles y yo discutiendo en Stanley Park y terminan con un camión partiendo el parabrisas de nuestro coche de alquiler.

Morimos.

Y, sin embargo, no lo hicimos.

Este es el dolor de hace unos días del tatuaje multiplicado por mil. Todo mi cuerpo ha pasado por una trituradora de madera y luego ha servido de comida para una manada de lobos. Aprieto los ojos, con miedo de mirar hacia abajo, y cuando lo hago, veo un cardenal enorme con la vaga forma de California que va desde la rodilla hasta la cadera. No creía que fuera posible tener peor aspecto del que tengo..., pero aquí estamos.

Me recorre un escalofrío ártico que me cala hasta los huesos. El alivio debería ser más fuerte, pero estoy atrapada en el terror de esos segundos previos a que el camión se estrellara contra nosotros. En otra línea temporal, ¿me sacaron las autoridades de entre los escombros y llamaron a mi madre para identificar mi cuerpo? ¿Qué le habrían dicho, y les habría creído? ¿Habría sabido, en el fondo, que había una razón para que su hija estuviera en la autopista entre Vancouver y Seattle un miércoles por la noche?

Nuestra línea temporal se reinicia en algún momento antes de las seis de la mañana y, sin embargo, el accidente de coche ocurrió en torno a la medianoche. Y después... la nada.

Me he despertado aquí cuando podría no haberme despertado nunca.

Trago saliva, sufriendo por esa versión de mi madre sin hija, un pensamiento demasiado horrible como para detenerme en él. Vuelvo a orientarme; toco la cama que tengo debajo, muevo los dedos de las manos y de los pies, me llevo una mano al corazón.

Pum-pum. Pum-pum. Pum-pum.

Viva.

Presa de un pánico adormilado, no alcanzo el móvil, sino el Tylenol que hay en el cajón superior de mi escritorio, me tomo un par y rezo para que me hagan efecto rápido. Esto de que el ayer se mezcle con el hoy en un borrón confuso y de pesadilla no solía ocurrir. Me pasan por la cabeza un millón de teorías. Nos hemos quedado demasiado tiempo. Hemos sobrepasado los límites del espacio-tiempo. Hemos cometido un error y el universo quiere que paguemos.

No personifiques al universo, dice alguien en mi cabeza, y ni siquiera tengo energía para pedirle al falso Miles que se calle.

Miles.

Esta vez, agarro el móvil. Como si lo hubiera invocado, un mensaje me espera.

> Perdón por lo de ayer. Otra vez. Me disculparé cada día que estemos atrapados, si sirve de algo. Y si no, bueno, lo haré de todas formas, al menos, hasta que me digas que estoy siendo un pesado.

> Por favor, Barrett. Dime que soy un pesado.

¡Dios! ¿Por qué esas palabras se me meten en el corazón?

Cada texto que le escribo suena completamente absurdo.

> ¿Anoche morimos?

¿Estamos en el infierno?

¿Es una especie de vida después de la muerte retorcida y ambos estamos condenados a repetir este día hasta que algún poder superior se aburra de nosotros? ¿Esa es nuestra tortura eterna?

El impulso de permanecer en silencio es demasiado fuerte, pero finalmente me limito a escribir: Vale. Eres un pesado. Acto seguido, apago el móvil, me vuelvo a tumbar en la cama y miro fijamente al techo, trazando con la punta del dedo la línea costera de mi cardenal con forma de California.

La traición de Miles duele hoy tanto como ~~hoy~~ ayer. Nuestros sentimientos no habían salido del todo a la luz en el parque, pero nuestros deseos sí. Estábamos a punto de besarnos, y saber que lo hicimos en el pasado (¿presente?) ha enredado todo mi cableado. No estoy segura de si puedo confiar en él. Todas estas semanas hemos forjado una conexión, todas esas veces en las que le he dejado entrar (y ayer, cuando le conduje por mis pasillos más oscuros) y nunca ha sido sincero conmigo.

No quería que te sintieras incómoda.

Debería habértelo contado.

Demasiado bueno para ser verdad.

Como si un cumplido hiciera que todo fuera menos doloroso. A eso le digo: ¡y una mierda!

Seamos lo que seamos, no pienso cometer el error que casi cometí anoche. El error que una Barrett diferente cometió hace tantas semanas.

Cuando la puerta vuelve a abrirse, Lucie entra y espero que empiece a hablar de cómo le he arruinado la vida. No obstante, se queda paralizada al verme.

—¿Barrett? —dice con algo parecido a la empatía en la voz—. ¿Estás bien?

—No me había dado cuenta de que se me daba tan mal ocultar mi agonía —respondo en un intento por hacer una broma, pero no está receptiva—. Ayer, esto..., tuve un accidente de coche. —No es del todo mentira. *Y es posible que haya muerto. Y es posible que nada de esto sea real.*

—¿Deberías ir al hospital? —Abre los ojos de par en par cuando ve el cardenal que tengo en la pierna, y me apresuro a taparlo con las sábanas—. Puedo ir contigo si necesitas...

—No —me apresuro a decir—. En plan, fui ayer. Me examinaron y me dijeron que parecía estar bien y que solo tenía que tomarme algunos analgésicos.

La expresión de Lucie sigue siendo suspicaz, pero al menos lo deja estar.

—Bueno —empieza, y abarca la habitación con una mano—, tú y yo, ¿eh?

—Alguien del servicio para residentes tiene un sentido del humor retorcido.

—Total. —Con un poco de esfuerzo, salta en el ladrillo que es su cama, tras lo que se mete un mechón suelto en la coleta—. Esta habitación apenas es más grande que el armario de suministros de periodismo del Island.

Esto es nuevo. No está en modo «Déjame hablar con tu jefe ya». Está sentada ahí como si estuviera completamente de acuerdo con el hecho de que seamos compañeras de habitación. No se resigna, lo acepta.

Recuerdo a la Lucie que estaba llorando en la escalera. La Lucie que reventó uno de mis globos de lavanda al dar un portazo. La Lucie que me llevó a Elsewhere y me habló con ensueño del grupo de danza moderna de la Universidad de Washington.

No estoy segura de dónde encaja esta versión de Lucie.

—¿Ibas a alojarte con otra persona? —pregunto en un intento por ser amable. Me apoyo sobre los codos y contengo una mueca cuando el dolor me atraviesa el brazo izquierdo.

Niega con la cabeza.

—Me apunté para una individual. La mayoría de mis amigos han ido a la Universidad Estatal de Washington. —No me mira a los ojos mientras lo dice. Los amigos que se han olvidado de ella, dijo el otro día. Los amigos que intentaron utilizarla para conseguir unas prácticas—. ¿Y tú?

—Según mi correo electrónico, estaba con una chica llamada Christina Dearborn. —Me encojo de hombros, sin odiar la casualidad que fue que Christina encontrara el artículo que me llevó a un punto en el que Lucie y yo empezamos a entendernos—. Evidentemente, intervino el destino.

Lucie abre la cremallera de su bolso de diseño.

—Y haré nuevos amigos, lo sé —le dice a su ropa, aparatos electrónicos y productos capilares de alta gama como si tratara de convencerse a sí misma—. Simplemente es... abrumador, supongo.

—Lo sé —contesto en voz baja—. Sé que acabas de llegar, pero tengo que desayunar o me vuelvo más insoportable de lo normal. ¿Y si bajamos a comer algo?

—¿No tienes clase?

—No hasta la tarde —miento.

Lucie se lo piensa unos instantes mientras juguetea con la punta de su coleta, como me he dado cuenta que hace cuando está ansiosa.

—Quizá no estaría mal —acepta.

ひ ひ ひ

Lucie pincha en su plato con un tenedor compostable.

—¿Qué es exactamente la Ovoxtravagancia de Olmsted? ¿Es una tortilla o un burrito?

—Esa es la belleza de la Ovoxtravagancia —respondo—. Es ambos y ninguno a la vez.

—Sospechoso, pero vale. —Lucie mastica pensativa—. ¿Lleva romero? ¿O es tomillo? Sea lo que sea, es maravilloso.

Normalmente lo es. Y, aun así, no tengo hambre.

El hecho de que Lucie Lamont y yo estemos comiendo juntas la Ovoxtravagancia de Olmsted es demasiado extraño como para ponerlo en palabras. Nos preguntamos por el verano de la otra y me entero de que Lucie lo pasó haciendo prácticas (no remuneradas) para sus padres. Le cuento que la mayor parte del tiempo ayudé a mi madre en la tienda, omitiendo todas las veces que me quedé mirando al techo repitiendo lo que pasó en el baile de fin de curso y después. De vez en cuando, se me encoge el corazón al saber la llamada que le espera más tarde.

Podría decírselo. Advertirla.

Pero, ¿cómo sonaría? *Oye, tu padre te va a llamar más tarde para hacerte llorar.* Ya, no. No cuando lo que tenemos es tan endeble.

—Deberías comer algo —dice. Antes de salir de la habitación, se puso su conjunto del primer día: jersey negro de cuello alto y falda vaquera, pero se deja el pelo recogido en una coleta—. Te ayudará a sentirte mejor.

Miro fijamente mi comida, consciente de que tiene razón, pero segura de que mi estómago se rebelará como haga algo que no sea crear un proyecto de arte abstracto en el plato basado en huevos. Cada vez que me muevo en el asiento, el hematoma me recompensa con una oleada de dolor. Mi cuerpo está destrozado. Mi mente está destrozada. Mi relación con Miles está destrozada, aunque no sé hasta qué punto.

Es casi gracioso. Sin ni siquiera planearlo, estoy viviendo en mis malos sentimientos, tal y como sugirió Miles.

Y es entonces cuando se me ocurre una idea.

Miles y yo nunca hemos utilizado nuestro conocimiento del veintiuno de septiembre para el mal. Nos hemos ceñido a cosas positivas, cachorros y helados y Disneylandia. Pero ¿y si lo que arreglaría esta situación, lo único que no he intentado, es aquello sobre lo que bromeé con él hace tantos días?

Venganza.

Su oscuridad repentina me inunda de más esperanza de la que he tenido en todo el día. Una esperanza aguda y rencorosa. Tal vez por eso estoy atrapada aquí, para vengarme de la gente que convirtió mi vida en un infierno. ¿Y si este ha sido mi asunto pendiente todo el tiempo? ¿Mi medio para escapar?

—¿Sabes lo que sí me haría sentir mejor? —inquiero, dejando que se arremoline en mi interior como una posibilidad—. Meterme con Cole Walker.

Lucie se queda paralizada con el tenedor lleno de comida suspendido en el aire, los ojos azules como el hielo encendidos por la confusión.

—¿Qué?

¡Mierda! Demasiado tarde, caigo en la cuenta de que todavía no hemos hablado del baile de fin de curso. No sabe que sé que intentó intervenir en mi favor. Una vez más, mi cerebro va tres pasos por detrás de mi boca.

—Por... mmm... lo que pasó el año pasado —explico—. A ti tampoco te cae muy bien, ¿no?

Durante unos instantes, Lucie se limita a parpadear. Y, entonces, veo cómo se cierra en banda, con las cejas juntas, y le devuelve la mirada al plato que tiene delante.

—Los Walker pueden irse a la mierda —dice, y apuñala sus huevos—. Pero no vale la pena gastar energía en ellos.

Y se apresura a terminarse el desayuno.

☾ ☾ ☾

Después de que Lucie desaparezca para irse a clase, hago una pequeña misión de reconocimiento.

Cole tiene sus redes sociales privadas, pero el día del helado llevaba su identificación de estudiante en un cordón naranja alrededor del cuello. Conozco ese cordón. Paige los repartió durante la mudanza y explicó que cada residencia tenía un color distinto.

Guardé el mío amarillo al momento en alguna parte de mi maleta porque el cordón no encaja con mi estética, pero una rápida búsqueda me revela que el naranja es el color de Brimmer Hall, en el extremo sur de la Universidad de Washington.

Me asiento en el vestíbulo de Brimmer durante un par de horas, fingiendo leer una entrevista grabada de *Clueless* que mi madre me regaló el año pasado por mi cumpleaños e ignorando cómo me grita todo el costado izquierdo cuando permanezco demasiado tiempo sentada en la misma postura, hasta que sale del ascensor, bronceado, con el pelo húmedo y con el cordón alrededor del cuello. Y entonces le sigo.

Todo el día.

A la mañana siguiente, vuelvo a ganarme la simpatía de Lucie, extrañamente agradecida de que mis hematomas no hayan desaparecido. Volvemos a ir al comedor a comer Ovoxtravagancias y esta vez, cuando saco el tema de Cole, lo hago con calma.

—Hay algo de lo que quería hablarte —digo entre los pocos bocados que he podido desayunar hoy—. Llevo todo el verano queriendo hacerlo, de hecho.

Lucie alza las cejas, interesada.

—Vale...

—Sé lo que hiciste a final de curso. Lo de decirles a Cole Walker y a sus amigos que lo dejaran. —Su nombre nunca dejará de saberme agrio en la lengua, pero sigo adelante—. Y... quería darte las gracias.

—No lo hice porque quisiera reconocimiento por hacer lo correcto o algo así —contesta, y suena casi como si estuviera a la defensiva—. Lo hice porque fue una putada.

—S-Significa mucho para mí. De verdad.

Lentamente, asiente con la cabeza y parece ablandarse, y espero que se dé cuenta de que estoy siendo sincera.

—¿Estás... bien? Por lo que pasó.

—¿Te refieres a que si tengo algún daño psicológico duradero? Solo el tiempo lo dirá. —Cuando abre la boca, me río para intentar restarle importancia—. Estoy... trabajando en ello.

Y puede que sí que lo esté haciendo. Contárselo a Miles ayudó, al menos, durante unos minutos, lo cual es exasperante, ya que es la última persona en la que quiero pensar ahora mismo. Me ha vuelto a mandar un mensaje esta mañana, un desesperado «¿Podemos hablar, por favor?» que he dejado en leído. Ha tenido cientos de ocasiones para hablar, y en cada una me ha contado la verdad a medias. Nos hemos pasado todos esos días hablando de nuestros bucles anteriores, y ni una sola vez se planteó el hecho de que merecía saber lo de aquel beso.

Aun así, la realidad sigue siendo que le dejé entrar, y no me morí.

Bueno, sí que lo hice, pero supongo que ambas cosas no están relacionadas.

No pasa nada si vives en esos malos sentimientos un poco más. Odio que tuviera razón. He pintado sobre el pasado con bromas y una confianza falsa. Me convencí a mí misma de que no me pasaba nada, de que estaba bien yo sola. Todos esos años pensé que mi armadura era impenetrable cuando por dentro soy tan blanda y estoy tan derretida como el interior de un palito de *mozzarella* recién sacado de la freidora. Los últimos años han consistido en asegurarme de que nadie arañe esa armadura, de que nadie vea mi interior.

Y es increíblemente agotador.

—Lo siento —dice Lucie mientras juguetea con el extremo de su coleta—. Por cómo me porté contigo. Fui una idiota contigo en el instituto.

—Tampoco es que te lo pusiera precisamente fácil como para que fueras otra cosa.

—No te *equivocas* —contesta ella—. Pero me siento como si todo lo de Blaine hubiera pasado hace cien años. Y él era..., bueno, un poco imbécil, si te soy sincera. Pero en ese momento fue mi primer amor, mi primer todo, y te eché la culpa de que terminara la relación. Lo cual no es correcto, porque tú no estabas en esa relación. No puedes haber tenido la culpa.

Escuchar eso alivia un poco la presión que siento en el pecho.

—Gracias. Por decir eso.

Un leve asentimiento con la cabeza.

—Además, estoy bastante segura de que Blaine solo estaba conmigo por mi familia. —Ahora que ha empezado a abrirse, parece más fácil. Como si hubiera muchas cosas que ha estado esperando contarle a alguien—. Siempre me preguntaba si mis padres iban a estar en casa cuando salíamos, y parecía que *quería* que estuvieran, lo cual era lo contrario de lo que yo pensaba. Y de vez en cuando se le «olvidaba» la cartera. Yo estaba feliz de pagar la cuenta, pero luego empezó a ocurrir solo en las citas más caras.

—¡Madre mía! —Sabía que los Walker eran basura, pero no hasta este punto—. No tenía ni idea.

—Lo más ridículo... —Lucie se interrumpe y deja escapar una media carcajada mientras un ligero rubor aparece en sus mejillas— es que ni siquiera estoy segura de que me atraigan los hombres. Me encantaba ser una novata que salía con un estudiante de último curso, pero todo lo que hacíamos juntos... Tomábamos precauciones y no pasó nada malo, pero tampoco lo disfrutaba precisamente. —Vuelve a mirar su Ovoxtravagancia y le da un par de golpecitos con el tenedor mientras lo asimilo—. No sé. No puedo creer que te esté contando esto. Pensaba que igual era algo que podría descubrir y explorar en la universidad.

—Puedes —digo con firmeza y con la esperanza de que haya una Lucie ahí fuera que esté haciendo toda la exploración que desea—. Gracias por confiar en mí.

Asiente con la cabeza antes de quedarse callada un rato, y me pregunto si también estará pensando en la danza y en todas las formas en las que espera que la universidad la cambie. Durante las últimas semanas, he recibido fragmentos de una chica que pensaba que lo tenía todo, y aquí está, sintiéndose tan vulnerable como yo. Mirándola ahora, veo que es probable que esté a punto de romperse, pero cada miércoles se las apaña para mantener la compostura, a excepción de esos pocos minutos en el hueco de la escalera.

Lucie no es la persona dura y estirada que creía. Desprende una valentía discreta, una vulnerabilidad, y necesita sentirse cómoda para revelarlo.

Debería saberlo, ya que es posible que yo haya sido igual.

—Esto no tiene por qué ser como en el instituto —afirmo—. Podemos ser... diferentes.

—¿Cómo?

Empujo mi plato vacío a un lado de la mesa, me inclino hacia delante y bajo la cabeza de forma conspiratoria.

—Para empezar, no tenemos por qué permitir que personas como Cole y Blaine queden impunes por lo que nos hicieron.

Cuando le explico el plan, está de acuerdo. Nada peligroso, le aseguro. Solo un poco de diversión.

Ayer me enteré de que la primera clase de Cole es un curso de Historia a las once: «Europa de los siglos XIX y XX». Eso nos da tiempo de sobra para colarnos dentro y pegar una notita amistosa en el proyector.

ALGUIEN TE ESTÁ VIGILANDO, COLE WALKER.

Esperamos fuera del aula en Smith Hall, uno de los impresionantes edificios de ladrillo que sobresalen en el patio, con la adrenalina corriéndome por las venas. *Sí*. Ya está. Me siento bien.

—¿Cómo sabías que está en esta clase? —susurra Lucie.

Estaba preparada para esto, y ayer practiqué la respuesta delante del espejo hasta que sonó real.

—Comparte habitación con mi primo. —Hago un gesto que nos abarca a las dos—. El servicio para residentes tiene un sentido del humor interesante.

Lucie todavía parece un poco escéptica, pero no lo cuestiona.

El profesor enciende el proyector, lo que levanta una oleada de jadeos y risas, y los estudiantes miran a su alrededor en busca de Cole Walker y de la persona que lo está vigilando.

—Cole Walker —dice el profesor.

Desde la penúltima fila, levanta la mano con cara de suficiencia.

—Aquí mismo, señor.

—¿Alguna idea de qué va esto? —pregunta el profesor, y Cole niega con la cabeza—. Mmm. Debe de ser alguna broma del primer día. Aun así, puede que quieras hablarlo con la seguridad del campus más tarde.

Cole le resta importancia y vuelve a concentrarse en su portátil.

Me alejo de la puerta abierta, tratando de calmar mi corazón ansioso. Verle dos días seguidos me revuelve el estómago, hace que retroceda en el tiempo. Porque ahora me imagino sus manos sobre mí, cómo se rio aquel lunes, transformando lo que hicimos en algo ordinario. Algo de mal gusto, incluso.

No obstante, Lucie se ríe a carcajadas contra la manga del jersey, como si nos hubiéramos librado de algo mucho peor que una vaga amenaza en un proyector.

—Ha sido increíble —dice—. ¡No puedo creer que lo hayamos hecho!

—Sí —contesto de manera inexpresiva—. Yo tampoco.

Se reajusta la bandolera.

—Creo que ya ha sido suficiente espionaje por hoy. Pero nos vemos luego en Olmsted, ¿no?

Puede que Lucie haya terminado, pero yo acabo de empezar. Cuando se dirige a su seminario para los de primer año, llego a la Dawg House antes que Cole, donde he pegado otra nota en el envoltorio de papel de la hamburguesa que se pide.

Con el dolor de los cardenales y la cabeza dándome vueltas por el Tylenol que no ha sido lo bastante fuerte, espero a unas cuantas mesas de distancia de la que él está compartiendo con unos amigos.

DISFRUTA DE TU COMIDA, CW.

Frunce el ceño al leerlo y suelta una carcajada.

—Alguna lunática me está acosando o algo —dice, tirando la nota al centro de la mesa.

—¿Exnovia? —pregunta uno de sus amigos.

—Probablemente.

Otro chico, alguien a quien reconozco vagamente del instituto, dice:

—Tienes que dejar de romper corazones, tío. —Y todos se ríen.

Por lo visto, ni siquiera sé vengarme bien.

Paso el resto de la tarde planeando mi gran final y, cuando Lucie se va a Zeta Kappa, me dirijo al patio para ver *Atrapado en el tiempo*. Una película que le encanta a Cole, de lo que me enteré ayer mientras él y sus amigos hablaban demasiado alto sobre una manta con el logotipo de la Universidad de Washington.

Lo que le encanta a la persona que maneja el proyector: el dinero en efectivo.

Estoy mirando desde detrás de un cerezo cuando las palabras *Cole Walker: 0/10 estrellas en la cama, cero recomendable* aparecen en la pantalla, en blanco sobre fondo negro, y todo el público estalla en carcajadas. Es imposible que ignore esto.

En una manta de pícnic a unos metros de distancia, sus amigos le empujan, riéndose a carcajadas.

—Has cabreado a alguien —dice uno de ellos, y Cole finge esconder la cara antes de reírse con ellos.

Mi mensaje desaparece y es sustituido por los créditos iniciales de la película. Una canción demasiado alegre.

Me agarro al árbol con tanta fuerza que me sorprende no partir una rama por la mitad. La furia estalla dentro de mí, llenándome hasta que se desborda. ¡Y una mierda me voy a quedar así!

Me dirijo hacia donde está sentado y planto los pies sobre la manta de vellón.

—Cole.

Gira la cabeza hacia mí, con un rizo rubio colgándole sobre una ceja. Veo cómo su rostro registra la conmoción.

—¿Barrett? ¿Qué estás...?

—Tengo que hablar contigo.

—No me pillas en buen momento —contesta como Bill Murray informa del tiempo.

—Es importante —digo, y debe de haber algo en el timbre de mi voz que le convence para levantarse. Me mantengo a unos seis de metros de distancia mientras me sigue al otro lado del patio, hacia la Red Square, y no me gusta la idea de compartir tanto espacio físico con él.

Me abrazo a mi jersey, y sus ojos se abren de par en par mientras siguen la trayectoria de mis manos.

—No me jodas. ¿Estás emb...?

—No. —Respiro hondo. *No hay consecuencias.* No soy capaz de mirarle a los ojos, no cuando la forma en la que se cernió sobre mí se repite una y otra vez en mi cabeza. Así pues, me centro en la punta de su oreja izquierda—. Tengo que hablar contigo. Sobre lo que pasó. Después del baile de fin de curso.

—¿Todavía sigues obsesionada con eso? —Cuando cruza los brazos sobre el pecho, no entiendo por qué eso hace que parezca más grande. Hago lo mismo y, sin embargo, en este momento me siento microscópica.

Resulta casi cómica la forma en la que Cole y la Lucie de hace unas semanas se han mostrado tan desdeñosos con el hecho de que el instituto fuera *hace tanto tiempo*. Yo también pensaba que estaba deseando dejarlo todo atrás y, sin embargo, lo tengo tan grabado en la memoria que me resulta imposible seguir adelante.

El dolor persistente del accidente de coche se mezcla con la electricidad estática de mi cerebro, y su fuerza es tan intensa que noto que empiezo a tambalearme. Aprieto las manos a los lados, respiro entrecortadamente. Puede que esta sea mi única oportunidad. El único momento en el que tengo el valor de enfrentarme a él cuando todo en mí está gritando que huya.

—Está claro que seguías obsesionado con ese artículo —contraataco—. Me hiciste sentir como una mierda.

—De eso se trataba, después de lo que le hiciste a mi hermano. —Seguía sin mirarle a los ojos. Su barbilla prominente. Un trío de pecas en su mejilla derecha. El derecho y el cálculo de invitarme al baile de fin de curso, de ser amable conmigo durante toda la noche, de llevarme a una habitación de hotel. Una confianza que nunca he conocido—. ¿Eres tú la que me ha estado jodiendo todo el día?

Asiento con la cabeza, incapaz de expresar mi frustración ante su total falta de reacción. Casi sonríe ahora que me ha identificado como culpable. Se ha dado cuenta de que no soy una amenaza real.

En la pantalla, el radio despertador marca las seis en punto. Sonny y Cher. *¡Bien, excursionistas, arriba! ¡Despertad y no olvidéis los descansos, porque hoy hace frío!*

—Fuiste tan amable conmigo al principio... —Lo pronuncio en un susurro. *Hacía mucho tiempo que nadie era tan amable conmigo. Oprimo esos sentimientos, me insto a ponerme la armadura otra vez. No pienso llorar delante de él*—. ¿Lo planeaste de antemano con tus amigos? ¿Compartisteis ideas sobre tácticas de seducción? ¿O pensaste que era tan patética que me metería en la cama contigo solo porque te dignabas a hablarme?

Su expresión se endurece.

—Yo no lo llamaría «compartir ideas» exactamente... —Pero la forma en la que su voz se va apagando basta para responder a la pregunta, lo que hace que me entren más náuseas.

Aun así, me obligo a seguir.

—Espero que ese *hashtag* y todas esas flores le hayan devuelto la beca a tu hermano. Espero que le hayan arreglado la autoestima o lo que sea que creas que le robé.

—Mira —dice Cole, que estira el cuello para ver la pantalla—, no quiero ser un cretino, pero mis amigos me están esperando y me flipa esta película.

Se me ocurre que podría ponerme de pie delante de todas estas personas y gritar que, de hecho, estoy embarazada y que el bebé es suyo. Podría echarle a perder el miércoles de mil maneras distintas, peores, y no cambiaría lo que pasó en mayo.

Lo único que quiero decir se me queda atascado en la garganta. *Eres un patético de mierda hiciste que me sintiera inútil hiciste que me*

sintiera insignificante cómo pudiste pensar en qué universo alguna vez lo
sentiste alguna vez te arrepentiste pensé que eras atento amable decente
idiota idiota idiota idiota idiota.

En vez de eso, lo único que sale es un «vale».

—¿Sabes? —Se interrumpe, como sopesando lo que quiere decir a continuación—. No estuviste mal, si eso es lo que te preocupa. Estuviste... ansiosa. *Divertida.* —Sus labios se curvan hacia arriba—. Lejos de un cero sobre diez.

Claro, porque mi rendimiento sexual era lo que me quitaba el sueño.

—Me alegro de que arruinarme la vida no fuera una carga para ti.

Pone los ojos en blanco.

—Nadie te arruinó la vida. El instituto había terminado casi, y estás aquí en la universidad, ¿no? —Como si solo hubiera una manera de arruinarle la vida a alguien—. En todo caso, considéralo un favor. Ahora no tendrás que dar tumbos con el próximo tío, sea quien sea el afortunado.

Sin embargo, justo cuando me da la espalda, siento otra descarga de adrenalina. No puedo dejarlo pasar. No puedo dejar que se vaya perfectamente contento con la clase de persona que es.

Ánimo. ¡Vamos, Joder!

—Hiciste... Hiciste que me odiara de verdad —empiezo, y cuando vuelve a estar cara a cara conmigo, por fin arrastro mi mirada a sus ojos, dejando que su inexpresividad me alimente todavía más. Apoyo los pies en el suelo con firmeza, como si me lo fueran a arrancar en cualquier momento—. Todas las flores. Convertir mi apellido en una broma. Fue mi primera vez, como ya sabes, porque te lo dije, e hiciste ese *hashtag* tan ingenioso. —A Miles le dije que no le tenía sentimentalismo alguno, que me daba igual si mi primera vez no era especial. Pero estaba equivocada, equivocada, equivocada. En ningún momento dependió de mí, sino que siempre dependió del chico que tengo delante. Nunca tuve el control—. Tú puedes pasar página, divertirte todo lo que quieras en la universidad. Yo seré una nota a pie de página, algo supergracioso que te pasó en el instituto y de lo que te reirás con tus amigos cuando tengas cuarenta años y te preguntes por qué eres incapaz de establecer relaciones románticas duraderas con nadie. Mientras tanto, yo voy a tener que recordarlo el resto de mi vida. El resto de mi puta *vida*, porque *tú me lo arrebataste*.

Estoy respirando con dificultad, ahogándome con un jadeo, y siento una presión y un calor en el pecho y el borde de mi campo de visión está borroso. Soltar todo esto duele a nivel físico y, aunque es justo lo que quería decir, no me siento mejor al instante.

Así pues, continúo:

—Y —añado y, en retrospectiva, en realidad es lo menos importante de todo y lo más probable es que le dé igual, pero también existe la posibilidad de que le golpee el ego mientras lo digo— no me corrí.

Me examina de pies a cabeza, con un brazo detrás de la cabeza formando un triángulo. Durante unos segundos pienso que a lo mejor va a disculparse. Se *arrastrará*, se dejará caer, golpeará el cemento con las putas rodillas y me pedirá perdón.

En lugar de eso, se da la vuelta y no dice absolutamente nada.

DÍA VEINTISÉIS

Ж Ж Ж Ж Ж |

Capítulo 32

Lucie Lamont me mira fijamente en nuestra habitación de la residencia, segura de que la universidad ha cometido un error.

Otra vez.

Claro que sigue enfadada conmigo. Claro que no se acuerda de lo que pasó ayer.

Cuando se va, grito una sarta de palabrotas contra la almohada y la golpeo con el puño hasta que se convierte en una tortita azul y plana. Todavía me duele el costado izquierdo, Jocelyn no le pedirá matrimonio a mi madre nunca y no conseguiré entrar en el *Washingtonian*. Puede que Lucie y yo nos reconciliemos brevemente si vuelvo a esforzarme, pero nunca seremos *amigas*.

Y el baile de fin de curso.

Si Cole era el principal cabo suelto de mi vida, entonces el hilo es más largo y está más enredado que antes de plantarle cara. Si de verdad él era mi asunto pendiente, como sugirió mi madre, hoy tendría que ser veintidós de septiembre. Dije exactamente lo que quería decir, pero no soy libre y no me siento mejor. En todo caso, me siento peor.

¿Qué pensaba? ¿Que Cole se iba a cuestionar su moral de repente solo porque escribí una notita tonta? ¿Que se dedicaría a ser una buena persona? Lo más probable es que esperara que me aliviara la presión que me oprime el pecho desde mayo.

Y la única persona en la que creía que podía confiar durante todo esto, la única persona con la que estoy desesperada por hablar a pesar de todo, está solo dos plantas por debajo de mí, pero parece estar más lejos que nunca.

Intentamos hacer buenas acciones y seguimos aquí.

Intentamos corregir nuestros errores y seguimos aquí.

Vivimos la vida al máximo y me enfrenté a mis demonios y *morimos*, joder, y *seguimos aquí*.

Puede que tenga que volver a gritar.

Mi móvil se ilumina.

Mamá: ¿Cómo te amo? ¡Joss y yo te deseamos MUCHÍSIMA SUERTE hoy!

Ni siquiera el mensaje de mi madre me sirve. Estoy profunda y completamente perdida y no tengo ni idea de adónde ir a partir de ahora. Lo único que sé con certeza es que nada de lo que hago tiene impacto alguno.

Y si nada de eso importa...

Entonces puede que yo también le enseñe el dedo corazón al universo.

☽ ☽ ☽

Aparezco en medio de la clase de Física, y las cabezas de todo el mundo se giran hacia el frente a medida que entro con mi capa improvisada detrás de mí. Hoy parecía el día adecuado para una capa, la cual he confeccionado con media docena de camisetas anudadas.

—Perdón, ¿interrumpo algo? —inquiero, y mientras la sala se deshace en risas nerviosas, siento una punzada de culpabilidad hacia la Dra. Okamoto, que no se merece esto. Que no ha hecho nada malo salvo poseer una línea temporal que se mueve a un ritmo más lento; algo de lo que ni siquiera es consciente una física brillante como ella.

Miles está unas filas más arriba en una silla que da al pasillo, vestido de nuevo con la camisa roja de cuadros. Es la primera vez que lo veo desde que casi nos besamos, y tiene el descaro de parecer..., bueno, no estoy segura. De todas las expresiones de Miles que he clasificado y reclasificado durante las últimas semanas, esta es quizá la más difícil de analizar. Tiene el rostro casi inexpresivo, pero no del todo; hay algo en sus ojos, algo vasto, oscuro y desconcertante. O está avergonzado de mí o...

Le doy pena.

Ya está.

No lo miraré, eso es todo, porque si no lo hago, mi corazón no tartamudeará dentro de mi pecho.

La Dra. Okamoto camina hacia mí con los brazos cruzados sobre su americana color mandarina.

—Si estás en esta clase —dice—, no toleraré ninguna interrupción. Si tienes una razón legítima para no llegar a la hora, por favor, entra haciendo el menor ruido posible.

Me siento y hago ademán de sacudirme la capa. Abro la cremallera de la mochila y saco el lápiz gigante que he comprado en la tienda de todo un dólar que hay en la avenida y el culpable de que haya llegado media hora tarde. Justo cuando la Dra. Okamoto está a punto de repartir la guía didáctica, levanto la mano.

—¿Sí?

Alzo el lápiz y lo agito de un lado a otro.

—¿Alguien tiene un sacapuntas?

Más risas.

—Puede que no haya sido lo bastante clara antes —contesta la Dra. Okamoto—. Es fundamental que los alumnos también vengan *preparados* a mi clase.

—¿Esto no es estar preparada? —inquiero—. Hasta podría decirse que es estar *excesivamente* preparada.

Parpadea, claramente incapaz de comprender que una alumna haga esto el primer día de clase.

—Por favor, no nos hagas perder más tiempo. —Su tono exasperado hace que me quede callada durante el resto de la clase.

Más tarde, Miles me alcanza fuera del aula.

—¿Qué estás haciendo? —sisea, con las cejas fruncidas. Hace dos días, tres días, qué más da cuántos días, quise estrecharme entre sus brazos. No soy inmune a su olor ni a su mirada ni a la forma adorable que tienen de sobresalirle las orejas, pero finjo que lo soy.

—¿No te has enterado? ¡Nada importa! —Lo digo con voz cantarina, y le doy unos golpecitos en la cabeza con mi lápiz gigante—. ¡Podríamos robar un banco o incendiar toda la universidad o cometer un puto *asesinato* y nadie tendría ni idea! —A medida que pasan los estudiantes, hablo más alto—. ¿Lo habéis oído? ¡Haced lo que queráis hoy, no hay consecuencias!

Algunos enarcan las cejas y niegan con la cabeza. Hago una pose dramática con mi capa mientras alguien me hace una foto.

Miles se pasa la mano por el pelo que acabo de despeinar con el lápiz.

—Te vas a sentir muy ridícula como mañana sea jueves.

Me inclino hacia él y le doy una palmadita en el hombro. No dejo que mi mano prolongue el contacto. No puedo prolongar nada remotamente adyacente a Miles. No confío en mí misma.

—Miles, Miles, Miles. ¿No lo entiendes? Nunca va a *ser* mañana. *Este* es nuestro mañana. Y el día siguiente. Y el día siguiente. Y..., bueno, eres listo, lo entiendes. —Hago una floritura con mi capa mientras me mira fijamente, con los ojos muy abiertos y la mandíbula floja—. Ahora, si no te importa —añado—, tengo más travesuras que hacer.

U U U

Durante las próximas horas, soy un tornado. Voy de un lado a otro del campus como un remolino, volcando cubos de basura e irrumpiendo en las aulas con proclamaciones estrafalarias.

—¡El edificio está en llamas, más vale que corráis! —grito a una clase de Química antes de activar la alarma de incendios—. ¡La universidad acaba de declararse en bancarrota! ¡Se suspenden todas las clases! —le digo a Inglés 211 antes de desaparecer con un movimiento de la capa.

No solo estoy viviendo en mis malos sentimientos, sino que me he convertido en ellos.

Por la tarde, me veo obligada a volver a Olmsted porque se me ha roto la capa. Estoy en la cama rehaciéndoles los nudos cuando Lucie entra con los ojos hinchados y pasándose la mano por la cara. Son las cuatro.

—Acabo de oír que había una persona corriendo por el campus vestida con una capa y... ¿Qué narices? —Lucie me mira boquiabierta—. ¿Eras tú?

—Culpable. —Ato una camiseta *vintage* de un concierto de No Doubt a mi camiseta de NEPTUNE HIGH.

—Te encanta enemistarte con la gente, ¿eh? —dice, y si no pienso en lo que pasó ayer entre nosotras, no tiene por qué dolerme—. Increíble. Vale. Bueno, seguro que me voy de aquí en cuanto pueda.

—¡Buena suerte! —exclamo con alegría—. Estoy bastante segura de que nos vamos a quedar aquí atrapadas para siempre.

Me mira como si la estuviera asustando, y quizá sea así. Tal vez también me estoy asustando un poco a mí misma.

Hago tantos estragos como puedo antes de vestirme de negro para una misión nocturna, dejando atrás mi capa. Son las diez, por lo que está lo suficientemente oscuro como para entrar en el edificio de Periodismo sin ser detectada. Todos los demás están inmersos en sus actividades de la primera noche, como si siguieran siendo importantes después de todas estas semanas.

Las escasas luces iluminan los pasillos con un inquietante resplandor verdoso. Tengo suerte de que el periódico solo se publique los lunes y los miércoles, porque si no la sala de redacción estaría probablemente llena de gente que se queda hasta tarde. No obstante, hasta ahí llega mi suerte, porque la puerta está cerrada con llave.

Suelto un gruñido de frustración mientras meneo el pomo de un lado a otro, y luego pruebo a empujar la puerta con todo mi peso. Nada. Miro fijamente el cristal y respiro hondo, mentalizándome.

Antes de que pueda disuadirme, golpeo el cristal con el codo con toda la fuerza de mi cuerpo.

—¡Mierda, mierda, mierda! —exclamo entre jadeos mientras los cristales se rompen a mi alrededor. Espero unos instantes, con la respiración agitada, por si he activado la alarma. Cuando no pasa nada, saco lentamente el brazo y... ¡madre mía! Hay sangre. No una cantidad enorme, pero sí la suficiente como para hacer que me tambalee durante un segundo.

Mañana estaré bien, un poco dolorida si eso, pero el puto dolor sigue ahí y hay tantos cristales y, y, y...

No importa, no importa. Soy una chica insoportable e invencible.

Vuelvo a meter el brazo por el agujero que he creado, procurando evitar los fragmentos de cristal más afilados, y aferrado la cerradura con los dedos.

Una vez dentro, suelto un suspiro y me desplomo contra la puerta, apretándome el brazo herido contra el pecho. Dejando que la sangre desaparezca en mi camiseta negra. Hostia *putísima*, esto es una locura, y debo de estar delirando porque de repente empiezo a reírme. Nada tiene gracia. Todo tiene gracia.

Definitivamente, estoy perdiendo la cabeza.

Poco a poco recupero la compostura. Cuando vuelvo a respirar con normalidad, dejo que la sala de redacción me llene de una sensación de calma muy necesaria. Todo el mundo dice que los periódicos se están muriendo, y así ha sido durante años. Sin embargo, sigo sintiendo nostalgia. En casa recibimos el *Seattle Times* todos los días, y siempre lo espero con impaciencia, sobre todo las ediciones dominicales con sus gruesas secciones de arte y cultura. Mis suscripciones *online* son geniales, pero no hay punto de comparación con la sensación de tener el papel de periódico en las manos, tintándote las yemas de los dedos de gris, o con la emoción de que una revista aparezca en el buzón cada mes.

Paso las manos por las paredes, por las citas escritas con rotulador que no tienen sentido, pero que seguramente fueron divertidísimas cuando se pronunciaron por primera vez. ¿Que nunca voy a tener la oportunidad de trabajar aquí? Que le den. Dejaré mi propia huella.

Agarro un bolígrafo de un escritorio que tengo cerca y lo destapo, tras lo que encuentro un hueco en la pared justo encima de donde alguien que garabateó «No quiero meterme eso en la boca, pero lo haré por ti» en letras minúsculas. E, irónicamente, no se me ocurre nada que escribir. Tal vez «Barrett Bloom estuvo aquí», pero eso no hace más que recordarme a PROPIEDAD DE BARRETT BLOOM, el tatuaje a medio terminar y ya extinto de Miles. Y pensar en Miles es una mala idea, no importa lo mucho que desee que volvamos a estar como antes.

Darme cuenta de eso me sobresalta tanto que no sé muy bien qué hacer al respecto.

Me desprendo de ello y atravieso la sala de redacción, paso por delante del despacho de Annabel y entro en un rincón pequeño y oscuro. En la placa de una puerta pone ARCHIVO. Y está abierta.

—¡Madre mía! —susurro cuando enciendo la única bombilla que cuelga sobre mi cabeza.

Todos los números del *Washingtonian* están aquí, desde los que tienen décadas hasta los de la semana pasada, guardados en archivadores etiquetados y apilados del suelo al techo.

El artículo que Christina Dearborn encontró en Elsewhere era de 2005. Abro un cajón y empiezo por enero de ese año. Un artículo sobre la construcción de una residencia nueva, una reseña de *Hitch.* Tampoco hay nada en febrero y marzo. Pero en abril, justo en la primera página...

«La fiebre del trimestre de primavera: La página web para las inscripciones se cae cuando demasiados estudiantes se apuntan a la clase de viajes en el tiempo».

Agarro el periódico con fuerza mientras las palabras nadan en la página. *Existe.* Y no solo existe, sino que la *adoraban.*

Vuelvo a encontrarla en 2007, en un artículo sobre gente que quería ponerle fin a su clase porque pensaban que no enseñaba ciencia de verdad. Padres enfadados llamándola «charlatana» y «fraude». «Manipuladora». «Está claro que no está del todo *bien.* ¿Sabes a lo que me refiero?», se cita a uno de los padres.

Tras avanzar unos años, me entero de que le concedieron una licencia administrativa y, justo cuando saco un periódico de noviembre de su ranura, una nota adhesiva de color amarillo neón me devuelve la mirada.

Retirado de archivos en línea de W
a petición de E. Devereux.
Para más información:

E. Devereux
Grand Avenue 17
Astoria, OR

↻↻↻

Subo las escaleras hasta la séptima planta porque he #evolucionado y no le tengo miedo al ejercicio. En su mayor parte. Mis venas poseen una energía frenética mientras recorro el pasillo, pasando junto al SIGUE NADANDO... ¡Y APRENDIENDO! Esto hace que me detenga un momento, solo porque habría jurado que ponía ESTUDIANDO en lugar de APRENDIENDO. ¿O siempre ha sido APRENDIENDO y mi mente lo deformó porque la rima habría quedado mejor? Por otra parte, solamente lo examiné con detenimiento la noche en la que rocié a Miles con gas pimienta, lo que bien podría haber ocurrido en 1998. Mi memoria me juega malas pasadas, igual que la de Miles cuando me quedé atrapada por primera vez.

La necesidad de verlo en persona es abrumadora. Lo cual es totalmente extraño, porque he estado pasando el tiempo solo con él durante el último día ~~las últimas semanas~~. Y, sin embargo, ahí está: una necesidad palpitante en el centro del corazón.

Por favor, que no esté dormido, pienso mientras llamo a su puerta. Su compañero de habitación, si no recuerdo mal, debe de haberse ido de fiesta con su novia de hace tiempo después de haber echado un polvo en la habitación esta misma noche. *Por favor, que no se haya ido de fiesta ni haya encontrado a su verdadero amor y haya salido por fin de este desastre de mala muerte.*

Tarda un eón y medio, pero por fin, por fin abre la puerta. Ver su cara supone un alivio instantáneo, y su pelo despeinado y sus ojos cansados son un bálsamo para toda la anarquía de los últimos tres días. Odio lo agradable que es verle, las ganas que tengo de desplomarme en su habitación con tal de que me sostenga. Casi puedo olvidarme del beso que no recuerdo.

—¿Barrett? —Se pasa una mano por el pelo y abre más la puerta—. ¿Qué haces aquí?

No lleva camiseta.

Miles Kasher-Okamoto está delante de mí, sin camiseta, y de repente es como si nunca hubiera visto a un hombre humano.

—No llevas camiseta —suelto como la periodista observadora que siempre he sido.

Mira hacia abajo, como si acabara de darse cuenta.

—Esto… Un segundo. —La puerta se cierra, escucho algunos movimientos y, unos instantes después, vuelve a abrirla—. Lo siento. Estaba a punto de irme a dormir. ¿Va todo bien?

Le pongo el periódico delante de la cara.

—He encontrado estos artículos sobre la Dra. Devereux en los archivos del *Washingtonian*. Miles, es *real*. Y vive en Oregón. Podríamos ir a buscarla.

No obstante, Miles no parece estar procesando ninguna de las palabras que estoy diciendo.

—Joder. —Se lleva una mano a la boca y me hace un gesto—. Tu brazo. Estás... Estás sangrando.

Su voz se ha vuelto completamente suave. Todo el enfado que hubiera sentido por lo que hice en clase de su madre... ahora ha desaparecido.

Bajo la mirada hacia el amasijo de piel rota.

—Da igual —digo—. ¿Qué más da una herida más después de que me atropellara un camión? Mañana estaré como nueva.

—Por si acaso, deberíamos desinfectarlo. —*Por si acaso*. Las últimas semanas han sido un diluvio de *por si acaso*. Hoy es el único día que estoy segura que no quiero repetir. Me hace un gesto para que me siente en la silla del escritorio y, como estoy demasiado cansada como para hacer otra cosa, estiro el brazo. La Dra. Devereux puede esperar hasta mañana, porque siempre hay un mañana. Y ya he memorizado la dirección—. Mis padres me obligaron a comprar un pequeño botiquín para el dormitorio. Creía que estaban exagerando, pero ahora me alegro de que lo hicieran.

Lo saca del armario mientras yo me hundo en la silla y me tiende un paquete de toallitas desinfectantes, como pidiéndome permiso. Asiento con la cabeza y con el otro brazo me aparto los rizos de la cara. Me da un poco de miedo el aspecto que tengo en este momento, pero Miles nunca se ha inmutado por nada que tenga que ver conmigo.

Se pone a mi lado y me sujeta el brazo con una mano, presionando ligeramente con el pulgar, mientras baja la toallita con la otra. Le tiembla en la mano justo antes de tocarme la piel, y me estremezco cuando noto el escozor.

—Lo siento —dice, apartándose.

—No pasa nada. Tú sigue.

Se inclina hacia delante y me pasa la toallita con tanta delicadeza, sumamente concentrado, como si ni siquiera un huracán pudiera romper su concentración. No sabría explicarlo, pero esa delicadeza hace que me entren ganas de llorar. La tormenta que había sido en la sala de redacción, por el campus, ahora me es ajena. Durante todo el día, todo el día de ayer, todo ha sido demasiado ruidoso y mi cerebro no paraba de zumbar, zumbar y zumbar. Pero aquí... hay silencio. Está tranquilo. Un oasis en medio del caos en el que se ha convertido mi vida.

Pensaba que estaba agotada. Que había perdido la esperanza. Pero aquí, en la habitación de Miles, de repente me siento completamente despierta.

Miles es constante, y no solo porque está atrapado conmigo aquí. Su mera presencia me ha vuelto a poner en órbita. Incluso después de todo lo que ha pasado... confío en él. No solo para vendarme el brazo, sino para contarle mis secretos. Mis miedos.

Eso es lo más aterrador de todo: que, en el fondo, entiendo por qué me ocultó el beso. Y sé que puedo perdonarle.

Con dedos ágiles, vuelve a meter la toallita en el paquete antes de tirarla a la papelera, luego abre una venda y me la pasa por el brazo. Alisa los bordes. Observo su mano, veo lo cuidadoso que es conmigo. Tan cerca de él, siento el calor de su cuerpo, oigo el ritmo constante de su respiración. Puedo contar cada una de sus pestañas negras azabache. Todo eso me marea un poco.

—¿Bien? —pregunta con los ojos fijos en los míos y, aturdida, consigo asentir.

Muy bien, quiero decirle.

—Gracias. No tenías por qué hacerlo.

—Me habría sentido fatal si mañana te hubieras despertado con una infección. —Se apoya en la cama y adopta esa pose despreocupada que no debería ser tan atractiva—. ¿Estamos... bien?

Trago saliva. ¿Lo *estamos*? Quiero estarlo.

—Eso creo.

—Bien.

—Bien —repito, y me pregunto cuántas veces puede pronunciarse una sola palabra en el transcurso de una conversación.

Juguetea con el borde del edredón azul marino a rayas.

—He estado preocupado por ti. Desde que... mmm... morimos. —La última palabra la dice en voz baja, como si pudiera borrarla de nuestra memoria compartida con solo pronunciarla.

—Esta mañana se me ha ido bastante la cabeza. Pensaba que habíamos escapado.

—Por un momento yo también. Pero luego...

—La realidad.

—Puede ser una auténtica mierda, ¿eh?

—Me alegro de que no estés muerto —digo.

Una sonrisa burlona en la comisura de los labios.

—Puede que sea lo más bonito que me has dicho nunca.

Le doy un empujoncito con el brazo que no tengo vendado y, una vez que estoy cerca, solo necesito otros pocos centímetros (utilizaré mentalmente el sistema métrico decimal por Miles) para ponerme de pie y abrazarlo, un gesto que parece pillarnos por sorpresa a los dos. Vacila durante una fracción de segundo, y la estructura de la cama impide que se caiga hacia atrás. Luego se estabiliza. Nos estabiliza. ¡Dios! Es cálido, perfecto y sólido, y sus manos se cierran en la base de mi columna de una forma que hace que me sienta increíblemente *a salvo*. Tengo que luchar contra el impulso de agarrarle el pelo, por lo que decido aferrarme a su cuello con suavidad.

Aun así, algo sucede en su garganta cuando lo hago, un gruñido suave y puro. En la parte más depravada de mi mente, me pregunto qué otros sonidos podría arrancarle.

Inhalo su aroma a madera limpia. Un toque de sudor. Mi cara contra su cuello, su corazón latiendo justo encima del mío.

Le echaba de menos.

—Lo siento —dice con la voz ligeramente amortiguada por mi pelo—. Por no habértelo contado. Por esperar hasta el último segundo. Como habrás deducido, ya que he sido tu única compañía la mayor parte de las últimas semanas, no se me da bien lo de tener amigos.

Me echo hacia atrás y le miro. Lentamente, nos separamos, tras lo que se produce un reposicionamiento de miembros y reajuste de ropa incómodos, sus ojos fijos en el techo, los míos, en el suelo. Resulta íntimo estar en su habitación tan tarde, aunque apenas haya podido dejar huella en este espacio.

Me acuerdo de cómo su mano agarró la mía en el coche mientras nos llovían los cristales. Apretando con fuerza.

Como si, en el caso de que fuéramos a irnos, quisiera que nos fuéramos juntos.

—Te perdono —contesto—. Gracias. Por decir todo eso.

Después de todo, Miles sigue siendo muy amable. Es estoico y reservado al principio, pero debajo de todo eso, es tranquilo y cariñoso. Divertido, también, a menudo sin querer. Apenas tiene que hacer nada para que desaparezca mi mal humor. He estado tan empeñada en esconderme y, aun así, es imposible esconderme de él.

—¿Segura? —pregunta, pero vuelve esa sonrisa, no del todo la que más me gusta, pero casi—. Porque iba a darte esto.

Mete la mano en una bolsita de papel que tiene en el escritorio y saca una galleta salada con trocitos de chocolate tan grande como su cara. Sonrío como una auténtica boba.

—Obscenas. Esas galletas son obscenas. —Y entonces, porque estoy aprendiendo a no restarle importancia a las cosas y porque yo también quiero ser sincera y estoy aprendiendo que no voy a morir por serlo—: Sí —añado, ya que no quiero dejar ninguna duda—. Sé que estabas en una situación inusual e incómoda, y sigue sin encantarme cómo lo gestionaste, pero entiendo por qué lo hiciste. Y... supongo que no he odiado conocerte. Quiero que seamos... amigos.

«Amigos». La palabra es algo pequeño y temeroso. No es que Miles y yo no seamos amigos; ya hemos superado esas declaraciones. Uno no convierte una piscina en una piscina de bolas con alguien que no es su amigo, aunque los dos seáis las únicas personas que estáis atrapadas en un bucle temporal.

Es solo que no estoy segura de si «amigos» es lo único que quiero ser con Miles. No debería ser romántico que quisiera tomarme de la mano cuando pensaba que estábamos a punto de morir. Y, aun así, es lo único en lo que puedo pensar, y es tan increíblemente precioso que creo que podría llorar.

Miles se anima lentamente, como si intentara luchar contra ello, y la alegría se le abre paso en el rostro poco a poco.

—Me siento honrado de ser tu amigo, Barrett Bloom —dice mientras parte la monstruosa galleta por la mitad.

No sé qué hacer a partir de aquí, así que intento ignorar el complejo remolino de sentimientos y opto por una broma, como siempre he hecho.

—Te he dicho lo de la cuota de socio, ¿verdad? —inquiero.

—Tengo diez mil dólares en mi cuenta bancaria. Puedes quedártelo todo, pero solo si prometes no comprar perros ni helados.

Entonces nos reímos y las cosas vuelven a la normalidad, pero es una normalidad cargada, una normalidad que podría encender un fuego y quemar Zeta Kappa. Lo peor de todo es que ahora me estoy imaginando cómo sería si nos hubiéramos besado, como hicimos en la línea temporal de Miles, pero no en la mía. El momento que tuvimos en Stanley Park antes del destello. Quiero otra oportunidad, pero a pesar de toda mi bravuconería, soy una inexperta. No sé cómo hacer para volver a estar en esa situación.

No obstante, eso no me impide preguntarme cómo me besaría. Porque sé exactamente cómo lo besaría yo: con la suficiente fuerza como para despeinarle y averiguar qué profundizaría ese sonido que le sale de la garganta. Despacio, para ver si lo torturaría. Le besaría contra la pared y tumbados en la cama del dormitorio de la residencia y...

—¿Qué has hecho estos dos últimos días? —pregunto, desesperada por concentrarme en algo que no sean las imágenes de mi cabeza.

Miles se sube a la cama y yo vuelvo a sentarme en la silla, apoyando los pies en el somier.

—He estado dándole vueltas a la cabeza, no voy a mentir. Y luego he ido un poco a la biblioteca. —Me dedica una media sonrisa tímida—. Por alguna razón, no me parecía lo correcto sin ti.

—¿Quién iba a burlarse de los nombres obscenos de los científicos como yo?

—Julian Schwinger no es nombre obsc... Vale, lo he pillado.

Cuando me hace la misma pregunta, le cuento lo de haber estrechado lazos con Lucie.

—Y... me enfrenté a él. Al chico del camión de helados. El que... El que hizo eso después del baile de fin de curso.

Miles aprieta la mandíbula.

—¿Cómo... fue?

—Horrible. Me sentí peor —respondo, intentando olvidar cómo Cole se dio la vuelta y se marchó—. Sé que tengo que olvidarlo todo, pero va a llevar tiempo.

—No *tienes* que hacer nada —dice, más suave—. Siéntete como te sientas al respecto durante el tiempo que necesites.

—Tienes razón. Gracias. —Miro la venda que me ha puesto con tanta delicadeza—. Perdón por lo que hice en la clase de tu madre —añado, con la intención de hacer borrón y cuenta nueva—. Fue horrible.

—¿Y vamos a hablar de la capa?

—Estaba pasando por algo, ¿vale? —contesto—. Cuando fuimos a Vancouver... fue un buen cumpleaños, ¿verdad? Antes de que pasara todo.

—El mejor casi decimonoveno cumpleaños.

—Me alegro. —El periódico al otro lado del escritorio capta mi atención. La razón por la que estoy aquí. Pero tengo mucho tiempo para contarle lo de la Dra. Devereux. Por ahora, quiero fingir que nada de eso existe—. ¿Miles? —digo, y maldigo cómo suena mi voz. Aguda e insegura, completamente distinta de la voz fría y serena que quiero tener. Las palabras en mi cabeza bien podrían ser ecuaciones de física. $\Delta B / \Delta M = ¿¿??$[2]—. ¿Qué te parece si vemos *Orgullo y prejuicio*?

Sonríe.

—¿Firth o Macfadyen?

—A gusto del consumidor —respondo, y no debería sentir una oleada de satisfacción cuando elige la versión de 2005, tras lo que eleva el portátil con unos cuantos libros de texto y lo inclina hacia nosotros. Nos acomodamos juntos en la cama, intercambiando medias sonrisas mientras estiramos las piernas, y cuando su rodilla se apoya en la mía, sé que no voy a ser capaz de concentrarme en la película.

La fuerza de todo el deseo que está retumbando dentro de mi cuerpo es demasiado embriagadora, demasiado intensa. Desear que te deseen es algo horrible, y ha causado que tome muchos caminos cuestionables. Y, aun así, nunca dejo de *desear*.

No quiero sentirme sola esta noche, aunque solo sean un par de horas más, así que me conformo con un deseo que sé que puedo satisfacer: estar junto a alguien que ha hecho que me parezca bien despojarme de mi armadura.

Para bien o para mal, Miles se ha convertido en esa persona.

DÍA VEINTISIETE

𝍤 𝍤 𝍤 𝍤 𝍤 II

Capítulo 33

La pequeña ciudad costera de Astoria, Oregón (habitantes: poco menos de diez mil), parece sacada de un cuento de hadas, un lugar en el que el océano Pacífico esparce sal en el aire y en el que casas pintorescas de colores salpican las laderas. Tardamos cuatro horas y media en llegar, aunque deberíamos haber tardado tres, más que nada porque nos tomamos un café antes de salir, el cual me bebí demasiado rápido y, como resultado, he tenido que hacer pipí en dos áreas de descanso en distintos estados de limpieza.

Mi cerebro ha empezado a hacer Cosas Malas relacionadas con Miles. Mientras sorbía su café a un ritmo más lento y razonable, me imaginé que lo besaba para quitarle la espuma del labio superior en vez de decirle: *Tienes algo ahí*. Me imaginé que me inclinaba y le susurraba al oído que tomara la siguiente salida, donde aparcaríamos en un bosque aislado. Me subiría a su regazo por encima de la consola central, volvería a pasarle las manos por el pelo, acercaría mi boca al punto en el que el cuello se le une al hombro e inspiraría.

Me imaginé cómo reaccionaría ante todo esto, el científico tímido que quiere repetirlo todo para asegurarse de que los resultados coinciden con los de la primera vez.

Porque el problema es que, ahora que nos hemos reconciliado, cada centímetro de él me resulta imposiblemente atractivo. Los nudillos. Los codos. El hueco de su garganta. Es extremadamente inoportuno y alarmante, sobre todo porque no sé si sigue sintiendo algo por mí después de todo lo que hemos pasado.

Así pues, cuando llegamos a la casa amarilla y Miles pone el freno de mano, algo no del todo desagradable se enciende en mi vientre. Estoy totalmente perdida si ver cómo Miles pone el freno de mano me resulta excitante.

La casa solo parece un poco fuera de lugar en esta manzana de casas de estilo victoriano. Hay paneles solares en el tejado y la valla está pintada de neón para que parezca una galaxia. El césped está crecido, pero no descuidado, y está lleno de plantas y flores que me recuerdan al jardín de la azotea de la Universidad de Washington. Hay gnomos de arcilla por todas partes y, a medida que nos acercamos, veo que un par de ellos sostienen tubos de ensayo, otros sujetan lupas y uno tiene un pequeño telescopio que está apuntando al cielo.

Una mujer mayor blanca está sentada en el porche, y lleva unos vaqueros desgastados y una túnica color lavanda y tiene un periódico en el regazo.

Miles y yo nos acercamos con cautela. Aparte de un puñado de preguntas que nos hemos lanzado durante el trayecto, no hemos preparado ningún guion.

—¿Dra. Devereux? —inquiere Miles. Estamos en el límite de su propiedad, donde un camino de guijarros entra en contacto con la acera. Con cuidado de no molestar.

—¿Sí? —No levanta la vista de su ejemplar del *Astoria Bee*. Una ligera brisa le agita el pelo, que lleva recogido en un moño gris desordenado.

—Me llamo Miles y esta es mi amiga Barrett. Somos estudiantes de la Universidad de Washington.

En ese momento, nos mira con sus ojos azules y afilados.

—¿Os ha enviado Amy? —pregunta, y me percato de su acento británico—. Porque podéis decirle que ya no voy a dar esa clase. No pienso volver a esa universidad.

Un escalofrío me recorre la nuca y, con la rebeca, me rodeo el cardenal y la piel rota de ~~hoy~~ ayer con más fuerza. Supuse que alguien se había tomado muchas molestias para sacarla de la Universidad de Washington. En mis fantasías más descabelladas, me preguntaba si habría viajado en el tiempo.

Hasta que vi esa nota adhesiva en los archivos del *Washingtonian*, nunca se me ocurrió que tal vez la Dra. Devereux es la que no quiere que la encuentren.

—No, no. —Me arriesgo a dar unos pasos adelante. Anillos de oro y plata, de bronce y peltre adornan sus dedos, al menos, una docena de ellos—. Encontramos algunos artículos sobre usted y hemos venido por nuestra cuenta. Somos estudiantes de primer año. Es el primer día del trimestre.

—Bueno, más o menos —interviene Miles, y compartimos una mirada que intensifica ese escalofrío y que hace que me recorra la columna a toda velocidad.

Una de las pálidas cejas de la Dra. Devereux se alza. Está claro que le ha llamado la atención.

—¿Más o menos?

—Para la mayoría de la gente es su primer día —explico con una buena dosis de inquietud—. Pero nosotros llevamos aquí algo más de tiempo.

Se queda callada un rato, dobla el periódico y se lo pone en el regazo, tras lo que ojea un anillo grande de ópalo. Estoy convencida de que nos va a gritar que salgamos de su propiedad y no volvamos nunca.

En lugar de eso, dice:

—Voy a preparar un poco de té. ¿Os gustaría acompañarme?

☽ ☽ ☽

Por dentro, la casa parece la hija natural de una tienda de antigüedades y un desguace, y lo digo de la forma más amable posible. Apenas hay espacio para caminar; el pasillo y el salón están cubiertos de obras de arte en marcos ornamentados, artilugios metálicos que no sabría ni nombrar y, al menos, una docena de relojes antiguos que no paran de hacer tic-tac. Sillas medio tapizadas, armarios altísimos y un sofá de un tono ciruela precioso. Enseguida queda claro que en la casa no caben tantos muebles, la mayoría de los cuales se utilizan para poner *tchotchkes* sobre *tchotchkes*. Dos gatos, uno completamente negro y otro completamente blanco, se abren paso entre el desorden como si pudieran hacerlo con los ojos cerrados. ¿Qué digo? Lo más seguro es que puedan.

—Los vecinos se quejan al Ayuntamiento cada pocos meses —dice la Dra. Devereux, que deja caer el periódico sobre una mesa llena de tazas antiguas—. Tengo que morderme la lengua para no decir: *¿Creéis que el exterior es malo? Esperad a ver el interior.*

—Me encanta. —No estoy dorándole la píldora, es verdad que la casa es una puta pasada.

Mientras entrábamos, Miles me apoyó una mano en la parte baja de la espalda, y eso también fue una puta pasada.

La Dra. Devereux se anima notablemente ante el cumplido.

—Me he vuelto un poco coleccionista con los años, supongo. Ha sido una forma divertida de ocupar mi tiempo.

Cuando la tetera silba en el fuego, vierte agua en tres tazas desiguales. Todos los rincones parecen demasiado usados y a la vez demasiado delicados como para sentarse, así que le agradezco que me señale con la mano dos sillones de terciopelo que se encuentran frente a un sofá victoriano repleto de libros viejos, los cuales aparta para hacerse sitio.

—Esa es Ada Lovelace y ese es Schrödinger —dice, señalando a los gatos. El negro, Schrödinger, salta a la silla de al lado—. Disculpadlos.

Son de esos gatos raros que adoran a la gente, y no reciben visitas muy a menudo.

Miles, como buen encantador de animales que es, acaricia a Ada Lovelace debajo la barbilla mientras ronronea en señal de gratitud. Es como si hubiera descubierto exactamente lo que me vuelve sensible y estuviera decidido a hacerlo tanto como sea posible.

—Bueno —la Dra. Devereux cruza una pierna sobre la otra y juguetea con uno de los anillos—, ¿sois estudiantes de Física?

—Yo sí —responde Miles. Nuestras sillas apuntan en diagonal la una hacia la otra, y cuando el tobillo de sus vaqueros roza el mío, no lo aparta—. Todavía no lo he declarado, pero pienso hacerlo.

—Y yo estoy en Periodismo. O lo estaré.

—Los periodistas hacen un buen trabajo —comenta Devereux—. La mayoría, al menos. —Remueve el té con una cuchara en forma de mano diminuta, y entonces sus ojos, de un azul intenso e inquisitivos, se encuentran con los míos—. He de admitir que me sorprende que me hayáis encontrado.

—No se imagina lo mucho que hemos buscado —contesto—. Pensé que igual había viajado en el tiempo. —Un cuarto de sonrisa se le dibuja en la boca mientras le da unos golpecitos a la taza con la cuchara. Apenas puedo procesar el hecho de que estamos con ella en carne y hueso, la persona escurridiza que parecía haberse esfumado—. Oímos hablar de su clase y pensamos que podría ayudarnos. Con nuestro... aprieto.

—¡Ah! ¿Y puedes ser un poco más específica sobre cuál es ese aprieto?

El corazón me da un vuelco. Para esto hemos venido. El hecho de que impartiera una clase de viajes en el tiempo en la Universidad de Washington y que nos hayamos quedado atrapados en nuestro primer día allí es demasiado extraño. Y ella sabe lo que es que te llamen «farsante» y «mentirosa». Si hay alguien que pueda ayudarnos o, al menos, escucharnos sin juzgarnos, es ella. Estoy segura de ello.

—Llevamos semanas atrapados viviendo este día —respondo en voz baja, dejando que el calor del tobillo de Miles contra el mío me infunda valor—. Bueno, unas semanas en mi caso. En el caso de él, mucho más. Da igual lo que hagamos el día anterior, nos despertamos en el mismo lugar, el mismo día. Veintiuno de septiembre.

—Hemos intentado reactivar la línea temporal de muchas formas. —Miles le da un sorbo a su té—. Volviendo sobre nuestros pasos, haciendo buenas acciones, viviendo la vida al máximo. Y eso después de pasar horas y horas investigando sin encontrar nada.

—Básicamente, estamos desesperados —concluyo con una risa incómoda.

Todos los relojes dan las tres de la tarde a la vez y me sobresalto tanto que me derramo té hirviendo encima de las manos. O... no exactamente a la vez. Algunos se retrasan, lo que crea una cacofonía de campanadas. Incluso hay un reloj de cuco al que le cuesta salir y cuyo pájaro emite una pequeña y triste tos.

—Mis disculpas —dice la Dra. Devereux, que ha estado callada todo este tiempo—. Hay que darles cuerda a unos cuantos. —Con manos temblorosas y los anillos tintineando, deja el té en la mesa que tiene delante, y Schrödinger lo olfatea una vez antes de levantar la nariz. Cuando vuelve a ponerse las manos sobre el regazo, siguen temblando—. ¿Y juráis que esto no es una broma? —pregunta.

—En absoluto —responde Miles.

Tras varios momentos más de silencio, la Dra. Devereux deja escapar un largo suspiro mezclado con una carcajada.

—No me lo puedo creer. Es decir, no es que no os crea. Os creo —se apresura a añadir.

—Pero lo ha investigado —digo—. Le dedicó una clase entera.

—Sí, pero era todo teórico.

Miles endereza la postura y es entonces cuando me doy cuenta de que ha estado sentado con mucha menos rigidez de la habitual. Como si ya no estuviera luchando contra su cuerpo.

—¿Cuáles son sus teorías, entonces? ¿Qué habría enseñado en su clase?

La Dra. Devereux aprieta los labios, como si estuviera decidiendo lo que quiere compartir con nosotros. Luego se levanta, murmurando para sí misma mientras recorre su museo hasta detenerse frente a un escritorio con tapa rebatible. Le lanzo una mirada de preocupación a Miles y me devuelve su mirada más esperanzada.

—Tengo dos principales —contesta la Dra. Devereux al tiempo que rebusca en el escritorio—. En cuanto a la segunda, casi me echaron de la universidad por escribir un artículo sobre ella. —Finalmente, saca una gruesa hoja de papel del cajón y alza el brazo en un gesto victorioso—. Pero vamos a empezar por aquí. ¿Habéis oído hablar de la interpretación de los muchos mundos de la mecánica cuántica?

Niego con la cabeza, mientras que Miles asiente. Hace tres semanas me habría burlado de él. Ahora solo hace que le tenga más cariño todavía, y el corazón se me hincha con algo parecido al orgullo, porque pues claro que Miles lo sabe. Y si no lo supiera, no me cabe la menor duda de que estaría tomando notas.

—Básicamente —continúa—, significa que hay muchos mundos que existen en el mismo tiempo y espacio que el nuestro. En paralelo. Siempre me ha fascinado. Me quitaba el sueño, mi cerebro se volvía loco con la infinitud de posibilidades. En algún lugar podría haber una versión de mí que hace treinta años se puso una blusa roja en vez de una azul, y eso cambió la trayectoria de su vida. Una versión que decidió aprender a tocar el piano en vez del violín cuando era niña. Una versión que prefiere el café al té.

Miro el líquido que se arremolina en mi taza. Es inquietante lo similar que es a lo que Miles habló hace unos días con los palitos de *mozzarella*.

—La teoría del multiverso es lo que despertó mi interés por los viajes en el tiempo, los cuales son imposibles de considerar sin los universos paralelos. Esta teoría te permite investigar los viajes en el tiempo sin la intrusión de la paradoja del viaje en el tiempo.

—En plan *Regreso al futuro* —intervengo.

—Sin entrar demasiado en detalles, sí. No se puede alterar una línea temporal, porque hay un número infinito de universos paralelos y, por tanto, cualquier cambio realizado como resultado de un viaje en el tiempo simplemente crearía un universo nuevo. Bueno, un *bucle* en este caso —dice la Dra. Devereux—. Eso es sumamente fascinante. Aunque, en el fondo, si creemos en la teoría de los multiversos, estáis creando un universo nuevo cada vez que os despertáis.

»Mi teoría —prosigue— era que había puntos de conexión entre los universos paralelos, lugares en los que la información podía transmitirse de universo a universo. Si nos imaginamos un universo como si fuera una esfera, esos puntos de conexión son espacios en los que los universos y, por extensión, nuestras vidas paralelas están más cerca de tocarse sin llegar a hacerlo. Pero en raras ocasiones, como gran parte del universo es impredecible, *sí* que se tocan. Y es entonces cuando la transmisión de información se vuelve posible.

—¿Información en plan... personas? —inquiero, tratando de visualizarlo. En mi cabeza es como dos latas atadas con un trozo de cuerda y un par de niños que las utilizan para mandarse mensajes. Por alguna razón, dudo que sea eso lo que está describiendo la Dra. Devereux.

Se ríe.

—No exactamente. Intentaba ampliar el trabajo de otro científico y nos centramos en un solo ion. —¡Oh!—. Pero si pudiéramos enviar información, entonces no hay motivo (teóricamente, claro) por el que en algún momento no pudiéramos desarrollar el equipo para transmitir más que eso.

Miles frunce el ceño mientras piensa en todo esto.

—Esos puntos de conexión —dice—. ¿Así es como podríamos llegar a casa?

«Casa». La palabra suena demasiado deliciosa y distante. Me pregunto si nota cómo tiemblo con mi tobillo junto al suyo.

—De nuevo, he de recalcar que todo esto es teórico. Nadie ha sido capaz de probarlo. Puedo decirte que sí, suena de lo más lógico que hallar una forma de cruzar en un punto de conexión os sacaría de este universo. Pero, ¿adónde os llevaría? ¿Llegaríais al universo «correcto», aquel en el que estabais destinados a continuar antes de quedaros atrapados? ¿Os encontraríais con vosotros mismos y os expondríais a producir una gran perturbación del continuo espacio-tiempo? —Se interrumpe y sonríe con tristeza—. No tengo respuesta para eso. También me temo que no tengo ni idea de dónde se encuentran esos puntos.

Gimo y dejo caer la cabeza entre las manos.

—Conque es inútil básicamente.

—Yo no he dicho eso. —La Dra. Devereux vuelve al sofá, con sus gatos acurrucados a su lado—. Simplemente es... complicado.

A pesar de saber que las reglas del universo no son como siempre he esperado que fueran, todo esto ha hecho que me dé vueltas la cabeza. Todas las otras Barrett que no sabrán nunca que a Miles le encantan las películas de época. Todos los Miles que no le darán nunca la mano a Barrett Bloom.

Es desgarrador.

—¿Tiene idea de por qué podríamos estar repitiendo un único día? —pregunta Miles—. ¿Por qué en esta vida paralela no seguimos avanzando a través del tiempo?

—Mi mejor hipótesis es que hay algo que está fallando. El universo no es infalible. Hay algo que hace que permanezcáis atrapados en este día, repitiéndolo, en vez de avanzar. Casi como... como un gato que ha puesto la pata en el teclado y que está pulsando el cero una y otra vez sin querer.

Intento imaginarme a un felino celestial sentado ante un ordenador espacial, 00000000000 y jodiéndonos la vida.

—¿Pero por qué nosotros? —inquiero.

—De hecho, eso encaja a la perfección con mi siguiente teoría —responde la Dra. Devereux—. En clase no hacíamos tanto hincapié en ella por la sencilla razón de que es un poco más... mágica. Según esta, a lo mejor por algún motivo os desviasteis y acabasteis en el camino equivocado y el tiempo intervino para colocaros en el camino en el que se supone que tenéis que estar.

Miro a Miles con las cejas alzadas.

—Y tú diciéndome que no personificara el universo.

Eso le provoca una sonrisa. Y tal vez me lo estoy imaginando, pero su zapato parece ejercer más presión contra el mío, lo que no debería marearme tanto como lo hace.

—El tiempo es algo extraño y escurridizo —continúa la Dra. Devereux—. Incluso cuando actúa con normalidad, o sea cual sea nuestro concepto de «normalidad». ¿Cuántas veces hacéis algo que os gusta y juraríais que solo ha pasado un minuto cuando han pasado varias horas? ¿O lo contrario cuando algo es un suplicio? También puede toquetear nuestros recuerdos, y posiblemente lo haga todavía más cuando no está actuando como debería. Llamadlo «destino», llamadlo «accidente», pero sea lo que sea, os han metido en un bucle. —Esboza una sonrisa—. Perdonad mi elección de palabras.

—Puede toquetear nuestros recuerdos —repito. Eso explicaría el destello y el dolor que no siempre se va. Toco la zona del brazo que Miles me vendó ayer—. Nos hemos dado cuenta.

Miles asiente.

—Al principio, lo que pasara el día anterior no nos afectaba en absoluto. Pero ahora, si me hago un simple corte, lo noto al día siguiente.

Saber que Miles lleva sufriendo mucho más tiempo que yo hace que quiera envolverlo con la manta de vellón más grande que encuentre.

—Digamos que una de sus teorías es correcta. La más científica —digo, y miro de reojo a Miles, que me hace una pequeña mueca con la boca que resulta ridículamente adorable. El hecho de que pueda mantener mis hormonas bajo control lo suficiente como para hacerle preguntas algo articuladas a la profesora es una proeza de una fuerza tremenda—. Y digamos que encontramos ese punto de conexión. ¿Qué haría entonces?

Se da unos golpecitos en la barbilla con los dedos y sus anillos reflejan la luz.

—Gravedad —dice finalmente—. Si supiera cuál es el punto de conexión, iría donde la atracción gravitatoria es más fuerte.

—Lo más cerca del centro de la Tierra —explica Miles, pero no de forma condescendiente.

—Siempre se reinicia al mismo tiempo, ¿correcto? Que vosotros sepáis. —Asentimos y continúa—: En ese caso, puede que intentase estar en ese punto de conexión en el momento en el que se reinicia.

Mi mente trabaja para procesarlo.

—Pero ese punto de conexión podría estar en cualquier parte.

—Presuntamente en algún sitio en el que hayáis estado los dos, pero sí. En el fondo del Gran Cañón o en el armario de la habitación de un niño, donde aseguran que se esconde un monstruo —dice—. O en un millón de espacios intermedios.

El peso de sus palabras se posa sobre nosotros. Miles intenta darle un sorbo al té con los dos gatos ahora en su regazo. Estamos más cerca de resolverlo que nunca y, aun así, siento que estoy más lejos. A pesar de todos los conocimientos que posee, la Dra. Devereux no ha llegado a probar ninguna de estas teorías. Encontrar un punto de conexión, si es que esa es la solución, parece tan fácil como encontrar una semilla de diente de león en mitad de una tormenta de nieve.

La Dra. Devereux se levanta para servir más té.

Hay algo más a lo que he estado dándole vueltas, y puede que esta sea la única oportunidad que tenga de preguntar.

—¿Puedo preguntarle por qué dejó la Universidad de Washington? —inquiero, plenamente consciente de que cualquier periodista decente empezaría con algo más sutil. Pero debemos de haber superado ese punto.

Se detiene a medio camino de la cocina. Si no hubiera estado estudiándola durante la última media hora, no me habría dado cuenta de cómo se le han hundido los hombros.

—Mi clase no era muy... respetada —explica, buscando a tientas la palabra adecuada—. Los padres pensaban que era una pérdida de dinero, y lo comprendo. La matrícula universitaria es un delito hoy en día. Desde luego, no ocultaron que querían que me fuera.

—Así que hizo que la borraran completamente de Internet —digo, con el corazón roto.

—Estaba harta de que la gente me dijera que era un fraude. Que había perdido la cabeza. No podía concentrarme en mi investigación con todas esas voces en la cabeza —dice. Está claro que es un tema que le duele y del que le cuesta hablar—. Pero ha pasado mucho tiempo y echo de menos la docencia. Cuando me fui, siempre supuse que no volvería nunca, y ahora que ha pasado poco más de una década..., bueno, me lo cuestiono a veces. Una parte de mí teme que ya no me quieran, pero... no sé.

—Lo siento mucho. —Y lo digo de verdad—. Siento que le pasara eso.

Cuando me mira, sus ojos se suavizan y ahora suena melancólica.

—He tenido mucho tiempo para procesarlo, pero gracias.

—Habría sobornado a quien hiciera falta para salir de la lista de espera —interviene Miles, y me encanta que diga eso, no solo porque es típico de Miles, sino porque hace que los ojos de la Dra. Devereux brillen todavía más.

Ada Lovelace salta al sofá de al lado y la Dra. Devereux le pasa una mano por el lomo.

—Ojalá pudiera hacer más —dice—, pero me temo que esta tarde tengo que asistir a una reunión del Ayuntamiento. Es hora de defender este «adefesio» por enésima vez. —Hace un gesto con la mano para señalar la casa—. Sin duda, a veces *parece* un bucle temporal. —Nos unimos cuando se ríe, pero nuestras risas son silenciosas—. Podéis veniros, pero no sé si será muy emocionante.

—Ya nos ha dado demasiado. —Me pongo de pie—. Gracias. De verdad.

—Por favor, no dudéis en poneros en contacto conmigo cuando queráis. —Garabatea diez dígitos en un papel—. Memorizadlo por si necesitáis llamarme. Aunque supongo que podría ser otra versión de mí. *Extraordinario* —dice, y la palabra nos sigue hasta la puerta.

Capítulo 34

Volvemos al coche en silencio. Me toca a mí conducir, pero paso tanto tiempo observando la cara de Miles como la carretera que tengo delante. Tiene las cejas juntas mientras toquetea, siempre toqueteando, un hilo suelto que hay en el asiento del coche de alquiler.

Quiero saber exactamente qué le está pasando por la cabeza, que me deje entrar como ha hecho otras veces. Pero no dice nada, y yo tampoco.

No puede estar perdiendo la esperanza. Sí, lleva atrapado mucho más tiempo que yo, y si alguien se ha ganado el derecho a sentirse desesperanzado, es él. Pero si él no cree que haya una manera de salir de esto, entonces..., bueno, entonces yo tampoco estoy segura de cómo sentirme.

Porque no es solo que quiera besarle hasta dejarle sin sentido. Es que quiero *conocerle* de verdad, ser la persona con la que habla cuando no está seguro de poder hablar con nadie más.

Estamos cruzando la frontera hacia el estado de Washington cuando veo una señal que me resulta familiar.

—Deberíamos ir a la playa —digo con brusquedad, y señalo el cartel. LONG BEACH: 15 MILLAS.

La lluvia salpica el parabrisas.

—¿Con este tiempo?

—Mi madre y yo solíamos venir aquí cuando era pequeña. Igual nos viene bien despejarnos. Tomar un poco de aire fresco.

Puede que Miles esté desmoralizado, pero me niego a creer que estamos perdidos. No podemos ser pesimistas los dos, y no tenemos ningún plan para el resto del día. Lo único que tenemos es un montón de nada extendida ante nosotros como una oportunidad o una maldición.

—Vale —contesta Miles, y antes de que pueda cambiar de opinión, tomo la salida.

Con el cielo totalmente gris ejerciendo presión sobre nosotros, pasamos por una tienda de turistas tras otra hasta que entro en el aparcamiento de un hotel con la esperanza de que esto nos dé la oportunidad de relajarnos. Hago acopio de toda mi confianza periodística cuando pido en recepción que nos den su mejor habitación.

Se me escapa una carcajada cuando abrimos la habitación de la undécima planta. Todo está cubierto de pétalos de rosa: el suelo, la cómoda, el pasillo que lleva al baño. Probablemente también la bañera. Y luego está la cama cubierta de pétalos, la única y solitaria cama de la habitación, la cual asumí que tendría dos, con su cabecero de hierro forjado y sus provocativas sábanas escarlata.

—Parece que su mejor habitación era la *suite* nupcial —comento en un intento por aligerar el ambiente y darle un tijeretazo a la tensión para eliminarla de la habitación.

Resulta que solo llevo un par de tijeras de seguridad para niños. Y están rotas.

Miles deja caer su mochila mientras examina la *suite* del sexo.

—¿Deberíamos pedir otra habitación?

—¿Qué más da? Tampoco es que vayamos a dormir mucho de todas formas.

Un rubor le ataca las mejillas con tal fervor que cualquiera diría que acabo de sugerirle que se meta en la cama conmigo.

¡Oh! Es lo que he hecho más o menos.

—En plan —añado, notando cómo se me calienta el rostro— no vamos a pasar el rato aquí. Esto es por si luego nos cansamos y no queremos conducir de vuelta. Aunque supongo que no tiene sentido volver, ¿verdad?

Ojalá me cortara, me impidiera divagar, pero no lo hace. Y se mantiene distante hasta bien entrada la tarde a medida que exploramos el paseo marítimo, compramos caramelos masticables y comemos comida frita. No importa cuántas bromas le haga, está perdido en algún lugar de su cabeza.

Después de cenar, damos un paseo por la playa oscura. Ha dejado de llover y la noche despejada y con viento desprende una serenidad inquietante. Los únicos sonidos son el cielo y las olas y algunas personas que se atreven a meterse en el agua. El viento nos agita el pelo alrededor de la cara, y lo más probable es que el abrigo ligero que llevo no sea lo bastante cálido.

Es cruel lo guapo que está Miles contra el crepúsculo, con el pelo alborotado y los ojos a juego con el cielo. Es la clase de imagen que hace que desee ser artista, aunque solo fuera por esta noche. Eso es lo que debería haber hecho todos estos años, lo tengo más que claro ahora. Aprender a pintar para poder capturar este momento.

Es más fácil pensar en el pasado que en nuestro futuro.

—Esto es totalmente incorrecto —comento al tiempo que señalo el cartel que dice LA PLAYA MÁS LARGA DEL MUNDO—. Recuerdo que la primera vez que estuve aquí lo busqué en Google para asegurarme y me llevé una decepción enorme. No sé.

Miles se limita a esbozar una leve sonrisa. Si existe alguna forma de ayudarle a superar esto como él me ha ayudado a mí, tengo que intentarlo. No estamos solos, y ya sea a propósito o simplemente por accidente, hay una conexión. Un punto en el que dos cosas no debían tocarse, pero lo hicieron de todas formas.

—Vale, basta de sonrisas de compasión —digo con suavidad. Dejo de caminar y me rodeo con el impermeable con más fuerza—. Dime qué está pasando por ese impresionante cerebro tuyo.

—Todo —contesta finalmente, y se permite una risa de autodesprecio.

—¡Ah! ¿Ya está? —Hago una mueca—. Perdón. Menos bromas. Yo también estoy pensando en todo. —Estiro los brazos hacia el océano—. A lo mejor tenemos suerte y encontramos un punto de conexión aquí mismo. O el universo decidirá que hemos aprendido algo y que estamos preparados para seguir adelante. —Por algún motivo, decir estas cosas en voz alta hace que suenen igual de improbables.

—O cualquier cantidad de posibilidades distintas —contesta Miles—. Pero la Dra. Devereux no es lo que más me pesa.

—Yo también sé escuchar —digo, acordándome de cómo me ayudó a abrirme—. Cuando no estoy en modo combativo.

Miles arrastra una de sus Adidas verde oscuro por la arena con las manos metidas en los bolsillos del abrigo. Va vestido de forma más apropiada que yo para este tiempo, pero no me importa el frío. Me importaría mucho menos si pudiera acurrucarme a su lado, colocar la cabeza contra su hombro, pero me estoy desviando del tema.

—Me siento como si me estuviera debatiendo entre dos extremos —empieza, hablándole más a la arena que a mí—. A veces soy incapaz de pensar en otra cosa que no sea en lo que pasará si no salimos nunca. Y otras veces... siento que tengo una puta suerte enorme.

Eso me deja atónita, tanto la blasfemia, porque no dice palabrotas tan a menudo como yo, como la elección de las palabras. «Tener suerte». No es una construcción que yo hubiera utilizado para describir nuestra situación.

Antes de que pueda decir nada, continúa:

—Durante mucho tiempo me he sentido como si no supiera cómo divertirme. Sé que debe de sonar ridículo. Tengo dieciocho años, vivo en una ciudad grande en un mundo que tiene todas las comodidades concebibles. Y, aun así, me daba tanto miedo, creo, seguir el camino de Max, estaba tan empeñado en ser el hijo perfecto, que me cerré a todo. Me obligué a ser *tan* cuidadoso y prudente, y lo más probable es que como resultado me haya perdido todas esas experiencias «normales» de la adolescencia. —Su mirada se cruza con la mía, sincera y escrutadora, y me saca el dolor del pecho—. Intenté demostrar que sería lo opuesto a él siendo solo esto: la persona que estudia, la persona que rechazaba cualquier oportunidad de *vivir* porque conllevaba un riesgo y no podía permitirme arriesgar nada. Estos días extra... a veces los sentía como si el universo me estuviera diciendo que me relajara de una puñetera vez.

Conque personificando al universo, quiero decir, pero no lo hago.

—Lo hiciste —afirmo en voz baja, y estiro la mano para rozarle la manga del abrigo. Una caricia muy breve antes de volver a abrazarme a la chaqueta—. Lo has hecho.

Miles responde con una leve inclinación de cabeza, como si fuera incapaz de aceptar hasta qué punto se ha relajado de una puñetera vez. Acto seguido, baja la mirada hacia el lugar que acabo de tocar. Lo roza con la punta del dedo.

—La idea de renunciar al control, de no saber qué va a pasar... es abrumadora. Es una de las razones por las que me gusta la ciencia. Todo tiene que reproducirse unas mil veces antes de llegar a una respuesta. —Da unos pasos hacia el océano—. Tenía muchas esperanzas puestas en que la universidad fuera diferente. Pero incluso con la libertad que tenemos, a veces me he sentido más aislado que nunca. Dijiste que no podías creerte que me hubiera pasado dos meses metido en una biblioteca. Y hasta que tú también te quedaste atrapada, no me di cuenta de las ganas que tenía de salir. No solo del bucle, sino de esta prisión autoimpuesta en la que he estado. —Hace una pausa y vuelve a mirarme, con sus bonitas facciones totalmente enfocadas—. ¿Te acuerdas de cuando hablamos de vivir la vida al máximo? No se me ocurrió nada.

—Nuestras definiciones de «al máximo» no tienen por qué ser las mismas.

—Pero es justo eso. Ni siquiera estoy seguro de tener una definición. Si te soy sincero, no sabía si iba a ser capaz de divertirme como lo hemos hecho. ¿Adoptar quince perros? ¿Crear una piscina de bolas ilegal? ¿Hacerme medio tatuaje? Eso no suena a algo que cualquier versión de mí mismo haría.

—Lo fue —digo—. Y me dio envidia lo mucho que te querían esos perros.

Eso hace que me gane una pequeña sonrisa, un ligero debilitamiento de la mandíbula. No quiero dejar de ser capaz de provocarle eso nunca. Incluso cuando es leve.

—De un modo extraño, todo esto ha cambiado la percepción que tengo de mí mismo. Ha hecho que me dé cuenta de que no tengo que ser esa persona reservada y cautelosa que solía ser. Que está bien correr riesgos, porque pueden dar lugar a algo realmente increíble. E igual me dices que es una cursilada, pero adelante. Lo acepto.

Se da unas palmaditas en el pecho y alza las cejas de una forma que provoca que me tiemblen las rodillas. Un desafío.

Niego con la cabeza.

—No es una cursilada. —Mi voz es tan pequeña que el océano podría tragársela sin problema—. Yo me he sentido igual.

—¿Sí? —Avanza unos centímetros, y solo nos separa poco más de medio metro. Toda la esperanza que encierra en esa única palabra me hace saber que está bien ser vulnerable con él. Que será delicado con lo que tenga que decirle.

—Me imaginaba la universidad como algo que me cambiaría la vida —empiezo mientras veo cómo una ráfaga de viento le quita un sombrero de la cabeza a alguien que está a unos diez metros—. E incluso antes de quedarme atrapada, todo iba tan mal que me preocupaba que este lugar no me fuera a cambiar en absoluto y que surgiera la misma persona que siempre he sido. La persona que usa el sarcasmo y la despreocupación como armadura.

Porque si finjo que no me importa, si no dejo entrar a nadie, entonces no tengo por qué salir herida. No tengo que mostrarles las cicatrices que ya tengo.

O admitir que, debajo de todo, hay un centro blando al que le importa *muchísimo*.

—Lógicamente, sé que solo fue un día, y llevaba menos de una semana en el campus —continúo—. Pero ahora estamos literalmente atrapados, y cada vez me cuesta más y más ver cómo alguien sale de esto siendo una persona completamente nueva. Me siento como si fuera la misma persona que he sido siempre, y a veces estoy hasta las narices de ella.

Hay una expresión extraña en el rostro de Miles a medida que asimila mis palabras.

—Barrett —dice—, *eres* diferente. No eres la persona que me dijo que iba a dejar Física y que sería la última vez que nuestros caminos se cruzarían. Eres... Ni siquiera estoy seguro de tener las palabras adecuadas para describir lo que eres, y yo... —Se interrumpe, las palabras desaparecen en la noche.

No estoy segura de cómo decirle lo profundamente reconfortante que es esto.

—Al principio me aterrorizabas —sigue, y me río, aunque me calienta el corazón de una forma extraña—. Sé que nos vimos por primera vez en dos días diferentes, técnicamente, pero aquella primera vez que te conocí en clase yo era un santo de los pies a la cabeza. Créeme. Llevó tiempo desarrollar esa actitud de cretino que viste.

—Creo que nunca me has contado cómo fui ese primer día. —Con la boca curvada hacia arriba, se pasa una mano por el pelo revuelto antes de devolvérsela al bolsillo.

—Entraste en clase como un tornado. Como si hubieras escalado una montaña para llegar.

—Esa es una forma de decir que estaba sudando a reventar.

Se ríe y me da un empujoncito en el hombro, lo que envía suficiente electricidad por mi brazo como para alimentar un pueblo pequeño. Si dudaba de si seguiría sintiendo algo por mí, ese empujón me lo confirma. Su brazo permanece pegado al mío demasiado tiempo, e incluso con todas las capas que hay entre nosotros, lo noto en los dedos de los pies.

—Lo decía metafóricamente. En su mayor parte. Escrutaste la sala como si no quisieras equivocarte al elegir dónde sentarte, a pesar de que había más de cien asientos vacíos. Llevabas unas gafas preciosas y un pelo alborotado que no podía parar de mirar. Llevabas una camiseta de Britney Spears, pero de una forma que parecía poco irónica, cosa que respetaba. Y pensé que a lo mejor podría decirte que a mí también me gustaba Britney Spears sin ironía y que eso sería el principio de una amistad. Pero era demasiado tímido.

Todo esto es una descarga eléctrica todavía más mortal.

—Entonces, me pediste la contraseña del wifi —continúa. Ahora su expresión es de pura alegría, y puede que sea la cosa más dulce que he visto en mi puta vida—. Y te juro que aquella primera vez te la di de verdad. Me alegré de que fueras la primera en decirme algo, porque yo no tenía ni idea de cómo hablarte. Pero, ¡Dios!, quise hacerlo en cuanto te sentaste. —Un rubor le tiñe las mejillas—. Fue ridículo lo orgulloso que me sentí diciéndote la contraseña. Aunque estaba en la pizarra. Parecía como si..., aunque lo intentara, estuvieras totalmente fuera de mi alcance.

—No me lo trago. —Es más fácil que creerle, aunque se me acelere el corazón y tenga que contener una sonrisa. La Barrett del día 1 perecería por completo. La Barrett del día 27 puede que esté en proceso también.

—Hablo en serio —afirma. Las palabras que dijo en Stanley Park vuelven a mí con una claridad asombrosa. *Eras la persona más interesante del campus.* Desearía poder acordarme de esas primeras veces que nos conocimos más que nada—. En toda mi vida, no he dejado que nadie se acercara nunca. Y resulta que todavía no sé cómo manejar una... una relación. —Se sonroja y vuelve la cara hacia el agua—. No es que esto sea una relación, al menos, en ese sentido. Solo... una conexión. Entre dos personas. ¡Dios! ¿Ves?

—Suelta un gruñido y vuelve a pasarse una mano por el pelo—. Soy un completo desastre.

—De un desastre a otro, yo diría que lo estás haciendo bastante bien.

Empieza a llover otra vez, una llovizna ligera que hace que la mayoría de los bañistas vuelvan corriendo al paseo marítimo. La arena me trepa por los tobillos, salpicándome el dobladillo de los vaqueros, pero no hay nada que me importe menos en este momento.

—Para mí, lo peor ha sido saber que esta semana iba a pasar algo y no poder verlo —digo—. La novia de mi madre le va a pedir matrimonio mañana. Y como nunca es mañana...

—Barrett, lo siento mucho —contesta Miles al tiempo que coloca una mano en mi manga, y sé que lo dice en serio.

Me encojo de hombros, un gesto que desprende el sufrimiento que llevo acarreando todo este tiempo.

—Así es la vida cuando se está en un bucle infinito.

—¿Y si la convencieras de que se lo pida hoy? —inquiere—. Bueno, no *hoy* hoy, sino el hoy de mañana. Podría... Podría ayudarte, si quieres.

—Claro que quiero. —Una frase tan simple y, aun así, podría encerrar más que el significado literal. *Claro que quiero*—. ¿Sabes? Igual vale la pena intentarlo, y casi me da rabia que no se me haya ocurrido a mí. Gracias.

Caminamos un poco más en un cómodo silencio, deteniéndonos de vez en cuando para admirar las conchas de un blanco rosado incrustadas en la arena. La lluvia arrecia y Miles incluso me ofrece su abrigo, pero niego con la cabeza. El frío es refrescante, tengo la mente más despejada que nunca. Y eso me permite admitir algo que me da miedo: lo mucho que me gusta Miles Kasher-Okamoto, ya estemos discutiendo, bromeando o buscando conchas tranquilamente en la playa no más larga del mundo.

Este bucle se ha convertido en un ejercicio para tener miedo y hacerlo de todas formas, esa cita que mi madre tiene en algunas de sus tarjetas de felicitación. Tener el valor de tener esperanza cuando todo parece carecer de esperanza. Y Miles... Miles no hace que me sienta sin esperanza. De hecho, hace que me sienta yo misma como nadie ha hecho nunca. Sea lo que sea lo que hay entre nosotros, quiero hacerlo, apretándome el miedo contra el pecho con fuerza para no olvidarme de cómo empezó, mientras permito que algo más grande abra mi corazón.

Con Miles creo que podemos tener miedo juntos, y hay algo realmente bonito en ello.

Sea cual sea la razón por la que el universo nos eligió, Miles y yo nos encontramos en este extraño eco del mundo. Y eso significa algo.

—Tal vez no era que la universidad iba a cambiarnos. —Inspecciono lo que creo que es un dólar de arena perfecto solo para darle la vuelta y ver que está roto—. A lo mejor no iba a hacerlo nunca.

—Esa es una forma oscura de verlo.

Sacudo la cabeza, porque no se me está entendiendo bien.

—A lo mejor la gente no se equivocaba cuando decía que la universidad iba a ser una experiencia increíble que te cambia la vida —añado—. Porque a estas alturas he pasado por casi treinta primeros días, y cada vez que me he sentido increíble, he estado contigo.

Me ha hecho falta una tonelada métrica de coraje para decir eso, por lo que me impacta cuando Miles se mofa.

—¡¿Qué?! —exclamo. La lluvia se vuelve todavía más intensa, salpicándome las mejillas y empañándome las gafas, pero ninguno de los dos nos movemos—. Estoy intentando hacerte un cumplido. Y puede que ponerme un poco profunda. Déjame.

—Es imposible que pienses eso. Que yo... Que yo sea la razón de que algo sea increíble. —Titubea la última palabra, sin mirarme a los ojos.

—Miles, ¿hace falta que tengamos una charla sobre autoestima? —Dejo de caminar con la esperanza de que eso haga que gire la cabeza. Cuando lo hace, la incertidumbre que tiene plasmada en el rostro me rompe el corazón. Es verdad que no me cree. Me entran ganas de montar mi propio periódico y llenarlo de cosas que me gustan de él, de fotos suyas desprevenido. Sobre todo, fotos en las que salgan sus orejas, sus ojos y la curva de su mandíbula—. Tienes razón en lo de que cuando nos conocimos eras un poco rígido. Pero todos tenemos nuestras zonas de confort, y algunas son más cómodas que otras. Más difíciles de abandonar. Tienes tus pasiones y tu forma de hacer las cosas, pero también eres muy... muy *abierto*. Quieres absorber todas las cosas nuevas que puedas, categorizarlas, analizarlas, hacer un plan para volver a hacerlas. Y, sobre todo, creo que *quieres* disfrutarlas. Por eso es tan increíble. Porque yo también lo veo todo a través de tus ojos.

Y *esta*. Esta es la reacción que esperaba, pero ver cómo se extiende por el rostro de Miles es incluso mejor de lo que me imaginaba. Al principio se aferra a la sonrisa, conteniéndose, como siempre, pero es demasiado poderosa incluso para los músculos de su mandíbula. Crece más y más, los ojos le brillan, hasta que podría iluminar toda la playa.

Ya no voy a llenar un periódico. Voy a crear todo un conglomerado de medios de comunicación para dar a conocer la brillantez y el encanto de Miles Kasher-Okamoto. Entrevistaremos a los mejores científicos del mundo y publicaremos anuncios para cada próxima película de época. Tendremos una página web entera dedicada a su sonrisa.

Eso es lo que hace que *yo* sienta que tengo suerte, como dijo Miles antes: el hecho de que pueda conocer todas estas partes ocultas de él.

—Gracias —contesta con esa seriedad perfecta de Miles. No estoy segura de que nadie haya querido dar las gracias más de lo que quiere él en este momento—. Al principio, durante un tiempo me intimidabas mucho. Aunque te había visto decenas de veces, no sabía qué decir cuando estaba contigo. —Se acerca un poco más—. Y no había nada que pudiera prepararme para conocerte de verdad.

—Es imposible que siga intimidándote.

Sacude la cabeza y se baja la manga para quitarme las gotas de las gafas.

—No en el mal sentido. En un sentido emocionante, porque nunca sé lo que vas a hacer o decir a continuación. Eres desafiante, frustrante y fascinante a la vez, y graciosa de una forma única que siempre me mantiene alerta. Hacerte reír es como ganar la lotería. Cuando te ríes de algo que he dicho, aunque te rías *de* mí, no hay sensación que se le parezca.

Fascinante. Es mi nueva palabra favorita. Durante años he fingido que era lo más alejado de una persona insegura. Que no me sentía sola.

Durante todo este tiempo, yo también he sido fascinante.

—Eres gracioso —insisto, porque, por algún motivo, tengo la sensación de que no es un adjetivo que Miles haya asociado nunca consigo mismo.

Cuando su brazo choca con el mío, se queda ahí. Sus dedos envuelven los míos fríos mientras el corazón me late desbocado dentro del pecho, y quiero otorgarle otro adjetivo: *valiente*. Es tan valiente que hace que yo también quiera serlo. Con el pulgar, le dibujo círculos sobre los nudillos, sobre la palma. Cierra los ojos unos segundos y la mano le tiembla, pero no se separa de la mía.

—Cuando hablas de lo que pasó en el instituto —dice—, me siento... fatal por toda la gente que no ha llegado a apreciar esa faceta tuya. Es una puta pena.

—Miles, para. —Necesito algo más que nuestros dedos entrelazados. Lo rodeo con los brazos y lo estrecho, inhalando su gel Irish Spring y algo que es puramente *él*, ese aroma intrínseco a Miles del que no me canso. Es puro calor mientras me abraza tan fuerte que creo que me iría flotando si me soltara. Ahora me permito tocarle el pelo de la base del cuello y deslizar suavemente los dedos por él. Que no estemos haciendo contacto visual probablemente sea lo mejor, porque eso me pararía el corazón—. Voy a llorar.

Se ríe, y siento el estruendo contra mi garganta.

—Lo digo en serio. Podría despertarme el mismo día mil veces y cada una de ellas sería diferente gracias a ti. Cada una me cambiaría la vida. Gracias a ti.

Lo dice con la boca a un suspiro de mi piel y, cuando exhalo, la punta helada de su nariz encuentra el punto en el que me late el pulso. Se detiene ahí. Y luego, muy despacio, traza una línea abrasadora a lo largo de mi cuello.

¡Oh!

Arriba, arriba, arriba, hasta que estoy segura de que estoy a segundos de desmayarme. Y es lo más agradable que he sentido nunca. No termino de inhalar, ya que temo que, como me mueva incluso una fracción de centímetro, se detendrá.

Pero no lo hace.

Su boca me recorre la mandíbula, cálida y deseosa. Pero en lugar de encontrar mis labios, se desvía y se dirige hacia mi oreja derecha. Un aliento caliente y urgente, suyo, mío o de ambos, y entonces noto cómo su lengua retira una gota de lluvia. Y otra. ¡Madre mía!

Me estremezco contra el viento, contra la sensación de tener a Miles tan cerca, con la boca metida justo debajo de mi oreja.

—¿Aún vas a llorar? —pregunta con voz ronca.

Lo único que hace falta es que empiece a negar con la cabeza, un movimiento que acerca mi boca a la suya.

Sí.

El beso es desesperado, demandante, y no estoy segura de quién se ha acercado primero, solo sé que nunca ha habido nada que se sintiera tan *correcto*. Hay semanas y semanas de recuerdos vertidos en ese beso, noches largas y madrugadas y viajes por carretera que nunca nos llevaron de vuelta al punto de partida. Discusiones, treguas y teorías. Pierdo las manos en su pelo mientras me estrecha contra sí, con los brazos alrededor de mi cintura. Anclándome.

Separo los labios y giro la lengua con la suya. Es calor, dulzura y esperanza, y me encanta cómo suspira contra mi boca, ese gruñido bajo que hace que mis extremidades se debiliten.

Le paso las manos por los hombros, por la espalda.

—¿Por qué tu puñetero abrigo es tan acolchado? —murmuro, y se ríe y se baja la cremallera lo más rápido que puede. Y... ahí está, cintura, pecho y caderas ejerciendo presión contra mí. Deseándome. Le paso los pulgares por las hebillas del cinturón. Aprendo que le da cosquillas cuando mis dedos le rozan la cintura.

Lleva las manos a mi cara y luego a mi pelo mojado y enmarañado.

—*Barrett* —dice junto con una exhalación, y donde quiera que se suponía que tenía que ir el sentido de la frase se pierde en el asombroso gemido que suelta cuando uso la boca para trazarle el contorno de la mandíbula, todos los músculos que solían impedirle que sonriera. El cuello. El hueco de la garganta. Me agarra con más fuerza y una mano se desliza hasta la parte baja de mi espalda, debajo de la chaqueta, mientras saboreo las gotas saladas de su piel. Al parecer, a Miles le gusta que le besen por todas partes.

Hay demasiado de él que quiero recorrer con las manos. Ver. Pero por ahora, en la oscuridad, me contento con solo tocar. *Sentir*.

—¿Mejor que la primera vez? —pregunto cuando nos separamos, respirando al compás del otro. Rápido. Lento. Rápido, rápido, lento. Tiene el pelo revuelto y los ojos entrecerrados.

—Ni punto de comparación. —Me acerca, como si pudiera protegerme del viento y la lluvia, y luego se le ocurre una idea mejor: me pega contra su pecho e intenta cerrar la cremallera del abrigo alrededor de los dos. Estoy a punto de decirle que estoy segura de que soy demasiado grande como para que funcione y que lo más probable es que acabe siendo incómodo para los dos, pero, milagrosamente, lo consigue. Puede que sea la vez que más calor he pasado, metida así en su abrigo.

Le paso las manos por el pecho, por los hombros. Como si necesitara asegurarme de que es real. Siento su corazón acelerado contra mi mejilla.

—¡Dios! Me gustas tanto... —digo—. Todo y nada en cuanto a este momento parece real.

Incluso en la oscuridad, veo su sonrisa de oreja a oreja.

—Espero que lo sea. Porque estoy loco por ti, por si no había quedado claro. Llevo semanas pilladísimo por ti, y seguro que he hecho un pésimo trabajo demostrándolo y...

Vuelvo a acercar su boca a la mía.

No sé cuánto tiempo nos quedamos ahí, envueltos en su abrigo, con las estrellas y el océano haciendo que la noche parezca interminable.

Dos personas solitarias con el mundo entero al alcance de la mano.

Capítulo 35

Una vez que la lluvia se convierte en aguacero, nos falta tiempo para volver a la posada. Manos ansiosas y deseosas tantean las llaves hasta que por fin conseguimos abrir la puerta y me aprieta contra ella en un beso que sabe a océano.

—¡Hostias! Los pétalos de rosa —digo—. Te juro que no ha sido una manipulación para que acabes en la *suite* nupcial.

—Dudo que me importe si lo fuera.

Le quito el abrigo y, cuando volvemos a besarnos, es todavía más frenético, con lenguas, dientes y manos ávidas. Forcejeamos con nuestros jerséis y zapatos, y cada momento que mis labios no están pegados a los suyos me parece un momento perdido. Solo cuando mis piernas chocan contra la cama me doy cuenta de que estamos solos en la habitación de un hotel, sin nadie ante quien rendir cuentas y sin toque de queda, y es una sensación embriagadora.

—¡Dios! Eres preciosa —dice, con los ojos fijos en los míos y las manos perdidas en mi pelo—. ¿Puedo decir eso? Porque no me creo que esto esté pasando.

—Sí —respondo, riéndome, aunque al oírlo me mareo.

Lo arrastro a la cama conmigo, encima de mí, y le rozo la espalda por debajo de la camiseta con las manos antes de quitársela por completo. Unos instantes después, la mía se une a la suya en el suelo. Piel cálida e inhalaciones agudas y, ¡madre mía!, no hay parte de él que no me guste. Me quita las gafas con delicadeza y las deja sobre la mesita, a nuestro lado. Su boca me recorre el cuello, abrasando el mismo camino que hizo en la playa, solo que esta vez en sentido contrario. En la playa era anticipación. Ahora es agonía.

—Pienso que tus orejas son maravillosas —susurro. Suelta un sonido bajo y ronco mientras le beso una y luego la otra, chupándole suavemente el lóbulo y descubriendo que es algo que le gusta mucho, mucho—. Sentía que necesitabas saberlo.

Luego poso los labios en la cicatriz en forma de media luna que tiene debajo del ojo izquierdo, y traza el moratón que no debería existir y que me recorre las costillas.

—¿Te duele? —inquiere.

—Ya no. —Encuentro una mancha de piel rojiza similar en su abdomen, un recuerdo desvanecido de aquella noche que casi nos rompió. Hace que lo bese con más fuerza.

Cuando empujo mis caderas contra las suyas y me devuelve el gesto, veo las estrellas. No recuerdo haber deseado nada como lo deseo a él ahora mismo, y me encanta. Me muevo contra él, encontrando un ritmo, y me gime en el oído antes de morderlo. Eso también me encanta.

—Sé que estamos en la habitación de un hotel, pero no tenemos... No tenemos que hacer nada que no quieras hacer —dice, sin aliento, sus palabras chocándose entre sí—. O... ¿qué quieres?

Me lo pienso. No es que quiera borrar mi pasado como habría querido antes. Es que lo deseo, completa y definitivamente, de la forma que pueda tenerlo. E incluso si este día está atrapado en una repetición infinita, esta noche parece estar teñida de una urgencia eléctrica y preciosa.

No quiero reprimir nada.

—A ti. Todo.

Una pausa. El corazón latiéndole con persistencia. Luego una respiración agitada mientras suspira:

—Yo también.

—Quieres hacer el amor conmigo —digo con un tono burlón en la voz, acordándome de cómo lo dijo en el camión de helados. Intento no obsesionarme con la palabra «amor», pero se desliza por mis labios sin tropezar.

Se sonroja.

—Sí. Quiero.

Cambiamos de posición para que pueda desabrocharse los vaqueros y rezo para que los míos salgan sin tener que darles demasiados tirones. Cuando lo hacen y me coloco encima de él, soy consciente de la realidad: estoy casi desnuda con un chico que es mucho más delgado que yo.

Así pues, me echo hacia atrás hasta apoyarme sobre los talones y me miro los pechos, que son demasiado grandes para el sujetador, y el vientre, que se me sale por encima de la banda elástica de las bragas. Mis muslos, que lo más probable es que equivalgan a uno y medio de los suyos. No sé lo que ve cuando me mira y, en este momento, el hecho de no saberlo es aterrador.

—No... —empiezo, sin saber cómo seguir—. No sé si soy lo que esperabas. Sé... Sé que estoy gorda. Pero no quiero que eso sea lo único en lo que pienses cuando pase esto. En plan... Lo estoy empeorando. Lógicamente, ahora vas a estar pensando en ello.

Se limita a mirarme, con los ojos llenos de una emoción que soy incapaz de nombrar, pero que se parece mucho a lo que está floreciendo en mi corazón.

—Eres *perfecta* —contesta, pasándome las manos por los brazos, los hombros y la mandíbula—. Tan preciosa, Barrett. Cada parte de ti. Me he contenido para no decirlo una docena de días, al menos. Eres mil veces mejor de lo que esperaba.

Es criminal cómo es capaz de deshacerme así. Lo beso una y otra vez, más fuerte y más rápido, hasta que estoy segura de que sabe lo mucho que significan sus palabras para mí.

Con Miles, quiero que las luces estén encendidas.

Entonces, su boca está entre mis pechos mientras forcejea con el broche de mi sujetador hasta que me echo hacia atrás y le ayudo. Trata cada parte de mi cuerpo con curiosidad y cuidado. Besos suaves y caricias ligeras hasta que le indico que algo me gusta, y entonces se detiene ahí. Me da mucho menos ansiedad quitarme la ropa interior, sobre todo con su mano revoloteando entre mis piernas.

—¡Oh! —dice cuando me toca. Por algún motivo, el leve roce de un dedo hace que todo mi mundo se vuelva confuso. Cierro los ojos y el corazón se me sube a la garganta—. ¿Qué tal?

—Bien... Muy bien. —En ese momento, me atrevo a subirle un poco más el dedo—. Pero... esto es todavía mejor.

Una respiración agitada. Un ritmo nuevo.

—¿Aquí? ¿Así?

—*Sí.*

Su boca se une a su dedo después de preguntar si me parece bien, y simplemente salgo de este plano terrenal. Lo más probable es que jadee su nombre cien veces, pinto el techo con él mientras me agarro a su pelo. *Miles. ¡Dios mío! No pares.* En lo más profundo de mí, algo brillante y resplandeciente crece, chispea y arde hasta que, de repente, estalla.

Vuelvo a la tierra con Miles besándome a lo largo de los muslos, haciendo una pausa para soltar una carcajada sorprendida.

—No puedo creerme... —dice con la voz entrecortada.

—¿Que me pusieras tanto?

Se ríe todavía más, pero me doy cuenta de que también está contento consigo mismo. Me invade la necesidad de tocarlo y cambio de posición para poder extender una mano por encima de sus bóxers.

—¡Dios! —suelta, con la cabeza apoyada en la almohada. Lo agarro a través de los calzoncillos y muevo la mano más deprisa. Con más fuerza. Es un privilegio ver a Miles deshacerse de esta manera, ver cómo abandona toda lógica y se limita a *sentir.* Ojos cerrados. Respiración agitada. Y, ¡madre mía!, ese gemido—. Barrett, por increíble que sea esto, como no pares, se va a acabar en unos cinco segundos.

Retiro la mano, sonriendo como si me hubiera hecho el mejor cumplido.

—Esto es increíblemente embarazoso —empieza—, pero mis padres me dieron una caja gigante de condones cuando me gradué del instituto. Por si acaso.

—No sé si necesitamos una caja gigante todavía.

Una sonrisa burlona.

—Tengo uno en la cartera. —Se levanta para ir a por él y me besa larga y profundamente cuando vuelve a la cama.

La primera vez estaba muy concentrada en sentirme deseada. Estaba llenando un vacío dentro de mí, buscando validación. Esta vez, importa que sea él quien esté sobre mí, debajo de mí. Importa cómo me besa el cuello, susurra mi nombre y me pasa un pulgar reverente por el pómulo.

No solo me siento deseada.

Me siento adorada.

☋ ☋ ☋

Son las dos de la madrugada y solo nos quedan unas horas antes de que volvamos a Seattle.

Estamos sentados en la cama, con las sábanas alrededor de la cintura. Yo solo llevo una camiseta y Miles no lleva ninguna, lo cual me parece excelente. Si el Departamento de Física saca alguna vez uno de esos calendarios en plan bomberos, él debería ser el señor Septiembre.

—¿Qué vas a hacer el jueves? —le pregunto con la cabeza apoyada en su hombro. Mi pelo está seco ya, todavía hecho un desastre, y aunque estoy segura de que le está haciendo cosquillas, no cambia de posición.

—Ir a mi seminario para los de primer año, supongo. Y mi clase de Matemáticas se reúne todos los días. ¿Y tú?

—Voy a prestar mucha atención en mi clase de Psicología. En plan, una cantidad inquietante de atención. Quiero que a la profesora le *aterrorice* lo buena estudiante que voy a ser.

Sonríe.

—Creo que le vas a aterrorizar aun así.

—¿Sabes? Muy rara vez enseñas una de tus sonrisas reales. Creo que tardé más de dos semanas enteras en ver una. El día que hicimos la piscina de bolas, esa fue la primera vez.

—¿Quieres decir así? —Me enseña los dientes acompañado de un gruñido.

—¡Así! —Me inclino hacia delante y vuelvo a besarle.

Solo de vez en cuando se me pasa por la cabeza la posibilidad de que no nos vayamos de aquí nunca. De que vivamos toda una vida de miércoles en miércoles. ¿Envejeceríamos? ¿Perderíamos la memoria? ¿Nos hartaríamos el uno del otro, pero no seríamos capaces nunca de escapar?

Cada resultado me asusta.

Sus dedos juguetean contra mi nuca, enroscándose en un mechón de pelo. Desenterrando un pétalo de rosa.

—Si conseguimos salir —dice—, quiero tener una cita de verdad contigo. Una cita lejos del veintiuno de septiembre. Una cita de invierno o de verano.

—¿Qué haríamos?

—Algo trágicamente normal. Como un partido de béisbol. O cena y película.

Es absurdo lo maravilloso que suena eso.

—Cena y película —repito, y la imagen me da un tirón en el corazón—. Me muero de ganas.

Te quiero, casi digo unas cinco veces, pero cada vez que lo tengo en la punta de la lengua, me lo trago.

—No creía que alguien pudiera gustarme tanto —añado en su lugar—. O quizá es que no sabía que *yo* pudiera gustarle tanto a alguien. Si te..., ya sabes, te gusto.

Esboza mi sonrisa favorita.

—Barrett, el verbo «gustar» se ha quedado a mil kilómetros. Mundos. Galaxias.

—No sé si el afecto se puede medir en kilómetros —contesto, e intenta valientemente mostrarme cómo sí que puede.

U U U

—He cambiado de opinión —digo más tarde, cuando el cielo está totalmente negro y Miles apenas es capaz de mantener los ojos abiertos—. Quiero despertarme a tu lado. Eso es lo que quiero hacer el jueves.

—No durmamos entonces.

—No va a funcionar. —No es mi intención, pero se me quiebra la voz. Es una puta injusticia, eso es lo que es. Es una injusticia que pueda tener lo que quiero solo dentro de unos parámetros específicos.

Me aparta los rizos de la cara y acomoda la cabeza debajo de mi barbilla.

—Puede que no —responde—. Pero es bonito soñar.

DÍA VEINTIOCHO

卌 卌 卌 卌 卌 III

Capítulo 36

Todavía puedo oler el aire del océano, los pétalos de rosa, el gel Irish Spring de Miles como si me lo hubieran arrastrado por la piel. Todavía puedo oír sus susurros sinceros y saborear sus exhalaciones tímidas y dulces. Mi nombre, arrancado al límite. El calor de su cuerpo junto al mío y nuestra promesa de tener una cita de verdad.

Estoy completa y perfectamente loca por él, y darme cuenta de eso es lo que calienta la dura y fría verdad de otro veintiuno de septiembre.

No debería romperme el corazón cuando me despierto de nuevo en Olmsted Hall y, sin embargo, lo hace. Tenía toda una serie de bromas preparadas para un posible jueves. Iba a decir que tal vez tenía razón con eso de que los orgasmos hacían que nos quedáramos atrapados en el tiempo y que teníamos que tenerlos juntos para volver a poner en marcha nuestras líneas temporales. Y Miles se quejaría, pero en el fondo le encantaría.

Debería darme miedo dejar que alguien tenga un corazón que creía que era de acero, pero ahora lo único relacionado con Miles que da miedo es no ser capaz de vivir un fin de semana con él. Un octubre. Un invierno.

Lucie ya ha pasado, y apenas me acuerdo de cuando nos metimos con Cole o de cuando estrechamos lazos después de que me llevara a Elsewhere. ¿Hace cinco días o diez? ¿Dos o veinte? Tengo el cerebro confuso y es un calendario borroso que empieza y acaba en una sola página.

Lo único que parece capaz de hacer es reproducir lo de anoche una y otra vez, y no me importa lo más mínimo.

Un golpe en la puerta hace que me siente de golpe, lo que provoca que la cabeza me dé vueltas.

—¡No estoy visible! —grito, suponiendo que es Lucie o Paige. Cuando no abren, me pongo el jersey de punto por encima de la camiseta de la Universidad de Washington y abro la puerta un poco.

Merece la pena el mareo por cómo se le ilumina el rostro a Miles, con los ojos brillantes y un ligero rubor en las mejillas.

Cómo se le ilumina el rostro para *mí*.

—Buenos días —dice con una voz ronca y somnolienta lo bastante cálida como para meterme en la cama y derretirme.

Como respuesta, le agarro de la camiseta y tiro de él hacia el interior de la habitación, tras lo que me golpeo el gemelo contra la maleta de Lucie en mis prisas por acercar mi boca a la suya. Intento volcar todos mis sentimientos sobre Long Beach en ese beso.

Sus manos están en mi alborotado pelo matutino y las mías se meten debajo de su camiseta. Y aunque su aliento es fresco como la menta y el mío está claro que no, es evidente que no le importa, dada la forma en la que gime en mi oído, tras lo que nos gira para apoyarme contra la puerta. Estoy un poco obsesionada con esta confianza nueva que desprende.

—Por mucho que me gustaría seguir haciendo esto —dice, y deja escapar un sonido profundo y bajo contra mi cuello—, hay una pedida de matrimonio que tenemos que hacer realidad.

—Cierto. Deberíamos irnos.

Ninguno de los dos se mueve.

—O —continúo— escúchame.

—¿Mmm?

—Creo —empiezo mientras le paso los dedos por la columna vertebral, provocando que se estremezca contra mí— que, cuando (y si) salgamos de aquí, estaríamos decepcionados con nosotros mismos si no nos pasáramos un día imaginario entero... haciendo esto.

—Sí que planteas unas cuestiones excelentes. —Un beso en la clavícula—. Argumento irrefutable. Ninguna objeción.

Así pues, eso es justo lo que hacemos.

DÍA VEINTINUEVE

卌 卌 卌 卌 卌 IIII

Capítulo 37

Es asombroso lo fácil que resulta convencer a Jocelyn para que le pida matrimonio hoy.

Menos fácil: montar un mapa de puntos de referencia tridimensionales con tarjetas de felicitación.

—En mi cabeza no parecía tan complicado—dice Jocelyn mientras estamos arrodillados en el suelo de mi salón, con pegamento, cinta adhesiva y tijeras esparcidas a nuestro alrededor. Evaluamos la torcida Torre Eiffel hecha de tarjetas de agradecimiento, el inestable puente Golden Gate hecho de *mazel tovs*.

—Creo que ya casi está. —Miles entrecierra los ojos y gira la cabeza. Si la gira demasiado a la izquierda, dejará al descubierto la marca en forma de corazón que le dejé ayer en la garganta. La que seguía ahí esta mañana—. Si añadimos unas cuantas tarjetas más en este lado, deberíamos ser capaces de mantener la integridad estructural de la Torre Eiffel.

En serio, solo Miles podía hacer que las palabras «integridad estructural» sonaran sexis.

Cuando nos presentamos en el bufete de abogados de Jocelyn en Bellevue con la historia inventada de que nos conocimos en la orientación para los de primer año y congeniamos al instante, debió de haber algo en la urgencia de mi voz que hizo que accediera a hacerlo hoy.

—Ser espontánea es romántico —le dije en su despacho, sintiéndome un poco como si estuviera defendiendo mi propio caso o algo así—. Y el día de hoy tiene algo. Veintiuno de septiembre.

Jocelyn se sentó en su silla ergonómica y se dio unos toquecitos en la barbilla con las uñas rojas.

—¡Como la canción de Earth, Wind & Fire! Me encanta esa canción, y a Mollie también... y lo más probable es que me venga bien algo de ayuda para lo que tengo en mente.

Y durante el trayecto de vuelta a casa, cuando pasamos por delante del Instituto Island y me giré en el asiento del copiloto para señalárselo a Miles, me tomó la mano y me la estrechó con fuerza.

Jocelyn ha mantenido en secreto su pedida de matrimonio, pero lleva semanas reuniendo el material. El plan es recrear sus viajes favoritos en forma de tarjetas de felicitación, incluida una pequeña reproducción de Tinta & Papel hecha de..., bueno, tinta y papel.

—Al principio quería que formaras parte de esto —dice Jocelyn una vez que hemos arreglado la Torre Eiffel y pasamos a lo que creo que se supone que es Powell's Books, en Portland—. Pero con la universidad...

—Apenas tengo clases el primer día —contesto—. La mayor parte del tiempo es escuchar a los profesores cómo leen la guía didáctica. Diciéndote que no plagies.

—Y demostrar que has leído lo que te han asignado —interviene Miles, con la boca torcida hacia un lado.

Miles y yo seguimos intercambiando miradas que me acaloran las mejillas y, cada dos por tres, Jocelyn alza las cejas. Finjo que no la veo, consciente de que la cara se me está poniendo roja, pero no me importa.

Es casi el final de la jornada cuando por fin terminamos, con las manos pegajosas por el pegamento y con varios cortes a causa del papel, y Jocelyn nos ha dado las gracias a los dos unas cien veces. El salón se ha transformado en un museo en miniatura de la relación entre mi madre y Jocelyn. Se lo merece, después de todas las noches en vela, de ser madre soltera y de hacer todo lo posible por darnos una vida con la que durante años solo pudo soñar.

Al principio, Jocelyn quiere encender velas y colocarlas por todo el salón, pero caemos en la cuenta de que, dado todo el papel que hay, podría haber riesgo de incendio. Así pues, improvisamos y creamos una iluminación ambiental con pañuelos colocados de manera estratégica sobre las lámparas.

—Gracias por dejarme participar —dice Miles mientras nos colocamos en la escalera, donde mi madre no puede vernos.

—Me alegro de que estés aquí. —Le miro batiendo las pestañas—. Como muestra de tu gratitud, ¿podrías decir «integridad estructural» unas cuantas veces más?

—¿Dónde estaba esto cuando hablaba de la relatividad? —inquiere, y finge que me muerde el hombro mientras intento no reírme.

Cuando mi madre llega a casa, tengo la cámara del móvil preparada para grabar un vídeo que desaparecerá mañana, pero que sé que querrá repetir, al menos, veinte veces esta noche.

—¿Hola? —llama, y el corazón se me empieza a acelerar—. ¿Joss? —En ese momento, sus ojos se posan en el panorama que hay en el salón y se queda inmóvil, y el bolso se cae al suelo con un golpe sordo—. ¡Ma-Madre mía!

Jocelyn aparece de la cocina con un mono dorado brillante que le da un aspecto radiante.

—Mollie. —Su voz tiembla de una forma que no había oído antes, y eso hace que se me debiliten las rodillas.

El brazo de Miles me rodea la cintura, anclándome a la tierra como si llevara haciéndolo mucho más que un día. Y puede que así sea.

Mi madre se lleva la mano a la garganta, como si supiera lo que está a punto de ocurrir, pero no acabara de creerse lo que está viendo.

—¡Oh! —vuelve a decir, suave y llena de asombro.

—Estos dos últimos años han sido increíbles —empieza Jocelyn—. Como puedes ver, he intentado capturar algunos de los momentos más destacados. Aunque no he sido capaz de encontrar la forma de recrear aquella vez que invocaste sin querer a una bandada de palomas en Nueva York porque le diste de comer una corteza de *pizza* a *una*.

—Has de admitir que algunas eran monas. Las que no parecían estar poseídas por el demonio.

Jocelyn se ríe.

—Pero estar contigo no solo tiene que ver con los viajes que hemos hecho o con las historias locas que les contamos a nuestros amigos. A veces lo que más me gusta es sentarme en el sofá a ver una película o preparar el desayuno juntas. Porque cuando estamos juntas, cada día parece una aventura.

—Yo me siento igual. —La voz de mi madre es un susurro.

Miles me abraza más fuerte y poso la mejilla en su hombro. *Aquí está*. El momento que creía que me había robado el universo.

Jocelyn se arrodilla y se saca una cajita de terciopelo del bolsillo del mono.

Y mi madre suelta un jadeo audible antes de arrodillarse también.

—Sí —dice con énfasis, lo que provoca que Jocelyn abra los ojos de par en par.

—¡Todavía no te lo he pedido! Me acabas de robar el protagonismo.

Mi madre intenta tranquilizarse.

—Lo siento. Lo siento. ¿Qué has dicho? Fingiré muy bien que me pienso la respuesta.

—Mollie Rose Bloom, ¿quieres casarte conmigo?

No sabía que esas palabras harían que me entraran ganas de llorar, pero ahora que las ha pronunciado, mis ojos están a punto de desbordarse. Noto la mano cálida de Miles sobre el hombro y todo lo relacionado con este momento es demasiado bueno. No podía habérmelo perdido, ahora lo sé.

De repente, siento que el hecho de poder vivir esto hoy es una bondad enorme por parte del universo. No me lo imagino pasando el veintidós de septiembre. No me imagino otra cosa que no sea *esto*, mi madre y su prometida abrazadas en nuestro salón mientras una docena de monumentos hechos con tarjetas de felicitación se derrumban a su alrededor.

Y, en ese momento, no puedo seguir escondida más tiempo.

—¡Barrett! —Mi madre se levanta y me abraza. El anillo brilla en su mano—. ¿Has estado aquí todo este tiempo?

—He tenido ayuda —dice Jocelyn—. Han sido increíbles.

Mi madre asiente en dirección a Miles.

—¿Y también tenemos un invitado especial?

—Miles —se presenta, y extiende la mano con formalidad, muy Miles—. Soy el...

Pero cuando se le apaga la voz, no resulta incómodo. *Soy la elipsis de Barrett*; por algún motivo, encaja.

Mientras se dan la mano, mi madre alza las cejas y me mira. Me encojo de hombros, pero no puedo contener la sonrisa. Tengo la sensación de que no podré hacerlo durante el resto de la noche.

Jocelyn sugiere salir, pero no quiero compartir a estas personas con nadie. Hoy no. Todas las personas que necesito están en esta habitación. Así pues, pedimos demasiada comida para llevar, discutimos sobre juegos de mesa y mi madre y Miles estrechan lazos gracias al cine. Desprende una normalidad tan hogareña el hecho de que, de entre todas las cosas, estén los dos hablando sobre cine de finales de los noventa. Acabamos llenos y felices, tumbados en los sofás del salón, y todo me parece tan *correcto* que no soporto dejarlo en el pasado.

Cuando Jocelyn se duerme en torno a las doce de la noche, mi madre me da un golpecito en el brazo y me hace señas para que vaya a la cocina.

—Ha sido increíble —dice, y deja unos cuantos platos en el fregadero—. Creo que me he quedado sin palabras.

La rodeo con los brazos por detrás, apoyo la barbilla en su hombro e inhalo su reconfortante aroma a flores.

—Eres la mejor. Me encanta que te esté ocurriendo esto y me encanta Jocelyn —contesto—. Pero como no me dejes elegir mi vestido de dama de honor, haré una presentación con diapositivas de ese verano en el que pensaste que te quedaría bien llevar dos moños en lo alto de la cabeza y la pondré durante mi brindis.

—¡Vaya! ¿Tan segura estás de que vas a ser mi dama de honor? —bromea antes de darse la vuelta, e intento no pensar en cuándo (o si) se celebrará esa boda. Lentamente, alza una ceja—. No sabía qué pensar cuando apareció Miles. Pero la forma en la que os miráis...

—Pensaba que estábamos siendo disimulados.

—No. Ni por asomo.

Miro hacia el salón, donde Miles está ordenando las servilletas y los envases de comida para llevar con cuidado de no despertar a Jocelyn.

—Es... —Ahora me toca a mí quedarme sin palabras, porque no sé si es posible resumir a Miles en una sola palabra—. Increíblemente dulce. Imprevisible. Fascinante.

—Bien. Es maravilloso ser todo eso. —Me aparta el pelo de la cara—. Barrett. Cariño mío. Tesoro de mi corazón. Sabes que te quiero más que a nada, ¿verdad?

—Sí. Y es vergonzoso.

Vacila antes de volver a hablar con las cejas fruncidas y juntas.

—No quiero ponerme muy seria en una noche como esta, pero lo más probable es que las cosas cambien. No solo por Jocelyn, y no drásticamente, sino un poco.

—Lo sé —digo en voz baja.

—Todavía tendremos los fines de semana, cualquier fin de semana que quieras. Vacaciones. Y «Judy Greer salva la noche».

—A menos que Hollywood vea el error que ha cometido y le dé por fin un papel protagonista a Judy Greer —contesto.

No obstante, hay algo solemne en el tono de voz de mi madre, y por muy perfecta que sea esta noche, de repente me acuerdo de lo que le estoy ocultando. Las cosas que no le he contado, las cosas que no me atrevo a admitir todavía.

Las cosas que ni en broma voy a decirle esta noche.

Desde el salón se escuchan unos pies arrastrándose y luego:

—¡Pidamos más tarta! —exclama Jocelyn—. Juro que sigo despierta. No soy vieja. Todavía puedo seguir con la juerga.

Mi madre no consigue ocultar una sonrisa.

—Nos están convocando.

—Mejor no disgustemos a tu prometida.

Y cómo se ilumina ante eso vale más que mil mañanas.

☋ ☋ ☋

El cielo es de un negro intenso cuando Miles y yo volvemos al campus, somnolientos, mareados e incapaces de dejar de sonreír.

—Buenas noches —dice en el ascensor entre besos lentos y perezosos.

—Buenos días —respondo antes de que salga en la séptima planta y yo suba a la novena. No me parecía bien privar a mi madre de esta primera noche con su prometida. Aunque no se vayan a acordar, algo que me golpea con más fuerza ahora que estamos de vuelta en Olmsted.

Cuando abro la puerta, me sorprende encontrar a Lucie en la habitación, desmaquillándose frente al espejo del armario. Son las tres de la madrugada; supongo que nunca he estado aquí despierta a estas horas. Y eso significa que nunca he visto a Lucie volver a casa.

—¿La fiesta ha estado bien? —pregunto mientras hacemos una complicada coreografía para pasar por su lado. Esta mañana Lucie se encuentra en algún punto medio del espectro amiga-enemiga, por lo que no debería ser demasiado hostil.

—Sin más. Un chico me ha derramado una lata de cerveza encima. Acabo de dejar algunas cosas en la lavandería. —Se pasa un algodón por los ojos—. No sé por qué, pero no he conseguido que funcionara ninguna de las máquinas de la novena planta. Ha sido superextraño... —Inclina la barbilla y señala algo que hay sobre mi cama—. Me lo he encontrado en la lavandería. En la octava planta. Habría jurado que tenías un par igual y, por alguna razón, pensé... —Sacude la cabeza, juntando las cejas—. Seguro que es una tontería, pero me acordé de ti y de tu madre con esos calcetines a juego en tu casa al principio del instituto. Aunque, obviamente, más de una persona puede tener este par de calcetines ridículos. Y solo hay uno, así que...

Puede que Lucie siga divagando, no estoy segura. Lo único en lo que estoy centrada es en el calcetín azul intenso que hay en mi cama.

DIRECTORA DEL CIRCO DESASTRE.

No me jodas.

Con manos temblorosas, lo agarro y paso el pulgar por el familiar parche desgastado del talón. La costura deshilachada de la pequeña carpa de circo que hay debajo de las letras. Abro el armario, donde su compañero está esperando en el cajón en el que lo metí después de hacer la colada hace tantos días.

—¡Anda! —dice Lucie—. Supongo que al final sí que era tuyo. ¡Qué raro!

Tanto tiempo desaparecido, y había acabado en una secadora de otra planta.

De repente, todo empieza a hacer clic y las piezas dispares del rompecabezas encajan por fin.

Este calcetín perdido. La colada perdida de Ankit.

El cartel que cambió en la planta de Miles.

El dolor que persiste cuando nos despertamos.

—¡Dios mío! —digo en voz baja, apretando el puño alrededor del par de calcetines.

Lucie deja de aplicarse crema hidratante en la cara.

—¡Dios, Barrett! Solo son unos calcetines.

La razón por la que estamos atrapados, la razón por la que siempre nos despertamos aquí. Ese lugar en el que, si creemos a la Dra. Devereux, los universos paralelos no deberían encontrarse, pero lo hacen. El punto de conexión.

Es Olmsted.

DÍA TREINTA

𝍤 𝍥 𝍤 𝍤 𝍤 𝍥

Capítulo 38

—Tiene que ser un error —dice Lucie con toda su indignación del veintiuno de septiembre.

—No —contesto con calma—. Dudo que lo sea. Disculpadme. —Retiro las sábanas y salgo de la cama, tras lo que recojo algunas cosas y cierro la puerta tras de mí, dejando a Lucie y Paige mirándome fijamente.

En la lavandería de la octava planta, abro todas las secadoras hasta que lo encuentro: el calcetín que me falta, una inocente mancha azul. Como si me hubiera estado esperando.

Me visto allí mismo en la lavandería. Me subo los calcetines como si fueran una armadura de combate, me cierro la cremallera de mis vaqueros favoritos y aliso una arruga de mi camiseta de Britney. Me recojo el pelo, preparándome para librar una guerra contra la residencia que me ha perseguido desde el principio.

Nos vamos a casa. Tenemos que hacerlo. Miles y yo no podemos tener una relación de verdad en este vacío, tenemos que seguir adelante. Y no soporto ser la única que se acuerde de la pedida de matrimonio, aunque en otra dimensión otra Barrett siga celebrándolo con su madre y Jocelyn, barajando ideas para la boda. Quiero desearles que vivan felices y coman perdices en todas las líneas temporales posibles.

Como siempre, el mensaje de mi madre llega a las siete y media. Puntual, a pesar de la terrible recepción de Olmsted.

¿Cómo te amo? ¡Joss y yo te deseamos MUCHÍSIMA SUERTE hoy!

Gracias, escribo. La voy a necesitar.

ʊ ʊ ʊ

—Esto es extraordinario —dice la Dra. Devereux en la pantalla. Detrás de ella, Ada Lovelace salta sobre una cómoda antigua, y su cola blanca se mueve de un lado a otro fuera de la cámara—. ¿Me visitasteis y os di consejos?

Acabamos de explicarle otra vez nuestra situación. Son las ocho menos diez y somos los primeros en llegar a la biblioteca de Física. Miles engancha una mano de forma relajada en el respaldo de mi silla. Relajados, en eso se han convertido nuestros roces. *Quiero estar más cerca de ti*, dice este.

—Diecisiete de Grand Avenue —respondo.

Los ojos de la Dra. Devereux se abren de par en par y se inclina hacia la pantalla, como si examinarnos más de cerca fuera a refrescarle la memoria.

—Hace años que no recibo visitas.

—Tenía una teoría sobre los puntos de conexión —interviene Miles—. Lugares en los que los universos paralelos podrían enviarse información, en los que apenas se tocan, aunque se supone que no deberían hacerlo.

Asiente con la boca entreabierta y se acomoda un mechón de pelo gris en ese moño desordenado. Si antes no nos creía, ahora sí.

—Es cierto.

Miles continúa.

—Aunque parecía una posibilidad remota, pensábamos que, si encontrábamos uno de esos puntos de conexión, podríamos volver a casa.

—Y creemos que podríamos saber dónde está. —No puedo creer que estemos teniendo esta conversación. Que exista la posibilidad de que de verdad estemos tan cerca—. O, al menos, el área general. Así que supongo que lo que nos preguntamos es... qué tendríamos que hacer en concreto para salir del bucle.

La Dra. Devereux parpadea.

—¿Habéis encontrado uno? Sois conscientes de que las probabilidades de que ocurra eso deben de ser de una entre un trillón, ¿verdad? Menos, incluso. —Ada Lovelace maúlla, disfrutando claramente del sonido de su voz, y la Dra. Devereux le hace señas para que salte sobre su regazo—. Tenéis que entender que todo esto es teórico. Podría deciros algo realmente descabellado, como que tenéis que situaros en un lugar determinado y pronunciar una frase de cara al viento del noreste tres veces en una noche de luna llena. Pero no sabría qué va a ocurrir si lo hacéis. Cabe la posibilidad de que no suceda nada.

—Hemos lidiado con muchas cosas del estilo en los últimos meses —contesta Miles—. Dijo algo sobre ir a un punto en el que la atracción gravitatoria sea más fuerte.

—Suena como algo que diría. —Tensa las puntas de los dedos, considerando todo esto—. Si fuera yo, sí, intentaría acercarme lo máximo posible al centro de la Tierra en el momento del reinicio. Si es cierto que habéis encontrado un punto de conexión, la fuerza gravitatoria podría ser lo suficientemente abundante como para devolveros a vuestra órbita correcta.

—¿Como... un sótano? —pregunto.

—Puede ser —responde—. También existe la posibilidad de que se trate de algo totalmente distinto, lo que igual os he dicho también. Puede que hayáis cometido un error y que el universo esté tratando de encaminaros por la senda correcta. En ese caso, daría igual que dijerais la frase solo dos veces de cara al viento del sur en una noche sin luna. Si el universo considera que estáis preparados, entonces...

—Entonces nos iríamos a casa. —La voz de Miles es extrañamente plana.

—Solo para que quede claro —digo—, no hay ninguna frase mágica, ¿verdad?

Se ríe.

—Ojalá la hubiera.

Sus palabras me corren por las venas como la esperanza, cálidas y eléctricas. Apenas soy capaz de quedarme sentada, y una de mis piernas rebota arriba y abajo mientras mi corazón se agita contra mi caja torácica. Aunque todo sea teórico, estamos más cerca que nunca. Parece *correcto*, más que cualquier otra cosa hasta ahora.

Miles suelta la mano de mi silla y se limita a asentir con la cabeza, mirando hacia la biblioteca. Desde esta mañana, cuando derribé su puerta con mi teoría sobre Olmsted, parece diferente. Apagado. Sí, me ha sonreído, me ha abrazado y me ha dado un beso en la cabeza de una forma con la que no me va a costar obsesionarme, pero yo pensaba que iba a estar fuera de sí de la alegría, sea como sea la manera en la que lo manifieste. Esto es más como el Miles de hace semanas, el que vivía la vida al máximo en esta misma mesa. El antiguo Miles.

Le doy un codazo en el hombro.

—¿Sigues aquí?

Parpadea y parece volver en sí.

—Sí. Sí, lo siento. Estoy cansado, supongo.

—He oído que los jueves por la noche se duerme especialmente bien —digo, y cuando sonríe no le llega a los ojos.

El gato negro de la Dra. Devereux salta dentro de la pantalla y le golpea la cola a Ada Lovelace, lo que hace que empiecen a jugar peleándose.

—Schrödinger, ¿cómo has llegado hasta aquí? Creía que estabas en el dormitorio. —La Dra. Devereux se ríe—. Tengo que ir a encargarme de ellos. A veces no conocen sus límites. Pero si lo conseguís, decídmelo, ¿vale? Aunque tengáis que volver a explicarme todo esto.

—Por supuesto —le aseguro—. Gracias. Por todo.

Se vuelve de espaldas.

—Buena suerte... ¡Ada, las cortinas no! —Oímos antes de que la pantalla se apague.

Miles y yo nos quedamos en silencio unos instantes. Estoy convencida de que oigo el tic-tac de un reloj en algún lugar de la biblioteca hasta que se hace cada vez más fuerte y me doy cuenta de que es mi corazón.

—Si tiene razón —digo despacio—, deberíamos vivir el día de hoy una última vez. Asegurarnos de que estamos preparados para mañana.

—¿Quieres hacerlo esta noche?

—¿Qué mejor momento que el presente? —respondo, haciendo eco de lo que dijo cuando empezamos a investigar aquí mismo, en esta mesa. Si se acuerda, con ese cerebro gigante que tiene, no da ninguna indicación. Un hilo de preocupación se me instala en el estómago, pero lo alejo. Ha dicho que está cansado. Eso es todo—. Todavía podemos llegar a Física —añado después de mirar la hora en el portátil.

Me dedica una sonrisa floja.

—¿Has hecho la lectura asignada?

Gruño y me tapo la boca con una mano.

—Puedes ponerme al corriente de camino. O podríamos comprar por fin esos números de lotería.

Ante eso, se permite un suave «¡Ja!».

—Deberíamos intentar hacer las cosas lo más «correcto» posible. Ser las mejores versiones de nosotros mismos y todo eso.

Y, durante el resto del día, eso es justo lo que hacemos. Vamos a Física e Inglés (yo) y a Matemáticas y Cine (él), y levanto la mano una vez en cada clase. Me porto bien con Lucie, y Miles recoge a su hermano del hospital, tras lo que me envía una foto de los dos en la cafetería con unos batidos en la mano. Incluso devuelvo mis boles de pasta al comedor y le dedico mi mirada más culpable a la mujer encargada del lavavajillas y le pido perdón más de diez veces antes de entregárselos. A las cuatro en punto, miro fijamente el edificio de Periodismo antes de tomar una decisión en una fracción de segundo.

Nunca he dado en el clavo con esta entrevista y no quiero arriesgarme a meter la pata quedándome otra vez sin palabras. No estoy segura de saber cómo ser la mejor versión de mí misma. Decido que tampoco pasa nada si no entro en el *Washingtonian* hasta el segundo año, y a lo mejor me invade tanta alegría por llegar al jueves que no siento que me falte algo. Así pues, me asiento en la Dawg House con unos palitos de *mozzarella* y miro el reloj, esperando, esperando, esperando.

—¿Listo? —le pregunto a Miles a las seis y media de la mañana. Hemos estado sentados en el sofá de la sala común de la novena planta, metidos debajo de una manta de vellón sacada de la habitación de Miles. Al principio intentamos ver una película, pero estábamos demasiado nerviosos como para prestarle atención.

—Debería estarlo —responde entre bostezos—. Lo siento, te juro que estoy despierto.

—¡Ey! Lo entiendo. —Le hundo la cara en el hombro y su mano asciende para acercarme más. Con fuerza. Me da un beso en la cabeza y saboreo ese momento de tranquilidad. Cuando estemos en casa, todo volverá a la normalidad—. Yo también estoy atacada.

El camino escaleras abajo es silencioso salvo por el sonido que hace la respiración constante de Miles y el leve chirrido de sus zapatos cada vez que pisan el suelo. Empezar desde el vestíbulo, la primera planta, me parecía más correcto. Entrelazo mis dedos con los suyos y le aprieto la mano para recordarle que no está solo.

El vestíbulo no está tan vacío como me esperaba, ya que los estudiantes se dirigen a sus primeras clases. El primer ascensor viene y se va sin que ninguno de los dos hagamos además de entrar.

—Nos subimos al siguiente —digo, con los nervios trepándome por la espalda y la voz temblorosa.

No obstante, tampoco nos subimos a ese.

Nos quedamos ahí diez minutos antes de dar unos pasos hacia delante, y las puertas nos encierran con un ruido sonoro y metálico.

Lo estamos haciendo de verdad.

Debajo de los botones numerados hay tres letras a las que nunca les he prestado mucha atención. Ahora que lo pienso, no he pasado mucho tiempo en general evaluando el funcionamiento interno de un ascensor, pero aquí estamos. Laterales metálicos, una barandilla envolvente y quince plantas de habitaciones. Y luego tres letras que indican vestíbulo, aparcamiento y sótano.

Alzo las cejas con dramatismo en dirección a Miles y aprieto el último botón.

Espero que el descenso sea lento, destartalado. Cinematográfico, tal vez.

La realidad es que es como casi todos los otros trayectos en ascensor que he hecho en este edificio.

Miles está cerca de mí, con la mano en mi espalda. Por algún motivo, sigue oliendo a mar. Su boca se acerca a mi cuello durante un instante, una sensación de calor sorprendente en esta caja fría y metálica. No obstante, cuando levanta la cabeza, no me mira a los ojos.

Caigo en la cuenta de que esto es importante para él. Un científico probando una teoría con repercusiones cósmicas. Tal vez llegando a una conclusión por fin. Tiene sentido que esté un poco nervioso.

Al menos, espero que solo sea eso.

Bajamos, bajamos, bajamos. Parece que tarda una hora en llegar. En realidad, lo más probable es que llevemos menos de diez segundos.

Respiraciones profundas. Estoy preparada para lo que sea que haya al otro lado de estas puertas, ya sea lava al rojo vivo, un vórtice de la fatalidad o la nada absoluta. Podemos con ello.

Ya he hecho muchas cosas que nunca pensé que sería capaz de hacer.

Cierro los ojos con fuerza. Cuando los abro, se me hunde el corazón.

Es... un sótano.

No hay fosas ardientes ni máquinas del tiempo. Solo muebles que sirven de almacenamiento, tuberías y piezas de maquinaria cuyos nombres no consigo adivinar. Es gris y oscuro, está en un silencio sepulcral y el frío en el aire es inconfundible, aunque debería hacer calor con toda esa maquinaria. Una repentina decepción me sube por la garganta.

Hasta que Miles suelta una media carcajada.

—Hay un subsótano —indica, señalando a unos metros, porque pues claro que lo hay—. Tenemos que usar otro ascensor.

La puerta se abre al instante, lo que, por algún motivo, no me parece correcto. Me da la sensación de que deberíamos esperarlo. Este ascensor es más pequeño. Más viejo. Lo más probable es que solo lo usen los trabajadores de mantenimiento y los jóvenes que intentan salir de bucles temporales.

En el interior, solo hay dos botones: S y SS.

—Segunda parte —digo antes de inclinarme hacia delante y pulsar SS. Esta vez no vacilo.

En cuanto el ascensor comienza a descender, Miles suelta un suspiro agudo. Se le ha puesto el rostro blanco como un fantasma y, cuando le rozo la muñeca con las yemas de los dedos, tiene la piel fría.

—¿Miles? ¿Estás bien?

—N-No lo sé.

—Háblame —digo con suavidad, ya que no quiero que se sienta así. Miles, el científico indeciso. El que me sacó de mis rutinas mientras yo le sacaba de las suyas—. Estamos juntos en esto.

Asiente con la cabeza, como si estuviera armándose de valor para lo que va a decir a continuación.

—Barrett..., no quiero irme. —Traga con dificultad, lo que hace que la nuez dé un salto en su garganta—. Creo que quiero quedarme.

Y, tras eso, estira la mano y tira del freno de emergencia.

Capítulo 39

El ascensor se tambalea con un sonido metálico y el suelo tiembla bajo mis pies antes de detenerse. No tengo ni idea de dónde estamos; lo único que sé es que estamos en algún lugar de las oscuras profundidades de Olmsted Hall, con la única luz del ascensor parpadeando sobre nosotros.

Observo cómo esa luz atraviesa la cara de Miles mientras intento procesar lo que acaba de ocurrir.

—No puedo hacerlo. —Se apoya contra la pared, con los hombros caídos en la postura más encorvada que le he visto hasta ahora, al tiempo que se le acelera la respiración. Luego se pasa una mano por la cara, evitando establecer contacto visual—. Lo siento. Lo siento mucho. No quiero decepcionarte, es que...

Las palabras rebotan contra las paredes metálicas y hacen eco en el pequeño espacio que nos separa. *No puedo. Lo siento... siento... siento.* Las oigo, pero nada tiene sentido.

—Tienes que estar de broma —digo, mordiéndome con fuerza el interior de la mejilla para evitar que mi voz se vuelva severa. Quiero entenderle, quiero ser amable con él, pero *joder*, puede que esté *enfadada*—. ¿Después de todo este tiempo no quieres salir? ¿No quieres irte a *casa*?

Porque es eso. Aunque vivamos aquí, aunque seamos Barrett Bloom y Miles Kasher-Okamoto, este no es nuestro hogar. Nuestro fragmento del universo se ha tambaleado y deformado, y tenemos que volver al camino adecuado. Ya no pertenecemos a este sitio; a lo mejor eso es lo que Olmsted ha estado intentando decirnos.

—N-No sé lo que quiero. Pero te aseguro que no quiero que te vuelvas a hacer daño. —Me roza la zona del brazo con la que golpeé la ventana de cristal del *Washingtonian*. La que me vendó y casi me hizo llorar. Miles se hunde en el suelo, pero el ascensor es tan pequeño que no puede estirar las piernas del todo—. Quiero irme a casa. Pero no estoy seguro de cómo explicar todo esto.

—¿Puedes intentarlo? —Me siento en el suelo con él y me subo los calcetines que, por algún motivo, pensé que harían más fácil el día de hoy. Le coloco una mano sobre la rodilla, esperando a que se le estabilice la respiración.

—O igual no tenemos que hacerlo ya —responde—. Igual podríamos esperar.

—Ya hemos esperado bastante. —Le doy unos golpecitos a la pared con los nudillos—. Ni siquiera sabemos qué va a pasar cuando lleguemos al subsótano. Como dijo la Dra. Devereux, podría... podría no ser nada.

Solo cuando las palabras salen de mi boca me doy cuenta de lo devastador que sería ese *nada*.

—No es solo eso. —Se pasa una mano por el pelo hasta despeinárselo por completo. Ahora sí que es incapaz de parar de mover las manos con nerviosismo—. No sabemos qué va a pasar mañana, *punto*. Es una gran incógnita.

—Sabemos algunas cosas. Yo iré a mi clase de Psicología, y tú irás a tu seminario para los de primer año y me informarás de qué es exactamente un seminario para los de primer año, y veremos qué sirve Olmsted para comer un jueves.

—Todo eso se puede predecir fácilmente —dice—. Pero Max... todavía es muy pronto.

Su miedo, aunque no lo haya expresado, pesa en el espacio entre nosotros. Lo dijo cuando recogimos a su hermano: si nunca sale del bucle, no hay riesgo de que Max recaiga.

—Miles —digo, con el corazón roto—, lo siento. No había pensado en eso.

Me ofrece una sonrisa triste.

—Sé que no es algo que pueda controlar, y es posible que haya mil Max por ahí haciendo mil cosas diferentes. Pero no es solo Max. —Una respiración temblorosa. Una pausa—. Estoy preocupado por *nosotros*.

La frase aterriza justo en medio de mi corazón.

Ahora que ha encontrado las palabras, sigue hablando, con la mandíbula en una contracción decidida.

—Estamos bien en este bucle, Barrett. Tú y yo. No quiero que eso cambie —confiesa—. ¿Se borrará de nuestra memoria todo lo que hemos hecho juntos? ¿Tendremos que empezar de nuevo? —Mira hacia el techo del ascensor, hacia la bombilla que parpadea—. No solo estoy preocupado. Estoy *acojonado*.

En un instante, lo que quedara de mi rabia se desvanece. Miles está *asustado*. Y aquí está, compartiéndolo conmigo, confiando en que seré amable con él. Barrett Bloom, la chica que siempre ha tenido las espinas más que afiladas.

—No vamos a empezar de nuevo —afirmo, suave pero firme, haciendo todo lo posible por tranquilizarlo. Porque lo cierto es que *sí* que lo creo. No sé si es que confío en la ciencia o en el destino, pero estoy tan llena de esperanza que podría estallar. Nunca he estado más segura de nada, y no sé explicar por qué. Pase lo que pase cuando volvamos a apretar ese botón, mis sentimientos por Miles son tan constantes como una marea costera—. Hemos pasado por demasiado.

—Pero no hay nada garantizado. A pesar de todas mis poses, hay un millón de cosas que no sé. —El Miles de hace un par de semanas habría acompañado esto con una sonrisa socarrona, una mueca, pero ahora no hay nada de eso—. Lo que es muy extraño es que —añade—, a pesar de lo exasperante que ha sido esto, también han sido los mejores meses de mi vida.

Sus ojos se cruzan con los míos, temerosos y esperanzados al mismo tiempo. *Los míos también,* le dicen mis ojos.

—Si nada de esto hubiera ocurrido, no habríamos llegado a ser nada más que dos personas que una vez se sentaron cerca la una de la otra en un auditorio —continúa—. Tú te habrías cambiado de clase e igual nos veríamos en el comedor o nos cruzaríamos en el patio y nos reconoceríamos durante unos segundos, pero nada más.

—Pero eso no es lo que pasó —contesto—. Nos quedamos atrapados juntos. Y puede que al principio fuera una coincidencia, pero se convirtió en algo más.

Sacude la cabeza.

—Si no hubiéramos tenido ese tiempo extra... —Parece algo a lo que lleva un tiempo aferrado, puede que más que los últimos días incluso—. Una vez que todo vuelva a la normalidad, no nos iremos de aventuras cada dos por tres. No volaremos a Disneylandia ni convertiremos piscinas en piscinas de bolas. —Estira un tímido dedo hacia donde mi mano descansa sobre mi rodilla—. Eres divertidísima, guapísima y sexi, y todavía estoy medio convencido de que solo me estás siguiendo el rollo. Si quieres, puedes elegir a los chicos que quieras. Ya no seré tu única opción.

Si pensaba que «integridad estructural» era atractivo, no es nada comparado con lo que me provoca la palabra «sexi» en la voz de Miles.

—No estamos juntos porque eras la única opción. —Oír que no tiene la misma confianza en sí mismo que yo hace que me duela el corazón. Le paso el pulgar por las colinas y los valles de los nudillos—. No necesito elegir. Ya lo he hecho.

Posa su pulgar sobre el mío.

—¿Ves? —inquiere, y señala allí donde le estoy tocando mientras sus hombros se relajan una pizca—. Esto que hay entre nosotros. Es *bueno*. No sería una vida horrible si nos quedáramos aquí. No tenemos ni idea de lo que va a pasar mañana, pero sabemos lo que va a pasar hoy. Y nos tenemos el uno al otro. Si... Si todavía quieres estar conmigo, después de todo esto.

Miles siempre ha sido tan tranquilo y sereno, tan lógico... Nunca pensé que sería yo la que lo consolaría. La que lo convencería para que formara parte de un experimento conmigo.

—Claro que quiero estar contigo —afirmo—. Llevo semanas queriéndolo. Pero no solo quiero estar contigo en septiembre. No es suficiente. También quiero estar contigo en invierno. Quiero estar contigo en primavera y en verano. Quiero estar contigo todo el puto año, y luego quiero estar contigo en septiembre otra vez.

Intento imaginármelo, los dos con bufandas largas y tazas de chocolate caliente, en un campo de girasoles o en una playa mientras nos da el sol.

Cierra los ojos y sé que él también se lo está imaginando. Espero que le parezca tan bonito como a mí.

—¿Estás pensando en mí en bañador? —pregunto, dándole un codazo en el hombro.

La comisura de la boca se le curva en una sonrisa mientras me pone una mano en el tobillo, justo donde pone DIRECTORA.

—Ahora sí.

La bombilla que hay sobre nosotros parpadea y se queda apagada un segundo más de lo habitual antes de volver a su patrón.

—Incluso vivir la vida al máximo cansa después de un tiempo —continúo. Le estoy abriendo los ojos. Tengo que hacerlo—. A veces no quieres tener todas las oportunidades a tu alcance. A veces solo quieres aburrirte, y está bien. A veces solo quieres cenar y ver una película.

»Sabemos qué esperar cuando estamos aquí, es cierto. Lo desconocido da más miedo. Creo... Creo que te has acomodado demasiado. Y sé que has cambiado, y yo también, pero es fácil recurrir a lo que conocemos mejor.

Levanta la cabeza y, por un momento, temo haber sido demasiado dura. Pero, entonces, se recupera y se le suavizan las facciones.

—Puede que tengas razón.

—Aunque ninguno de los dos tiene por qué ser como era en el instituto —añado—. Igual es eso. Igual esa es la finalidad. Y, sí, estoy personificando el puto universo, pero ¿sabes qué? —Giro la cabeza hacia el techo, hacia esa bombilla que parpadea de forma siniestra—. Sea lo que sea lo que haya o no haya ahí fuera, no le tengo miedo. He pasado por cosas peores. Los dos hemos pasado por cosas peores.

Antes del bucle, estaba demasiado centrada en ser una persona nueva en la universidad. En tener la oportunidad de reinventarme. Y, entonces, quedarme atrapada me convenció de que eso no iba a ocurrir nunca.

No es que la universidad tuviera que cambiarme. Tenía que ser yo la que cambiara, aunque literalmente no haya sido capaz de avanzar. He dejado entrar a gente, les he permitido ver ese lado blando que tengo y que me he pasado años fingiendo que no existía. Me he dado cuenta de que no solo está bien necesitar a gente, sino *quererla*. Me he permitido desear cosas sin vergüenza, exponerlas al mundo y dejar que el mundo responda. Un riesgo que estoy aprendiendo que está bien correr.

Miles me dijo que yo era diferente, y estoy empezando a ver que tenía razón. La universidad me ha cambiado de una forma que jamás hubiera previsto. Igual nunca voy a entrar en el *Washingtonian* o a unirme a Hillel o a estudiar en el extranjero. Igual nunca digo algo que valga la pena inmortalizar con un rotulador. Pero, ahora mismo, tengo a esta persona a mi lado y sé que significo algo para él, al igual que él significa algo para mí.

Y esa es toda la certeza que necesito.

—Miles —le llevo la mano a la mandíbula, a la mejilla, rozándole el pómulo con el pulgar. Respiro hondo y, entonces, me vuelvo valiente—, te quiero —digo, y al instante siento que es lo correcto—. Y te prometo que mañana también te querré.

Se le suaviza el rostro y los ojos se le llenan de un afecto nuevo.

—Y-Yo también te quiero, Barrett. —Me aprieta contra su pecho, y siento cómo su corazón palpita contra el mío. La noche que nos abrazamos en la playa parece quedar muy lejos. No recuerdo no haberle abrazado nunca así—. ¡Dios! Te quiero.

Le beso ahí mismo, en el mugriento suelo del ascensor, con esa puñetera bombilla balanceándose sobre nosotros y ensombreciendo la mitad del espacio. Le beso como si fuera la primera vez, la última vez y todas las veces intermedias. Lo beso para compensar todos los días en los que no lo besé pero quise hacerlo y, por cómo me devuelve el beso con una desesperación tierna, me pregunto si está haciendo lo mismo.

Tiene las manos en mi pelo y tira de mi cuerpo hacia el suyo, y se me escapa un gemido diminuto. Ese único día que pasamos en la cama no ha sido suficiente.

Cuando nos separamos, le tiendo la mano.

—¿Confías en mí?

Ha corrido muchos riesgos conmigo. Solo necesito que corra uno más.

—Sí. —Lo dice sin vacilar y con una exhalación profunda que suena a *alivio*. Endereza los hombros y ahí está, el chico al que quiero. Nos ponemos de pie, temblorosos pero seguros—. Confío en ti. Pase lo que pase... lo resolveremos.

—Juntos —añado.

—Juntos.

Miles entrelaza sus dedos con los míos y llevo nuestras manos unidas hasta el botón del ascensor. Con los dedos enredados, no estoy segura de quién lo pulsa primero.

Hay una pausa de una fracción de segundo, como si el botón necesitara un momento para procesar lo que le hemos pedido.

Y, entonces, la luz se apaga y el ascensor se sumerge en la oscuridad.

JUEVES, 22 DE SEPTIEMBRE

Capítulo 40

En alguna parte, suena una alarma.

Me resulta familiar al momento, aunque llevo sin oírla desde junio. La tuve desactivada todo el verano hasta unos días antes de mudarme a la residencia, y luego me pasé demasiado tiempo reproduciendo cada tono de alarma antes de decidirme por el que llevo utilizando desde que tengo este móvil. Insistente, pero no demasiado intrusivo. Repetitivo, pero no molesto. La clase de alarma que a veces tarareo y me convenzo de que es una canción de verdad.

Y... sigue sonando.

Me doy la vuelta y busco el móvil en la mesita. Salvo que no es la mesita de mi casa en Mercer Island, la de madera que mi madre y yo encontramos en una tienda de segunda mano y de la que nos enamoramos, con sus patas curvadas y sus bordes ondeados. La superficie es más lisa. Más fría.

Olmsted, me percato, y en un segundo me viene todo de golpe. Mis dedos perezosos pulsan por fin la tecla de posponer. Con el corazón martilleándome en el pecho, abro un ojo, parpadeo un par de veces y miro la fecha que aparece en la pantalla del móvil.

Jueves.

Jueves.

Veintidós de septiembre, 7:15. Las 7:16 ahora, ya que he tardado demasiado en encontrar el botón de posponer.

Me despierto de un sobresalto, y la cabeza me da vueltas al incorporarme demasiado deprisa, ya que no estoy preparada para celebrarlo todavía. Mis recuerdos de ayer son borrosos. La luz se apagó, el ascensor empezó a bajar... y luego nada. Un espacio en blanco.

Necesito más pruebas. Como todo buen científico necesita comprobar sus hipótesis, miro en las aplicaciones de noticias, en las redes sociales y en los calendarios.

Jueves.

Jueves.

Un puto *jueves* brillante, magnífico y mágico.

La alarma vuelve a sonar y, ¡Dios!, es un sonido glorioso. Deberían componer bandas sonoras de películas con este sonido. Escribir sinfonías enteras.

Esta vez la apago de verdad y me aprieto el móvil contra el pecho, incapaz de evitar sonreír al tiempo que un alivio dulce me recorre las venas. Durante unos largos instantes, me limito a *respirar*. Saboreando. Disfrutando.

Ha *funcionado*.

Llevamos aquí todo este tiempo y la respuesta estaba literalmente debajo de nosotros.

Tras alcanzar las gafas del escritorio, veo que la otra cama está ocupada y que el pelo rojo de Lucie cae sobre la almohada. Si no estuviera aquí, pondría música a todo volumen, saldría de la cama bailando y abriría la ventana para respirar el aire fresco del jueves.

Son casi las siete y media, y mi clase del jueves empieza a las (ha pasado tanto tiempo que tengo que comprobar el horario) diez en punto, pero no soporto quedarme más tiempo en la cama. Contengo una carcajada al pensar que hoy es el cumpleaños de Miles por fin y me pregunto si tendré tiempo suficiente para encontrarle unos globos antes de su primera clase. Me quito las sábanas y me dirijo al armario, donde busco mis vaqueros perfectos-imperfectos por instinto.

Y justo cuando me los subo por las piernas y me los paso por encima de los muslos, el botón de arriba sale disparado.

No puedo evitarlo, estallo en carcajadas. Después de todo por lo que han pasado, está claro que ya han tenido bastante.

Así pues, me pongo un vestido *vintage* que no me había puesto todavía porque exagera la redondez de mi vientre. Pero hoy estoy de celebración, y cuando me lo pongo y me miro en el diminuto espejo que cuelga de nuestro armario, me encanta cómo me queda. Me encanta *mi* aspecto.

Exhalo un suspiro de satisfacción o alivio o una mezcla de ambos, y debe de ser demasiado fuerte, porque Lucie se revuelve.

—Lo siento —susurro, todavía sonriendo porque me encantan los jueves—. ¿Te he despertado?

—No, no —responde, y todavía no estoy segura de cuál es esta versión de Lucie—. Ya estaba medio despierta.

Se apoya en un lado y busca el móvil mientras entro en un pánico silencioso, preguntándome si la he alienado por completo con mi comportamiento extraño de ayer por la mañana. Hice todo lo posible por compensarla el resto del día, pero se muestra neutral hacia mí en el mejor de los casos.

—Lucie —empiezo, pero no sé cómo seguir. Esta versión de Lucie no me ha ayudado con la Dra. Devereux ni se ha metido con Cole Walker. No nos hemos abierto la una con la otra.

Pero ya lo hicimos una vez. Sé que podemos hacerlo otra vez.

—Sé que vivir conmigo no era lo que esperabas —continúo—. Y sé que vas a apuntarte a una fraternidad, pero...

Deja el móvil. Bosteza contra el codo.

—Lo he pensado, pero no estoy segura todavía. Anoche fui a una fiesta en una fraternidad y no era mi ambiente. Puede que el sistema griego no sea para mí.

Asiento con cuidado.

—No sé por qué —añade, mirándome con la nariz fruncida—, pero tengo un *déjà vu* increíble.

—¿En serio? —Hago todo lo posible por parecer ligeramente interesada. No entiendo las reglas del universo más de lo que las entendía hace un mes, pero supongo que es posible que todas nuestras interacciones hayan tenido un eco de un impacto, aunque ella no lo sepa—. Yo también me siento un poco así.

Lucie me dedica una débil sonrisa. Todavía no le convence que yo sea su compañera de habitación. Lo sé. Aquí estoy otra vez, en el dormitorio 908 de Olmsted, intentando convencer a Lucy de que no soy su enemiga.

Salvo que esta vez sé que puedo hacerlo.

—Entonces... ¿puede que te unas a algún club? —inquiero.

—No lo sé todavía. —Vuelve a mirar su móvil.

Intento sonar relajada.

—He visto que hay un grupo de danza moderna en el campus. Me acordé de ti.

Sus ojos azules se dirigen a los míos, con el ceño fruncido.

—¿En serio?

—Cuando actuaste en la asamblea de segundo año. No sé si sigues bailando, pero...

—Sí —dice, sentándose en la cama, y se pasa una mano por el pelo lacio—. A mis padres no les gusta, pero a mí sí. No puedo creer que te acuerdes.

Me encojo de hombros en un intento por quitarle importancia.

—Eras buena —contesto simplemente, porque es la verdad.

Ojalá pudiera darle más que eso. Y lo haré, porque tenemos más tiempo, no para reavivar la relación que tuvimos, sino para convertirnos en algo diferente. Aunque lleve algún tiempo.

Porque, por algún motivo, tengo la sensación de que Lucie Lamont y yo podríamos ser muy buenas amigas.

Antes de ir al baño, le envío un mensaje a Miles. *¿Nos vemos en la biblioteca dentro de veinte minutos?* Acto seguido, disfruto de la alegría simple que supone guardar su número en el móvil.

Me doy una ducha larga e indulgente, durante la que me deleito con la lechada, la mugre y los charcos misteriosos. Este es mi hogar, para bien o para mal. Y puede que esté empezando a gustarme.

Hasta que veo la respuesta de Miles.

¿Quién eres?

Miro fijamente el móvil sin saber qué responder. ¿Es una especie de broma? Porque no tiene ninguna gracia.

Los pasos que doy de vuelta a la habitación son más rápidos, más ansiosos.

—¿Va todo bien? —pregunta Lucie mientras busca una camiseta en su lado del armario.

—Sí. —Me calzo las deportivas y salgo corriendo hacia la séptima planta, dejándome los globos de cumpleaños olvidados—. Hola, perdona —digo cuando Ankit abre la familiar puerta de Woody y Buzz—. Busco a Miles.

—Acaba de irse —contesta, y le doy las gracias y me dirijo al patio.

En el exterior, el campus parece a la vez diferente y exactamente igual. La temperatura ha bajado, al menos, cinco grados, así que hay más sudaderas, chaquetas e incluso bufandas. Kendall sigue ahí salvando a las tuzas, y todavía no han quitado la pantalla en la que pusieron *Atrapado en el tiempo* anoche. Puede que incluso vea a Christina, la *hacker*, caminando segura por el patio con su pelo azul recogido en un gorro. Quiero tomarme mi tiempo para absorber todos estos detalles, pero todo está subrayado con una capa de pánico.

Entonces, lo veo al otro lado del patio, un destello de franela roja que reconozco de mi primer día.

—¡Miles! —Me apresuro a seguirle, sin importarme quién me vea corriendo por el patio con un vestido que se está esforzando mucho por contener mis pechos. Tardo unos segundos en alcanzarle, probablemente porque el patio está abarrotado y no me oye. Esa tiene que ser la razón—. ¡Feliz cumpleaños! Iba a comprar globos, pero vi tu mensaje y me asusté, así que... —Suelto una carcajada incómoda.

No obstante, cuando se da la vuelta, con el pelo todavía húmedo por la ducha y el aroma a Irish Spring golpeándome como un álbum de recortes sensorial que recoge todos mis recuerdos favoritos, frunce el ceño en señal de confusión. Sigue siendo atractivo, porque siempre lo es, con sus ojos oscuros, sus orejas prominentes y la barbilla sobresaliendo en señal de seguridad. Pero está... diferente. Distante, de alguna manera, incluso cuando está justo delante de mí.

Me mira mientras espero a que un atisbo de reconocimiento le cruce el rostro.

No ocurre.

—¿Nos conocemos? —Se sube más la mochila a los hombros—. ¿Cómo sabes que es mi cumpleaños?

—Miles. —Esto tiene que ser una broma, y una vez que la hayamos dejado atrás, lo perdonaré por meterse conmigo. Por ponerme el corazón a mil por hora—. Soy *yo*. Barrett Bloom.

—Lo siento —dice—. ¿Es algún programa de mentores de primer año?

Sacudo la cabeza. *No, no, no, no, no.* Esto no puede estar pasando.

—Miles —repito, como si decir su nombre suficientes veces fuera a recordarle todas las distintas formas en las que lo he dicho durante el último mes: por frustración, por miedo, por amor—. Miles Kasher-Okamoto. Nos conocemos desde hace semanas, bueno, meses para ti, semanas para mí. Somos... Somos amigos. —La palabra no es correcta, pero, por otro lado, nada de esto lo es.

—¡Oh! ¿Estás en el Departamento de Arte Dramático? —Junta las cejas todavía más, como si estuviera dando todo lo que tiene para intentar ubicarme.

—No —respondo con la voz ronca—. No lo estoy.

Hacía demasiado frío como para salir de la residencia con un vestido solo, pero no me importa estar tiritando. Se supone que tenemos que bromear, reír y hacer planes para cenar y ver una película. Se supone que tenemos que discutir sobre si fue la ciencia o la magia lo que nos ha traído aquí, y se supone que tiene que contarme lo que recuerda de ayer después de que pulsáramos el botón.

Se supone que tiene que recordar a la chica de la que está enamorado.

—Debería irme a clase —dice, y tras hacer un medio gesto incómodo con la mano, se va.

ᘁ ᘁ ᘁ

No quiero que parezca que he salido corriendo a casa junto a mi madre cuando Miles me ha roto el corazón.

Pero aquí estoy. Delante de Tinta & Papel. Porque necesito mucho, mucho hablar con alguien.

Ojalá hubiera podido disfrutar de mi clase de Psicología, pero mi mente no paraba de dar vueltas para intentar descifrar lo que le pasaba a Miles. Mi teoría más ridícula, que quizá no sea más ridícula que todo lo que nos ha pasado hasta ahora, era que haberme saltado mi entrevista para el *Washingtonian* tuvo alguna clase de impacto, pero no hay conexión alguna entre Miles y el periódico. Podría hablar con la Dra. Devereux y ver si tiene alguna teoría. Y, sin embargo, todo lo que hemos vivido juntos es tan personal que ahora mismo no me imagino pidiendo más ayuda.

Necesito sentir que todavía tengo el control.

—Barrett. Cariño mío. Tesoro de mi corazón —dice mi madre otra vez. Solo que hoy está en el extremo opuesto de la tienda, de pie sobre una silla y trasteando una lámpara. Todavía lleva el uniforme de trabajo no oficial, vaqueros y una camiseta estampada (esta con el logotipo amarillo de la taza de café de Luke's Diner), y hay algo en ello que me reconforta enormemente—. ¿Te has tomado un descanso de la universidad?

—El placer de tener solo quince créditos —respondo, y luego suelto un suspiro para calmarme—. Tengo que... hablarte de algo. ¿Tienes un momento?

Pone la luz en su sitio y se baja de la silla.

—Claro. Puedo tomarme un almuerzo largo.

—Tal vez podríamos dar un paseo, ¿te parece? —sugiero, porque tengo la sensación de que para esto voy a necesitar más espacio que el que hay dentro de estas cuatro paredes. Mi madre acepta sin dudarlo y cambia el cartel de la tienda de ABIERTO a VUELVO ENSEGUIDA.

El centro de Mercer Island es una mezcla de bloques de apartamentos, cadenas y tiendas preciosas como la de mi madre, lo bastante grandes como para tener todo lo que necesitas y lo bastante pequeñas como para no agobiarte. Encontramos un banco en un parklet que el Ayuntamiento creó durante el verano, entre una librería y una mercería. Como los jóvenes están en clase, los jueves por la mañana son tranquilos.

—¿Va todo bien con las clases? —pregunta mi madre, con el ceño fruncido por la preocupación, y yo le aseguro que mis clases van bien. Genial, incluso.

—Se trata del instituto, en realidad. —Jugueteo con el dobladillo de mi vestido, haciendo acopio de la valentía que ahora sé que tengo. He hablado de esto con Miles. Con Lucie. Puedo contárselo a mi madre—. ¿Te acuerdas del artículo que escribí sobre el escándalo del equipo de tenis? La reacción que tuvo el instituto no fue la mejor.

—La gente se enfadó contigo —dice, que era lo máximo que sabía al respecto—. Porque el equipo fue descalificado, ¿no?

—Sí. Pero no fue solo eso. Y tampoco fue solo durante un periodo corto de tiempo. Se prolongó bastante. Otros chicos y chicas, el profesorado... No siempre fueron amables. —Tengo que soltar el dobladillo del vestido, porque el hecho de toquetear algo constantemente me recuerda a Miles, y solo puedo concentrarme en un sufrimiento a la vez. Así pues, entrelazo las manos sobre el regazo—. No lo pasé bien en el instituto. Y todavía lo estoy aceptando.

Mi madre parece incómoda mientras digiere todo esto, y no puedo culparla. La hija a la que a veces trata más como a una amiga ha estado guardando un secreto enorme.

—Barrett —contesta con suavidad, poniéndome una mano en la rodilla—, lo siento muchísimo. No tenía ni idea.

—Porque me esforcé mucho por que fuera así —les explico a mis manos con la voz quebrada. Estaba muy convencida de que decírselo cambiaría el equilibrio que hay en nuestra relación, pero ahora veo que también podría haber hecho algo más.

Podría haberme ayudado a sentirme menos sola.

—Podríamos haber hablado con tus profesores o con el director. *Conozco a muchas jóvenes a las que les encantaría estar en tu situación.*

—Tal vez. —No quiero abrir esa caja de horrores en particular—. Pero no quería contárselo a nadie. Porque aparte de ti y Jocelyn... no ha habido nadie a quien contárselo.

—¿Por eso dejó de venir Lucie a casa?

Asiento con la cabeza. Jocelyn y ella sabían que era una editora dictadora, pero no el motivo por el que lo era.

—Pero, y agárrate, Lucie es, de hecho, mi compañera de habitación. Y podría ser algo bueno, no sé.

—Eso sí que es un giro argumental —indica antes de permitirse soltar una pequeña carcajada, y durante unos segundos me uno a ella.

Luego trago saliva mientras me preparo para lo peor.

—Hay más —digo, y se pone rígida—. Te dije que me acosté con alguien después del baile de fin de curso. —Tengo que obligar a las palabras a que salgan, pero no porque no quiera contárselo. Igual algún día no sea como si tuviera serrín en la garganta. Igual algún día no piense en el instituto—. El chico con el que lo hice resultó ser el hermano de uno del equipo de tenis. Y lo convirtió en una especie de broma. —Mi voz sube al final, se vuelve aguda—. Ahora estoy bien, pero las últimas semanas del último curso fueron un infierno. O, al menos, creo que estoy casi bien. Tal vez... Tal vez no lo esté.

No entro en detalles. Cada frase me parece más imposible que la anterior y no estoy segura de ser capaz de darle mucho más. Ahora no. Hoy no.

—¡Madre mía! —Aprieta el puño sobre el regazo—. Me lo ocultaste para que no fuera a la cárcel por castrar a un mierdecilla tóxico, ¿verdad? Porque como lo vea alguna vez, Barrett, juro por Dios que no pienso dudarlo.

—Por mucho que pagaría por presenciar eso...

—Lo siento. Solo estoy... intentando procesarlo todo. No quiero que vaya sobre mí, pero tengo que saberlo. ¿Hice algo que hizo que sintieras que no podías contármelo? Porque siempre hemos... Siempre hemos hablado de todo, ¿no? —Ahora se le quiebra la voz y se le humedecen los ojos oscuros.

—Mamá, *no* —respondo con énfasis—. No has hecho nada malo. Solo necesitaba que lo supieras. Porque ha sido horrible ocultártelo.

La examino, mi preciosa madre que siempre ha parecido intrépida. Sé que no hacía falta que le contara nada de esto, que muchas personas les ocultan cosas a sus padres para siempre. Pero no me ha parecido bien que no supiera esta parte enorme de mi historia.

—Lo siento —vuelve a decir, y me acerca y me acaricia el pelo con manos suaves—. Lo siento mucho.

Es extraño. Pensaba que contárselo a la persona que más quiero en el mundo me liberaría de la carga de algún modo, pero no es así. No siento que esté desapareciendo el peso por arte de magia. Me *alegro* de habérselo contado, pero sigo odiando que pasara. Sigo odiando pensar en aquella noche, en aquel lunes en el instituto y en todas las semanas que siguieron. Odio que la Universidad de Washington sea un campus de cuarenta mil personas y que él sea una de ellas. Porque en algún momento voy a encontrarme con él. Si lo acepto, tal vez hará que me dé menos miedo. Y a lo mejor fingirá que no me ve o a lo mejor me saludará con torpeza, pero no reaccionaré. Ese idiota patético (porque eso es lo que es) no merece la pena. Incluso cuando mi línea temporal no se movía, no merecía la pena.

El bucle me cambió, eso es lo que le dije a Miles, y es verdad. Quizá la Dra. Devereux tenía razón: el universo intervino para darme tiempo para que me convirtiera en quien necesitaba ser. La clase de persona que tiene el valor de tener esta conversación.

—¿Estás bien? —Mi madre se libera del abrazo, pero mantiene una mano en mi brazo—. ¿Quieres hablar con alguien o hablar más conmigo o...?

—N-No estoy bien. —Cuando por fin lo digo en voz alta, siento que respiro mejor. Todo este tiempo no he estado bien, y estoy aprendiendo que no pasa nada si no lo estás—. Y puede que quiera hacer algo así.

Mi madre debe de ser capaz de percibir que, por ahora, no quiero hablar más del tema, porque me pregunta si me apetece ir a por unos sándwiches antes de volver a la tienda. Conversamos sobre mis clases, sobre su trabajo, sobre Jocelyn, quien dice que va a venir a casa esta tarde a cocinar algo especial, pero no quiere decirle qué es. Hago todo lo posible por mostrarme indiferente.

Un día de estos veré cómo se casa. Nuestra pequeña familia se ampliará.

—¿Vuelves pronto al campus? —pregunta mi madre cuando terminamos de comer, cambiando de nuevo el cartel a ABIERTO.

—Debería, sí. No puedo dejar que el primer año se acontezca sin mí. —Excepto que volver significa enfrentarme a Miles.

Miles, que no tiene ni la más remota idea de quién soy, incluso después de haberle dicho que le quería hace solo unas horas.

—Antes de que te vayas, tengo algo que enseñarte. Iba a esperar, pero... este momento parece el adecuado.

—Me gustan los regalos —contesto con la esperanza de que baste para distraerme de lo que me espera en el campus.

Desaparece en el almacén de la tienda y vuelve con una tarjeta de felicitación de color crema.

—Llevo un tiempo trabajando en ella con un diseñador —indica, y de repente suena nerviosa.

¿CÓMO TE AMO? DÉJAME QUE LO ENUMERE, está escrito en el anverso con una letra que parece estar trazada con un pincel. Y justo encima se ve un ramo de flores.

—Es para ti —añade, señalando las palabras y luego las flores—. Barrett. Bloom.

Se me hincha el corazón y, durante unos segundos, me quedo sin habla. Aunque es imposible que lo sepa, lo siento como una sutil reivindicación de mi nombre. Una victoria.

—Me encanta. —Paso los dedos por el ramo de rosas, lirios y dalias—. ¿Puedo llevarme una para la residencia? —A ese sitio le vendría bien un poco de acicalamiento.

—Por favor, llévate diez. —Alcanza una bolsa de papel compostable y empieza a empaquetarlas para mí—. Sé que esto me convierte en una tonta —dice—. Y no tienes que venir todas las semanas, ni siquiera cada dos semanas, sino de vez en cuando, ¿vale?

—Claro. —Las palabras pican, están cargadas de emoción—. Sabes que voy a ser incapaz de estar lejos.

Durante el trayecto de vuelta a Seattle en autobús, pienso en cómo me he pasado la vida pensando que éramos mi madre y yo contra el mundo. De lo que me estoy dando cuenta es de que ella no puede protegerme de todo. Si bien es cierto que forma parte de mí, no lo es todo para mí. Es posible que a veces haya dependido demasiado de ella, encerrándome en nuestro propio mundo cuando ahí fuera había mucho *más*. Creía que no necesitaba a otras personas, y estaba muy, muy equivocada.

Tal vez la verdad es que cada uno estamos librando nuestras propias batallas, y aunque ella esté de mi lado, no siempre puede estar conmigo en el frente.

Tengo que aprender a librar las batallas yo sola.

Y ahora mismo, esa batalla empieza conmigo en mi escritorio de la habitación 908 de Olmsted, abriendo un documento de Word en blanco.

PERDIDA EN EL TIEMPO:
LA PROFESORA OLVIDADA

por Barrett Bloom

Si le preguntáis a la Dra. Eloise Devereux si es posible viajar en el tiempo, os mirará fijamente con una ceja enarcada.

—Durante años he dicho a cientos de estudiantes que, en teoría, sí es posible —explica desde su casa de Astoria, en Oregón, un lugar repleto de recuerdos, colores y objetos recogidos en numerosas exposiciones de antigüedades a lo largo de los años—. Y eso fue exactamente lo que me llevó a jubilarme de la docencia antes de tiempo.

La Dra. Devereux creció en las afueras de Bristol, Inglaterra, y más tarde se doctoró en Física en Oxford. Enseñó en la Universidad de Washington durante casi dos décadas, y su clase, «Viajes en el tiempo para principiantes», contaba con una lista de espera más larga que cualquier otra clase en la historia de la Universidad de Washington. Incluso recibió uno de los prestigiosos premios Luminary de Elsewhere, los cuales se conceden a expertos y expertas que exploran territorios nuevos y emocionantes en sus campos.

Y entonces, hace once años, simplemente... desapareció.

—Era única —dice un compañero de trabajo suyo, el Dr. Armando Rivera—. Una profesora que era pura dinamita. Nos quedamos atónitos cuando se marchó.

La Dra. Devereux contrató a una empresa de limpieza de datos para que eliminara todas las menciones suyas que hubiera en Internet como pudieran. Fue una tarea tremenda, pero dice que el anonimato valió la pena. En aquel momento.

—Demasiada gente que me llamó «fraude» e incluso le pidió a la universidad que me despidiera —dice. Su gato negro, un alborotador llamado Schrödinger, salta sobre su regazo—. Tu corazón solo es capaz de soportar cierta cantidad de críticas antes de empezar a cuestionártelas tú misma.

Según ella, el tiempo y el espacio que ha puesto de por medio entre ella y la Universidad de Washington le han dado perspectiva. Ahora puede que esté preparada para volver a la vida pública, y quizá incluso a la docencia.

—Ya veremos qué me depara el futuro —dice—, pero por primera vez en mucho tiempo me siento optimista.

VIERNES, 23 DE SEPTIEMBRE

Capítulo 41

El jueves solo dura veinticuatro horas, tal y como debe ser, antes de dar paso al viernes. Sin fanfarrias, sin cañones de confeti, sin revelaciones sobre la naturaleza en constante cambio del universo.

He pasado tanto tiempo centrada en el jueves que el viernes me parece un concepto extraño. Me despierto con las fotos de la pedida de matrimonio de ayer, en las que las tarjetas de felicitación están como si hubiera pasado un tornado por nuestro salón. Puede que las esculturas no tengan la integridad estructural de lo que Jocelyn, Miles y yo construimos juntos, pero con mi madre y su prometida abrazadas frente a ellas, parecen perfectas.

Y entonces vuelvo a Física 101, lunes, miércoles y viernes, y ocupo el asiento de Miles de mi primer *primer* día.

Hasta he comprado el libro de texto y he hecho las lecturas asignadas.

Miles, como animal de costumbres que ~~era~~ es, sube las escaleras y frunce el ceño cuando me ve en su sitio. Aun así, se sienta a mi lado, y cada precioso detalle suyo hace que salten las alarmas en mi cerebro. Su pelo, tan astutamente despeinado al igual que todas las mañanas, sobre todo si acabo de pasarle las manos por él. Sus hombros y cómo encajo contra su pecho cuando me rodea con los brazos. Su garganta y el lugar que besé hasta dejar una marca.

¿Cómo es posible que no se acuerde de nada de eso?

—¿Sabes cuál es la contraseña del wifi? —le pregunto justo cuando saca el portátil.

Frunce el ceño.

—Tú. Tú me paraste ayer en el patio. —Pulsa unas teclas en el portátil—. Está en la pizarra.

Pero, milagrosamente, no se cambia de sitio.

Lleva otra camisa, esta vez azul. Tengo que luchar contra el impulso de subirme a su regazo y darle mordisquitos en una oreja. Es una crueldad por parte del universo que no se acuerde del día que nos pasamos entero en nuestras habitaciones, cambiándonos de una a otra cada vez que sabíamos que nuestros compañeros de dormitorio estaban de camino, aprendiendo lo que nos gustaba y lo que *realmente* nos gustaba, contándonos secretos y desentrañando historias. Hablando de las esperanzas que teníamos en el futuro. Un futuro que no estábamos seguros de llegar a tener y que no estoy segura de poder soportar sola.

Él era el que temía que no nos acordáramos el uno del otro y él es el que me ha olvidado a mí. Esos recuerdos del mes pasado son preciados, e incluso si algo salió mal y esta es una versión completamente diferente de Miles, no puedo aceptar que no estén ahí en alguna parte. El destello que tuve cuando casi nos besamos es una prueba de ello.

Tendré que refrescarle la memoria. Rebusco en mi mochila y amontono una galleta con trocitos de chocolate, un *bagel* de Mabel's y un puñado de palitos de *mozzarella* recién fritos sobre el pupitre que tengo al lado. Cualquiera podría sostener que es demasiado pronto como para comer palitos de *mozzarella* y, ante eso, yo digo que está claro que nunca ha experimentado la delicia culinaria que es el queso frito de Dawg House.

—¿Te has traído una nevera entera a clase? —inquiere Miles. Bien. He captado su atención.

—¿Todavía no los has probado? —Abro un vaso compostable de salsa marinara y paso un palito de *mozzarella* por ella, intentando acordarme exactamente de lo que dijo sobre ellos hace tantos días—. Están crujientes, pero no quemados, y el queso se te deshace en la boca. Los he comido todos los días desde que me instalé aquí.

Miles frunce el ceño durante unos segundos.

—¿Qué pasa? —pregunto, dándole otro bocado.

—Estoy teniendo un *déjà vu.* —Vuelve a mirar el ordenador—. Pero disfruta de tus palitos de *mozzarella,* supongo.

Cuando empieza la clase, aprovecho para levantar la mano ante la primera pregunta de la Dra. Okamoto.

—La física es el estudio de la materia y la energía y de cómo se relacionan entre sí. Se utiliza para entender cómo actúa el universo y predecir cómo podría comportarse en el futuro —declaro.

Me mira con extrañeza.

—Es cierto —contesta—, pero la pregunta era sobre la tercera ley de Newton.

Alguien de la segunda fila levanta la mano y la Dra. Okamoto le da la palabra para que responda.

—¿Qué estás haciendo? —sisea Miles, y yo me limito a sonreír con dulzura y a ofrecerle un palito de *mozzarella.* Lamentablemente, lo rechaza.

Vamos, le insto. *Me conoces. Esos recuerdos tienen que estar en alguna parte.*

La persona de la que me enamoré no puede desaparecer sin más, porque ¿y si esta vez no se enamora de mí?

Al final de la clase, me sorprende que Miles no haya salido corriendo como un loco hacia el otro lado del auditorio. He montado un espectáculo caótico comiendo palitos de *mozzarella,* que por desgracia han perdido su textura crujiente en el camino desde la Dawg House hasta la clase, he respondido a tantas preguntas de la Dra. Okamoto como me ha sido posible e incluso he visitado r/PanGrapadoAÁrboles. Nada.

Mientras recoge sus cosas y mete el portátil de LA FÍSICA IMPORTA en la mochila, me vuelvo hacia él.

—Hola. Te habrás dado cuenta de que he estado actuando un poco raro...

Miles suelta una carcajada.

—Ah, ¿sí? ¿En serio?

No puedo reprocharle el enfado que desprende su tono de voz. Estoy segura de que yo estaría haciendo lo mismo; y ahí fuera, en otro universo, puede que lo esté haciendo.

—Te prometo que te lo explicaré todo. ¿Nos vemos luego en la biblioteca de Física? ¿Sobre la una?

—Ahora estoy libre.

—Tengo que hacer algo primero. —Intento mantenerme positiva. Tiene motivos para mostrarse cauteloso conmigo.

A menos que...

A menos que nunca se acuerde.

¿Y si tenía razón en lo de que no podemos recuperar lo que teníamos en el bucle?

No puedo detenerme en ese pensamiento.

—Vale —dice, pero su mirada no se aparta de mi cara. Algo parpadea en sus ojos, una chispa de reconocimiento o un destello de frustración, difícil de decir.

Sea lo que sea, se desvanece en un instante.

ひ ひ ひ

—Te perdiste la entrevista del miércoles —dice Annabel cuando llego a la sala de redacción del *Washingtonian*. El cristal de la ventana, como es lógico, no muestra señal alguna de mi desacertado pero inesperadamente triunfante allanamiento de morada.

—Lo sé. Lo siento mucho. Me surgió algo. —Le paso mi artículo recién salido de la imprenta—. Sé que es un poco inusual aparecer con un artículo ya escrito, pero pensé que esto sería una buena pieza para el periódico.

Annabel se pone sus gafas de carey.

—«La profesora olvidada» —lee—. Le echaré un vistazo después... —No obstante, sus ojos siguen recorriendo las palabras y se acomoda en la silla—. En realidad, puedo leerlo ahora, si no te importa.

—Por favor —contesto, conteniendo una sonrisa—. Adelante.

Ayer por la tarde me puse en contacto con la Dra. Devereux y estuvimos hablando durante horas. Se acordaba de la videollamada del día anterior y, después de explicarle lo que había pasado con Miles, le pregunté si tenía alguna teoría.

—Dale tiempo —dijo mientras en el fondo sus gatos se abalanzaban sobre una golosina—. El cerebro es tan complicado como el universo. Puede que incluso más. Sus sistemas han sufrido mucho.

Y cuando le pregunté si quería contar su historia, dijo que sí.

Me pasé casi toda la noche escribiendo, pero hoy el cansancio es bien recibido. Siento que me lo he *ganado*. He decidido que este va a ser mi último intento. Si no funciona, me lameré las heridas emocionales y esperaré al año que viene.

—Es fascinante —comenta Annabel cuando termina, y coloca las hojas de papel en uno de los extremos del escritorio—. Creo que mi tía asistió a esa clase. Aunque se especializó en otra cosa, dijo que era la mejor clase a la que había asistido en la universidad. Y cómo dejas al lector preguntándose si de verdad es posible viajar en el tiempo... Me ha dado escalofríos. Es un perfil maravilloso.

—Gracias. Es lo que más me gusta escribir, perfiles.

—Igual hasta podrías hacer una serie completa. —Se reclina en la silla—. Gente del campus de la que no solemos oír hablar.

—Me encantaría —respondo con la esperanza de no sonar demasiado entusiasmada cuando esto es... exactamente la clase de periodismo que me moría por hacer.

Y el hecho de que pudiera escribir sobre la Dra. Devereux lo ha hecho todavía más perfecto; la persona que quería que la olvidaran, dándome la oportunidad de volver a presentarla.

Caigo en la cuenta de que no es muy diferente de lo que quería que fuera la universidad para mí. Una oportunidad para reiniciar. Rehacer.

Y tengo cuatro años más para seguir haciéndolo.

—Me estoy adelantando —dice Annabel—. Primero tengo que ver si tenemos el espacio. Pero admiro este tipo de agallas. Quiero que en la plantilla haya gente que quiera estar aquí. Siempre hay un puñado de alumnos de primer año que acaban siendo cero fiables. —Hace una pausa y junta los dedos—. Tengo una idea. Sigue sin encantarme el hecho de que hayas escrito una entrevista en la sombra, pero hay que escribir un artículo sobre el presupuesto del gobierno estudiantil. Antes me encargaba yo, así que puede que sea una jueza dura. Lo clavas, y el trabajo es tuyo.

—Gracias. Juro que lo haré lo mejor que pueda. —Durante un momento, la emoción supera el miedo con respecto a Miles. Hago el amago de quitarle el artículo, pero se aferra a él sujetándolo con el pulgar y el índice.

—Y... puede que queramos publicar esto también. Si te parece bien.

Soy incapaz de ocultar la sonrisa.

—Pues claro.

ʊ ʊ ʊ

—Es la primera vez que vengo aquí. —Miles contempla la biblioteca de Física en todo su esplendor de estanterías polvorientas e iluminación tenue. Puede que esto sea lo más extraño hasta ahora: lo incómodo que se siente Miles en la biblioteca que ha sido su segundo hogar durante los últimos meses.

—¿Nada de esto te resulta familiar? —pregunto, recorriendo los pasillos y sacando libros de los que me acuerdo. Cuando le lanzo *Agujeros negros y pequeños universos*, casi no lo atrapa.

Todavía me dura el subidón de mi reunión para el *Washingtonian*. Annabel me ha pedido que corrija un par de cosas de mi perfil y, si se lo mando antes de que acabe el fin de semana, podrán incluirlo en el número del próximo miércoles.

Barrett Bloom, periodista del *Washingtonian*. Por fin podría ser real. Tenía algo de tiempo antes de reunirme con Miles aquí, así que me detuve en el centro de salud del campus y pedí una cita con una terapeuta para la próxima semana. No sé qué esperar, pero eso también me parece lo correcto.

Todo esto me ha dado el valor que necesito para ver si el Miles del que me enamoré sigue ahí dentro, en alguna parte.

—¿Estamos trabajando en un proyecto? —Miles se apoya en nuestra mesa de siempre, jugueteando con su bolígrafo de esa forma suya tan adorable—. No recuerdo que mi m... La Dra. Okamoto haya mandado uno.

—Tranquilo. Sé que es tu madre.

Termino de apilar los libros sobre la mesa y me dirijo a la pizarra, intentando recordar sus bucles. *Biblioteca. FÍS 101. Intento de LHC.*

—Mira, no sé por qué me has traído aquí ni qué estás haciendo, pero estoy empezando a ponerme un poco nervioso. Primero te acercas a mí deseándome feliz cumpleaños y luego apareces con palitos de *mozzarella* en una clase que se imparte a las ocho y media, como... —Su cara se vuelve inexpresiva.

—¿Qué? —Hago una pausa mientras garabateo *Aprendí a conducir con cambio manual*—. ¿Sientes algo especial por todo ese queso frito?

—Nada —responde, y se pasa una mano frustrada por el pelo.

Golpeo la pizarra con la tiza.

—¿Qué hiciste el miércoles?

—¿Y eso qué tiene que ver?

—Responde a la pregunta. —Le miro batiendo las pestañas con la esperanza de que se acuerde de que me encuentra irresistible—. Por favor.

Suelta un fuerte suspiro. Si no me falla la memoria, es su suspiro de «Tu mera presencia me agota». La manera en la que esto lo está irritando me recuerda a la primera vez que estuvimos juntos en la biblioteca y, a pesar de lo polémico que fue aquel encuentro, hay algo de nostalgia, algo de afecto por el Miles que todavía llevaba puesta su propia armadura.

Podemos hacerlo.

Hemos pasado por cosas mucho peores.

—Miércoles. Antes de ayer. Me... —Y, entonces, se interrumpe.

—¿Qué pasa?

—N-No me acuerdo. —Sus hombros se encogen de una forma muy poco propia de Miles y se agarra al borde de la silla, como si toda esta situación estuviera empezando a asustarle.

—¿Me creerías si te dijera que hemos estado meses atrapados en un bucle temporal? —Suelto la tiza y me acerco a él—. ¿Y que al principio estabas solo, pero luego yo también me quedé atrapada, y que no nos odiábamos del todo, pero definitivamente no nos llevábamos bien, y que luego poco a poco nos hicimos... amigos? ¿Y que cuando volvimos ayer, no te acordabas de nada de eso?

Se encoge contra la mesa con la mandíbula apretada. Hace cuatro días, en medio de nuestra tarde sudorosa e indulgente, le dije que quería borrar con un beso toda la tensión que había. Toda la tensión que había en todas partes. Y él se rio cuando procedí a hacer justo eso, pasándole los labios por las mejillas, el cuello, los hombros y el pecho, hasta que bajé más y más y entonces dejó de reírse por completo.

—No, no te creería. —Ahora sus ojos están fijos en la sucia alfombra marrón—. Porque es imposible.

Levanto un brazo y señalo el campus que hay sobre nosotros.

—Entonces, ¿cómo es que sé que tu padre también enseña aquí, en el Departamento de Historia? ¿O que la vainilla es tu sabor de helado favorito?

—Es un sabor muy popular —insiste—. Y podrías haber buscado a mi padre sin problema.

—¿Y qué me dices de que tu hermano y tú os golpeasteis contra un árbol mientras montabais en trineo y por eso te hiciste esa cicatriz? —Me toco la zona debajo del ojo.

—No...

—O que te gustan las películas de época y que quieres especializarte también en Cine —continúo, y cuando vuelve a mirarme, mantengo mi mirada clavada en la suya—. O que te dan miedo los aviones, pero que tomarme de la mano hace que te sientas mejor. O que... que antes de besarme por primera vez, me preguntaste si iba a llorar. —Se me quiebra la voz.

Ya no me estoy acercando, pero Miles sigue retrocediendo y parece olvidarse de la mesa que tiene detrás. La empuja con demasiada fuerza y el mueble antiguo se desplaza hacia atrás, lo que provoca que se choque contra una estantería.

Parece suceder a cámara lenta, mi desordenada pila de libros se estrella contra la mesa y luego contra el suelo. Juntos miramos, y Miles se tropieza con sus pies en un intento por atrapar los libros que se están cayendo y consigue salvar a uno de aterrizar sobre un lío de páginas y lomos desgastados. *Una breve historia de casi todo.*

Miles lo deposita sobre la mesa con suavidad antes de girarse hacia mí, consternado. Rostro pálido, manos temblorosas. No me atrevo a decir nada, sino que espero a que hable él.

—Barrett —ya no hay confusión en su tono de voz. Solo una calidez familiar que envuelve mi nombre—, ¿fun... funcionó?

Suelto lo que parece el primer aliento completo desde que lo vi ayer en el patio.

—Sí —respondo, y entonces cierra los ojos y se desploma contra la mesa.

Capítulo 42

—Necesito sentarme. —Tambaleándose, Miles intenta sentarse en una silla y yo me apresuro a ayudarle—. Estoy un poco mareado.

—¡Ey! No pasa nada. Estoy aquí —digo, y mi alivio repentino se ha mezclado ahora con el pánico. *Ha vuelto.* Más o menos—. Para lo que necesites, aquí estoy.

Asiente, cruza los brazos y apoya la cabeza en ellos, respirando hondo mientras pienso en la mejor forma de ayudarle. Rebusco en mi mochila para sacar una botella de agua, la coloco en la mesa que hay entre nosotros y le tiendo la mano, por si la necesita.

Mi corazón adopta un ritmo tranquilo y constante cuando entrelaza sus dedos con los míos y me agarra con fuerza.

—Es un mareo bueno —me asegura—. Casi como... como si estuviera experimentándolo todo por primera vez.

¡Oh! ¡Hostia puta! Me sorprende que siga consciente. Debe de ser lo que yo experimenté después de mi destello multiplicado por mil.

Está claro que el hecho de discutir fue lo que hizo que volviera en sí.

Me siento en la silla que hay junto a él y la acerco, como si pudiera revivir todo lo que se está reproduciendo detrás de sus párpados.

—Estoy aquí —repito.

Levanta la cabeza y le brillan los ojos oscuros.

—¿También te está pasando a ti? —susurra.

—Ya me pasó.

Y me quedo sentada a su lado mientras le invaden los recuerdos, escuchando su respiración regular, cómo se encoge, sonríe o apoya otra mano en la mesa para estabilizarse. Debe de ser muy emotivo para él recibirlo todo a la vez. No estoy segura de cuánto tiempo pasa, diez minutos, dos horas. No veo lo que le está pasando por la cabeza ni lo que le está iluminando sus recuerdos, pero solo con estar aquí, por algún motivo, puedo sentirlo. Cómo nuestra piscina de bolas se abrió para nosotros. El olor demasiado dulce del camión de helados y el *sabbat* improvisado que hizo que me diera miedo lo mucho que estaba empezando a gustarme. Nuestros viajes a Canadá y a Oregón, y todo lo de en medio, los viajes que solo requerían dos tramos de escaleras entre su planta y la mía y que, sin embargo, a veces parecían dos galaxias enteras.

Ahora tiene la cara sonrojada.

—¿Long Beach? —pregunto, y asiente, inclinándose para apoyar su frente sobre la mía.

—Y... Y el día siguiente. —Una sonrisa socarrona. Me aprieta la mano.

Finalmente, todo parece detenerse. Abre los ojos, ve mi botella de agua y bebe un largo sorbo.

—¡Madre mía! —dice con un gemido que suena horrorizado, y hay algo en él que hace que esté segura de que *este* es el Miles que conozco y amo—. Esta mañana y ayer... siento haber sido tan idiota contigo.

—Por suerte, estaba acostumbrada.

Una leve sonrisa al tiempo que me da un codazo.

—Aun así. Lo siento.

—Quedas perdonado —contesto—. Pero solo porque eres muy guapo.

Seguimos tomados de la mano. Hace un movimiento para acercar la mía hacia él, como preguntando si me parece bien que me abrace.

—¿Puedo...? —inquiere en voz baja, y como no puedo gritar «moriría como no lo hagas» dentro de una biblioteca, simplemente asiento con la cabeza.

Me atrae hacia su pecho, mi mejilla contra los latidos de su corazón, e inhalo el aroma que solo le pertenece a él. Lo inhalo una y otra vez. Estar con él nunca había sido tan fantástico como en este momento, y siento que todo mi cuerpo se relaja contra el suyo cuando me desliza una mano por el pelo. Sus dedos se abren paso entre los mechones con suavidad, y tiene la barbilla apoyada en mi cabeza. ¡Madre mía! Este chico. Nunca sabré cómo un abrazo suyo puede convertirme siempre en plastilina.

—Esto es ridículo —dice, sacudiendo la cabeza.

—¿En el buen sentido?

—El mejor —responde, y entonces inclino la cabeza hacia arriba para besarle.

Intento que sea un pico casto de biblioteca, pero la boca de Miles se abre contra la mía, ansiosa y deseosa, ¡y a la mierda!, no tengo nada que hacer contra eso. No quiero hacer otra cosa. Le agarro el pelo con las manos mientras se levanta, tras lo que me empuja contra la mesa y me pone las manos a ambos lados de las caderas. Lo beso con más fuerza, tirando de él para que esté más cerca, hasta que se ríe porque, tal y como dice, «Nunca pensé que podría estar tan cachondo en una biblioteca».

—Está claro que no estás leyendo los libros adecuados.

Me aparta el pelo de la oreja y me roza la piel con la boca.

—Gracias. Por todo esto y por no renunciar a mí.

—Te he echado mucho de menos —digo, y me estremezco cuando se detiene en la zona de debajo de mi oreja, porque en algún momento del día veintisiete o veintiocho, Miles desarrolló ciertos *movimientos*—. Y he echado mucho de menos *eso*.

Sin embargo, claro está, sigue siendo Miles, sigue siendo dulce y un poco torpe. Y me encanta todo eso.

—No sé qué acaba de pasar o por qué ha pasado, pero estoy muy, muy contento de haber vuelto.

Estoy a punto de tirar de él para acercarlo más cuando una voz nos congela a los dos.

—Ejem.

Gladys, la bibliotecaria, está de pie en el lado opuesto de la mesa.

En este momento estoy casi encima de la mesa y Miles está medio inclinado sobre mí.

—Lo siento, Gladys —susurro, avergonzada, y me aliso la camiseta mientras que Miles se aparta.

—Me alegro de veros haciendo algo que no sea discutir, para variar. —Y tras eso, gira sobre sus talones y se aleja.

¡Madre mía!

—¿Acaba de...? —inquiero, mirando fijamente a Miles.

Se ríe.

—Creo que sí.

—¿Crees que... todo el tiempo?

—Es muy posible —responde, y se inclina hacia delante una vez más para amortiguar su risa contra mi hombro.

Una vez que hemos recuperado el control sobre nuestras risas y nuestra libido, intentamos descifrar cómo narices ha ocurrido esto.

—No estaba seguro en cuanto a lo de irme —dice cuando nos sentamos y su mano vuelve a unirse a la mía. Como si fuese incapaz de dejar de tocarme ahora que se acuerda de mí. De vez en cuando se roza la frente con la otra mano, y el dolor que le ha causado recordar tantos meses a la vez va desapareciendo poco a poco—. ¿Por eso he tardado tanto en acordarme?

—¿Estás admitiendo que puede no haber sido totalmente científico?

—Puede que la ciencia sea un poco mágica. Todo lo que se ha demostrado científicamente en la actualidad se consideraba magia miles de años antes. —No hay resignación en la suave curva de su boca, sino un compromiso—. ¿Recuerdas qué pasó cuando se abrió el ascensor?

—No lo sé —contesto, apretando más los dedos—. Podríamos volver y comprobarlo.

Pero ninguno de los dos hacemos ademán de levantarnos.

—No estoy seguro de querer arriesgarme —dice—. Creo que estoy bien así, sin saberlo.

Pasamos un rato poniéndonos al día sobre el último día y medio. Le hablo de mi madre y de la cita con la psicóloga, y él me cuenta que en su seminario para los de primer año aprendió a sacar el máximo partido a las bibliotecas de la Universidad de Washington, lo que hace que nos echemos a reír otra vez.

—Y vas a venir a la cena de cumpleaños con Max y mis padres este fin de semana —dice, y la declaración está impregnada de una confianza que no estoy segura de haber oído antes en él.

—¿Yo?

Ante mi pregunta, esa confianza vacila durante unos segundos.

—Creo que querrían conocer a mi novia, no sé.

No puedo parar de sonreír. ¡Dios! Me encanta cómo suena eso.

—Tu novia tiene muchas ganas.

En ese momento, nos quedamos callados durante mucho, mucho tiempo. Un silencio bueno. El mundo es muy ruidoso a veces, y echaba de menos aminorar la velocidad, escuchar la respiración y los latidos del corazón.

Está a punto de anochecer cuando por fin nos vamos de la biblioteca y, como nos ruge el estómago, nos dirigimos a la cena. En el exterior, me doy cuenta de que ninguno de los dos es la persona que era la primera vez que nos vimos aquí. De alguna manera, fuimos capaces de avanzar cuando estábamos inmóviles.

El verano parece haberse convertido en otoño de la noche a la mañana, y las hojas brillan de una tonalidad anaranjada bajo los últimos rayos de sol. Es increíble la diferencia que pueden marcar ~~treinta~~ dos días. No hay tantos estudiantes haciendo campañas, pero los bailarines de *swing* han vuelto a salir. Hay un cartel de una exposición de arte estudiantil que no había visto antes y alguien disfrazado de husky repartiendo donuts gratis. Y me doy cuenta de que no conozco los nombres de todos los edificios que hay en el patio.

Hay todo un mundo aquí, y apenas hemos arañado la superficie.

—¿Crees que te quedarás en Física? —pregunta Miles mientras caminamos por la Red Square—. Sé que nunca fue tu primera opción...

—¿Sabes? Creo que hay algunas cosas que todavía no he aprendido. Así que puede que me quede —respondo—. Y estoy algo enamorada de un chico de mi clase.

De repente, Miles se detiene.

—Lo que dijiste en el ascensor. Después de tirar del freno. —Ahora parece estar nervioso otra vez, una expresión que reconozco demasiado bien—. Tengo que saberlo. ¿Lo decías en serio?

Vuelve con la mayor claridad. *Te quiero. Y te prometo que mañana también te querré.*

Le rodeo con los brazos y tiro ligeramente del cuello de su camisa.

—Te quiero, Miles —digo—. Pero pensé que sería demasiado si te lo decía de inmediato.

—No sé —contesta—. Si no estuviera demasiado ocupado flipando, me estaría preguntando qué he hecho para gustarle tanto a esta chica extraña y preciosa.

—Me obligaste a leer libros de física. Me introdujiste a los palitos de *mozzarella* de la Dawg House. Hiciste que me hiciera un tatuaje que parecía un pene con una capa.

Sus manos se posan en la parte baja de mi espalda, un pulgar me acaricia la columna.

—Te quiero muchísimo. Por favor, nunca dejes de ser rara.

Durante unos segundos, pienso que, si fuera capaz de parar el tiempo aquí mismo, lo haría.

Pero sigue avanzando. Y quizá eso sea incluso mejor.

El sol se pone y tiñe el cielo de unos tonos cítricos mientras los próximos cuatro años se extienden frente a nosotros.

—Tengo algo que preguntarte —digo mientras empezamos a caminar de nuevo—. ¿Saldrías conmigo? ¿En una cita?

—¿Qué tenías pensado?

Toco el móvil y abro la página de eventos que he encontrado hoy.

—Esta noche echan *Orgullo y prejuicio* en un cine independiente del centro. Sé que la vimos hace solo unos días, pero si te soy sincera, estaba demasiado concentrada en tu pierna junto a la mía y no le presté mucha atención.

—Puede que yo también me sintiera igual —contesta.

—A menos que sea demasiado normal. Podríamos ver si hay algún edificio abandonado en el campus en el que entrar. Una camada de cachorros que adoptar.

—Una película suena perfecto.

Y lo es. Después de todo este tiempo, anhelo la normalidad de deslizar mi mano en la suya en un cine a oscuras. Discutir sobre adaptaciones. Decirle que lo veré mañana y que sea cierto.

—Empieza en cuarenta y cinco minutos —indico—. Si queremos cenar antes, puede que no lleguemos.

Me mira con esa expresión que se ha convertido en mi favorita, con la mandíbula moviéndose involuntariamente y un lado de la boca hacia arriba mientras intenta contener lo que siente. Sé que va a ceder en cualquier momento y, como es un científico, tendrá que repetir el experimento una y otra vez.

—Barrett —dice, justo cuando se rinde ante una sonrisa radiante—, tenemos todo el tiempo del mundo.

Agradecimientos

Este libro sería una montaña de sinsentidos si fuera por mis primeras lectoras y amigas: Carlyn Greenwald, Kelsey Rodkey, Maya Prasad, Sonia Hartl y Marisa Kanter. No lo habría terminado sin vosotras.

Gracias a Jennifer Ung por el entusiasmo inicial y a Nicole Ellul por guiar este libro el resto del camino hasta su publicación. En Simon & Schuster Books for Young Readers, les estoy muy agradecida a Cassie Malmo, Morgan York, Sara Berko y Chava Wolin. Laura Eckes, ¡gracias por otra cubierta adorable! Las correctoras Karen Sherman y Marinda Valenti me ayudaron a desenmarañar mis líneas temporales de forma muy, muy masiva. (¡Perdón por todo el caos de tachones!). Y mi agente, Laura Bradford, siempre está haciendo de su magia entre bastidores.

A todas las personas que habéis escogido mis libros, los habéis compartido con amistades, los habéis publicado en redes sociales..., no existen suficientes palabras para describir lo agradecida que estoy. Me habéis dado el mejor trabajo del mundo entero, y no doy nada por sentado. Gracias, gracias, gracias.

Y a Ivan, por alimentarme y amarme tanto en viajes temporales como literarios. Estoy increíblemente feliz por estar en esta aventura contigo. ¿Adónde vamos ahora?

¿TE GUSTÓ ESTE LIBRO?

escríbenos y
cuéntanos tu opinión en

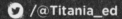 **f** /Sellotitania 🐦 /@Titania_ed

📷 /titania.ed

#SíSoyRomántica